希区柯克推理经典集

REAR WINDOW

后窗

[美] 希区柯克 著
富 强 译

吉林出版集团股份有限公司

图书在版编目（CIP）数据

希区柯克推理经典集：后窗 /（美）希区柯克（Hitchcock,A.）著；富强译．—长春：吉林出版集团有限责任公司，2011.9（2023.12 重印）

ISBN 978-7-5463-6673-9

Ⅰ．①希… Ⅱ．①希… ②富… Ⅲ．①故事—作品集—美国—现代 Ⅳ．① I712.45

中国版本图书馆 CIP 数据核字（2011）第 159016 号

希区柯克推理经典集：后窗

XIQUKEKE TUILI JINGDIANJI：HOUCHUANG

著　　者	［美］希区柯克
译　　者	富　强
责任编辑	王　平
封面设计	吴黛君
开　　本	787mm×1092mm　　1/16
字　　数	310 千字
印　　张	25
版　　次	2011 年 9 月第 1 版
印　　次	2023 年 12 月第 2 次印刷

出版发行	吉林出版集团股份有限公司
电　　话	总编办：010-63109269
	发行部：010-63109269
印　　刷	大厂回族自治县德诚印务有限公司

ISBN 978-7-5463-6673-9　　　　　　　　　　　　定价　99.00 元

版权所有　侵权必究

目录 CONTENTS

001	寻找证据
019	谨慎杀手
030	寡妇的事故
046	海滩之夜
060	死亡预言
069	他是谁
078	虚幻的绿色
086	以牙还牙
093	谋 杀
107	看不见的线索
113	化妆间里的眼药水
125	椰子糖
134	移花接木
139	错爱钻戒
153	最佳舞伴
161	找错了人

目录 CONTENTS

裸体画像	168
奇怪信件	183
异国杀手	192
小三之死	202
狗嘴妙用	218
重新活过	230
第三个电话	235
双双出轨	245
剑与锤	254
罗宾汉的故事	263
百密一疏	279
两个老头	287
甩卖清仓	300
如此出狱	305
后窗	310

寻找证据

洛杉矶十一月的时候，天气晴朗，阳光明媚。

站在法院台阶上，我看着从楼里走出来的两个人——我的继母诺玛·科鲁格和她的情夫鲁斯·泰森。

刚才法庭上挤满了人，到处是旁听者和记者，陪审团作出了令我异常愤怒的判决——无罪！我气愤地从法庭里出来，因为我很清楚，父亲就是被他们谋害的。洛杉矶被污染的空气已经够让人难受的了，但更令人难受的就是这次不公正的判决。

诺玛穿着一件朴素的上衣，白色的上衣配上蓝色的衣领让她看起来很端庄。在法院门口的台阶上，她故意停下了脚。她被一群跑来跑去的摄影师和吵吵嚷嚷的记者围着，她用胜利的目光看着这些记者，看着眼前这座城市。

我父亲鲁道夫·科鲁格被谋杀时六十五岁，诺玛那时才三十六岁，她看起来依然很性感，身材依然很苗条。她的五官精致细腻，有一头闪亮的褐发。特别是她的嘴唇富于表情，可以做出许多不同的微笑。但她突出的下巴让她看起来很无情，还有一双总是冷冰冰的蓝眼睛。今天，审判的时候，由男性组成的陪审团对她很有好感，她轻声细语地装出了一个端庄淑女的样子。

诺玛快步走下台阶,脸上带着甜蜜的笑容。

泰森也被宣布无罪释放,此刻他正像一条小狗一样温顺地跟在她身后。

走到我身边时,诺玛犹豫着停了下来。我和她自他们两个被捕后,就没有说过一句话。我无数次用沉默、用我的眼神告诉她,我痛恨她,她也知道我痛恨她。

"诺玛,祝贺你。"我面无表情地对她道。

她迅速地打量一下周围记者们的脸色,谨慎地说:"卡尔,谢谢。这个结果令我很高兴,当然,我从来没有怀疑过审判结果。对我们的司法系统,我还是非常相信的。"

"诺玛,我是为你的幸运祝贺你,而不是为审判结果祝贺你。我不得不承认,你很聪明。"

她把头转过去一部分,使记者们只能看到她的侧面,却看不到她冲我做出的得意笑容。她压低声音悄悄地对我说:"输的人在比赛结束时哭,赢的人在比赛结束时笑。"

我看着她伸出的傲慢下巴,那一刻真想一拳打上去。

"科鲁格先生,愿意和你继母合个影吗?"一位摄影师喊道。

"当然,不过和她合影我需要一样东西作道具,锋利的长刀,不知道你有吗?"

现场一阵紧张的沉默,诺玛打圆场道:"卡尔,你是不是受刺激太大,变得有点偏执了?你父亲死了,你变成这样很正常,我不会怪你的。"她顿了一下又道,"卡尔,没事我们就常联系,好吗?"

"我想除非你搬出去,否则你无法避开我,因为我们现在还同住在一个家里。"

诺玛猛地扭过脸，沉默了下来。

一个身材像男人一样粗壮的女记者问科鲁格太太："在不久的将来，你打算与泰森结婚吗？"

诺玛转头打量着泰森，像看着她的玩具一样。泰森比诺玛小三岁，和我差不多大，这极具讽刺意味。他脸胖胖的，头发是褐色的，眼睛是棕色的，现在他正咧着大嘴傻笑着，活像一只温驯的小狗。

诺玛又转回头，谨慎地对那个像男人一样的女记者说："我认为谈婚论嫁在目前的情况下还不是时候，很对不起，详细的情况不能告诉大家。"

说完后，她得意地继续往前走，那些记者围在她两边，泰森跟在她后面。

我愤怒地看着他们乘出租车离开，却无可奈何。为了发泄我心中的愤怒，我跑到一家酒吧。在那里，我喝了四杯马提尼酒，仔细地回想着整个事情的经过，看看能不能从中找到遗漏的证据，伺机进行报复。

这次审判持续了一个多月。诺玛自由的关键是泰森是否被判刑，所以，她请了一位出色的律师——麦克斯韦尔·戴维斯为他辩护。这位律师曾让许多杀人犯获得了自由，在这方面，他很有一套。此人还曾自豪地说，一个人就算在刑警队的办公室里杀人，杀的还是他自己的母亲，他也能让法庭判这个人无罪。

诺玛自己虽然也有律师，但却没有他那么有名。为了此案，她向戴维斯律师支付了全部费用。

这件案子傻子都知道是怎么回事，任何一个法学院的学生来审理，都会对诺玛和她的情夫判刑，让他们得到应有的惩罚。

我的父亲叫鲁道夫·科鲁格，他也许是老一代中最了不起的制片人兼导演，更是电影界的名人。在自己家的客厅，他被枪杀。从现场来看，好像是小偷在行窃时杀了他。但警方认为，是我继母和泰森杀害了父亲。然后，为了掩盖谋杀，他们把现场故意布置成家中被偷的样子。

原告认定是泰森残忍地枪杀了父亲，并故意推倒桌子，打破电灯，搞乱抽屉，抢走了所有值钱的东西。然后，便逃得不知去向。而诺玛为了证明自己是无辜的，去了我们家在箭湖的别墅，她在那里热情招待了几个人，这几个人在法庭上就成了她不在场的人证。

警方开始很困惑，后来，不禁怀疑起来。鲁道夫·科鲁格坐在椅子上阅读时中了第一颗子弹，是从他的脑后近距离射进去的，第二颗子弹打断了他的背脊。

很显然，这是一次蓄谋已久的谋杀，凶手这样做的目的就是不想让被杀者看到自己。所以把现场伪装成打斗过的样子很是多余。再说，小偷一般情况下是不会杀人的。

从射出的子弹来看，小偷用的是一支笨重的长管德国手枪。小偷行窃时一般不携带枪支，就算他带着枪去行窃，他也不会携带这种手枪。更巧的是，我父亲也有一支这样的手枪，事发后，我父亲的手枪无影无踪，难道这是巧合？

警方经过周密的调查，发现泰森有重大的作案嫌疑，调查泰森时又发现诺玛也很可疑。在泰森的公寓里，他们发现了一张破旧的便条，是诺玛写给泰森的。里面虽然没有具体写明是什么事，但是写道："……我们已经决定了那件重要的事，希望我去箭湖后，你再行动。"

在现场的一张桌子上，警方还提取出了泰森的指纹。警方通过调查得知，有人在谋杀前一个小时在附近看到过他。

麦克斯韦尔·戴维斯不屑一顾地说，警方的证据根本站不住脚，泰森的指纹在客厅桌子上并不稀奇。因为泰森是死者的家庭证券经纪人，他去那里是理所当然的。就算他是去找诺玛幽会，也不能说他就是凶手。因为你们是告被告杀人，并没有告他通奸。戴维斯还说，那支德国手枪，也许是小偷在书房的抽屉里偷东西时看到了它，并用这把枪行凶，事后把枪带走了。如果你们有不同意见，那么你们最好把枪拿出来。警方能拿出来吗？死者到底是不是死于自己的那支枪，警方能确定吗？

戴维斯说那张便条根本说明不了什么，里面的内容根本不确定是什么意思，怎么能拿来作为犯罪的证据呢！从这张纸条上，任何人都看不出犯罪的迹象。倒是死者本人的疑心病越来越重，他为了监视诺玛，在去欧洲时曾雇了一名侦探。诺玛知道这事后，感到非常害怕，因为她怕侦探会报告她和泰森的婚外情，所以她想在她丈夫回家时到箭湖去。她在便条中所说的"重要的事"就是指这一点。

听完这些后，陪审团宣布他们俩无罪……

父亲死后，留下了很多遗产。如果法庭能够判定诺玛他们两个有罪，那她将没有资格继承我父亲的财产，那笔钱就全是我的了。

父亲给我留下比弗利山大厦一半的产权、他的一部分证券，以及别的一些财产，但我只是代为保管他大部分的钱，诺玛拥有那些钱的利息。要想那些钱都归我，只有她被定罪或死亡。

我父亲是一个精明的投资者，他赚了不少钱，但从不乱花钱。父亲去世后留下了七百万元，诺玛很贪婪，但她也只得到一百万元现金。但每年六百万元所产生的利息也是她的，这可是一笔很大的数目啊！

我父亲在世时，曾资助我举办过几次商业活动，但那几次我都赔得血本无归。所以，他虽然没有把他的钱全部留给我，我也不该说些什么。但那些钱应该属于我，毕竟我是他的儿子！他竟然不完全相信自己的儿子，反而更相信那个诡诈残忍的诺玛，这让人怎么能接受。

诺玛认识我父亲是从一部电影开始的，那年我父亲投资拍摄了一部低成本电影，她在影片里担任一个毫不起眼的角色。她是一个蹩脚的演员，但这次在审判她的法庭上，她却有着很出色的表演。

诺玛很有魅力，非常善于讨好人。我父亲在拍完那部电影之后，不久就跟诺玛结婚了，我母亲那时已经去世很多年了。过了一段时间，因为我父亲非常固执，他的作品已经跟不上时代的潮流了，所以他不被新一代的电影界人士认可。甚至一些曾经对他赞不绝口的电影界巨头，也开始与他断绝合作。这件事让我父亲很受打击，诺玛也看出来了，此时父亲开始走下坡路。

诺玛在公开场合对我父亲仍然像开始一样，她假装崇拜他，天天说他是被遗忘的天才。她有时甚至会长时间地和他在一起，一起坐在他古老的大厦中，观看他制作并导演的影片，那些都是他以前的作品。

那段时间，因为有了她，父亲恢复了自信心。

但诺玛和我父亲结婚完全是因为他的钱。父亲身材高大，但长得并不好看，他有一对大招风耳朵，还是个秃头，脸上经常毫无表情。他还很古板、生硬。总的来说，他并不是个受女士欢迎的人。

他有时候也有好的一面，但这一面也因为事业不能继续发展而慢慢消失了。

他是个刚愎自用的人，为了恢复过去的地位可以不惜一切代价；他也是个报复心很重的人，从来不会忘记在他事业低谷的时候看不起他的人。后来，他又拍了一部电影，准备以此恢复自己的地位，但电影出来后反响很差，他再次被人遗忘。

他和诺玛的婚姻生活也并不是一帆风顺，虽然她一直讨好他。

我父亲知道诺玛年龄比他小一半，知道自己并不属于受女士欢迎的那种人，他为此非常嫉妒。嫉妒让他开始怀疑，他花了大量的时间和金钱来验证她有没有出轨。

他曾在电话上装了窃听器，还曾雇了一个漂亮的失业男演员，让这个男演员去勾引她。有时候，他会对她说，我要出远门，然后，突然折返回来。外出的时候，他会雇个侦探，也是为了监视她。但诺玛很聪明，他所做的一切都没能证实她的不忠。他死前雇了一位私人侦探，这位侦探终于发现了她和泰森的约会。

但我父亲还没得到这个消息，就被杀死了。

我父亲住的那栋大厦，一进去就感觉阴气逼人，里面充满了浓浓的怀旧气息。我在布兰特伍德租了一间公寓，因为我不喜欢那栋大厦，更不想住进去。当那对奸夫淫妇杀害了我父亲后，我就搬进大厦住了。我住进这里的目的就是为了找出证据，所以我准备把整栋大厦彻底搜查一遍。

父亲怕仆人把主人的一言一行都传出去，没敢雇仆人。父亲死后，我雇了仆人，但只让他们白天干活。

晚上，大厦里只剩我一个人。我希望能找出一些证据，一些警察没有找到的证据。

罗姆警官觉得我的想法很好笑，他说，我在查案时已经搜查了一遍，没什么遗漏的了，你还能找到什么？我说试试看，他并没有反对。

我想那把德国手枪上面一定有凶手的指纹，能找到它就好了。罗姆说，你纯粹是浪费时间，那把手枪可能永远也找不到了，谁会把凶器留在现场附近呢！

但我有一种非常强烈的预感，我预感那支手枪一定在屋里。在我的预感里，那把德国手枪正等着我去寻找，似乎就躺在某个黑暗、隐秘的角落。

我搜遍了整个大厦，把所有可以藏东西的地方都查了个遍，但什么也没找到。我不禁想起罗姆说过，屋里根本没有那把枪。也许，他是对的。其他能证明诺玛和泰森有罪的东西，我也没能发现。

我在那里住到审判快结束的时候，几乎要发疯了。在睡梦中，都在想着能证明他们有罪的证据。审判结束后他们逃脱了法律的惩罚，被无罪释放。他们被释放后得意的笑声，时不时钻进我的脑海。

黄昏的时候，我离开酒吧。在酒吧这一段时间，我想出了一个办法，如果这个办法我能成功的话，那么我不但能报仇，还能得到钱。但这是一个极为危险的办法，顾不了那么多了，我必须孤注一掷。

那栋大厦坐落在山坡上，在落日的余光下，它看起来和博物馆一样古老、死板。我到了屋前，看到屋里竟然亮着灯。

我发现屋里就诺玛一个人，这令我很是惊讶。她坐在书桌后，正在看账单和支票。她穿了一件紧身衣，这使她身体的各个部位看起来凹凸有致；她还化了妆，头发也被重新梳理过。她现在的样子，与在法庭上判若两人。

"诺玛，欢迎回家。"我悄悄走进去说。

她吃惊地抬起头，不过，她并没有显出惊慌的样子。她在我眼中，一直都是个有胆色的人。我挖苦她说："诺玛，是不是在算你有多少钱了？"

她冷冷地道："卡尔，我知道你会来，坐吧。"

"知道我会来这里？"我就近找张椅子坐了下来。

"你不是就住在这里吗？难道你不回家吗？"她讽刺地问。

"你不会觉得我在这里妨碍你吧？"

"卡尔，你一定把我想得很坏，一定非常恨我。我觉得你和那些喜欢捕风捉影的记者没什么两样，都很自以为是。你也不想想，这么多人都认定我无罪，这是为什么？你就不能重新考虑一下自己的想法？"

我用右食指指着她的脑袋说："还考虑什么？我父亲就是被你谋

杀的！"

"一派胡言！"她绷着脸反驳说。

"是不是泰森举着枪，你扣动的扳机？"

"卡尔，你不知道，我是爱你父亲的。"诺玛眼眶竟然有点潮湿了。

"诺玛，你爱我父亲？别骗自己了！你和我一样，都不爱他。他从来都不考虑别人，眼中只有他自己。他是一个固执、愚蠢的家长，一个讨厌的老古董，他就是自己团队和家里的希特勒。诺玛，你竟然说你爱这样的人！承认吧，我们都恨他！"

我想当诺玛筹划谋杀我父亲时，她应该也想到了这些。这些谎言中有些话倒是很切合她的实际情况。

她惊讶地喊道："卡尔！你说的这些话让我感到很震惊！你父亲帮过你许多忙，你不觉得你说出这番话是忘恩负义吗？"

"诺玛，你不觉得你这么说很虚伪吗？"我像在逗她一样，冲她眨眨眼。

她无力地微笑着，"也许，我是有点虚伪。"她承认说，"卡尔，不过我有一点从来没有想到，那就是假如你真的不喜欢你父亲，但在我面前，这些年来你没说过一句批评他的话，你是怎么掩饰得这样好的？"

"诺玛，首先我们是敌人，还是用竞争者比较合适。但这不妨碍我们互相坦白一次，就这一次。如果我在你面前说父亲的坏话，你难道不和他说吗？这样的话，我就没戏了。是不是？"

诺玛点着一支烟，舒服地往椅子上一靠："随你怎么想吧。不过，我觉得你的性格具有两面性甚至多面性。你痛恨你父亲，也用不着仇视我啊？"

"诺玛，你现在还没明白吗？说实话，我也不想仇恨你，但我喜欢那些理应属于我的钱。如果陪审团判你们有罪就好了。"

"想不到，你这人还很残酷，为达目的，不择手段。"

"可惜的是，我没能成功。"

"你父亲被谋杀，你是不是很在乎呢？"

"我才不在乎呢，我只在乎钱。对我来说，钱就是一切。不过，我要告诉你：泰森太不小心、太笨了，他把事情办得很糟糕。如果是我们两个合作杀父亲的话，会做得滴水不漏，根本不用上法庭。"

她面无表情地盯着我，一副让我继续说下去的样子。

我继续道："不过，诺玛，你还不算太笨。泰森要不是因为你请了戴维斯律师就完了，他完了的话，就会供出你，这样你也就完了。不得不承认，戴维斯确实很棒！"

诺玛不禁笑了起来，跟着我也笑了起来。

停了一会儿，我继续道："那个老家伙真是个天才！他把辩护当成了艺术。一些有利于对方的证据，到了他那里，就是废纸一张，甚至能变成己方的证据。比如泰森把他的爪印留在了桌子上，你一定这样想，他这次一定难逃一死。但是，戴维斯说，那张桌子上发现他的指纹很正常。如果泰森来做客时坐在桌子边，把手放在桌子上，这很正常啊。要不是这个老律师，还不知道会怎么样？"我叹了口气又道，"但泰森这家伙为什么不戴手套呢？真是笨得要死！"

"他还没有蠢到这个地步，那天他是戴着手套的！"诺玛反驳道，"但他最后因为某种原因……"

我挖苦她道："诺玛，真该谢谢你啊！"转而向她怒吼着说，"我想知道你们到底是怎么杀了我父亲！"说话的时候，我两眼瞪视着向她走去，恨不得一下干掉她。

她迅速拉开身边的抽屉，从里面掏出一支德国手枪对着我："卡尔，知道你会来，我都准备好了。"

我瞪大眼，惊奇地看着那支枪道："父亲的手枪！"

"事发后，这把枪成了问题，泰森也不敢带着它离开。如果他身上带着枪，万一他被抓了，那我们就完蛋了。他不得已只好把枪藏在了屋里。"

"藏在屋里？什么地方？我对这里这么熟悉，怎么没有找到呢？"

"冰箱你找过吗？"

"虽然你们两个不是职业杀手，不过，能想到这个主意也还算聪明。假如罗姆知道这个情况，不知道他会怎么样。"

她举着枪对我道："你是不是想把这事告诉他，然后，让他来抓我？"她对我嘲讽着说，"但他是抓不到我的。"

"不错，他现在也许真的不能抓你，因为对同一个案件不能再次起诉。那么，你现在准备怎么办呢？开枪杀了我？"

"卡尔，我不会杀你的，这么做太冒险了。不过，你最好别惹我。我们还是可以谈谈生意的，我愿意出高价收购你大厦中的股份。"

"关于这事，我要想一下才能做出决定。我希望你现在把手枪给我，不然的话，我就可能硬夺，也许争夺时不小心会伤到你漂亮的脸蛋。"

她虽然有些犹豫，但还是把枪给了我。

出乎我的意料，我的计划进行得异常顺利。我早晨告诉诺玛，我不想再看到她。然后，我把自己的东西收拾了一下，又搬回布兰特伍德。我花了几天的时间制订了一个详细的计划。然后，给她打了个电话。

"诺玛，我已经考虑好了，卖掉大厦中我的股份。只是你能不能按照承诺的那样，高价收购它呢？这点钱你还是有的。"

"现在，没人会买这种古老的房子，其实这座大厦没什么用处。我咨询过相关人士，他们说这房子大概值七万五。这样算的话，你的股份还没有五万，不过，我愿意出五万。"

"这房子现在是不好卖了，但你别忘了，房子周围还有将近一英亩的地，如果房子和地一起卖的话，价钱不会低的。所以，你要真想买的话，就该出十万。"

"十万？"

"是的，要现金支付。"其实我并不需要现金，但这有其他的原因。

"你不觉得这个要求很荒唐吗？为什么一定要现金？"

"别说这么多了，明晚八点我来拿钱，你现在最好赶快去银行。让泰森也来吧，他还可以作个见证人，让他带一份出让证书，到时候我会签字的。"

"卡尔，你在指挥——"

"是的，我是在指挥你。所以，不要打断我，我还没说完呢。你要让泰森带一份我父亲所有证券的清单，还要估好这些证券的当日价格。还有大厦其他物品的税后清单，你也要给我一份。"

"你觉得我会这么做吗！你这是在讹诈，这些跟你没有什么关系。就算你现在把我们杀了你父亲的事说出来，我也不在乎。已经晚了，现在谁也奈何不了我们。"

"是的，杀人的事已经过去，在这件事上，没人可以起诉你。但如果你犯了别的法呢，难道他们不能以另一桩罪行起诉你吗？你和泰森在法庭上作了伪证，你们说那支枪不见了，现在枪在我手上，他们可以因此判你两年徒刑。你放心，他们一定会这么做的，这点我可以保证。"

"好，我按你说的做。不过，你别以为我是怕你，如果你这么想的话，我宁愿进监狱。我相信戴维斯律师，他很容易就能证明那种伪证指控是站不住脚的，所以你说我在作伪证根本不可信。"

我知道她说得对，只好对她道："诺玛，别多心。我的目的只是那十万元现金。"我在两天前离开大厦去布兰特伍德时，遇见了戴维斯。

在大厦的台阶上我们碰面了，他是来这里找诺玛的。他看到我，停了下来，跟我打了招呼。

"小伙子，现在你一定对我很不满，但我也只是在挣钱养活自己。"他说话带着南方口音，眼角布满了亲切的皱纹，不过，他身材很高大，看起来热情洋溢，很像个旧式的南方贵族。其实我心里并不憎恨他，我知道那只是他的工作，他只是在这行很优秀而已。

我对他道："虽然上次的案件你伤害了我，我还是认为，你也许是当今世界上最杰出的辩护律师。"

诺玛打断了我的回忆："我和泰森已经决定这段时间不见面，我怕我和他的事被曝光，所以，我不想让他过来。"

"你们俩的感情真是让人感动，但泰森一定要在场，这点绝对不能改。你要是怕被曝光，就让他天黑后悄悄过来，还要让他管好自己的嘴巴。"

"可以。"

"别忘了和泰森说，让他别迟到一分钟，最好准时到达。"说完，我挂断电话。

第二天晚上，六点四十五分，我站在一个小电影院的售票间，和一个叫多丽的售票员聊天。之所以来这家电影院，是我父亲的缘故，他在死前几个月买了这个电影院的股票。所以，这里的工作人员我认识，关键的是，他们认识我。

七点的时候，双场电影开始了。其实这两部电影我已经看过，我还知道，这两部电影要是放完的话大概得三小时五十六分。

在电影院的走廊上，我看到了经理墨茨，他正和一个漂亮姑娘调情。

我过去和他聊了一小会儿，然后，我走进放映厅。我在放映厅找了个位子坐了下来，那个位子在紧急出口旁边。售票员在开场前偶尔会引导观众入座，但大部分时间售票员都在门外。

离八点还差十五分，我看了看四周的情况，我看到坐在中央的一小部分观众正在专心地看电影。放映室里没看到工作人员。

从紧急出口，我悄悄地溜了出去。出门时，我掏出一张卡片插进门缝，这样做是为了防止门自动关上，因为我还要从这里回来。

我到大厦的时候，注意到诺玛和泰森已经在客厅里了。诺玛很沉静，泰森显然很不安，看到我时，泰森很紧张。

在出让证书上，我签了字，作为证人，泰森也签了字。诺玛递给我一个手提包，里面装满了钱。我并没有点数目对不对。

他们把一份证券清单和一些统计单据给了我，我大致看了一下，把它们装进了上衣口袋。我其实自己也能搞到这些东西，我是故意让他们俩这么做的。这样的话，他们就想不出我的真实用意是什么了。

"作为对你们辛勤劳动的回报，现在，我要给你们一样东西。"

我从我带来的一个盒子里拿出那把德国手枪，我托着手枪对诺玛道："诺玛，你一定很想要这把枪，现在就给你吧！"

"你能这么做，我很高兴！"她站起身，微笑着说道。

"诺玛，虽然你有点邪恶，但你微笑的时候真是迷人。"

说话的时候我掉转枪口，扣动扳机，朝微笑着向我走来的她连开了三枪。她被子弹打中，向后倒在地上。

紧接着，我把枪口对准了泰森。

他立刻瞪大了眼睛，吓得全身发抖。

"泰森，看看诺玛现在的样子，你不会想和她一样吧？"

他飞快瞥了一眼地下的尸体，恐惧得连话也不知道怎么说了，只是对着我拼命地摇头，意思是说，他不想死。

"泰森，现在我怎么说你就怎么做，不然你就得死。"

"你让我干什么都行，求求你别杀我。"他呜咽着哀求道。

"诺玛才是杀害我父亲的真正凶手，她只是利用你而已，你只是她的工具。是不是？"

"是的。我知道她一直利用我，但我无法抗拒她，我自己都不知道自己在干什么。"

"听好了，现在我给你一次活命的机会。你要写一张便条，在上面写上你和诺玛杀了我父亲。然后，你带着这十万元尽快离开这里。如果没被抓住，就算你运气好；假如你被抓住的话，你就完蛋了。也许你会在法庭上指证我杀了诺玛，但那没用，你写的便条首先证明你有罪。不过，对你来说，这可是一次生存的机会。是不是啊？"

他使劲地点头道："是的。"

我举着枪，枪口离他的太阳穴只有一英寸。我命令他打开课桌的抽屉，让他从我父亲的文具用品里拿出一支笔。

我用枪顶着他的脑袋说："照我说的写，一个字都不能漏。你就这样写：诺玛逼我杀了鲁道夫·科鲁格，为了惩罚她，我不得已杀了她。她有一种我无法抵抗的奇怪力量，用这种力量她一直控制着我，要我去杀人。我要结束这一切——我杀了她。"

"虽然这个便条看起来有些奇怪，不过，正好对上了现在的情况。假如你很不幸运被抓住的话，我想，你可以说你精神有毛病。现在，把你的大名签上！"

他签好名字后，我立刻扣动扳机，对着他的太阳穴就是一枪。我把手枪处理干净，并在枪上留下了他的指纹。然后，我用布包着手，拿起手枪放到他的右手里。

我拿着十万元的手提包、出让证书和装手枪的盒子走出大门，上了车，迅速离开了。

这期间没人知道我离开。回到电影院的座位上，电影很快放完了。我出去的时候和墨茨又聊了一小会儿，和他谈了对刚刚放映的电影的看法，他对我父亲的死，还劝我不要伤心。

不久，我就离开电影院。临走时我还笑着拍了拍多丽的肩膀。

我这么做，都是为了证明我有不在场的证据。但我觉得自己好像多虑了，因为案发后直到现在竟然没人怀疑我，我不禁陶醉在胜利的喜悦中。

几天后，罗姆警官给我打了一个电话。

"你错了。"警官在电话中说。

"我不明白你是什么意思？"我说，心想难道事情被发现了，我手脚开始变得冰冷起来。

"你曾说过，在你父亲的房间里没有发现重要的证据。但你错了，房间里有证据。如果你当时找到这个证据的话，陪审团一定会判他们俩有罪。不过，现在这些已经不重要了。科鲁格先生，我认为你对这个证据一定非常感兴趣。"

"警官先生，不知道是什么证据？"

"科鲁格先生，你还是亲自来看看吧，在电话里说不方便。有时间的话，你过来一下？"

"好的。"

谁没事都不想来警察局，但我还是来了。罗姆从我一进来就笑容满面，一副乐不可支的样子。他带我来到一间审讯室，屋子里只有几把椅子和一张桌子。窗帘是关起来的，这让屋里的灯光显得非常耀眼。

一位身穿制服的警察站在桌子边，桌上有一个黑色箱子。屋里还有一个人，是我以前见过的一位刑侦科的警官，他叫斯坦·伯里。

他们看着我，都很高兴的样子。过了一会儿，罗姆终于控制住，不笑了。他开始问有关我父亲的一些问题，问我父亲是什么职业，以及怎么发展的。我说我父亲是从剪辑师做起，慢慢地当上了摄影师、导演，就这样，他慢慢成了一个制片人。

"你父亲非常嫉妒你继母，你知不知道这一点？"

"是的，我知道。"

"那你一定也知道，他一直在调查她？"

"是的。"

"我实话告诉你吧，你父亲被杀的过程，已经被拍了下来。"

"不会吧，有这种事！"

"从客厅的墙上，我们昨天挖出一颗子弹来，挖墙的时候，竟然发现墙里面藏着一些摄影机，它们被隐藏得非常巧妙。你父亲为了买这一套设备一定花了不少钱。摄影机系统是声控的，房间里只要有超过一定分贝的声音，它就会自动启动，进入工作状态。如果三分钟内没有声音的话，系统就会自动关闭，停止工作。屋里到处都被他安装了声控摄影机，它们是连机的，假如一个摄影机的胶卷用完了，那另一个摄影机就会接着工作，就这样一台接着一台……那天，他刚从欧洲回来，还没有来得及关掉摄影机，就被害了。泰森杀他的场景，全部被正在运转的摄影机拍了下来。奈特，放胶卷让这位先生看看！科鲁格先生，还是亲自看看吧。"

我回过头来，看到一台装好胶卷的放映机。

伯里警官拉开银幕后迅速关掉电灯。然后，机器开始转动，银幕上出现了画面。

画面上诺玛和泰森站在一个客厅里，这让我很迷惑。他们似乎很不安，看上去像是在等待什么人。然后，我竟然听到了自己的名字，接着我看到画面中的我向他们两人走去。

罗姆警官喊道："奈特，你他妈放错胶卷了！科鲁格先生，要不我们就先看这一卷吧？"

我脑袋里一片空白，好像没听见他的话似的。我觉得，他的声音好像是从遥远的隧道传来的。我看到画面里的自己手中托着那把德国手枪，对着诺玛道："你一定很想要这把枪，现在就给你吧！……诺玛，虽然你有点邪恶，但你微笑的时候真是迷人。"

我还看到我用手枪杀了诺玛，诺玛倒在地上。这时，审问室的电灯不知被谁打开了，我感到自己紧张得无法呼吸。

"科鲁格先生，不知道你对刚刚放的幻灯片怎么看？"过了一会儿，罗姆的声音响起来。

"你一定想让我说什么吧？但在我的律师未来之前，我什么都不会说，现在我需要打电话找一位律师。"

"律师！"罗姆嘲笑着说，"你们听听，他还要请一位律师！科鲁格先生，还是别花那冤枉钱了。这样的证据足以判你死刑，这样的话，你还要律师干吗？承认有罪，向法官求情去吧。不过，我想法官也无能为力。像你这样的案子，也许只有上帝能救你。"

"警官，上帝也救不了我。不过，我可以打电话请麦克斯韦尔·戴维斯律师为我辩护，也许我的运气真的不错呢！"

谨慎杀手

罗塞蒂的餐馆位于纽约46街,是一栋褐色的楼房,餐馆的位置很好,离公园大道也很近。八月的一个晚上,一个身材矮小的人站在餐馆门前,看着来来往往的客人,他叫李·科斯塔。在外面站了一会儿,他走进餐馆大门。

进去后,在靠近衣帽间的通道上,他站了一会儿。没多久,领班走了过来。

"我是来找乔·罗塞蒂的。"

"先生,您贵姓?"

"你就对他说我是推销保险的人。"

"难道你没有名字吗?"

"你只要按我讲的对他说就行了,他会明白的。"

"那你在酒吧等一会儿,我去通知他。"

科斯塔把外衣放在衣帽间,正准备去酒吧时,一个魁梧的侍者来到他面前。"跟我来,"侍者说,"我带你上楼。"然后,他带着科斯塔搭乘房间角落里的一部旧电梯上了楼。

他们到了四楼,这一层只有一个住户,那就是罗塞蒂。他们走进罗塞蒂房间的大客厅，里面摆放着一些古董，布置得简朴而舒适。

房间的走道上站着一个矮胖子，正用疑惑的目光扫视着科斯塔。

"我就是乔·罗塞蒂。"他说。听得出来，他带着意大利口音。他头微微歪着，皱着眉头，只是站在那里看着科斯塔，并没有走过去与科斯塔握手。

"你比我想象得矮小。"科斯塔道。

"进来坐。齐格，你也坐。"

他让科斯塔和齐格走进里屋，然后，对着屋里喊道："亲爱的，这位是李·科斯塔，来认识一下。"

一个小个子女人从房间对面走了出来，抬起头打量着科斯塔的脸。她盯着他的眼睛叹了口气，在宁静的房间里，这一声叹息显得很响。

"就是他吗？"

罗塞蒂点点头。

她凝视了科斯塔一会儿，转头对罗塞蒂道："你先和客人谈吧，谈完我们再吃饭。"说着，她走出了房间。

齐格低头看着科斯塔，问罗塞蒂："这家伙是不是来找你麻烦的？"

罗塞蒂摇摇头。

科斯塔突然警觉起来，用冷冰冰的蓝眼睛盯着齐格："假如我真的是来找麻烦的，你会怎么对我？"

"我会把你从楼上扔下去。"齐格说着，朝他迈出了一步。

科斯塔转向罗塞蒂道："你最好管管你的手下。"又转脸看着齐格，"胖家伙，你最好站到一边去。"

齐格伸手想要抓住他的衣领，把他揪起来，便向他冲过来。齐格还没碰到科斯塔时，科斯塔的双脚已经快速踢到他的裤裆，他大叫一声，痛得弯下了腰。科斯塔走过去，又补了一脚，把他踢倒在地："罗塞蒂先生，对不起，他是自找的。"

罗塞蒂看着在地上扭动的大个子："你的动作真快，快得像蛇。"

"罗塞蒂先生，每个人都有各自的优点。"

"他会杀了你的。"

科斯塔摇着头道："罗塞蒂先生，他杀不了我的。对了，你为什么不让他下楼去调酒呢？"

齐格躺在地上大口地喘着气，他费力地转过头，盯着科斯塔微笑的脸庞。

"我下一次对你下手也许会温柔一点。"科斯塔对齐格说。

齐格勉强站起了来，摇摇晃晃地走出房间。

"罗塞蒂先生，刚才你为什么让齐格在这里？"科斯塔问。

"我害怕。"

"害怕？我虽然是一个职业杀手，但你不需要怕我。只要付钱，你让我杀谁我就杀谁，我不会做规矩之外的事。我们共同的朋友告诉我，说你遇到一件麻烦事。"

"这也是我找你来的原因，我是有一件麻烦事。"

"罗塞蒂先生，他叫什么名字？"

"巴克斯特，他的名字叫罗伊·巴克斯特。"

"这事还有没有别的解决办法？"

"给他钱行不行？"

"不行，这种办法对敲诈者一般不起作用。"

"你是怎么知道这件事的？"

"我们共同的朋友告诉我，他说有个人想敲诈你。罗塞蒂先生，说吧，你应该信任我。"

罗塞蒂扭过脸，他的脸色很难看："我曾杀过一个人，这事后来让巴克斯特知道了。他以此来要挟我，问我要钱。我知道，如果我这次付钱给他的话，他以后只要没钱就会一直向我要下去。所以，我请我们共同的朋友帮忙。他欠我一个人情，因为我以前曾帮过他一个大忙。我找了他之后，他就让你来帮我。"

"你妻子知道这事吗？"

"我告诉她了，但她绝不会泄露半句。"

"还有别人知道我吗？"

"除了我、我妻子和我们共同的朋友，没其他人知道你。"罗塞蒂伸手从抽屉里拿出一沓资料，"这是有关巴克斯特的资料，里面有他从事生意的情况、他的地址，当然，还有一张他的照片。"

"巴克斯特是做什么的？"

"他自称是一个律师，但到底是不是我也不知道。他怎么赚钱我也不知道，但他应该有自己的挣钱方法。"

"知不知道，他为什么要敲诈你？"

"不知道，也许他花钱很厉害，但自己的钱又不够用。"

"我杀人收费很高的。"

"我知道，我出得起。"

"朋友关照过，让我少收你一点，即使这样，你起码也得付我五千。"

"付得起。相对于巴克斯特勒索我的钱，少多了。"

"他让你多长时间凑齐那些钱？"

"他说给我两星期时间，让我筹集两万五千元给他。如果逾期不给的话，他就向警察报告，说我曾杀了人。"

科斯塔站起身，把巴克斯特的资料装进口袋："我去看看他住处周围的情况，回来再告诉你结果。"

罗塞蒂双手颤抖着，看着科斯塔道："好的。"

"罗塞蒂先生，我是一个非常谨慎的人。我会仔细侦察一下，然后再告诉你我的决定。"这时，科斯塔看到了壁炉上挂着一幅海鱼画。"我觉得你很紧张，你为什么不去钓钓鱼呢？"

罗塞蒂苦笑了一下："钓鱼？整个夏天，我每个周末都和妻子一起去钓鱼。那时，我们生活得很平静，开餐馆、驾着小船去钓鱼。自从我接到巴克斯特的那个电话，我不管餐馆的事了，也不钓鱼了，整天忧心如焚。"

"罗塞蒂先生，我会尽力帮你的。希望不久以后，你又有心情钓鱼了。"

科斯塔从里屋走出来。经过客厅时他碰到了罗塞蒂太太，愉快地冲她点点头。她脸上没有一点笑容，只是抬起头问他："你吃饭了吗？"

"还没有。"

"不如我们一起去楼下吃吧。"她走到里屋门口对罗塞蒂道："亲爱的，去吃饭了。"

罗塞蒂走出来道："你们去吃吧，我想睡一会儿。"

"亲爱的，那你注意把被子盖好。"

他们坐在餐馆的一个包厢里，罗塞蒂太太吃饭时话不多。直到吃完饭，当服务生把咖啡送上来时，她才抬头看着他说："亲爱的很担心，这件事真让人感到无奈。"

"你担心吗？"科斯塔问。

"不，我不担心。一个人的一生有些事情是避免不了的。我知道这个道理。"

"我会非常小心的，别担心。"

"仔细一点，多注意一下自己。千万要小心。"

"罗塞蒂太大，不用太担心，我能处理好。"他起身准备离开。

"你没穿大衣吗？"

"穿了。"

"别着凉了，多穿点衣服。"

她的黑眼睛一直盯着他离开。

第二天早晨，他去了巴克斯特的办公室附近，他来这里是侦察地形的，这里位于56街的一栋大楼中。科斯塔混在上班的人群中，九点前进了大楼。他来到了十一层，从走廊尽头那里可以看到巴克斯特的办公室。

这里的每部电梯里都有一个人负责开电梯，而且人流量大，在这里进行暗杀是不现实的。

九点三十分，巴克斯特走进他的办公室。他长得又矮又胖，嘴里叼着一根雪茄。在走廊里，科斯塔又等了十五分钟，然后，他走进巴克斯特的办公室。巴克斯特的秘书接待了他，他递给她一张名片，并介绍说，他是办公室用品公司的推销员。秘书说巴克斯特先生暂时还不想购置新的设备，巴克斯特先生对他现有的办公设备很满意。科斯塔装成推销员的样子，向她表示了感谢，然后，有礼貌地离开了。在他进到巴克斯特办公室那短短的一会儿工夫里，他看清了里面的布局。出来后，他不满地摇着头，显然，他对这里的环境不满意。

他开着一辆租来的汽车，在那天下午去了康涅狄格州。这里有家公司离巴克斯特的家很近，他来到这家房地产中介公司。公司职员开车带着他，路上经过了巴克斯特住的那个区，一路上，那个公司职员滔滔不绝地向他谈起在康涅狄格州生活的好处。无巧不成书，有一栋待售的空房子正好在巴克斯特家旁边，对那栋空房子，他表现出异乎寻常的兴趣。公司职员在他的强烈请求下，开车带着他慢慢地经过那条街。趁此良机，他打量着巴克斯特的房子。巴克斯特的房子在一排房子的最外面，四周围着砖砌的高墙。科斯塔注意到，那栋房子门口有一个铁门，上面挂着的一个牌子上写着"小心狗咬"。院子里有一条大狗看到了他们，开始"汪汪"地乱叫起来。

那天下午，科斯塔在剩下的时间里告诉房地产中介公司的职员，他是从俄亥俄州迁到这里来的，他妻子过几天也会过来。等妻子来了之后，他们将一起买下那栋房子。他在和中介公司的职员谈话中，了解到包括巴克斯特在内的其他住户的情况。巴克斯特一个人住在那栋房子里，他是个单身汉。他雇了一对瑞士夫妇照顾他的起居，但只是在白天，因为那对夫妇晚上不在这里过夜。

他六点钟回到罗塞蒂餐馆的客厅里，罗塞蒂夫人坐在客厅的另一头，她在织毛衣，罗塞蒂坐在办公桌后面。

科斯塔看看罗塞蒂，然后又看看罗塞蒂夫人："我今天去看了他上班的地方以及他住的地方，我觉得干掉他还是可以做到的。但有一件事我放心不下。"

"什么事？"

"我需要你们的保证。"科斯塔说。

罗塞蒂奇怪道："你不会说你现在不想干了吧？"

"我的意思是我需要你们两个的配合我才能做。你们要配合我，我才会杀了他。"

"你需要我们怎么做呢？"罗塞蒂太太双手交叉，放在膝盖上说。

"我想在他家杀掉他，在他办公室下手并不方便。不过，我不想开车去他家。"

"你有什么办法？"罗塞蒂道。

"这个周末，我们三人一起去钓鱼。在钓鱼的地方干掉他。这样的话你们两个也参与了谋杀,那你们以后就不会出卖我了。"

罗塞蒂对他太太道:"你觉得这个主意怎么样,亲爱的?"

她想了一会儿,然后慢慢地点点头,叹了口气道:"他这么谨慎完全可以理解。我想这个主意不错,再说了,现在我们还有其他办法吗?"

罗塞蒂对科斯塔说:"我们现在无路可走,看来只能这样做了。"

"那好,就先这么定了。"科斯塔道。

"需要我们做什么呢?"罗塞蒂问。

"星期六早晨,我在城市岛码头给船加满油,在加油的时候我会上船,你们在那里等我。"科斯塔起身准备离开,临走时补充道,"上船之后,去哪儿我会告诉你们的。我会安排好一切的。"

"别着凉了,多穿点衣服。"罗塞蒂太太对科斯塔道。

科斯塔星期六早晨来到码头,在人群中他看起来很普通,丝毫不引人注意。他在等待中看到了罗塞蒂,罗塞蒂正开着一艘机动船向码头靠过来。

科斯塔穿过拥挤的人群,上船走进了驾驶室。准备了一下,他们驾船朝康涅狄格州海岸驶去。罗塞蒂驾船,罗塞蒂太太坐在一张藤椅上织毛衣,科斯塔站在罗塞蒂身旁。

他们下午到了半岛上,巴克斯特的房子就在那里。在半岛顶头一个隐蔽的地方,他们把船停好。

"接下来怎么办?"罗塞蒂紧张地问。

"钓鱼、做饭、吃饭……反正就当来这里野营一样。"科斯塔说。

"你想吃东西?"罗塞蒂太太问。

"是的,我有点儿饿了。"

"那你们去钓鱼吧,我去做饭。"

六点钟的时候，她站在下面驾驶室门口喊他们："饭做好了，吃饭吧。"

吃饭时，罗塞蒂很紧张，不时地看着科斯塔。他太太一言不发，只是忙着端饭、端菜。

科斯塔吃好饭后，在船舱里睡了一小会儿。醒来后，他觉得罗塞蒂好像有什么事要问他。他对罗塞蒂说："是时候了！我要去游泳。"

罗塞蒂太太伸出她的手，拍着他的肩膀道："一定要小心。"

他微微一笑，低头对她说："我一直是个谨慎的人，我会很小心的。"

他去驾驶室里准备换游泳衣，出来时手里拿着潜水设备，游泳衣也已经穿在身上了。他头上戴着黑色橡皮头套，脚上套着脚蹼。他站在船尾把潜水镜和吸管戴好，一跃跳入水中。他慢慢地向岸上游去，游的过程中，不时地摸摸系在腰间的橡皮手套，检查绑在身上的一个小塑料袋。这一身的潜水装备，使他毫不费力地向前游着。

过了半个小时，他在离巴克斯特家码头不远的地方停下，然后，他慢慢地随着水流漂过去。到了岸边，他打开随身携带的一个小塑料袋，从里面拿出一块肉。他低低地吹了一下口哨，随后就听到狗的叫声，狗的动静打破了海岸的宁静。他把那块肉扔到狗的旁边，然后赶紧潜入水中。在水里，他用来时带的吸管呼吸。从岸上看，根本发现不了水里有人。

狗的叫声越来越响。不一会儿，巴克斯特出来了。他手里拿着手电筒，穿着睡袍。他检查了一下院子四周，喝令狗停止吠叫。

不大一会儿，巴克斯特回房了，狗围着码头，不停地嗅来嗅去。然后，它看到了那块肉。科斯塔看到，那条狗叼起肉大嚼起来。不久，那条狗的爪子使劲挠地，发出一阵痛苦的呜咽声，很快便倒在码头上。科斯塔从水里出来，走到狗的旁边，试了一下它到底有没有死。

确认狗已经死去之后,科斯塔摘下潜水镜和脚蹼,把狗的尸体藏了起来。他小心地捡起码头上一块狗没吃完的肉,扔进大海。然后,他又回到阴影处,耐心地等了一会儿。仆人们现在已经下班,他们上了一辆汽车,大门在他们离开后关上了。看到仆人坐的汽车慢慢走远,科斯塔脱掉潜水装备,悄无声息地来到门廊栏杆前。他在门廊地板上趴着一动也不动,趴了十分钟后,他戴上手套,继续匍匐着来到百叶窗下。窗户没有关,他向里看了一下,巴克斯特还在熟睡中。科斯塔慢慢地走到巴克斯特床前,伸出双手,使劲掐住巴克斯特的喉咙。过了一会儿,科斯塔慢慢松开双手,摘下橡胶手套,试了试巴克斯特的脉搏,发现巴克斯特的确死了。他戴上手套,满意地从原路退出。

回到码头,他把狗的尸体扔到水里,又穿上潜水装备,轻松地向着罗塞蒂船的方向游过去。快游到那条船时,他看到罗塞蒂夫妇坐在船尾。

"是科斯塔吗?"罗塞蒂看到他后喊道。

"是的。"科斯塔回答。他爬上船尾,把脚蹼和潜水镜递给他们道:"事情做完了,成功了!"

在昏暗的灯光下,罗塞蒂太太的黑眼睛看起来让人捉摸不透,她对他说道:"一切顺利?"

"一切顺利。"

"这些衣服都湿了,脱掉吧,别冻着了。"

走进船舱,科斯塔擦干头发,脱掉橡皮上衣,换上干的衣服。不一会儿,他来到罗塞蒂夫妇那里。

罗塞蒂不知从哪儿拿来一瓶葡萄酒,罗塞蒂太太坐在椅子上,又开始织毛衣了。罗塞蒂高兴地说:"为了庆祝,我们来喝一杯。"说完后,他倒了三杯酒。三人一起干杯。

罗塞蒂太太看着科斯塔,对他道:"没遇到什么麻烦吧?"

"除了你们,没人知道我做的一切,没人知道发生了什么事,一切都很顺利。"

"你是不是用枪杀了他?"罗塞蒂问。

"没有,我用一双手就干掉了他。"说着,他指指自己坚硬的手掌。

罗塞蒂起身走到船舱门口对她夫人道:"亲爱的,我有点累了,想去休息。"

她注视着丈夫,关心地对他说:"亲爱的,你去睡吧,别忘了盖好被子。"她转过头来,对科斯塔道:"科斯塔先生,祝你也睡个好觉吧。"

科斯塔起身伸了个懒腰,走到船边微笑着说:"今晚夜色很漂亮,你觉得呢?"

"夜色是不错。"她回答道。她的手伸向毛衣下面,从那里抽出一把小手枪,她感叹道,"多好的一个夜晚啊!"说完,朝他心口连开两枪。科斯塔的身体随即落进河里。罗塞蒂太太靠着栏杆,握着枪向河面查看了一下,看到他的尸体随着河水慢慢漂走。

"亲爱的,接下来该怎么做?"罗塞蒂从船舱里走出来说。

她把手枪扔到水里道:"没事了,什么也不用做。睡觉的时候注意盖好被子,别着凉了。"

寡妇的事故

蜜莉扳动了她拿在右手中的枪。

西的惊讶永远定格在了脸上。

他倒下了,倒在了她脚下,就这么死了。

"活见鬼。"蜜莉轻声说道。老天对她确实很不公平,就在刚才,她又失去了一位丈夫。自始至终,她根本就不想要那把该死的的枪。曾经她强烈抗议西给她那把枪。西是她的丈夫,他其实叫西蒙,但他喜欢别人管他叫西。当然,她的抗议没有奏效。西一直坚持他的意见,要求她必须学会射击。在她这么多的丈夫里,西是最固执、最喜欢发号施令的一个。西的决心已定,看来蜜莉必须要去学习怎样专业地使用枪支了。西由于工作的原因,他出差的时间变得一次比一次长,所以他的妻子蜜莉森特——简称蜜莉,一个人待在家里很不安全。她必须要学会保护自己,也就是说,她要学会使用枪支,能够用枪击倒一个不速之客。

可问题是,蜜莉对于枪支根本就不感兴趣。不管它们是叫左轮还是叫手枪,这似乎跟她没有什么关系,对于枪,她甚至有一种近乎病态的恐惧。因为不愿意和一支枪一起待在家里,她要求西在出差时带上她,如此一来,她就能够随时随地得到西的保护,而不是心惊胆战地守着一支破枪。可西压根儿就没有动过这样的念头。他不想让蜜莉放弃安稳的家居生活而和他一起居无定所，四处漂泊。

终于，西不顾蜜莉的极力反对，买回来了一支枪，并且开始给她示范，教她使用。

"亲爱的，你看，就这么简单，"他说道，"就像我这样，拉开枪栓。"他以相当标准的姿势给蜜莉做了一个优美的示范。接着，他把枪递给了蜜莉，要求她重复一遍自己的动作。可蜜莉就那么轻轻一碰，枪就开火了。

蜜莉的另一任丈夫——可怜的阿奇博德，人们叫他阿克，他喜欢别人这么叫他，他的死亡也同样突然。他非常喜欢水。就像蜜莉的叔叔亚当说的那样，也许，阿克出生的时候身上带着鱼鳍，哦不，也许是鱼鳃。总之，他对水的喜爱达到了近乎疯狂的程度。

可蜜莉怕水。有一些东西会让她害怕。闪电吓不着她，她也会觉得老鼠是可爱的。甚至，她还特别喜欢蛇。可她不喜欢水。准确地说，她不喜欢面积很大的水。在小小的游泳池里游泳，她觉得还是相当惬意的。假如现在还是没有飞机的年代，蜜莉肯定不会去美国以外的地方。阿克喜欢水，蜜莉也从不反对他在闲暇时间，长时间地待在湖边。她只有一点请求：允许她坐在岸边，看他划船。那样的话，她会一边观看，一边不时地向他挥手致意。

可阿克并不满足。他想帮助蜜莉克服对水的恐惧。他告诉蜜莉，如果她不下水陪他一起划船，就说明蜜莉并不爱他。话都说到了这个份上，蜜莉还能拿他怎么办呢？

于是，蜜莉心惊胆战地爬上了船。尽管如此，当他们离开码头时，蜜莉还是一再恳求阿克送她回去。当时，她简直快要被吓疯了。阿克见到她这副样子，不由得哈哈大笑起来。而她，实在忍受不了那强烈的恐惧，那恐惧压得她只想跳进湖里淹死自己，以寻求解脱。她站了起来，阿克也站了起来，想要伸手扶她，可她却把阿克推了下去。

只听"扑通"一声水响，船上只剩下了她一个人。"救命啊！"她大叫起来。

附近的人们听到了叫喊声，都把船划了过来。得知情况之后，他们潜水下去救人，并且还叫来了一些帮手。

可这一切都于事无补。经过了四个小时的寻找，他们找到的已经是阿克的尸体。

乔纳森是另一个不幸的人。如果蜜莉的记忆力还算可靠的话，他应该是阿克死后，她嫁的下一任丈夫。乔纳森喜欢别人叫他乔。他对蜜莉的母亲很有意见，因为他的岳母总是把他的名字叫错，总是唤他为约翰，他总是想不通，一个其他方面都令他十分满意的岳母，为什么要执意叫他约翰而不是乔。可怜的家伙，这个问题不会困扰他太久的。

乔非常喜欢野餐，而且是很有原始风格的那种。当然，蜜莉并不讨厌。想象一下，在野外，面对一张折叠桌、一顶小帐篷、许多椅垫、银餐具、餐巾纸、美味的鸡胸肉、火腿，再加上充足的冰镇香槟，谁会不为此心动？每每想起这个，她总是对这种活动充满了向往。

但乔在野餐时，喜欢取材于自然。他一直认为，只有自己在野外采摘食物，那才能称得上是真正的野餐。因为野外就餐，通常是可以大显身手的时候。

最后一次野餐，乔负责钓鱼，他让蜜莉去采集蘑菇和野草莓。可蜜莉并不知道怎样挑选蘑菇。因此，乔非常详细地给她讲了哪种类型的蘑菇能吃，哪种类型的蘑菇有毒。她完全按照乔给她说的办法去采摘蘑菇。可那天，她没有戴眼镜。因为，乔不喜欢她戴眼镜的样子。在乔的眼里，她佩戴眼镜只是为了赶时髦，追求时尚，以为她的眼镜只是一个可有可无的装饰。所以，在没戴眼镜的情况下，她竭尽所能地去采摘蘑菇和野草莓。

乔回来了，跟她炫耀着自己钓到的鱼。接着，他们对着瓶子喝波旁威士忌，那是他们的开胃酒。酒喝得一滴都没剩下，两个人都有些醉了，开始像小孩子一样欢欣雀跃、不断傻笑起来。没过一会儿，他们折腾得饥肠辘辘，于是，就从四处收集树枝，用来生火做饭。他们把鱼埋在热灰里。蜜莉不喜欢生吃蔬菜，所以她就拿一些野草莓来充饥。而乔就一边烤着鱼、一边吃着蘑菇。

蜜莉采摘的蘑菇中大部分都是好的，只有少数是有毒的。而仅仅这些，足够结束乔那脆弱的生命了，蜜莉确信这个。

接下来是潘——其实是潘勒顿的简称。一回想起发生在他身上的事，蜜莉真想把眼珠给哭出来。当时，要是潘往旁边站一点，哪怕是一点点，不管是前后左右的哪一个方位，只要他挪动一英寸也不到的距离，那个半身像也不会砸到他的头骨。

潘一直梦想着成为一名室内设计师，但是，他的父亲很反对他从事这个职业，所以后来，他成为了一家银行的职员。和蜜莉结婚后，蜜莉从不干涉他的兴趣。于是，他埋没了很久的房屋设计天分就得到了极大的发挥。特别是在大厅里，那里简直成了他施展才华的天堂。按摄政时期的风格装修完工以后，他又想把它换成维多利亚或现代风格。紧接着他又开始了新的装修计划。这是规模最大的一次计划，他准备把大厅按古典风格装饰，并把这一主题顺着楼梯延伸到楼上，甚至包括楼梯的平台。在平台上，他准备放置六个古罗马将军的半身像，目的是能与楼下那六个立像遥相呼应。设计草图完成后，他拿来给蜜莉过目，那些人像看起来很庄严，但也冷冰冰的。很短的一段时间内，潘的计划付诸实践了。家里来了许多搬运工，他们按照潘的要求，把他需要的像山一样重的半身像扛到家里。

可是，惨剧很快就发生了。那是在装修完工不久的一个晚上，一个对潘而言，倒霉至极的晚上。那晚，蜜莉正要上楼，而潘刚好站在楼下。他叫住蜜莉，说他希望看见她穿上那件蓝色的睡袍。蜜莉俯身给他一个飞吻回应他，就在这时，不知怎么回事，她竟然碰翻了恺撒的半身像！

事情发生以后，她父母依然一如既往地站在蜜莉一边。但当她母亲听完事情的来龙去脉后，她很巧妙地提到了一件很让人尴尬的事。

"蜜莉，亲爱的女儿，"她母亲说道，"我非常不愿意提起这件事，也不想让你认为我太冷漠，一想起要跟你说的事情，我的心都快碎了。但是，我们家的墓地里已经没有潘的地方了。亲爱的，你瞧，你叔叔亚当和婶婶贝斯、你爷爷、你父亲和我，当然，还有你，以后都要葬在那里。尽管我们一直非常乐意接纳你的丈夫们，但现在，我们确实已经没有地方可以容纳潘了。"

因此，到最后一刻，蜜莉还在为买墓地的事情而四下奔走，可是她只找到一块墓地，而且那块墓地距离河对岸很远。

潘的葬礼过后，她的心里非常难过，因为她不得不把潘一个人孤零零地留在那么远的地方。

不过，等不了多久就会有人去和潘做伴了。

他叫艾尔——全名是艾罗西斯，又是一个特别固执的人。像乔坚持要在野餐时自己采集食物一样，他坚持要蜜莉学习打垒球。

艾尔非常喜欢体育运动，而蜜莉则不然。但是，如果只是要求她静静地坐在阴凉的场地里观看网球比赛，那么她当然也不会介意。在她上高中和大学时期，她曾经观看过不少的足球比赛，其中还有两次，她赢得了"赛场女皇"称号。可她并不擅长参加那些体育运动。她的手脚很容易磨出趼子，而且还经常抽筋，更何况她还是一个近视眼。她近视的程度相当高，球都快要打到她脸上了，她才能看清楚。为此，她跟艾尔解释了许多次，可艾尔就是不听。他全然不顾蜜莉的反对，执意去俱乐部报了名，准备参加那里举行的夫妻垒球比赛。

于是，蜜莉就无可奈何地去了俱乐部。在垒球场地上，蜜莉举着球棒站在那里，整个人看起来像极了一条出水的鱼。艾尔就站在她身后，鼓励道："来吧，击球，亲爱的。狠狠把球打出去！"

她听从了艾尔的建议，用尽全力挥起球棒。由于动作幅度过大，她来不及收手了。球棒不偏不倚地飞向了艾尔。艾尔当即倒地死亡。

虽然，不幸再一次降临到了蜜莉的头上，可不幸中的万幸是：蜜莉没有打中负责接球的穆尔，或者其他的什么人。原本是穆尔站在那儿的，因为轮到了蜜莉击球，艾尔要求和他调换了位置。可以设想一下，假如当时负责接球的仍然是穆尔，如果蜜莉失手杀死的是他，那么，他的妻子——玛丽·穆尔一定会跟蜜莉拼命的！

那真是一次可怕的事故。蜜莉只是为了博取艾尔的欢心，可她打出去的竟然是球棒而不是球！

于是，那块新的坟地里，潘不会再孤单了，有艾尔陪着他。

可男人们似乎并没有被吓倒，至少到了目前，一直是这样。关于这个，蜜莉的爷爷曾在她耳边呢喃过，他说，男人们之所以像苍蝇围着蜜糖一样追逐蜜莉，是因为他们看上了蜜莉的钱。可是，爷爷这么看待他们，似乎有些苛刻。虽然蜜莉的前几任丈夫确实不太富有，可他们都很优秀，都有体面的工作，而且对蜜莉也都很好。相反，倒是他们给蜜莉带来了一些财富。因为在婚前，他父亲要求这些男人们都必须持有人身保险。有了这种保险，意外死亡后，受益人会获得双倍的赔偿。而且，因保险赔偿而得来的钱，是不需要缴纳遗产税的。如果硬要说她的丈夫娶她是为了寻宝的话，那么，到最后，真正得到宝物的人却是蜜莉。

蜜莉的下一任丈夫是迦，真名叫博瑞迦。

迦是蜜莉见过的最为和蔼的一个人。迦的眼睛总是充满了光彩，使他整个人看起来容光焕发。虽然他们在一起生活的时间并不是很长，可蜜莉知道这些。迦对杜松子酒有些敏感，他喝苏格兰威士忌、波旁威士忌或伏特加时，都还能保持清醒，可是，他一旦喝下了杜松子酒，就控制不住自己了。蜜莉发现这一点后，从不会特意买杜松子酒，除非，她要举行一个大型聚会，有人专门叮嘱她。

有一个下午，亚当叔叔过来看他们，带的就是杜松子酒。他说，酒是世界上最文明的饮料。可自从蜜莉和迦结婚后，他在他们家里再没有见过杜松子酒，所以他特意带来这个。蜜莉按照他喜欢的口味给他调制着鸡尾酒，他在一旁赞赏地看着。亚当叔叔算得上是蜜莉最喜欢的亲戚了，所以他的来访，蜜莉总觉得很短暂。亚当临走的时候，蜜莉请求他把杜松子酒带走，可他坚持把酒留下了。

于是，蜜莉把叔叔送出门并跟他道别，可就在这时候，迦下班回来了。亚当叔叔前脚离开，迦后脚就开始拿起酒，美美地大喝起来。

见状，蜜莉只好用食物来分散一下他的注意力，她赶紧跑到厨房，吩咐佣人们早些开饭。可她的主意似乎成效不大，迦每吃一盎司牛肉，就得灌下两盎司的酒。

酒后，迦的眼神异常灿烂夺目。

蜜莉还穿着外出的衣服。现在，她在等着吃甜点，这种甜点，是按照贝斯婶子说的方法制作的，名字叫苹果水饺。等一会儿吃完这个，她打算去看晚间新闻。

可看看迦的那副样子，她的计划恐怕只能作罢。

新婚之夜后，除了上回大喝杜松子酒，迦的情绪再没有如此高涨过。他压根儿没看蜜莉面前的那份苹果水饺。蜜莉吃完自己那份的一半后，要求迦坐下来，停止胡闹，否则，她就会把迦的那份也一同吃掉。显然此刻的迦，已经顾不上去在意这个了。他又往杯子里倒了些酒，然后快步走向楼上的起居室。他大声叫嚷着让蜜莉跟他一起上去，因为他想在阳台上看月亮。

蜜莉迅速抓起迦的那份苹果水饺，以海盗一般的姿势，狼吞虎咽地吃完，接着，她来到楼上。阳台上，正站着的迦，他手舞足蹈地指着天上的月亮。杯子里的酒，随着他摇摇晃晃的姿势洒了出去，落在了院子里的马鞭草上。迦有些恼怒地抱怨了两句，就捻着酒杯冲到楼下。

茂密的葡萄藤遮住了一部分的阳台，而蜜莉恰好站在阳台的阴影底下。她转过身看着迦走回起居室。迦手里拎着那个快要空了的酒瓶。他一边走，一边自斟自饮。可能觉得不太过瘾，他索性对着酒瓶子仰脸往嘴里灌。接着，他兴奋地大叫了一声，随即把空瓶子从敞着的门里扔了出去。瓶子画着弧线飞过蜜莉的头顶。她的眼睛追随着瓶子的轨迹，静等着瓶子撞击石头路面的声音。可她只听见了"砰"的一声闷响。瓶子被灌木和马鞭草接住了。

"我的姑娘哪儿去了？我亲爱的姑娘在哪儿呢？"迦轻柔地问道。

那声音听起来那么甜蜜、那么哀婉动人。亚当叔叔留下酒，有什么错呢？也许今天的工作不太顺利，迦需要放松一下。唉，忙碌了一天，稍稍放肆一下也没有什么大不了的。在家里，妻子应该给予丈夫爱护和鼓励。有时候，甚至需要你对他们完全顺从。

蜜莉"咯咯"地笑了，回答他说："我在这儿呢，可你肯定找不到我。"

知道迦肯定找不到她，所以她从阴影里跳了出来，故意来挑逗他。

他正准备抓住她，可她又跳到阳台的另一边去了。迦从她身后扑了上来，可不知道是怎么回事，他撞断了细细的铁栏杆。

老天对待迦并不像对待那个酒瓶那样慈悲。迦一头栽在了院子里的小路上。无论是灌木丛，还是马鞭草，都没有从中途拦住他。

就像这样，蜜莉的生活一如既往地继续着，可跟她结了婚的男人们，却接二连三地都没了命。

她有些婚姻，很短暂，仅仅持续了几个月。

她和阿德博特一起生活了一年。当然，人们叫他博特，也是因为他喜欢别人这么叫他。像以前的每次婚姻一样，她希望这一次的婚姻能持续下去，直到永远。要是博特没吃那些药片的话，那他，现在应该还在她的身边，陪着她吧。

博特和迦一样，是一个十足的傻瓜。哦，不对，不是迦。迦很欣赏她戴着眼镜的样子，而博特和她的另外一个丈夫——名字她一时记不得了，却很反感她戴眼镜，哪怕是她不戴眼镜，几乎什么也看不清楚。博特的要求实在是有些不近人情。他认为蜜莉必须是完美的，他不允许她用眼镜在自己那张可爱的脸上增加瑕疵。于是，她就像所有痴心的妻子一样，尽力地去讨好自己的丈夫。尽管她认为，博特不让她在自己面前戴眼镜是件很可笑的事情，但是，她依然按照他的意愿那样去做了。她从报上得知，有一半的美国人都在戴眼镜，可为什么她就不能呢？

也许可以这么说——在博特身上的事情，完全是他自找的。

哦，不，这样说的话，似乎有些太冷酷无情。

可是，博特把他自己的病情看得太过严重了。这不是有意去推脱什么，这是个事实。所有的人都这么认为，包括他母亲和蜜莉的母亲。

首先，他年纪轻轻得了心脏病，这就是一件令人费解的事情。很少有人会在26岁时，就犯这么严重的心脏病。离开医院的特护病房后，博特就回到家里休息疗养。蜜莉负责照顾他。在他康复的这段时间里，他任性得就像是一个被宠坏的孩子，也许只能用这个字眼来形容他了，因为它确实很贴切。蜜莉在他的强烈要求下，没日没夜地守在他身边，几乎可以说是寸步不离。

那是一个傍晚，累得筋疲力尽的蜜莉，趴在他床边睡着了。他推醒了蜜莉，嚷着说吃药的时间到了。当时，蜜莉当然没戴眼镜——这是他要求的，蜜莉在抽屉里摸索起来。她拿了最外面的药盒子给他，可那种药恰恰是他不该吃的。

蜜莉回忆说，事发后，医生根本就不知道是怎么回事，他还安慰她，让她不要太伤心了，因为像博特这种情况，突然猝死是正常的。

在博特死后的一段日子里，蜜莉终于拥有一些时间，可以来思考发生在她和她几任丈夫之间的事情。

有一点，她必须得承认，那就是，她把他们都搞混了，尽管她确实费了很大力气，想把他们区分开来。她以迦的名义给麻省理工捐了一大笔钱，可过了很久，她才想起上麻省理工的是博特。麻省理工对于此事，当然不会介意，他们收下了捐款，并回寄了一封措辞含混的感谢信。还有一次，她为了纪念乔的生日，捐给动物保护协会一笔钱，可后来，她才回想起来，对于动物，乔并不感兴趣，而那个真正的动物爱好者应该是阿克。在她和阿克的短暂婚姻生活里，他们饲养动物的种类之多和数量之大，完全可以开一个市级的动物园。还有，那天也不是乔的生日，而是阿克的。

有时她会怀念和西做爱的销魂滋味，可她必须得纠正自己，因为事实上那个人是潘。她会回忆和迦去巴黎四处游览的情景，而事后，她不得不承认，她只和阿克一起去过那里。她还会想念和乔在威尼斯度过的美好时光，但实际上跟她一起在圣马可广场喂鸽子的还是阿克。

不过这些，也没有什么大不了的。虽然，她已经记不清，到底和谁一起经历过什么，可她依然很尊重他们。她怀念他们每一个人。她也不想结这么多次婚的。在她年纪还小的时候，在她刚刚知道丈夫和婚礼的含义的时候，她甚至就梦想着，能有一天和她的另一半庆祝金婚纪念日。

可生活并不像她想象的那样。

过不了几年，蜜莉就三十岁了，而她已经有过好几段婚姻了。

她掰着手指头开始数着：左手大拇指是博特，食指是乔，中指是阿克，无名指是迦，小拇指是西，对，还有潘，她伸出了右手大拇指。

六个！也许顺序还不太对。天哪！六个丈夫！想想都让人头大！

等一下。六个丈夫？哦，不，刚才忘了算上艾尔。她怎么会把艾尔给忘了呢？艾尔曾经可是她最喜欢的丈夫之一。

艾尔——右手食指。

是的，应该是七个。

这七个人，曾经都是和她最亲密的人。她都管他们叫"亲爱的"。现在，她也只能这么去形容他们。曾几何时，她是世界上最幸福的女人。

而同时，也是最倒霉的。

结了七次婚，到现在，她又成了寡妇。接下来可怎么办？

婚姻在她这里，恐怕已经走到尽头。她很明白这一点。就算非常浪漫的男人，也不敢轻易接近她了。每一个知道她历史的男人，在想接近她之前，都会再认真地思量一番的。尽管她很迷人，如同爷爷说的——她就像蜜糖一样，很吸引人，可也许，糖里面有毒？

这个时候，她真希望能有个人，陪她聊聊，听她诉说一下自己的疑问和烦恼，哪怕是听她抱怨心中的不安也好！可是，随着她一次次地结婚，又一次次地变成了寡妇，不管是她的家人还是朋友，都开始有意地在她面前回避这个问题。大概，他们以为提起这些事情会让她难堪，会显得很不礼貌。他们一个个都只顾自己的圆滑世故，都自诩极富爱心和宽容。但是，他们却忽略了一个最迫切、最严重的问题，那就是，她需要发泄！需要倾诉！需要跟一个人痛快淋漓地诉说一下堆积在她心里太久的积怨！

一阵长长的门铃声响了起来，她的自怨自艾被打断了。

一个个子很高、相貌英俊的男人来访。这个人看起来已经上了岁数，至少有四十岁了吧。她历任丈夫的年纪，都跟她相差不多。那么，来人找她，肯定与婚姻无关。

"雷蒙德夫人？"

蜜莉愣住了，也许他走错了。

"雷蒙德夫人吗？"他再次问道。

"雷蒙德夫人？"他锲而不舍，坚持地问道。

这一次，蜜莉弄明白了，是在叫她！

她就是雷蒙德夫人。她有一个丈夫，他的姓，正是雷蒙德。没错，是可怜的博特。

博特是她的最后一任丈夫，那么，现在，她当然应该姓雷蒙德。

老天！她曾经有过那么多姓，所以一时没反应过来自己到底应该姓什么，也属正常。

明白过来以后，蜜莉点点头。

"你好，我是威廉姆斯，我可以进屋吗？"那男人又开口了。

蜜莉点头默许。

威廉姆斯先生只是告知了蜜莉自己的姓氏，对于自己的职业和头衔，一概没有提及。其实，他的真实身份是一名警官，在纽约女王区重案组工作。他是有意隐瞒他的个人信息的。因为，他这次来访的事情不能让总部知道。本来，他打算做一次例行的公开调查，之后把蜜莉森特·雷蒙德逮捕归案。但是，在第三次意外死亡发生后，他找局长请示时，局长阻止了他。局长和蜜莉森特·雷蒙德的爷爷和父亲相熟。他告诉威廉姆斯，蜜莉森特的家族是美国南部甚至是世界上最好的家族之一，而那个家族都以蜜莉森特为傲。

第五次意外死亡发生后，威廉姆斯再一次试图说服局长展开调查。局长大发雷霆。

也许真的是威廉姆斯鬼迷心窍了。忘掉那些愚蠢的怀疑，去惩罚真正的罪犯，才是他迫切需要去做的事情吧。女王区大街上的杀人犯，已经够他忙碌一阵子了。可是，他为什么一再怀疑那个无辜而苦命的姑娘呢？

其实，驱动着威廉姆斯这样做的是一种正常人都会有的正义感，当他看到一个个年轻男性无辜惨死，而那个聪明的女杀手却一直逍遥法外时，他愤怒了，决定要伸张正义。正是这种正义之气，一直驱使着他一路向前，甚至让他鬼迷心窍，无法摆脱。

七条人命已经足够了，他不想看到再有惨剧发生。

于是，威廉姆斯就来到了蜜莉森特·雷蒙德的门前。进屋之前，他不确定自己会见到一个怎样的人，也许是十分恶毒的人，一看就像是一个罪犯？可是，蜜莉森特·雷蒙德超乎了他的想象。她长着一张可爱至极的脸，那张脸看起来和杀人凶手丝毫沾不上边。她的眼睛很漂亮，下方没有皱纹。她一定睡得像个婴儿一样香甜。她那双小手也让他吃了一惊，那双手上长着纤细、娇小的手指，有着婴儿般圆润的指尖，但正是这双手，曾经把七个好男人送上了黄泉路。他不知道，这个房间里面是否保留着那些无辜生命的画像或照片。但要想容纳那么多战利品，她肯定需要一个单独的房间才行，而且这个房间还不能太小，太小的话那些照片就摆不下了。

他必须承认，她很迷人，而她似乎并没有察觉自己对男人们的这种吸引力。不难理解那些可怜的家伙为什么都会爱上她。

威廉姆斯相信，她早晚会露出破绽的。也许，她已经被那些可怕的罪行压抑得太久了，她不停地说了起来。她好像很庆幸能有这样一次发泄的机会，她开始酣畅淋漓地谈论起她历任的丈夫。他确信，等她全部诉说完毕，他就会在下午结束前，听到她认罪的忏悔。

蜜莉显然已经被这个突然的造访者深深吸引住了。

她终于找到了一个可以倾诉的对象，这是她一直期望的。最难得的是，这个对象竟然还对她的婚姻状况十分了解。她的确吃惊不小。因为就连她也记不清他们的顺序了，更不用说她父母、她爷爷以及亚当叔叔和贝斯婶子了。但是，这位来访者——威廉姆斯先生却准确无误地记下了。甚至，她把他们的前后顺序弄错时，他还特意纠正了她。她说的每一个字，他似乎都很感兴趣，甚至在有时候，他还掏出笔记本记下一些东西。

对这所房子，他也很感兴趣。不过，这倒是可以理解的。因为这所房子是一处名胜，年代久远，远近闻名。在每年的春季或圣诞节期间，房子就会对外开放，吸引了很多人前来游览观光。

另外，威廉姆斯先生对于谁死在什么地方，又是怎么死的，显得格外好奇。不过，提到这些时，他显得异常谨慎。当他站在大厅的楼梯下时，他突然跳着离开了。看得出来，潘的悲剧，让他心有余悸，生怕悲剧再一次发生。其实，那些半身像早在潘的葬礼之后，就捐献给了博物馆。

走到迦掉下去的阳台时，威廉姆斯先生也同样小心翼翼。

午饭过后不久，天就暗了下来。一场暴风雨说来就来了。屋子里的光线渐渐暗淡了下来。蜜莉打开了电灯。狂风大作，窗板被吹得"啪啪"作响，蜜莉说了声"对不起"，起身去关门窗。威廉姆斯先生很绅士，上前帮忙，但他总是刻意地与蜜莉保持着距离。而且，在他转身探出窗外关窗户前，他总会先确认一下蜜莉所在的位置。

突然，一道闪电划过，房间一片漆黑。停电了。在这种天气，谁也说不准什么时候会来电。不过没关系，蜜莉喜欢烛光。她时常觉得：在烛光下，这房子才显得更美、更浪漫。她点燃了一个烛台，递给了威廉姆斯先生，接着又燃着自己手里的蜡烛，然后，他们接着去关门窗。

当他们来到后面的楼梯上时，一股刺鼻的煤气味传了过来。

"是地下室，热水器的火被风吹灭了。"蜜莉说道。

威廉姆斯吹灭了自己的蜡烛，有些生硬地对蜜莉说道："把你的蜡烛也吹灭。然后，到地下室门边，看着门，别让它关上。"

说完，他贴着墙角，一步一步地走下狭窄的楼梯。

蜜莉感觉全身都在发冷。威廉姆斯先生很凶，他跟她说话的态度，就像是军官正在给士兵下达命令，语气里透着专横，根本容不得商量！

蜜莉的耳旁又回响起了那些话：把你的蜡烛也吹灭。到地下室门边去，看着门，别让它关上！

一刹那，蜜莉的脑海里浮现出一幅场景：他的周围全是火焰，而她救了他，正在用人工呼吸，抢救昏迷的他。

这浪漫的场景，跟哥特式小说里的描写极其相像：一个电闪雷鸣的晚上，在一处偏僻而古老的大宅子里，男女主人公相遇了，男人突然造访，而女主人对他毫不怀疑。现在，她就是那个女主角，她就是那个女主人公。哦，天啊，想想就觉得很刺激！

突然，一个巨大的声音响起，她的美梦被打断了。

哦，是威廉姆斯先生，也许，他还没来得及查看热水器。泄漏的煤气被什么东西给点燃了，发生了爆炸。一切都完了！房子会瞬间被夷为平地，只剩下高高的烟囱杵在那里，结局多么凄美！多么浪漫！

接着，她意识到，那只是她的臆想。一阵狂风袭来，通往地下室的门被风关上了。蜜莉懈怠了她的任务：威廉姆斯先生交代过，要她保持那扇门开着。

于是，她飞奔到门前，竭尽全力把门推开。

就在那一刻，千年难遇的事情又发生了！确实发生了！就在蜜莉准备把门打开时，威廉姆斯先生刚好也来推门，于是，门重重地撞到了他。由于重心失衡，他身子往后一倾，摔在台阶上，接着沿着台阶向下滚落。最后，他头部先落地了，重重地栽在用砖头铺就的地面上，当场就断气了。

蜜莉伤心透了，老天总是这样对她！

她终于碰到了一个善解人意的人，可是，意外再一次发生了！但从某些方面来讲，对于这种意外，她很有经验，已经可以熟练地应对了。她知道，第一件事情是报警，而且必须保护好案发现场。

来到电话机旁，她脑子里画出了一个大大的问号，因为她根本不知道威廉姆斯先生的全名，而他，却对自己的情况了如指掌，了解自己的每一次婚姻，并且能够说出先后次序。

海滩之夜

丈夫乔治和妻子贝蒂住在城里,每个夏天,他们都会来我们居住的海边避暑。乔治看起来比较内向,而贝蒂很漂亮,性格也很活泼,他们两个从表面上看来有些不太相配,真想不明白贝蒂当初为什么会答应乔治的求婚。不过,也犯不着大惊小怪,事实上,很多看上去并不般配的夫妻,他们的婚姻生活却非常幸福、美满。

别误会。我可不是在贬低乔治。他是个特别出色的人,为人真诚可信。凡是跟他稍稍有过接触的人,都会认同这一点。

去年夏天,乔治夫妇没有到我们海滩避暑,听说他们去了斯普鲁斯海滩。贝蒂普跟我妻子提起过,乔治就是在那个海滩向她求的婚,那个地方对她而言,总是充满了浪漫的气息。对这一点,我觉得不可理解,可我妻子说,那是因为我生性麻木,理解不了女人这些细腻的感情。

随她说去吧。不过,今年六月,乔治和贝蒂又来到我们这里了,同时带了两个女儿,一个小姑娘八岁,另一个六岁。乔治的变化很大,我一眼就看出来了。他整个人很不精神,一副无精打采的样子,双手插在口袋里,低着头只顾走路,从来不看前方。不过,和孩子们在一起时,他显得很活跃。

我妻子是个很好相处的人，很容易让人觉得亲近。没过多久，她和贝蒂已经很熟了，有时候，她们会在一起说一些悄悄话。我妻子说，去年夏天去斯普鲁斯海滩后，乔治就变成现在这副样子了，就连贝蒂也弄不明白，乔治到底是怎么回事。

不久后的一天，乔治来到我家，当时我正在修剪草坪。看得出他是专程来找我的。于是，我们一起走到门廊上坐了下来。他几次张开口，但都欲言又止，我想他这是有话要说，却不知道该怎么开口。

最后，他终于脱口而出："警长，你说，为了抽象的正义，一个人是不是应该毁掉自己的幸福？"

"乔治，我没办法回答这样模棱两可的问题，你说具体一些。"我说。

我正期待他继续说下去，而他却只是喃喃地道了声"你说得对"。接下来，又陷入了沉默，过了一会儿，他走了。

次日，乔治又出现了。这一次，他看起来更紧张。他略带忐忑地试探："假如，我跟你说了一个罪行，你会去揭发吗？"

"那也不一定，这要看具体情况。比方说，我会看看是不是在我的管辖区域，犯罪情节严不严重，等等。"

"是谋杀。"

我快速瞥了他一眼，他的脸变红了，我想，他知道我心里在想些什么。

"当然，那不是我！"他马上澄清说，"即便是我想去杀人，可我也不知道该怎么去杀。"

我叹了一口气。是的，他说的没错。他看起来不像是个有暴力倾向的人。但是，三十三年的警察工作，让我很难一概而论，凡事都有个例外，特别是像乔治这样内向的人，有时候就更难轻易得出什么结论。

他这次会说实话，我能预感得到。我也承认对这件事情，我确实十分好奇。于是，我去厨房倒了两杯苹果汁，让他润润嗓子。

不久，谈话的气氛一下子就有了，他滔滔不绝地讲了起来。

他的故事可以回溯到十一年前。那时候他正在追求贝蒂。在高中时代，他和贝蒂就认识了。他非常崇拜贝蒂，可是因为害羞，他没有进一步地做出行动。他曾经鼓足了很大的勇气邀请贝蒂出去玩，但被贝蒂一口回绝了。贝蒂的拒绝给他的打击不小，此后他对贝蒂一直是敬而远之。

在他二十二岁的那年夏天，他通过了会计师资格考试。秋天就可以去波士顿工作。那是一份相当不错的工作。在工作之前，他还有几个月的闲暇时间。

他父母在斯普鲁斯海滩租了一间别墅，于是，他就去了那里。

这个海滩是一个避暑胜地，夏天的时候特别热闹，很多人都会来到这里。那里的海滨有一条一至二英里长的人行道，是用木板铺就的，还有一个大型游乐场和一个伸进海中的码头，码头上面有骑楼和舞厅。

乔治在那里玩了很长时间，快要玩腻的时候，他竟然看见了贝蒂。更让他惊讶的是，贝蒂像个老朋友似的跟他打了招呼。她住在美洲豹旅馆，是跟守寡的母亲一起来这里的。在斯普鲁斯，贝蒂没有一个熟人，她也不是那种跟人自来熟的人，所以能在这里遇到乔治，她感到很开心。

很快，乔治和贝蒂就天天在一起了。他们相约一起游泳，沿着木板人行道或海边一起散步。有时候，他们也会什么都不做，只是静静地坐在美洲豹旅馆的阳台上喝柠檬汁。

贝蒂是乔治的梦中情人，一直都是。可是每当乔治想跟她求婚时，他总是感到害怕，怎么也开不了口。在每次告别的时候，乔治都特别想亲吻她的嘴唇，可贝蒂总是转过脸，这样他只能吻一下她的面颊。

乔治实在是太爱贝蒂了，爱得都快发疯了，他绝不能眼睁睁地看着贝蒂再次溜走。于是，一天晚上，他再一次鼓足了勇气向她求婚。

乔治非常紧张地对贝蒂说出了求婚的话，他有些惊慌失措，不停地用脚尖踢沙子，等待贝蒂的回答。

贝蒂拒绝了他，可她的拒绝很巧妙。她说："我很喜欢你，乔治。但是，我不想结婚。现在还不想。"

当时，乔治真想跪倒在她脚下，恳求她能同意。可他天生不是那种人，做不出来那样的事。于是，他说了几句意义不大的废话就离开了。离开的时候，连吻都没有吻她。

转眼夏天快结束了，天气开始转凉。海滩的人渐渐开始减少，许多人带着行李离开了那里。码头和其他一些娱乐场所也都陆陆续续关闭了。热闹喧哗的海滩转眼清净了许多。

可贝蒂并不在意这些。每天晚上，她都会去飓风角观看惊涛拍岸。不管风多么大，她还是坚持要去那个地方。乔治并不反对，只要能跟她在一起他就很高兴。不过，他知道贝蒂站在那里会很危险。因为有报道声称海浪曾把人卷到海里。

乔治剩下的时间不多了。第二天他就要去波士顿工作。那晚，刮的是西北风，浪很大。乔治到达贝蒂的旅馆时，她穿着一件黄色的雨衣，正站在门廊下等他。

外面风雨交加，漆黑一片，他们摸着黑，沿着海滩到达飓风角。这时候，雨突然停住了，月亮从云朵里面钻了出来。虽然海浪还在不停地拍打着礁石，可海滩已经平静了许多。

他们脱下雨衣铺在岩石下的避风处，然后坐了下来。乔治决定做最后一次努力，争取说服贝蒂答应他的求婚。可是，和往常一样，他怎么也开不了口。

就在他反复地在心里给自己鼓劲的时候，他看到有一个人沿着海边走了过来，那是一个小伙子，他双手插兜，一路吹着口哨。头上的那顶帽子，帽舌已经裂开了，身上穿的是一件皮夹克。

他的样子看起来趾高气扬的，但是，他边走边不住地四下张望，这让乔治觉得他充满了危险。他从距离他们不到十几码的地方经过，脚踩在潮湿的沙子上，没有发出一点声响。显然，他没有注意到岩石下面的乔治和贝蒂，可乔治把那人看得一清二楚。从外貌上看，那人应该是十九或二十岁。

目送着那人渐渐远去后，乔治瞥了一眼贝蒂。她屈膝而坐，下巴支在膝盖上，双手抱着脚踝。她一直全神贯注地盯着海面上的浪花，丝毫没有留意那个人的经过。

乔治轻轻握住她的手，可她没有回应。她的手很凉，任由乔治拉着。而她依旧目不转睛地看着大海。乔治别过头去，观察那个小伙子。只见他突然停住了，一动不动地站立在那儿。大约过了一两分钟，他像只黑猫似的飞快地蹿向停靠在岸边的一艘旧船，这艘旧船看起来快要腐烂了，小伙子似乎在船上找了个地方躲了起来。

在这时，海滩上出现了第二个人。乔治看见他从镇里走过来，这个人个子中等、体态肥胖，走起路来一摇三晃，一副明显的醉汉姿态。可能是双腿已经不听使唤了，根本支撑不了他那庞大的身躯，他走几步总会停一下，挺一挺他的身体。

乔治的目光回到了那艘船，他瞪大眼睛想努力追寻那个小伙子的身影。但是，他却没有看见。在船的后面有一个灌木丛和一条小路，再往后是一排松树。也许小伙子跟那个人认识，因为不想被他看见，所以偷偷从后面溜走了，乔治这样想。

那个人继续踉踉跄跄地往前走。他的嘴一张一合，像是在唱歌，可乔治听不清楚。风的声音连同海浪的声音压倒了所有的声响。那个人距离那艘船愈来愈近了，那个小伙子出现了。他正跪在船头，那姿势很像一个正团着身捕食的动物。他手里拿着的东西明晃晃的，在闪着光，也许是刀，但也有可能是手枪。

看到这一幕，乔治知道他应该大声喊叫的，但当时他迟疑了一下。可这已经太晚了。小伙子猛地从船后冲了出来，径直扑向那个男人。听到身后有响动，那个男人晃晃悠悠地转过身去，又往后倒退了几步，两个人面对面站立着。接着，那个男人张开双臂扑了上去。

一声隐约的枪声后，那个男人直了一下身子，然后就摔倒在地，见他躺下不再动弹时，小伙子弯下身，开始检查他的口袋。

乔治下意识用手指紧紧握住了贝蒂的手腕。贝蒂疼得叫了起来，她转过头准备张口说话。她是背向那个场景的，因此她丝毫不知刚才发生了什么。可乔治知道整件事情，而且他看得清清楚楚。他还知道，贝蒂的个性不像他那样谨慎，如果看到的人是她，她会马上跑去帮助那个被打的人。

乔治的内心变得复杂起来，夹杂着恐惧和紧张。那个小伙子已经开了一枪，如果看到他们，他肯定会毫不留情地再次开枪的。一想到这个，乔治吓得浑身发抖。这时候，他必须想尽一切办法，不让贝蒂发出声音。贝蒂的性命，还有他自己的性命，也许就在此一举了。

她问："乔治，到底怎么了？"

乔治已经没有时间去细想。他双手抱住贝蒂，把她按在沙滩上。他用嘴巴紧紧压着她的嘴唇，不让她再发出声音，整个身体也压在她上面。贝蒂越是拼命挣扎，他就压得越紧。贝蒂用牙齿咬住他的嘴唇，但他依然紧紧地压着，甚至都可以尝到血的咸味。

她开始打他,用指甲抓他的脸,接着双手使劲推他的胸口,试图把他推开。可乔治更加用力地压着她,压得她几乎快要窒息。一下子,她浑身无力,停止了反抗。她张开双臂,也紧紧地抱住了乔治。她的手指甲抓进乔治的背部,嘴唇开始温柔、顺从地回应他。

乔治沉浸在幸福中,逐渐失去了时间观念。他们大概在那里躺了一分钟,但或许是十分钟,他也不能确定。当他抬起头的时候,那个男人已经趴在船边的一个土堆上,而那个小伙子却不见了踪影。乔治单膝着地支撑起身子,这个时候他看到了那个小伙子!他距离岩石非常近,他的脸正好迎着月光。乔治迅速地打量他,但这匆匆的一瞥却让他印象极其深刻。小伙子长得活像一只狐狸,满头红发,眼睛发黄,一张消瘦的脸,小极了,耳朵没有耳垂。他的手里面还拿着一把手枪。

"乔治?"贝蒂见他发愣,喊了一声。

贝蒂的低语很有可能会被那个小伙子听到,虽然他们处于下风向,海浪拍打海岸的声音很大,可他依然担心。

他又惊慌地扑向贝蒂。有了准备的贝蒂,往旁边一闪,躲开了。他们两人开始在潮湿的海滩上撕扯,贝蒂最终从他的臂膀里逃脱了出来。她狠狠地给了乔治一记耳光,他的头因这猛烈的击打而向后一仰,他还没来得及反应,贝蒂就站起身来飞快地跑开了。

乔治颤巍巍地站起身,圆睁双眼到处张望,那个小伙子已经不见了去向。至于贝蒂,她正沿海边飞快地向前奔跑。

他抓起雨衣,从后面不停歇地追赶。贝蒂已经跑出很远了,而他又没有运动员一样的体魄,一会儿的工夫,他就累得喘成一团,两条腿像灌了铅一般。

贝蒂站在美洲豹旅馆的门廊等他,如果不是这样,他恐怕怎么也赶不上她。

他跑得已经说不出话了，但他还是大口喘着气说："贝蒂，听我给你解释。"

贝蒂扬起头，十分傲慢地说："不必了。"

"相信我，贝蒂，我不是有意去伤害你的。"

见到贝蒂站在那里一声不吭，他赶紧补充道："亲爱的，你都不知道当时那里发生了什么，实在是太可怕了！"

接着，贝蒂突然笑了起来，一下子钻进他的怀里，这简直让乔治有些无法相信。

只听贝蒂在他的怀里呢喃："没想到你还有这么充满激情的一面。我一直以为你是个太过理智的人。你知道，每一个姑娘都想找一个为她而发狂的男人。现在，我知道了，你就是我想找的那个人，我爱你，乔治！"

说完，贝蒂羞涩地从他的臂弯里挣脱出来，跑进旅馆，然后"砰"的一声关上了房门。

乔治有些呆了，他傻傻地站在那里，这突如其来的幸福让他禁不住产生一阵眩晕。没过多久，他恢复了理智。因为沙滩上还躺着一个被谋杀的人，他不能听任那个人就如此不明不白地死去。他需要马上通知警察才行。可是，他居住的地方没有电话，所有的旅馆也全都关门了。他只好徒步走向镇中心。虽然他现在并不知道警局在什么地方，不过他知道一定能打听出来。

他到达中心街时，已经很晚了，街上一片漆黑，一个人也没有。他抬起胳膊看看时间，已经快凌晨两点了，整个小镇静悄悄的。

于是，他开始考虑到底该怎么去做。就在这时，一辆警车从一条小道开了出来，警车速度很快，扬长而去。他招招手试图拦住它，可压根儿没人理睬他。接着，后面又出现了两辆警车，拉着警笛一路向飓风角驶去。或许已经有人在海滩上发现了尸体，又或许他只是昏了过去，伤势并不致命，于是自己给警局报了案，乔治心想。

乔治随着汽车行驶的方向一路奔跑。他已经十分疲惫了，但是一想起贝蒂，他便又有了精神。他用手抹抹脸，脸上黏黏的。

是血！在海边时贝蒂用指甲划出的血。之前他的形势，不容他去注意这个，现在才感觉疼得要命。

他的心里一直轻松不下来。他亲眼看到一次谋杀，还任由凶手作恶，没有站出来阻止。更让人头疼的是，假如他出面作证，他也很难说清他和贝蒂两人半夜出现在海滩上的原因。如果报纸把他的行为给曝光出来，那对他是非常不利的。贝蒂一定会非常鄙视他，他很有可能在刚刚赢得贝蒂的心后，就会马上失去她。

而且，警察也不见得会相信他说的话。因为贝蒂根本无法帮他证明，她对此毫不知情。他现在还满脸带血，全身沾满沙子，警察见到这个情况，甚至还会抓他去审问。要真的是那样的话，波士顿的那份工作肯定会化为泡影，因为第二天下午他必须乘车前往波士顿，要不然的话，指定来不及了。

飓风角附近停靠了好几辆车，一个个车灯明亮。他异常紧张。只要一发生车祸或凶杀，总会引来许多人前来观看，这次也不例外。海滩边全是人，他们把案发现场围成一圈。一辆警车一路鸣着笛声离去。

乔治挤进人群，侧耳倾听人们的议论。

"我听说死的人是老帕特里克·昆丁。"

"是的，是他，警察已经抓住了杀人凶手，并搜出了一把手枪，那个家伙刚从教养院放出来。"

"真希望他早点被判刑。帕特是个好人。"

听到这里，乔治轻松了许多。没有他的帮助，警方已经发现了受害者，而且抓到了凶手。现在，已经没有必要把他自己或贝蒂卷入到这桩凶杀案了。于是，他离开现场回家去了。

一天早上，大约是九点钟，乔治边刮胡子，边从收音机里听新闻。突然，他听到这样一则消息：帕特里克·昆丁，现年六十二岁，被一粒子弹射杀。警方在犯罪现场附近抓到凶手。他只有十九岁，名叫理查德·潘恩，刚从佛莱蒙特教养院潜逃。他被捕的时候，身上带着一把手枪和昆丁的钱包，目前，警方宣称此案件已经彻底侦破。

乔治长吁了口气，觉得这件事情已经解决，他也可以忘掉了。

因此，在斯普鲁斯海滩，他与贝蒂轻松愉快地过完了他上班前的最后几个小时。而且，他和贝蒂的关系也正式确定了下来。贝蒂答应他说，等他在波士顿安定下来后，她就去那里找他，然后再跟他完婚。

乔治一贯谨慎，他依然关注这个凶杀案的报道。只是，波士顿的报纸很少提及此事。他了解到，弹道专家已经证明那颗子弹确实是从潘恩的手枪射出的，钱包上那个带血的指纹也是他的。又过了一个星期，事情进一步往前发展。潘恩在监狱中自缢身亡。至此，这桩案子才算彻底结束了。

工作以后，乔治整天忙忙碌碌的，他就职的公司名叫马克汉姆皮革公司。靠着自己的努力和不错的运气，再加上贝蒂的帮助，乔治升迁得很快，不足十年的时间，他已经成为公司的副总经理。

总体来说，乔治夫妇婚后的生活很幸福。贝蒂只有一点不太满意——乔治有时候太专注于工作，而忽略了她和家庭。

每当贝蒂抱怨起这个，她总会嘲笑他说："想想那个海滩之夜，你可不是这么冷淡地对待我的。"奇怪的是，一听到贝蒂提起这个，乔治总是很害怕，看起来好像会马上失去她一样。在这个时候，他就特别想要她，他总会上前紧紧抱住她，热血沸腾，呼吸急促。

乔治一直很好奇，他很想知道，如果贝蒂得知那晚他猛地抱住她是因为紧张，而并不是激情，她会做何感想？每年夏天，贝蒂都会提议去斯普鲁斯海滩度假，可乔治一直想尽办法使她改变主意，来到我们这里的海滩度假。

到了去年夏天，他终于妥协了。

在斯普鲁斯海滩，他们入住在美洲豹旅馆。两个孩子似乎很喜欢那里，玩得开心极了。

那一条长长的木板人行道，孩子们特别喜欢，总是嚷着要到那里去，要在那儿吃各种各样的东西。

不过，她们最喜欢吃的是馅饼。

她们在一条小街上发现了一家食品店，店面里总会有一个人站在玻璃后面，他头戴白色的厨师帽，腰里围着漂亮的围裙。只见他动作娴熟地把面团抛到空中，再将白色的面团揉捏成形，然后放进烤箱烘烤。

她们每天都恳求说："爸爸，爸爸，请带我们去吃馅饼吧！"

其实她们更像是专程去看表演的。每当走到小店门口，两个孩子总要先站在那里，观看一会儿那个"滑稽人"的魔术表演。

乔治几乎不敢正视那个人的脸。他长着一张狐狸脸、一头红红的头发、一对小小的耳朵上没有耳垂。他不停地自我欺骗，他告诉自己，这人不可能是杀害昆丁的凶手，绝对不可能。十年前那个谋杀案的凶手是潘恩，他早就死了。现在，在他眼前的或许是他的弟弟，也有可能是他的孪生兄弟。可是，这些理由连他自己都不信。每经过那里一次，就使他更加确信，眼前这个做着蛋糕的厨师才是真正的杀人凶手。

这个人叫山姆·墨菲，实际年龄比他的外表大很多。平常他不太规矩，总是喜欢惹是生非，可情节也不太严重，无非是一些打架、酗酒之类的勾当。乔治特地去打听了这些。

接下来，乔治有了一个好主意。他去了当地的图书馆，在那里他翻出了十年前的一些报纸。有一期报纸的头版，刊登了潘恩的一张照片。照片上的那张脸，根本不是海滩上的那个小伙子！照片上的潘恩是一头金发，身材魁梧，颧骨很宽，一双眼睛是灰色的，而且眼睛之间的距离很宽。

乔治又特地留意了照片下面的报道。报道里写着，潘恩一直在抗议，说自己是无辜的。而且还解释说，他看到另一个小伙子从海滩上跑过，把什么东西扔到沙滩上。他就走上前去，结果发现了手枪和钱包。于是，他就捡起这两样东西，没过多久却被警察抓住了。

事实上，他被捕时身上一分钱也没有，已经证明了他说的全是事实。可警方看到他手里的物证，已经先入为主地把他定性为凶手了，他们认为这不能说明什么。因为帕特是个酒鬼，他身上的钱也许全都花在买酒上了。

没有人相信潘恩的解释，只有乔治知道他说的全是真的。

看完报道，乔治的良心很受谴责。十年前如果他能马上报警，也许潘恩现在还活着。而坐牢的人就是山姆·墨菲。可是十年已经过去，谁还会相信他所说的呢？

就算是警察相信了他的话，可潘恩早就死了。他也不得不承认他的怯懦，因为报纸的报道会使他名声扫地。

可是，这都不是他最害怕的。他最担心的是贝蒂，他不知道贝蒂知道了事实的真相后会怎么看他。十年了，他一直隐瞒了她十年。也许贝蒂会原谅他，会笑他傻。可是，他们之间的那种融洽的气氛会彻底地消失。每当他再去拥抱她时，她就会回想起他那虚情假意的激情。

终于，乔治还是选择了沉默。可是装着一肚子的心事，他经常睡不好觉。在夜深人静的时候，他总会听到一个声音在埋怨他，骂他是个懦夫。贝蒂看出了丈夫的反常，可是无论怎么问，他就是不肯说。他不愿意告诉任何人，我是第一个听到此事的人。

事情讲完后，他说："警长，你是司法人员。给我一点建议，我按照你说的方法去做。"

这可不是一件容易处理的事情，我轻轻地摇了摇头说："乔治，有时候，看待一个问题的角度可以有很多个，容我好好想想。"

乔治用满怀期待的眼神看着我说："那好，我等着你的结论。"说完，他就起身离开了。

乔治把难题抛向了我。那么，根据法律我只有一个办法——去斯普鲁斯海滩为潘恩洗刷冤情，并且把真正的凶手缉拿归案。

可是，事情没那么简单。我必须从当地警察的角度来考虑这个问题。我不清楚，乔治的证据可信度有多高。事情毕竟已经过去十年了，也许头脑中残存的记忆已经完全歪曲了事实。至于潘恩，他有过前科，在等待审判时自杀，这种行为一般会被认为是承认有罪。因此，仅凭乔治的寥寥数语，斯普鲁斯海滩的警察恐怕不愿意大动干戈，重新彻查此事。也许，乔治确实是搞错了。说到底，就算山姆·墨菲曾经是个危险人物，可他在此事之后，也从来没有犯过什么大错。

这件事一直放在我的心里，我反反复复地思考着，甚至还为了此事而废寝忘食。

一切都瞒不过我妻子的眼睛。第二天清早，我妻子开始询问我。我知道，刻意的隐瞒也撑不了太久，所以我将事情的原委跟她和盘托出了。

她静静地坐在那里，听我把故事讲完，然后两只眼睛盯着我说："那你准备怎么处理这件事？"

"我只能开车去斯普鲁斯海滩。"

"哦，不！你千万不能那么做！"她大声叫嚷起来，"听着，关于这件事，贝蒂跟我说过，她给我讲了那个像梦一样甜蜜的海滩之夜。她一直以为乔治为了得到她，几乎要发疯了。而现在，你却要残忍地撕碎贝蒂的梦，那她以后还怎么生活？她一定会受不了打击，她甚至会跟乔治离婚的，我想她一定会那么做的！"

"可我是一名警察，我有这个责任！"我固执地争辩道。

"胡说八道！"我妻子站起身来，霸道地一屁股坐进我怀里。她很重，但让她那样压着我感觉踏实多了。或许我不该疏于职守，放弃一个司法人员的职责。但是，我更不想跟我的妻子发生争吵。结婚已经三十多年了，我得出了一条很有用处的经验：有时候，最好的办法是闭上嘴，保持沉默。

死亡预言

透过窗前的窗帘缝,米丽娜打量着来人。一个人正在和金谈话,很明显,这人是个富有的人,但这个地区的环境和富人有点不相配。她打量着那人光滑的灰色头发,订做的西装,褐色的健康皮肤,这一切都表明,他过着优裕的生活。她认为,金不可能带他到这里来。

然而,出乎她的意料,他们真的朝这个方向走来。

金正急速地说着什么,同时还打着手势。他刻意穿着吉普赛人的服装,耳朵戴着金质耳环,八字胡下露出白色的牙齿。那人在金的带领下,面带微笑,沿街走向那个小房子——以前曾经是个店铺。门前,手写着一块招牌:米丽娜夫人——手相专家。招牌上没有任何承诺,这样的话,从技术角度上看不会犯法。警察在这个地区,对吉普赛人是很宽容的,只要没有人告,警察就懒得去管,随他们去。虽然如此,米丽娜和金在这里,也只能住最后一周了,这个街区马上就要拆迁,这里马上将要新建一座收费高昂的停车大厦。他们后面的房子,工人们早给推平了。

米丽娜看着两位男士渐渐走近,她放下窗帘,走到房间后面的一张桌子旁。那个桌子用一块红绸布罩着,红绸布上印有太阳、月亮和星星。

米丽娜一头浓密的黑发垂在肩上，她用手抚弄着头发想，如果自己能淡淡地化一下妆，适时地整理一下头发，自己也许是一位非常美丽的妇人。美不美她都不在乎了，因为不管自己外表如何，金都喜欢她，反正别人也不会喜欢她。她在桌前坐下来，等着他们的到来。

"先生，到了！"金说着，开门让那位绅士进来，"住在这儿的，就是那无所不知、无所不能的吉普赛女神仙。你的手纹只要让她看一下，她就能看出你的过去和未来。这是米丽娜夫人。"

她点了点头，表示同意金的介绍。抬头再次看着这人，他态度从容，五官端正，身体微微发福，估计五十多岁。看得出来，这是个过惯优裕生活的人，一双眼睛里充满着慈祥。"请坐。"她对他道。

"谢谢，"那人说，"说实话，来到这地方，我感到有点紧张。"

"放松，这没什么好怕的。"

那人笑着道："我知道这不可怕，只是以前我从没有算过命。本来我有个约会，我在等人，而你的……"

"我先生。"

"你先生很能说，我被他说服了。"

"可以看你的手吗？"

"哪一只手都行吗？"

"右手看你的将来，左手看你的过去。"

那人向她笑着说："我的过去我知道，所以我想让你看看未来。"他掌心向上，伸出右手放在桌上，米丽娜装作很仔细的样子研究着他那双手。

"手指纹路显示，你有一笔生意，这笔生意很快就会完成。"米丽娜道，"这会为你带来一笔很大的财富，而且这单生意也很顺利。"

这一点稍微思考一下就知道了。因为那个人之前就说过，他有个约会，而来这一区的人，决不会是来参加交际活动的，可能性最大的是和邻街一家进出口公司谈生意。再一点，从那人的风度及言谈举止上推断，交易数目一定不会少，不管怎么样，这个推理是正确的。至于说他会成功……人总希望自己成功。米丽娜在此后所要说的话，就从那人的反应和他的回答里找到蛛丝马迹，再借此发挥。

金悄悄溜回卧室，让他们两个谈。他用眼神告诉米丽娜，尽量敲这个人一大笔钱。她会很轻松就赚二十元以上，但要说对路。

然而，她不想继续算下去了，因为米丽娜抬头看到了那人的脸。谈话不会伤害任何人，但她不喜欢欺骗人，况且他还是这样一位有着一张善良的纯正面孔的人。

她突然一动不动地僵在椅子上，因为，那人的脸孔开始变化。

她凝神注视着他，看到他的皮肤由健康的褐色变成苍白色，面颊上渐渐呈现出褐色的斑点，她看见他脸上的肌肉正变成腐烂的条条，然后变黑，干枯后脱落掉。脸上只剩下斑驳的、赤裸裸的骷髅。

"你怎么了？"那人想拉回他的手，问她。

米丽娜这时才省悟到，自己的指甲不知什么时候，已经深深掐着那个人的肌肉。她激动地放开手，"现在，我不能告诉你别的什么了！"她说，同时闭上双眼，"你现在必须走。"

那人问："你不舒服吗？需要我帮你吗？"

"没事，请回吧。"

后面的门帘在晃动，因为金在窃听。

那人犹豫着站了起来，米丽娜不敢正面看他的脸孔。

"最起码我该付你酬金。"那人说着，从外套的暗袋中掏出皮夹，拿出一张五元钞票，放在桌上。他趁米丽娜还没有抬头看他的时候，离开了店铺。

金掀开门帘，大步走到她面前，大吼着叫道："米丽娜，你是怎么了？他这么有钱，你为什么放他走？"米丽娜看着自己的双腿，低头没有说话。

随后，金控制着自己对她道："你是不是在他脸上看见'那东西'了？看见死人的脸。"她沉默着点点头。

"他是这么的有钱！难道你没看见他皮夹子里的钞票吗？"

"全世界的钞票，现在对他都没用了，他在日落之前就会死的。"

金的两眼忽然变得狡黠起来。他掀开门帘向街口望去，看到了那个人。

"他在那儿，正要去邻街的一个商店。"金说着，朝那家商店走去。

"你去哪儿？"米丽娜问。

"跟着他。"

"不要，让他去吧。"

"我没有必要害他，绝不会伤害他。这点你比我清楚，你刚才在他脸上看到死人脸，就说明，任何情况都不能阻止他的死亡。"

"那你为什么还要去追他？"

"一会儿就会日落，日落前他就会死，如果他死在某个地方的话，他身边总该有个人啊。你知道，他死后，钱对他没有一点用处。"

"你准备抢劫一个死人？"

"闭嘴，你这女人。我只是跟着他，看他会死在哪里，就是这样。"

米丽娜没有再说什么，金急忙出去了。多奇怪呀！她心想，闯了这么多年的江湖，假装自己是手相专家给人算命，直到今天，才如此近地看到死人的面孔。

这样的事情以前也发生过，那时米丽娜还是个快乐的小姑娘。她与父母以及另外三个兄妹，和其他吉普赛人一样四处流浪，享受自由，随遇而安。她父亲笑声粗旷，浑身充满活力，是个魁梧健壮的人。有一天，父亲准备和他的朋友出去打猎，父亲抱起小米丽娜，和自己的小女孩说再见。她看着父亲的脸孔，突然尖叫起来，因为她看见，父亲的面孔，开始腐化成一个可怕的骷髅。

迷惑的父亲放下她，怎么也止不住她那声嘶力竭的叫喊声。

她在父亲出去后很久，才止住不哭，她告诉母亲，自己在父亲脸上看见了什么。

米丽娜的母亲万分惊恐，这令小米丽娜重新大哭起来。母亲不让她哭，接着告诉她，看见父亲脸孔的事，永远不要告诉其他人。

她的母亲离开后，她独自坐在山楂树下直到天黑。

两个猎人朋友抬着她的父亲回来了，父亲真的死了！

从那以后，米丽娜的生活里，没有一点快乐。

还有一次，在她十二岁的时候，米丽娜一直遵守对她母亲的诺言，从不敢说出她父亲死亡那天自己预见的事。但这种情景一直存在她的脑海里，想忘都忘不掉。母亲对她慢慢变得冷酷而疏远，母亲好像觉得父亲的死是她的错，是她使父亲死在别人的枪口之下。

米丽娜也慢慢变成一个沉默、孤独的女孩。她只有一个好朋友，名叫玛丽，玛丽是一个驼背女孩。俩人经常一起无声地玩上个把小时，把花儿当作船儿，放在水中，随水漂流。八月，晴朗的一天，米丽娜看见玛丽的脸孔，又皱成一个难看的骷髅。她惊叫着，跑到旁边的林子里，待在那儿直到天黑。

在回去的路上，她看到一群吉普赛人正围着一样东西。米丽娜慢慢挤进人群，看见刚刚溺死的——她的朋友玛丽。她这一次向一个干瘦的老妇人——玛丽的祖母，倾诉她能预见死亡的事。

"这是怎么回事，奶奶？"她这样问道。

老妇人静坐良久，然后对她道："孩子，在我们人类中，或许有人有这样一种天赋，他能看到人的脸变成骷髅，而你看到谁的脸变成了骷髅就预示着谁将死去。你所见到的，就是死亡的面孔。如果你看到某个人有这样的脸时，那么日落之前，那人便会死去。这并不是你的错，但我们的族人知道这事的时候，就会刻意回避你，因为他们分不清这是预言还是诅咒。"

"奶奶，我该怎么办？我不想做这样的人。"

"孩子，很抱歉，我也没有办法。只要你还活着，将死之人的死亡面孔，你就能看见。"

这事过后，米丽娜被人完全孤立。她走到哪里，哪里的人就躲避着她。但有一个人却嘲笑她的族人对死亡的恐惧，他就是金。这是个黑眼睛、黑头发、精力充沛、三十多岁的人。

金注意到，米丽娜很快成熟长大。他向米丽娜求婚，并准备带她一起去美国，米丽娜立刻就答应了。

他们到了这个新的国家，从一个城市到另一个城市。米丽娜和金，分别以给人看手相和给人打短工为生。米丽娜有时候会在人群之中，看到某个陌生人恐怖的"死亡之脸"，每当这样的事发生的时候，她就忍不住，很快转过脸，装作什么也没有看到。多年来，她和金一直也没什么朋友。直到今天，她才如此近地看到"死亡之脸"。

第二天，黎明的第一道曙光透过窗子，落在他们的床上。米丽娜醒来后，发现只有自己一个人在床上。这时听见后门轻轻"咯吱"一响，她裹紧了毛毯问："是金吗？"

"是的，小声点。"

"出了什么事？"

"别说话，我把钱全交给你。"

米丽娜抓牢毛毯，在床上坐起，阴暗中的金看起来只是个黑黑的影子。"你闯祸了？"她问。

"这件事不能怪我，我看到那人从进出口公司出来后，便过去和他搭话。哪知他竟出手打我，我就推了他一把，他倒地后就起不来了。"

"他死了？"米丽娜说。

"是的，要命的是，有人看见我推他了。为此我躲了一整晚，但马上警察就会来这儿找我。他的皮夹子我也没弄到。"

米丽娜整整衣服，下了床。金趴在地上，在黑暗中用手摸索着地板，他摸到了那块松的地板。他拨开那块地板，取出里面用油纸包着的钞票。然后站起来，将钞票塞进衬衫里，接着推开门帘后进入前面店铺。他打开窗帘，向外张望。

阳光从窗帘里透过来，照在丈夫脸上，米丽娜专注地看着丈夫的举动。突然，她焦急地说道："他们在街口，向这边来了。"说着，她放下窗帘，快速走到后门，"躲到对面的旧房子里避避风头。"

金在门边，犹豫起来，米丽娜知道，他正在等候她的吻。可她并没有过去，转过身后强行控制着要昏眩的身体。

"我风头过后再回来。"金边说边离去。

不一会儿，响起敲门声。米丽娜朝后门瞟了最后一眼，然后打开门。警察走了进来，其中一位很年轻，他正不停地用手摸着刚蓄的八字胡。另一位年纪较大，大概三十岁，他有一对沉着稳健的眼睛。

年纪较大的警察说："我是麦金农，这位是杰克。"他看看手里的小手册，问道："有没有一个叫金的人住这儿？你认识他吗？"

"他是我先生。"

"他现在在吗?"

"不在。"

"不介意我们去里面看看吧!"

"可以。"米丽娜退到一旁,给他们让路。杰克在前面四处看了看,麦金农到后面的卧室搜查。

"你是看相的,夫人?"杰克问。

"我看手相,本城有不准看手相的禁令吗?"

杰克只有尴尬地笑了笑:"我没想过看手相,只是有点兴趣。我夫人上周带了一副牌回家,我怎么也弄不懂那种牌,我夫人也不是很懂,但她还是要玩。"

"很难精通那种牌。"

"我想是的。"

麦金农回来说:"后面没人。"

"这儿也没有。"杰克说。

麦金农掏出记事簿问道:"你和你丈夫最后见面是什么时候?"

"你们永远看不到他了,这不重要。"米丽娜说。

"我们只想问一些关于他的问题。"

"恐怕你们永远也抓不到他了。"米丽娜又说了一遍。她知道这是事实,因为在金打开窗帘后,他的脸被太阳光照着,她从丈夫的脸上看到了死亡征兆。

麦金农不高兴地说:"我警告你,夫人,你最好跟我们……"麦金农的话被店后面砖墙的倒塌声打断了,同时一阵痛苦的尖叫从里面传出来,接着,又是一阵倒塌声,然后,一切都静了下来。两位警察对望一眼,跑向后门。

米丽娜双手叠放在面前，在桌边坐下。当金的尸体被救护车拉走时，她依然呆坐在那儿。麦金农问了她一些问题，并记录了下来，麦金农的后面站着不安的杰克。米丽娜在两位警察走后，仍然两手叠放着，坐在那里。

杰克一分钟后又回来了，安慰米丽娜："夫人，我只想告诉你，你丈夫的事，我很难过。我新婚不久，能想象到你失去丈夫的滋味。"

米丽娜忽然激动了起来。她将头埋在双手中，大声喊道："快走，请离开。"

杰克站在门旁边，一会儿他的同伴跑到他身后。

"我们接到通知，说附近正有劫匪，杰克！"

杰克原本还想说什么的，但米丽娜并没有抬头，他转过身去，和麦金农一起跑向道边的警车。

米丽娜一会儿后挺直了腰杆，泪水充满她的黑眼睛。她心想："杰克，你正年轻有为，活力充沛，是不该死的啊！你为什么要回来呢？"

刚才，她在杰克脸上，又看到了死亡的征兆。

他是谁

几个月前,我还在医院疗养心脏病,在这期间,我遇到了一件奇怪而又恐怖的事情,这件事一直困扰着我,让我百思不得其解。

现在,趁着脑子里还保留着一些记忆,我决定抓紧时间把它记录下来。

那是在我病情有所好转之后的事,那天,医院决定把我从特护病房转到普通单人病房,位于心脏病房的尽头。

病房长而狭窄,光线也不是很好。在房间的左右两边,大约还各有十余间的单人病房。

刚刚搬进来的一两天,我经常会紧闭房门。因为其他房间不时地会传来收音机和电视机的声音,那声音有些嘈杂,我很不喜欢。一个人的时候,我宁愿安静,那样的话,我可以心平气和地去读一些书籍。

有一天,我正在阅读,房门没有上锁,微微露出一道小缝。虽然没有听到门响,我也没有抬头,可我知道有人站在门边。

在这里实在很寂寥,真希望有人能来看看我。可一抬头,我不禁有些失望,心里顿时也烦躁起来。来人不是访客,而是医院的理发师。他穿一件薄薄的、看起来有些破旧的羊驼呢夹克,手里还拎着一只丑陋的黑色提袋。

他没有张口说话，只是扬起他那对浓厚的眉毛，算是无言的询问。

我摇了摇头说："我现在不想理发，要不晚些时候再说吧。"

他毫不掩饰脸上的失望神情，在门口停留了片刻。最后，他转身离去，轻轻掩上房门。

也不知道是什么原因，我再也无法静下心去读书了。是的，他的贸然出现，吓了我一跳，他的打扰让我很是恼火。对一位心脏病患者而言，这样突兀地出现是不合适的。

我服下一定量的镇静剂，试图休息一下，但是我的尝试失败了。好在那天晚上，我借助安眠药的帮助，休息得还不错。第二天上午，在我完成了洗澡、换床单、量体温等一连串事情之后，我开始静坐下来，继续看昨天的书。

尽管那本书很吸引人，我依然很难集中精神。

我环顾四周，然后视线停留在房门上。我懊恼地皱皱眉，心想，这大概就是烦恼的来源。

由于我的请求，门被再次关上了。可说不清楚什么原因，我发觉紧闭着房门让我很不自在。由于我不能起床走动，我就按响了铃声，请求护士帮忙。

来到病房的是一位性格活泼、头发浅黄的瑞典籍女护士。她说："不想再过一个人的隐士生活啦？我知道你会改变注意的！"我微微一笑，心想，自己的样子一定很温顺。她说着，走出病房，任由房门敞开着。

我接着读我的书，可是头脑里还在一个劲儿地跳出有关开门与关门的思考。终于，我得出了一个结论：我只是不想在阅读时，再一次被那个理发师惊扰。外面不时地响起电视机和收音机的声音，但我尽量充耳不闻,把自己的注意力放在书的内容上。过了一会儿,我取得了部分胜利。

午饭前,我有了困意,于是我放下书本,预备小憩。蓦地,我被一阵恐怖的、令人惊悚的尖叫声吓得迅速坐起。那声音分明是来自附近的一个病房。

我的心脏怦怦乱跳,开始在心里暗暗安慰自己,那声音一定是来自电视机,肯定是谁一不小心把电视机音量开到了最大。

又过了数分钟,门外的走道上骚动起来,人声嘈杂。护士和医院工作人员一个个神色匆匆。原来这病房里还有这么多人,这着实让我有些意外。

医生们慌慌张张地赶过去。一阵低低的命令和谈话声后,走道陷入死寂的静默。接着,护士和工作人员缓缓撤回病房的通道。几分钟的光景,一个从头到脚都裹着胶布的人体被推了出来,从我的门前经过。

稍事冷静以后,我按铃找寻护士。一个浅黄色头发的护士助理急急地出现在我面前,我没料到她的反应如此之快。她的脸色看起来有些惨白。

我关切地问:"外面出了什么事?"

她一阵迟疑,然后耸了耸肩,回答道:"是艾克先生,通道对面的。"

"心脏病猝发?"

她点头默认。

我有意盯着她的脸,问道:"患有心脏病的人,发出那种叫声好像有点不正常?"

她还是有些迟疑。

停顿了有一会儿,她措辞非常谨慎地说:"按照一般的病情而言,确实是不大正常。不过，特殊的病例也不是没有出现过。嗯，也许，他是病情突然恶化，痛苦到了极点。大多数的病人遇到这种情况，都会虚弱无力，而他竟然能那样大声叫喊，确实有些不正常。"

她说完，很勉强地挤出一个微笑："好了，你不要去管这些了。你的病情已经好转很多了，安心地在这里疗养。好好看你的书，不要胡乱猜想。"

可是，我怎么能控制得住自己呢？我一天到晚不停地去想，丝毫也止不住了。他们实在想不出别的办法了，只好额外给我一片有镇静作用的药片，我这才安静下来。

两个平静的日子以后，我又经历了一个恼人的下午。当时，我正在阅读，门开了，我又感觉到了一个目光的注视。这种被紧紧地、仔细地监视的不适感，几天前曾经有过一次。

我抬起头，看到了门前的那个讨厌的理发师。他仍然穿着羊驼呢夹克，手里提着黑色破旧袋子。跟前一次一样，他浓眉抬起，做无言的问话状。

和上次的情况一样，我愤怒极了，因为我又被他吓了一跳。这人也太没礼貌了！就算是门没有关，进门之前也应该先敲一下，或者是打声招呼吧？我心里暗暗埋怨。

"我现在不理发！需要理发的时候，我自然会请护士小姐通知你的！"强忍着怒气，我找理由支走他。

听完这话，他仍然停留在门边，脸上不带任何表情，看上去像是一副面具，但是，他那一双明亮的黑眼睛在不停地闪动，眼神里流露出失望。

他的样子让我有些不好形容，不仅仅是失望，好像还夹杂一些憎恨，也许这个词的程度太轻了，应该说是深仇大恨。他的反应一下子点燃了我的怒火，我的脸和脖子顿时涨得通红。

"请离开好吗？你很无礼。"我几乎是暴跳如雷。

当时，我已经被气糊涂了。也许只是我的幻想，我感觉他好像微微鞠了一躬，在一分钟内离开了。

我努力调整自己的情绪，慢慢放松下来。晚饭时间到了，我耐心等候晚餐的到来。就在这时，一阵令人毛骨悚然的叫声从附近房间里传过来。这回不再是高声的尖叫，而是一种压抑的抽泣。

一时间，我僵在那里，心脏怦怦直跳。接着是大叫声，然后是跑步声。我听到一阵轻轻的，但有些慌乱的脚步声从防火梯的方向渐渐远去。一分钟之后，一阵沉重、有力的脚步声跟了上来，那脚步听起来像是一步三四阶地追了过去。

我看得不太清楚，那个发出声音的病房距离我较远一些。情况应该和先前差不了多少，因为我听见人们还是急匆匆地过去，然后听到叫喊声、命令声、低喃声，接着又陷入了静寂。

虽然我没有亲眼看见，可是那情景我想象得出来：一个担架再次沿通道推出，担架上躺着一个再也不能开口说话的躯体，那躯体蜷缩在一袭灰色的胶布下。

这天，瑞典护士的助手休假，一位娇小迷人的红发护士送来了我的晚餐。进门的时候，她脸上带着笑意，但是，我看得出来，她那愉悦的神情是刻意装出来的。

"这次又是谁？"我问。

她不作回答，佯装安排我的餐盘，过了一会儿，她说："是三七五病室的梅先生。"

我的病室的号码是三七七，那么，梅先生应该和我相隔两个病室。

我准备从新护士口中多探听一些消息，可是她告诉我，当时，她并不在现场。也是几分钟以前,她才听说了梅先生的不幸消息。

第二天,我又企图从别的护士那里探听消息,可是仍然收效甚微。她们要么是推脱,因受指示不能泄露,要么就是自己回避此事,拒绝提及。

但是,她们都跟我保证说,梅先生临死之前很安静,压根儿没有呻吟或低泣。她们还告诉我,梅先生在昏迷之前,曾经按铃叫过护士。倘若真的有哭声的话,那也肯定是"无意识的"。

对于我提及的脚步声奔向防火梯的事,她们全都耸肩,矢口否认。其中一位还解释说,那可能是我在做梦,只是我的幻觉。

我努力想去忘记那段不愉快的插曲,但结果总不太如愿。又一个下午,我正在阅读来信,门响了,随着敲门声,我抬起了头。

来人是一个衣着整齐、头发光亮、蓄八字胡的年轻人,他正面带着微笑站在门旁。他身穿一件洁白的夹克,手携一个褐色的小箱子。

"先生,您需要理发吗?"

听到"理发"两个字,我有些敏感,我顿了一下说:"现在不理,或许一两天后会考虑。"

他很和气地点点头说:"好的,先生,一两天之后我再过来。"

他刚离开,我就有些后悔了。因为我确实需要理发,另外,我想跟他打听有关另一个理发师的事。我想投诉他,让他永远在我的眼前消失。

我的身体复原得很快。在新理发师第二次到来前的一个下午,我要求乘轮椅去日光浴室闲坐了一小时。

在我百无聊赖地坐在那里时,医院的一个安保人员信步走来,我跟他打了一声招呼,他随即走近我,跟我攀谈了起来。

在我的职业生涯中,我从事过许多职业,负责过许多不同类型的工作。多年以前,我曾做过兼职警卫。由于这个缘故,我们二人非常投缘，谈话气氛一下子友好和善起来。

我们自然而然地提及了心脏病房的两起死亡案例。一提起这个，我的新朋友一下子变得少言寡语起来。而且，他看起来有些不安，还不时地左顾右盼，好像是在观察是否有人在偷听，又像是在斟酌一个决定，最后，他耸耸肩，有些神秘地对我说："如果你答应不跟任何人提起，尤其是不跟医院里别的人提起的话，我可以告诉你一个故事。"

于是，我以人格保证绝不透露一个字。

他皱起眉头，显然是不知道该从何说起。

他思考了一下，就开口了："没错，这两起死亡都相当奇特。两个人死前的情形都差不多。他俩都面露惧色，死在床上。死亡的时候，两眼圆睁，直勾勾的，好像是他们看见了什么特别可怕的东西，因惊吓过度而导致了死亡！在他们发出大叫或呻吟的怪声之后，都有人亲眼看见一个手提一只黑色小袋子的小矮人飞快地在通道里奔跑！事实上，第二次我自己也见到了，而且，我还跑过去追赶他。"

我的心顿时怦怦乱跳，带着微微发颤的声音问："您能大致描述一下那个人吗？"

"我大部分时间只看见他的背影，他个子不高，整个人瘦瘦小小的，身穿一件薄薄的灰夹克，手里拎着一只破旧的黑色小袋子。他的侧面，我只匆匆瞟过一眼。他皮肤光滑、眉毛浓黑，那张脸没什么好描绘的，没有半点表情。"

"是他！他是医院的另一位理发师！"我告诉他。

他睁大了双眼，一脸迷茫。

"另一位理发师？医院里只有一个理发师。他是个年轻人，蓄着八字胡、穿着白色外套，来医院工作已经一年多了。"他犹豫一下，接着说，"我想，你也见过这个人吧？"

我摆摆手，示意他不要停下来："这会儿先别管这个，你接着往下说。"

他用手搓搓下巴，继续他的叙述："第一次，我没有看见这个家伙，但是第二次我正好在住院部一楼。就在梅先生呻吟着按铃叫护士的那一刻，我看见这个瘦小的家伙。他从梅先生的房间跑出来，我急忙沿着通道一路追赶。可他从防火梯跑下去了。"

"那抓到他了吗？"

他无奈地摇了摇头，叹了口气："我根本没有机会，他跑得比兔子还快，越过停车场围篱的时候，他动作敏捷得就好像一头鹿。我费了两三分钟才爬过去，等我落地的时候，他早已没了踪迹。"

他看着已经听得出神的我，开始故弄玄虚："但是，最让人抓狂的还在后面呢，他拿在手里的那只黑色小袋子，你还记得吧？"

我点点头。

"当他跳越围篱时，袋子被上面的铁丝钩住了，落到了停车场。我追上前的时候，就顺手捡起来了。你猜那里面都装些什么？"

"我猜不出来，别兜圈子了，直接说！"我着急地催促他。

"是泥土！满袋子的土！地上的土！"他回答道，语气有些激动。

他停顿片刻，继续往下说："在两位死者的床上，我们发现了同样的土！"接着，他又扫视一遍四周，说，"或许，我真不应该把这个故事讲给你，可既然已经说这么多了，我索性把它讲完。"

"后来，我把那黑袋子交给了警局。在警方没有拿到那个之前，我偷偷用纸袋包了一些土。我拿着这些土，去拜访一个在化验室工作的朋友，他那里有显微镜和各种化验用品。可是，你知道他得出了什么结论？"他的声音有些颤抖。

"我无法想象！"

他拿身子贴近了我，耳语道："他发誓，那些泥土来自坟墓！"

突地一下，我的心脏又是怦怦地乱跳，我强压住自己的惊奇问道："有什么根据吗？他为什么得出那样的结论？"

"当然有依据。泥土里混杂有许多小东西——大理石和花岗石的细碎片；人造花和花环的碎片。还不只这些，他还在土中发现了两小片碎骨！检查以后，他确定那是人类的骨头！而且，所有的土里面都混有青苔，这种苔类通常都长在坟墓潮湿、黑暗的角落里。那些土，一定是从那里挖掘出来的！"

以上就是这个故事，一个至今让我无法找到解答的故事。从那以后，那个面无表情、眼睛闪烁、眉毛浓黑的神秘小矮人再也没有出现过。

我的一位自认聪明的朋友，给故事做了一个解说。他是这样解释的：拎黑色袋子的小矮人是一个典型的精神病患者。他也许生下来就五官不齐，也许是因为车祸被严重毁容。因此他整天戴着面具。由于病情恶化，他的心理有些畸形，就潜入心脏病房，故意摘下面具，致使两位病人受惊而死。至于，留在床上的泥土，只是一位心智不正的人有意制造的一起恐慌。

这些解释似乎也都合乎情理，可我总是无法从心里认同。我个人的看法是：由于一些人类至今无法解释的超自然因素的存在，让那个我误认为是理发师的恐怖东西根本无法进入患者的房间。除非，他得到了进入的指令。而那两位因惊恐致死的心脏病患者，在临死前，肯定允许过他走进病室。当然，没人还能记得他们是否要理发！我不知道拿什么来证明我的观点，只好把它保留在心里，仅此而已。

但是，我敢肯定一点：假如当初，我也允许那个要命的神秘人进入病室的话，那你就无法读到这个神秘的故事了。因为我不会活下来。

在我今后的日子，这仍然是一个迷——他是谁？

虚幻的绿色

房屋外面围了许多人,保守估计也得有十人左右。

他们想干什么,我很清楚。可是我不会让他们如愿以偿的,我要及时拦住他们。

我说这样的话,绝非大言不惭。

早在半年前,因为看中了这栋大房子的隐蔽位置,我把它买了下来。这栋白色的房子位于一个林区的中心地带。

在这个茂密的林子里,想要看到一户邻居,可不是一件容易的事情。即便是一处离你最近的房子,你也得费很大力气才能看到。住在这里完全有别于以往的公寓,不会老有人敲门。而且这里也不像住在城市那样拥堵,动不动就必须步行。生活在这个偏远的地方,你可以开车直接抵达任何地方,甚至直接到达超级市场或者洗衣店门前。也就是说,在这里你连电话也用不着。

我选择这么一个人烟稀少、不与人接触的地方居住,原本是想改变我妻子安娜的生活方式。可是,实际上事与愿违,她没有一点变化。

现在,我手持猎枪站在卧室窗边,也是因为这个。

如果你不了解安娜的话,你很可能会把她看成一个非常出色的女人，认为她可以促使很了不起的事情发生。当然，不光是你认为的这些，事实上，安娜还算得上是一个世界上最可爱的小女人。这一点，不只是我个人的看法。

美丽的女子，往往在孩提时代就备受宠爱。安娜也一样，她需要被人宠着。而我没有这么做，我常常忽视这些。我的脑海里只有嫉妒，这种强烈的嫉妒吞噬了我的内心，让我失控。我想，安娜作为我的妻子，她应该尝试着理解我这种痛苦。

不过，我也知道，她无法控制自己，就像我习惯了妒忌，总是难以自持。不管别人会怎样看我，我一直坚持着我的做法。从爱上安娜的那一刻起，我就知道自己错了。但是，我们还是结合了。安娜很美丽，她灰色的眼睛很大、很柔和，睫毛很长，身材婀娜，走起路来步态生姿。可美丽也不是她的错。

新婚不到一个月，我的烦恼就开始了。安娜居然开始正大光明地在我朋友面前卖弄风情。她用那双灰色的眼睛，凝视他们，目光艳羡。长长的黑色睫毛，随着眼睛上下眨动，也许你可以把这些解释成文雅，可是在我看来，这种举动更像是明确的邀请。

接着，我感觉我的一些朋友开始变得怪异起来。我单独一人的时候，他们总是刻意地躲避我，而安娜和我两人在一起时他们就不会这样。我并不麻木，很快就注意到了这些。因为此事，我和安娜大吵了一架。

起初她很生气，用难听的字眼骂我，接着她又以抱歉的口吻跟我发誓，安慰我不必嫉妒，告诉我说，她的心只属于我一个人。

有一段时间，我确实相信了她，她有能力让男人相信她，不过这种信任不会持续太久。

终于有一天，我给了马丁克森一记耳光，他跟我面对面站着，又惊又怒地看着我。

他经常来我们公寓做客,而这些只不过是一种托辞。曾经我发现他和安娜正在眉目传情。后来从马丁克森太太口中证实了我的猜测,他们确实在偷情!我跑去质问,他们两个一概装聋作哑。马丁克森真是个头号傻瓜,他竟然把自己偷情的事亲口告诉老婆!

发生了那件事后,我决定搬家。于是,我分期付款买下了这栋房子。安娜也同意我的做法,她说她也不想被那么多男人包围。

可她还是无法控制自己,即便面对陌生人也是如此。

半年以前,也就是我们刚刚搬过来的时候,这栋房子给我们带来了一段美好的时光。可好景不长。以前的噩梦又开始延续,开始一点一点地破坏我们的生活。

我用了很多方法,让她明白她那样的行为总有一天会把我逼疯,而在她眼里,我这样的要求很无理。所以她依然我行我素,摆出一副纯洁无邪的样子来回应我。

也许,她要是没有长一双勾引男人的大眼睛的话,哦,不,可不只是眼睛,而是全身上下!那样的话,事情也不会发展成这个样子。

现在,我们的房子里弥漫着火药味。我手里拿着一把猎枪。我透过窗帘缝悄悄向外窥视,只能看见一个人的下半身。那个人已经被我击中了。他挨第一枪的时候,正在树丛里爬行,试图偷偷溜走,于是我又补了一枪。这一枪打在他的后脑勺或颈部上。他穿着蓝色裤子,一双脚怪异地扭曲着。他静静地躺在那里,快有一个小时了,肯定早已断了气。

我把安娜安置在身后的沙发上,我看出她想说些什么,但她没办法开口。因为她被我捆起来了,而且嘴巴还堵上了东西。我必须这么做。

当她听说他们就在屋外时,我看出她脸上的恐惧。不过,安娜似乎很喜欢这种恐惧的感觉,受了惊吓反而会非常开心。我不明白,她为什么会有这样的奇怪心理，但是她确实是这样的人。结婚以后，我很快就发现了。

婚后，我们发生过许多争吵。每次争吵的时候，她都会跟我不停地发誓，她说除了我，她不会让任何别的男人碰她。我很想相信她。可是她还是挑逗男人——一个男人、许多男人或任何一个男人。她所做的事情，已经达到了我忍耐力的极限，再超出一点限度，我真的就会爆炸。想想看，处于这样的情况，任何一个男人都会站出来拼命的。

说起来确实有些难以置信，她居然大声警告了第一个男人！可他没听到她的警告，那个男人，一定以为我在房子后面，我料准了这一点，出其不意地把他置于死地。

这些贼心不死的可恶之徒，会排除万难从每一个可能性的入口冲进来。因此，我必须小心应付。在观察前面的同时，还必须侧耳留意后面的响动。如果他们真从后面进来，我绝对也会知道。我已经在门窗上面设置了临时的障碍物。我在屋子里来回穿梭，找出坛坛罐罐，并把他们放在架子或家具的顶部。

不管他们试图从哪个方向进屋，我都准备了对策。

突然，一阵轻轻的脚步声响了起来。侧耳细听，声音来自前面的门廊。

我赶紧竖起枪支，透过窗帘窥探。映入我眼帘的只是一个人影。那人已经走过去了，现在停留在门廊上。以我现在的位置，正好可以射中他。

只见他直挺挺地站立在那里。我一眼不眨地盯着他看，这时候，他从箱子里抽出了一个有长柄的武器。接着，他走向前门。见到这个阵势，我跳离窗边，直奔门前，枪口对准门，一连打了四枪。其中，两枪位置靠上，另两枪位置朝下。

门外没有了声响。

于是，我返回窗前，拨开窗帘。就在这时，我看见从门廊的平台上，垂落下来一个手臂，这个手臂的手掌是张开的，手臂上淌下了一股浓浓的鲜血。而那只手已经僵硬了，没有活力的样子跟车道两旁的橡木有些相似。

我回头看看安娜，她默不做声，拿眼睛瞪着我，我投给她一个微笑，接着又献给她一个飞吻。

我的行为是不是有些疯狂？

相安无事地过去了一个小时，然后，又过去了一个小时。

我知道，如果不是因为安娜在，这会儿房子里肯定有无数的子弹，正在嗡嗡地乱飞，这一颗颗子弹就像蜜蜂一样哼叫着，寻找我的踪迹，想要我的命。但是他们不会伤害安娜，没人舍得真正伤害她。

屋子里陷入了寂静，死一般的宁静。冷气机还在嗡嗡作响。一缕阳光照射进来，灰尘颗粒在阳光里无声地旋转着，就像是在舞蹈。他们还在屋外没有撤退，依然静静地守在那里，伺机而动。

黑夜来临了，这一会儿他们正躲在夜幕的背后呢！别当我不知道。

一瞬间，一个微弱的声音，打破了沉寂。

虽然那声音很小，可我还是听得真真切切。我的耳朵对这种声音是极其敏锐的，而他们不可能知道。我猫着腰、半蹲着身子，快速地移动到我们的卧室。

进屋以后，我轻轻地移开那个堵在窗户边上的梳妆台。我绕过这个高高的、有大镜子的梳妆台，来到窗前观察外面的情形。

我看到了来人的背影，他的腰弯着，看不明白他正在房屋旁边做着什么。也许是在安装子弹。危险就在眼前，我没有时间再去弄清楚这些了。我扳动了猎枪，子弹穿过玻璃，直冲目标。接着飞起来一顶帽子。

之后，我看见那个人迅速落地。落地的时候脸部朝下。他身躯底下是个草堆，上面尽是鲜血。

我把梳妆台复位，将窗户再次堵好，就急匆匆地来到房屋前面。因为我怀疑，他们这一招是在调虎离山，故意将我引开，以便使其他人轻而易举地从前面闯进来。

房屋前面很安静，斜长的草坪、茂密的树木，还有弯曲的车道上，都是静悄悄的。接着一辆警车闪着红灯沿着车道扬长而去。

我吸了一口气，扭过头看看安娜，又镇静下来，继续全神贯注地守卫房屋。

我开始安装下一匣子弹，就在此时，我顿时变得紧张万分，呼吸急促，这种情况在越南战场的时候就出现过。从那以后，我再没有那么紧张过了，我发誓！

现在，出现了三个擅闯者，但他们已经得到了惩罚。外面应该还徘徊着图谋不轨的人，也许，他们正在思考别的主意？他们想把矛头直接对准我，好直接闯入屋子。

我不确定，他们还剩余多少人。

一个小时又过去了，也算是相安无事。后来传来了一阵马达的声音，紧接着，继续陷入静默。一定是什么东西从路上经过。

要是我和安娜还像刚刚开始那样就好了！我想。

可是，这也只能是想想。刚开始的那种日子，已经一去不复返了。一路走来，我们每每经过一扇门，在通过之后，就立即关闭了。尽管是这样，可是——

我的思维停住了。因为我感觉到外面有人，而且那人越走越近了！

我听到那阵脚步声突然止住了，接着又继续响了起来，声音越来越急促、越来越弱，直到消失。

我站到另一扇窗前窥视，这回是一个身穿制服的人，他正在向树丛移动。

我端起猎枪，向他开火，枪栓扳动太早了。

听到枪声，那人一下子躲进了树林深处，他没有中枪。

于是，我接连放了另外三枪，仍然都未打中。让他见识一下厉害也好，省得他下次还敢轻举妄动。

又是一片寂静，静得让人觉得沉甸甸的。马达的声音再次响起。

四周一下子变得更加安静了。

我聚精会神，窥视窗外，试图用他们的身份来思考问题。我在想，假如我是他们，以现在的情形，我会藏身何处？我注意到了房屋左边的一片玫瑰树丛，郁郁葱葱的，但是很矮。

我的子弹很充足。于是，我毫不吝啬地朝着玫瑰树丛连射五枪。我这样做，只是给他们一个警告，让他们明白我决定除掉他们。

接着，外面一阵骚乱，人声嘈杂。

我小心翼翼地从窗户上探出头。我看见他们了。他们在车道中间停车，没过一会儿，身后又聚集了更多的人。

阳光下，车顶的闪光灯微弱地闪着红光。一个声音从短波无线电里传向房屋，那声音很冷漠，听上去很机械。是警察！他们已经发现了我的处境，来到这里解救我了！意识到这个，我异常高兴。

"警察来了！"我兴奋地朝着安娜大叫。

她的眼睛瞪得很大，满脸惊恐，脸上写满了怀疑。

我起身站立，一把推开前门，迈开大步上前迎接他们，门廊上躺着的尸首，差一点把我绊倒。

突然，一个东西穿进了我的胸膛，我立马倒在地上。挣扎了一下，我试图站起来。但是，强烈的疼痛向我袭来，像是一百张利嘴在我身上不住地撕咬。这种疼痛，我平生第一次感受到。

"大卫太太，你应该知道我们没有别的选择，在这样的情况下我们只能射杀他。"说话的是加文警官，他长着一张饱经风霜的脸，跟安娜说话的时候毫无怜悯之意。

安娜点着头，使劲地咬住下唇，用手轻抚细长的手腕，那里红红的，并散发着灼热的疼痛，发红的地方刚刚被绳索捆过。

加文警官旁边站着一位英俊的便衣人员——艾弗警探。他蓄着八字胡，双臂抱在胸前，一张黝黑的面庞上没有任何表情。

艾弗警探开口了，他的语气很温和，话语里还带着一丝尊敬。他说："你丈夫一连杀死了三个人，一个是上门兜售物品的推销员，一个是吸尘器的推销员，还有一个是电力公司的雇员，来这边查电线的。第四个出现在你家附近的是一个邮差，幸亏他逃脱得及时，要不然死亡的人数可就不止是三个了。大卫太太，你知道他这么做的原因吗？总得有个原因吧？也许他突然疯了？"

安娜始终一言不发。

以牙还牙

  我做事一向很有条理。如果一些事情让我没有把握,我会变得心烦意乱。我认为每个人必须为自己所做的事情付出代价,所以我一直在跟踪尼尔森。

  一年以前,我的妻子——黛安娜被他杀死了。可是,没有证人能够证明。因为缺乏证据,连最好的律师也在这场官司上吃了败仗。这场谋杀,尼尔森做了周密的布局。他是黛安娜的情夫。但是,他们之间的私通关系让他感觉日渐棘手。他的婚姻也因此遭受到了威胁。加之经济上的原因,尼尔森决定以杀死黛安娜的方式结束他们的关系。于是,他掐死了黛安娜,并找到证人为他做了不在场证明。证人发誓说案件发生的时候尼尔森远在千里之外。

  可是,证人的话跟我了解的情况完全不同。事实上,案发当晚我跟踪了黛安娜,我发现她在和尼尔森约会。一定是尼尔森害死了她!杀人就要偿命,我要亲眼看到他得到应有的惩罚。是的,虽然黛安娜跟他私通。但是,毕竟她是我的妻子,而且被他谋杀了。作为丈夫,我理应让真正的凶手受到惩罚。

  现在,我跟着尼尔森来到了丹佛。因为工作的原因他需要去全国各地旅行。我就拿出我的积蓄四处跟踪他。看样子他要进鸡尾酒厅了，他喜欢去那种地方。

我跟了进去。在酒厅，我找到一个可以看到他的位置坐下来。他坐在吧台前，他知道我也在这里，因为我总是让他知道我的存在。这次，他在叫酒时从吧台的镜子里瞥见了我。看到我后，他的脸色立马变了。他英俊的脸庞上开始稍稍泛红。近段时间，对于我的跟踪，他快要无法忍受了。

也许过不了多长时间，尼尔森会走到我跟前。他试图跟我聊聊，说出事情的真相。我知道，他这么做无非就是想减轻一点心理上的压力。可是，我不会让他好过的。我发誓。当然，除了我，他还有更头疼的事情需要担心，这件事情才真正地让他寝食难安。

果然，他端着酒走近了我。他的腹部有些凸显，但是，在黑色西裤和合身外套的衬托下，他的身材看上去相当健壮，可以跟运动员相媲美。他是一个很有魅力的男人，对于女人有着很强的吸引力。

"我说帕尼，你准备跟踪我到什么时候？"他的声音有些激动。

"我可以明确地告诉你，尼尔森，我从没想过放弃。"对于他，我总是直呼其名。我知道他很不满意。

没有得到我的邀请，他自己就坐在我的对面，皱起眉头说："我不明白你到底想干什么？你这样寸步不离地跟着我，究竟想得到什么？"

"我的妻子被你杀了，你理应偿命。"我用很平静的语气回答他。

"戴安娜不是我杀的！警察已经把案子结了。我当时是遭到了怀疑，可我确实是清白的！"尼尔森一脸迷惑，生气地朝我喊起来。

"那只是警方的看法，我可不这么认为。"

他发出一阵长笑，说："可是，警方的结论才是权威。他们说我是清白的，那我就是清白的，你没有办法改变。伙计，你还是省省力气吧。"说着,他举起杯子,吞了一大口酒,开始瞪着眼睛审视我,"真搞不懂你长了个什么脑袋?戴安娜的心早就不在你身上了。她甚至开始憎恨你。你何苦非要为这样的一个女人,浪费自己的时间?"

"你确实不懂。"

"是的,我确实不理解。事情已经过去了,就算你一直跟踪下去也是这个结局。如果我遭到你的恐吓或是伤害的话,我肯定会去报警。如果我不幸被你杀了,你也脱不了干系。我已经给我的律师留了一封信。在信里,我把你跟踪我、指认我是凶手的情形都一一写明了。倘若我真的遭遇不测,警察会第一时间找上你的。"

是的,我一直如他所说不停地跟踪他,时时刻刻都不想让他好过。我之所以有恃无恐地这么做,是因为我相信他杀害黛安娜这件事情并不是一个秘密。

"你证明不了什么的,这一点你自己心里也很清楚。"尼尔森说。

我缓缓地呷了口酒说:"真是这样吗?我清楚,你是个杀人犯,应该进监狱。尼尔森,是你杀害了黛安娜。你应该去牢里等死。在那里你会天天掰着手指头数日子,算年纪,猜想着什么时间要走进死囚室。当你的头上被扣上金属帽子时,每一秒钟你都会记得清清楚楚。"

"别在这儿诅咒我!"尼尔森满脸是汗,酒杯不住地在手里颤抖。

"你紧张什么?你说得很对,我也证明不了什么。"我耸了耸肩,不以为然地说。

"那你一直跟踪我做什么?"他说着,拧起黑黑的眉毛,用凌厉的眼神打量我。

"跟踪?哦,不,或许我们恰巧同路。"我缓缓地说。

他气得无言以对,紧紧地咬着嘴唇,用眼睛狠狠地瞪了我片刻,起身离开了酒厅。

过了一会儿，我也离开了，依然尾随其后。

尼尔森说得没错，我确实无法证明他是杀死黛安娜的凶手。如果能的话，我岂会甘于一直等着？不过，我当然不会坐以待毙，我会想出法子让他受到责罚。凶手总得为他的所作所为负责，这是正义的要求。

我和尼尔森入住在同一家旅馆。以往我一直都是这么做的，以便及时找到他。如今，我根本用不着这样了。对于我的跟踪他已经屈服了，他懒得再去尝试着躲开我。他很清楚我对他的基本情况已经了如指掌，我知道他所有的顾客。即便他在这一站摆脱了我，我也会顺利地在下一站找到他。就算我的推算真出现了问题，那也没有什么大不了的，我会在他家门口等着他出现，然后开始新一轮的跟踪。不过，这种事情还从来没有发生过。

当我跟在尼尔森后面，回到旅馆时，我想起了信的问题。他说他已经写了信，并且存放在律师那里，很有可能全是实情。因为那样的话，确实可以保证他的安全，以防我跟在他身后时有所行动。

想到这里，我不由得笑了起来。其实，我压根儿没有想过要去谋害他，犯法的事情我是不会做的。

那个月里，我们去了很多地方——圣路易、印第安纳波利斯、芝加哥，最后是底特律。他的路线，我再清楚不过了，甚至我可以先搭乘一班飞机在目的地等他。

不过，我不会那么做。那样的话，我去那一趟就没有意义了。我会时刻出现在他的身边，让他能随时看到我。我一直坚持不懈地寸步不离，直到他彻底无法忍受。现在他的忍耐力已经快到极限了。他快要崩溃了！

我们到达印第安纳波利斯时，他走到酒吧开始威胁我，说要揍我一顿。听到这话，我随即叫来了侍者请他打电话报警。见状，尼尔森冷静了下来。

现在，我和尼尔森离得很近。他在休息厅里打电话。电话是打给机场的，他要预订一张飞往迈阿密的机票。听到这个消息我并不吃惊，我这个人不喜欢大惊小怪。但是，我的脑子里还是画了一个大大的问号，因为他的巡回路线里，没有迈阿密这一站。

我立马向同一家航空公司打电话订票，故意跟他订了同一班飞机。通常，我都会采取同样的措施，因为我喜欢坐在他的前面，让他不得不看着我的后脑勺。在飞机上，他没法躲避我，这一点我们都很清楚。

在迈阿密机场，尼尔森租了一部车，他驱车来到城边，那里有一个档次很高的大宾馆。这一回，我没同他一样入住那里，而是住进了另一家规模很大的旅馆。这家旅馆在我所能发现的旅馆里算是最大的。旅馆里，有一个私用海滩和娱乐区，入住的客人相当多。我特意选择了一个中层的房间，在这里，我能看到热闹的街市。这间房子很小，但房间内部布置得相当不错，很安静。不过，四周却相当热闹，我很满意。

在这里安顿下来后，我给尼尔森打了一个骚扰电话。我告诉他这家旅馆的名字，然后，坐下来等他前来。果然不出我所料，那天晚上，尼尔森出现了，他已经忍受不了，一刻也不想再拖延下去了。

我打开门的一瞬，看样子他是想强行入内，于是，我微笑着退后一步，把他让进房间。对此他很是意外。

"什么风把你吹来了？我真是荣幸之至。"我故意问道。

他环顾了一下四周，看样子像是在检查房间。看到窗帘全部垂落后，他从那件具有特色的西装口袋里掏出一把手枪。

"看来，你准备谋杀我？"我镇定地问。

"没错!这是你自找的,只有这样我才能彻底甩掉你的跟踪。"尼尔森说着,眼光里满是仇恨。

"杀了我,你会坐牢的。"

"别再这里浪费口舌,那起不了什么作用的。来到此地,我是化名来旅游的。晚上,我再用这个身份回去。这一趟迈阿密之行,就会神不知鬼不觉地结束。就算他们怀疑到我,我已经在底特律买通了一位证人,他会出来证明,案发的时候我正在那边的旅馆房间玩扑克牌。"尼尔森得意地说。

"这么说,黛安娜遇害的时候,你就是这么证明自己在赛马场的?"

"没错。我还有撕下的票根为证。"尼尔森说。

"你很聪明。"我称赞道。

"跟你比起来,或许是有一点吧。伙计,这一回,你自作聪明了吧?你就像一只很有规律可循的鸽子,冷不丁地飞到了这里。没人能见到你的踪影。等到你的尸体被发现时,我早已经返回了底特律。警察根本想不出我谋杀你的动机。"

"等等,你应该想清楚一件事,你不怕我故意诱使你前来行凶?"

尼尔森的脸色突然煞白,他竭力让自己冷静下来,说道:"你不敢伤害我的,你应该记得那封信的事情。"

我点了点头。

"快点,进卧室去!"他的声音一下子提高了,他快要动手了。

"你会蹲大狱的,你马上会被扣上金属帽子,倒数属于你的最后几秒钟。"就在他用枪顶住我的后背、推我进入卧室的时候,我大喊道。

"闭上你这张臭嘴!"他扳动了用枕头包住的手枪。当子弹穿过我胸膛时,我没有听到枪响。接着,我面带微笑仰躺在床上。我想,他一定想不明白，临死的时候，我为什么会笑，而且表现得如此从容。他肯定想破脑袋也想不出来。

　　他不会知道，我的口袋里装有一个录音机，也不会知道，我也在我的律师那里留下了一封信。

谋 杀

问题的源头来自于那本书。自从见到了那本古老的书籍，问题就不断地找上了保罗2473。那本书被他一眼认出来了。因为在这之前，他去过微缩档案室一次。那时候，里面的人正在忙着拷贝一些有价值的老式书籍。等他们的工作完成以后，这些书籍将被销毁。这本书的历史应该很悠久了，但是，还没有人发现它，它身上的那种神秘感激发了保罗的好奇心，也引起了他内心的恐惧。

那时，他正在进行星期四的长跑训练，他们的跑道是一条乡间小路。大汗淋漓地跑了很久，他们盼来了十分钟的休息时间。通常他们会躺在路边的一个古老建筑旁边，那里杂草丛生。星期四的训练在保罗的眼中总是无聊透顶。于是，他四下巡视，想发现一些有意思的事情。

他的目光被一堵破败不堪的墙壁吸引了，因为他在墙上发现了一条裂纹。在墙边有一块落下来的砖头堵在裂缝口上，正好围成了一个不大的洞穴。别看就这巴掌大小的一块地方，也足以容纳一些小型野生动物前来栖息。

匍匐在地上，保罗好奇地朝洞穴里面张望。也就是这时候，他在洞穴里发现了那本书。他立即意识到该怎么做——他应该掏出书，看都不看上一眼就立马上交排长。自幼年开始，他接受的教育就告诉他，和文明沾上边的东西都很有价值，也很危险。现在，他无权处置这本书，无论是销毁，还是翻阅。

他留意了一下周围，没有人注意到他。他没有看见排长，排里的其他人都距离他很远，他们只顾躺在地上休息。于是，保罗颤抖着把手伸进洞穴，小心翼翼地取出了那本书。

那本书体积很小，拿起来很轻。也许稍有不慎它就会被揉成碎片。此刻，保罗的内心充满了矛盾，他既害怕又好奇。他忐忑不安地掀开书的封面，瞥见了扉页上面的书名——《谋杀的逻辑》。

这一刹那，他很是失望。"逻辑"这个词语，他还有个初步的了解，尽管他也只是一知半解。至于"谋杀"一词，对他而言就全然陌生了。

他不太理解这本书的内容，也许，这本书对他而言是无用的。但是，他还是经历了一番思想斗争，始终拿不定主意。因为他觉得从这本书里，他能够明白"谋杀"是什么意思，或许那个所谓的"谋杀"，可能还是一件有趣的事情。

排长的声音从远处传了过来："时间到了，全体起立！"

就在全排人员正准备起立的一瞬，一个决定在保罗2473的脑子里形成了。

那本书被他迅速地塞进衬衣里。接着，他站起身舒展一下筋骨，回到集合的队伍里。

保罗2473，在他自己居住的小房间里，重演了学生骗老师的伎俩。每天晚上，他趁着独自一人的几分钟空当，将那本小书藏在下午版《进步新闻报》里佯装读报，暗地里阅读那本小书。他之所以会这么做，是因为墙上安装有监视器，万一被发现了，后果不堪设象。

尽管他费尽心机伪装，他的行为依然很冒险。那本小书的内容已经令他渐渐着迷了。随着一步一步地阅读，他的脑海里出现了一些概念。

他得知了"谋杀"的含义，原来夺取一个人的性命，就叫"谋杀"。明白这个让他有些震惊。这个概念对他而言是全新的，在他以前的意识里，压根儿没有这两个字的存在。

在他的头脑里，他只知道人不会长命百岁。因为他发现一些老人，在得了病被送进医院、生理实验室或诊所以后就再也见不到了。他知道，死亡本身也没有什么痛苦。除非，当局为了科学研究，故意强加一种痛苦。因此，他很少考虑有关死亡的问题，也不会畏惧死亡。

但是，谋杀完全不同。在以往的文明里，谋杀是一种现象。生活在那个年代，当局并不站出来保护个人的生命安全。控制个人行为，在当时是遭到反对的。相反，在那个年代，谋杀是一件司空见惯的事情，每个人都可以随意杀人或者被杀，人人处于自保的状态。对于这种异常残忍的想象，保罗2473大受震动，但是，强烈的好奇心驱使他不停地往下阅读。

读完一部分，保罗也会思考一下书本所讲的主要内容。他发现，尽管谋杀在人们眼里，是一件很邪恶的事情，但处于以往的恶劣环境，那种行为是可以被理解的。在那样的社会里，伴侣是可以随意选择的。因为妒忌或是报复，人与人之间的关系残酷极了，不是你死就是我活。由于没有当局提供的生活必需品，人们因为生存的需要，为了得到财富只能相互杀戮。

书本的内容，保罗越读越多。在不断地阅读中，保罗逐步了解到各种类型的杀人动机，包含有健康的，也包含有不健康的、恶毒的。

在这本书里，其中有一个章节专门介绍谋杀的各种手段。还有的章节专门讲解有关谋杀案的侦破、逮捕，以及对案犯的惩治措施。

但是，最让人吃惊的还是本书的结论部分。在结论里，这本书的观点很明确，也很有指向性。它大胆地表明：谋杀是一种常见的社会行为，其实际的发生数量，远远多于统计数字。很多突发的谋杀案，由于没有经过预谋，罪犯常常难逃惩罚。但是，有些罪犯就幸运得多。经过一番悉心的准备，这些罪犯往往能够逃过一劫，免于受罚。许多悬而未决的案子，都属于这种类型。在一场场与警察的较量里，大部分时候都是那些凶手获胜。尽管统计数字得出的结论与之相差甚远。但是，这些数据也依然表明，大批量的谋杀案件没有被侦破。而凶手，一个个胜利潜逃，享受着自己的犯罪成果，逍遥快活，颐养天年。

读完那本书以后，保罗2473陷入了沉思。因为这本书，他意识到自己的处境更加危险了。因为他现在所处的文明不会容忍这种书的出现，更不会让人类知道，他们曾经有过那样野蛮的历史。他翻阅这本书就是在犯罪。到了此时，他终于理解了当局为何禁止这种书籍的传播。他也知道，如果自己不幸被发现就会遭受严厉的训斥，因此被降级，甚至还有可能当众受到羞辱。

但是，他还是舍不得销毁那本书。他把书偷偷地塞在床垫里面。在他的空余时间里，他一直思考着这件事情。

甚至，他想跟卡洛尔7427提一提这件事。这段时间，差不多每天他们都会见面。在娱乐中心里，他们会一起进入爱抚小屋，他和她频频接触。他们接触的次数比他跟任何一个姑娘都要多。因为他和卡洛尔7427正在接受一个和谐性试验。他希望当局能把她配给他三年，要是五年更好。

读完那本书后，他们头一次见面的时候，他险些将此事跟她说了。那天，她依然身穿工作服走进娱乐中心。她的工作服很合身，她完美的身材被显露无疑。外加一头金黄色的头发、明亮的蓝眼睛和雪白的皮肤，她浑身散发出令他着迷的气息。他深情款款地看着她，心里想起了配对的事。他非常渴望能跟她共处一室，两个人说说心里话，一起谈论类似于谋杀的新奇话题。如果真能够那样就好了，以后的生活就会充满乐趣。

"卡洛尔，我知道一个真正的秘密，你想听吗？"他把她拉到一个角落，远离辐射农业的谈话小组，神秘地问道。

她眨巴了一下长长的睫毛，顿时，脸颊泛红。接着，她轻柔地问道："是什么秘密？保罗。快告诉我。"

"我违背了一项原则。"

"你说的是真的？"

"是的，是条重要原则。"

"哦，是吗？"她的语气里，透露着兴奋。

"我发现了一个东西，它有趣极了。"

"是什么？快告诉我！"她侧身问道，充满了期待。从她呼出的气息里，他闻到了香水片的味道，他有些陶醉。

"要是我告诉你的话，你只有两种选择，要么告发我，要么和我一样危险。"

"哦，保罗，我不会告发你的，绝不！我发誓！"

"可是，那确实很危险，我不想看见你陷入其中。"

她一脸失望，不满地噘起嘴巴。不过，她的反应让他暗暗高兴。因为，他发现了他们两个的共同点：都有一颗好奇心，也都愿意冒险。可是，现在还不是时候。等到下星期配对结果出来，他们同处一室后，他会把秘密全告诉她。他会把那本书拿给她，然后，他们就可以持续几个小时谈论有关谋杀的问题。

在那天，保罗2473的心里认定了一件事情——他与卡洛尔7427琴瑟和谐。他还相信，不久以后，科学的配对实验也能为此作证。

但是，他没能如愿以偿。星期四，他训练回来以后，看到了令他失望透顶的结果。

公告栏上张贴着巨大的布告。布告的名称是：55区成员五年配对表。他满怀信心地走上前去，但是，他的那双眼睛看到了两对出乎他意料的名字——卡洛尔7427与理查德3833、保罗2473与劳拉6356。看到这个他惊恐极了。

老天！要跟劳拉6356一起生活五年！劳拉是一个身材矮胖的姑娘，整天傻乎乎的，逢人就知道笑，满头还都是深灰的头发。真不知道他们怎么想的？他怎么能跟这样的一个女人和谐相处呢？而可恶的理查德3833，凭什么独占卡洛尔五年？他一向傲慢无礼，喜欢装腔作势。真难以想象，卡洛尔这五年的日子要怎么熬过去。

一想到自己的未来，保罗有些愤怒。以他现在的年龄，已经没有资格再去爱抚屋了。因为当局认为，到了这个年龄的人就应该稳定下来，有规律地生活。这样的话，有利于社会的和谐。因此，这次的配对，也就意味着在这五年里他只能跟劳拉6356在一起，而卡洛尔只能属于理查德3833一个人。也就是说，从此他和卡洛尔不会再见面了。他们不能成双入对地生活在一起，不能一起尽兴地讨论那本奇妙的书籍了。

对了，那本书！

顿时，保罗毫不迟疑地做了一个决定——他准备实施谋杀。

唯有这样，他才能摆脱痛苦。于是依据那本书的指导，他开始考虑这次谋杀的动机、途径以及风险程度。

现在，动机是有了。他与一个不匹配的人配对了。而与他匹配的人却被分配给了别人。

他又翻阅一遍书籍，试图从中找到解决的途径。他发现，一个感情用事的杀手通常会决定杀死卡洛尔，目的是让理查德也无法得到她。但是，这样一来，连他自己也失去了机会，而且，自己还得与劳拉一起生活。要想实现愿望他得筹划两起谋杀。把理查德和劳拉都除掉。采取这种方法，实行起来有些麻烦。可是，只有这样做才能出现他所期望的结果。

谋杀的细节他暂时搁置一旁不予考虑。现在，他先选好了武器，准确地说，在他所处的环境中，那是他唯一可选的武器。他没有枪支，也不知道从哪里去弄。他对下毒一窍不通，更找不到药品。他要对付的两个目标，看起来也有一定难度。因为理查德3833身材比他高大强壮，而劳拉6356的体型也绝不娇小。因此，硬碰硬肯定是没有胜算的，但他可以找到一把刀，然后把刀磨得锋利无比。另外，他具备一些生理学知识，他知道把刀刺在哪里才会致命。

最后，他开始思考这样做的风险。他在推算被抓的概率，想象被抓的后果。

想到这里，他大吃了一惊。因为他忽然发现，在他知晓的法律里根本没有谋杀这项罪名！要是有的话，他早该听说了。从很小的时候，他就知道了应该做些什么，不应该做些什么。而那些不应该去做的事中，最大的罪名就是叛国罪。一切的破坏、暴动和颠覆活动，都被列在这项罪名里。次于叛国罪的罪行，是懒惰罪，其中，包括完不成额定任务、缺席会议、精神和肉体不健康。

所有的罪行也就是这些。谋杀罪并没有包含在里面，与谋杀有关联的罪行，也没有被涉及，譬如伪造、抢劫。保罗发现，他所生活的文明是一种理想的文明，在那里，想犯罪是没有动机的，除了他现在意识到的问题——在进行和谐性试验时，一些官员出现了错误，配错了对。

这件事情，确实给他带来了很大的震撼。在国家的法律里根本没有提到谋杀罪，那这个国家肯定没有应对这种罪行的措施：没有专门的组织，没有老练的侦探，也没有研究反谋杀的科学工作者。那本书里提及的那些相应机构只存在于那个古老的文明里，而这里什么都没有。也就是说，只要悉心筹划，这种理想的文明根本不知道该如何应付谋杀，他的谋杀行为就会顺利过关并免遭惩罚。

想到这里，保罗的心跳开始加快。他认真地盘算起来。现在，距离公布住房还有一周的时间，到那时候配对计划就正式实行了。一个星期的时间足够了。他决定，在一两天内就采取行动。

空气过滤师的工作为他提供了便利。在55区，他可以任意走动。没有人会过问他会出现在哪里，又会在哪里消失。

现在，他只缺少一个工作路径，让他可以解决一个目标，然后再动手结了另一个。

星期四是例行训练的时间，整个下午他都在进行长跑训练。不过，星期五他的机会就来了。一张空气过滤的明细表给他带来了好消息，两个目标所在的地方都出现在这张单子上。

于是，他取出锋利的刀子，悄悄地插进身后的皮带里，再用衬衣盖住。接着，他穿好柔软的绝缘鞋，走向一尘不染的走廊，他的脚步很轻，没有发出一点声响。他的工作任务很紧迫，不过路径对他很有利。他能挤出一两分钟的空当。

他首先接近的是理查德3833。那是一个病毒化验室，在那里，理查德有一个自己的角落，可以免于他人的侵扰。保罗到达那里时，他正趴在显微镜上入迷地观看。

保罗轻声地招呼他："理查德，恭喜你的配对，你得到了一个好姑娘。"

突如其来的事情会不时地发生。此刻，也许他们正在被话筒窃听，墙上的监视器也有可能马上被打开。好在理查德和劳拉一向很本分,从未惹过麻烦,不需要加强监视。另外在工作时间卫兵也很少进行监视。所以,他需要尽快行动。

"哦,谢谢。"理查德回答。但是,看得出来他的心思根本不在他的配对——卡洛尔身上。他兴致勃勃地对保罗说:"你来看看这个小东西。"说着,他从凳子上跳下来,让开位子给保罗。

保罗漫不经心地瞅了一眼,把显微镜故意旋转了一下,说道:"我什么也看不见。"

理查德很有耐心,他走向前去重新调试显微镜。他背对着保罗,全部精力都放在显微镜上。

保罗趁机抽出刀子,准准地刺了一刀。

理查德很吃惊,他痛苦地哼了一声,两手紧紧抓住桌角。见状,保罗迅速抽出刀子,闪在一旁。理查德庞大的身躯直挺挺地倒在地上,一动不动。在死者的衬衫上擦干净刀子后,保罗火速逃离现场。他离开的时候,没有人注意到。

在理查德3833死亡后的四分钟,保罗进入了数学计算中心。一台巨大的机器前面,正站立着辛勤工作的劳拉6356。劳拉也是一个人工作,与从事同样工作的姑娘们分开了。

劳拉眼睛的余光已经瞥见了这位来访者,但是,她没有停下来,而是继续往机器里输入指令。

她是一个相当敬业的工人。

她"咯咯"地笑着说:"保罗,你好!难道房子已经分好了,可以入住了?"在配对结果出来以前,劳拉从来没有留意过保罗,可自从知道了结果,她在他面前显得很女性化。

她太天真了,以为保罗是要告诉她这个。然而,她的配对人选——

保罗，已经绕到她身后，一只手正准备拔刀。

也许，劳拉以为他是想去抚摸她。虽然工作时间这种亲昵行为是严禁的，但她还是抽动着胖乎乎的肩头，满心期待。谁知，她等来了一把尖刀，刀子从她的身躯里刺了进去。

这回受害人并没有倒地，而是向前倾倒，趴在机器的操作盘上。

劳拉压在盘面上的输入按钮上，机器仍然在"嗡嗡"作响，指示灯也依然闪烁。

保罗抽出刀，在劳拉的上衣上把刀擦拭干净。他愉快地想："这个机器肯定得不出正确的答案。"

他离开了，又开始做着自己的工作。这时，他有些暗自得意——卡洛尔7427和保罗2473，同时失去了伴侣。按照常理，委员会将会决定指派他们两人共同入住。那样的话，他们可以一起生活五年，甚至更久。

接下来会发生什么，他不知道。55区的统治者会作出什么样的反应，他也不知道。那本书没有提及这些，它涉及的只是古老文明里的谋杀。

不过书上说，人们对于谋杀总是充满着兴趣。倘若受害者是公众人物，或者和丑闻扯上关系，人们的兴趣就会更浓。报纸也会在谋杀案件上大做文章，进行全程的追踪报道，最后，凶手被缉拿归案，审判也被详加报道。一个案件可能会持续上几周、几个月，也许几年。

不过，保罗留意了55区的《进步新闻报》下午版的新闻里，没有报道此事。当天晚上，他又去了娱乐中心，除了没有见到理查德3833和劳拉6365，其他的一切正常。

在娱乐中心保罗见到了卡洛尔，他这才意识到，自从配对结果公布后，他们再没有讲过话。他设法把她从同伴那里带出来，小心地问道："你见过理查德吗？"

卡洛尔耸了耸肩说道:"我也不清楚,我没有看到他。"

卡洛尔的漠然态度让他十分欣喜。她一点也不关心理查德,现在她的配对对象不见了,她竟然不紧张。这说明她压根儿没把理查德放在心上。那么,这次配对失败后,对于新的安排她应该也不会拒绝。

差不多整个晚上他都和她在一起,他觉得自己很幸福。甚至,他开始相信,这样棘手的事情会让当局不知所措,因为不知道该怎么处理,他们宁可回避不谈,当作什么都没有发生过,省得其他人知道有谋杀这种事件的存在。

那晚,保罗满怀着自信进入梦乡。

他的幻觉被星期六清晨的起床号打破了。当尖利的号声响起,他甚至有些怀疑那声音到底是不是起床号。号声越来越近,他往外望了望,发现外面还是漆黑一片。

迅速穿好衣服,他随着人群一起奔向走廊。其他人也和他一样惊讶,刚从睡梦中醒来,走路还有些摇摆。

"全体都有,齐步,向前走!"一个命令响起。

一大群人排着长队,走出走廊,下了楼梯,站在院子里。院子里灯火通明,就连屋顶和高墙上的探照灯都被打开了。迎着耀眼的灯光,各级排队和连队都整整齐齐地站好队伍,每个人都站得笔直笔直的。没有人抱怨突然的早起,院子里静悄悄的,静得可怕,到处弥漫着恐怖和压抑的气息。

保罗也被这种气息所感染。尽管他知道自己没有必要害怕,但是受其他人的影响,他不由得有些发怵。这样的情况以前从没出现过,接下来肯定没有好事。

但他们准备怎么做呢?当众宣布有两个人被谋杀了?接下来要求罪犯主动自首?要求知情者提供线索?

不过，保罗相当镇定。他知道，这么多人一起被带出来，说明他们还不知道凶手是谁。这个信息对他而言，是个鼓励。当然，现在当局正在采取措施、进行调查，会询问许多问题，查证你去过的地方，因此，他必须要小心行事。但是，有一点很重要，他得坚信当局不会知道谁是凶手，假如他不露破绽，他永远不会被发现。

情况不是他想的那样，喇叭没有再响。这一大群人被莫名地丢在这里，忍受着恐惧的侵袭。也许，这也是当局的一种措施，他们想让凶手感到恐惧，自己屈服。

天还是很黑，他们已经站立半个小时了。但谁也没有离开队伍，甚至也没有人咳嗽或是倒脚。只有寒风在不停地呼啸。

最让人难受的还是探照灯，强烈的光线直射人的眼睛。在强光的刺激下，保罗不停地眨眼。但是，他要是闭上眼睛的话，身体就会有些失衡而不停地晃动。在这个时候，他可不想引起别人的注意，所以他咬牙坚持，想着以后的美好生活为自己打气。

折磨总会过去的。整个55区一共有几万人，不可能因为两人被杀，任由这么多人无休止地站下去。死亡是不可避免的现象，每天都会发生，就算他们死了，年轻人农场里还有很多人可以替补他们的位置。也许，他们的死会引起一段时间的紧张和不安，但随着时间的推移一切都会恢复原样。

这种正常也包括跟卡洛尔住进一个房间。终于可以说悄悄话了，可怕的孤独消失了。甚至，可以没有话筒和监视器！因为配对后，两个人，可以保留一些隐私。

"一连！向右转！齐步走！"命令响起。

一百个人，迈着整齐的脚步，离开院子。

听着口令传来的方向，保罗知道，他们去了宿舍旁的娱乐中心。他放心多了，因为不管接下来会发生什么，要接受怎样的检查，那都是在娱乐中心进行的。这看起来没那么可怕，走出院子大门，才是他最害怕的事情。

也不知道过去了多久，几分钟？十几分钟？天还没有亮，灯光，越来越难忍受。保罗所在的连队是二连，他站得两腿生疼、头脑发昏，灯光还在不停地闪动。他合上眼皮，还是没能挡住那些强光。

"二连出列！"终于，轮到他们了。

他随着队伍，向前走去。他感到很高兴，因为可以活动了。他猜得没错，去的是娱乐中心。门口站立的两个卫兵，拉开门，二连的全部人员都进入了娱乐中心。

这里很空旷，也有很多灯光，不过，已经不像刚才那般令人痛苦了。娱乐中心不时地传出"嗡嗡"的人声。他们的连队排成单列，被人引领着来到最顶头。此时，他们不必再笔直站立了。但是，太长时间的恐惧，使他们无法放松，每个人都少言寡语，不想开口。

后来，单列纵队变成了横排，每次从一扇小门里，走进一个人。保罗站在二十名的位置。他觉得，前面进门的频率，是每三十秒钟一个。他耐心地等着，很冷静。这样的大动干戈，充分地显现出当局的无能为力。

终于，越过前面那个人的肩膀，他发现那扇门通向一个房间。房间里坐着一个护士，桌上堆满了针头。他舒了一口气，有点哭笑不得。

原来，他们只是在打针！也许，是在注射什么疫苗。那两起微不足道的谋杀案，跟这次集合没有关系！

轮到他的时候，对于打针带来的疼痛，他一点也没放在心上。跟院子里的折磨，以及长时间的忐忑不安相比，这点疼痛根本算不上什么。

打了针后，他的感觉怪怪的。手臂上的针眼，一点都不疼，就是脑袋晕晕乎乎的，他勉强支撑着，胜利迫在眉睫，这个时候可不能倒下。可是，他的大脑已经完全不受自己支配了。他乖乖地依从卫兵的命令，来到另一间屋子。里面一个身穿白大褂的人，正在等着他，那人目光锐利，两眼注视着他。

"昨天，你捅死了两个人？"那个人问。

他的大脑像是被谁牵制住了，只能说真话。也许，是打针的缘故。

"是我。"他顺从地回答。

之后，等待他的是公开审判。当然，这不是为了他一人，而是为了教育55区全体成员，以儆效尤。

审判过后，他被关进了一个院子尽头的玻璃笼子里。不仅如此，他还被绑着固定在里面，在他身体的各个部位，密密麻麻地足足插有一百条电线。这些电线都接在外面的一个控制板上，一根上面安装一个按钮。整个55区的成员，都有权前来操作控制板上的按钮。为了惩罚他对文明的践踏，那些人们一有空就会走到笼子旁边，按几下按钮。这时候，保罗总会疼痛难忍，大声喊叫，但是，这种折磨不会一次毙命。

55区的广播，当然也不会闲着，每天它都会重申一次他被囚于此的原因。

"保罗2473，是国家的一个叛徒。藐视国家财产，将理查德3833和劳拉6356两个宝贵的财产肆意破坏，判处破坏国家财产罪。"广播里抑扬顿挫地宣布。

可是，他的失败还不止这些。卡洛尔7427的举动大大出乎他的预料，因为走到笼子前按按钮最频繁的人正是她。

看不见的线索

我的朋友默洛克是个少言寡语的人。他的话实在太少了，不了解他的人，准会觉得他特别傲慢无礼。不过，一提起林纳德的案子，他总是自鸣得意。

不过，他完全有理由这样。毕竟，我这位朋友——考林·默洛克上校，只是一名退伍士兵，一名已经退了休的殖民地警察，而不是什么专业侦探。但是，在林纳德一案中，他准确而又快速地把握了案件的核心。而与这个案子有关的两个男人，他并没有见过。

取得这样的成就，着实让所有从事犯罪调查的专业人员钦佩不已。更难能可贵的是，侦破这个案件时，他利用的居然是一条看不见的线索。关于这条线索，默洛克用调侃的口吻解释说："要是都能看见，那它就成不了线索了。"

"就像柯南·道尔的狗，它的厉害之处，就是不发出叫声？"我绞尽脑汁，想出一个说辞，极力让自己看起来聪明一些。

"那是两码事，傻小子。"默洛克少校"咯咯"一笑，回答我说。

他是一个很严肃的人，整个人看起来短小精悍。经常穿着的一身行头——浆过的衣领以及手工制作的、擦得锃亮的皮鞋，在他身上，有些不太搭调。一见到他，总让我联想到藤椅、缅甸雪茄、夕阳以及被热带丛林环绕的网球场。接下来，我进一步意识到一个问题：尽管默洛克在伦敦这样的现代化都市生活很久了，但是，他仍在竭力追求一种不同的生活方式，就像默塞特·毛姆书里描写的那样。

我知道，一旦我把自己的想法告诉他，他一定会矢口否认。不过，在他身上你可以明显地感受到浓浓的怀旧气息。正因为这样，在许多人眼里他就像一个老古董，他们常常把他当成摆设。但是，在壁球场上他是个出色的主角，很有杀伤力，当我已经累得精疲力竭、满头是汗时，他依旧精神百倍，还能坚持做很长时间的俯卧撑。

对于自己的职业，默洛克个人的称谓是——私人安全顾问。这个称谓，听起来很无趣，不过很体面，当然，也不容易使人陷入遐想。实际上，考林·默洛克少校是个保镖，而且是个一等一的优秀保镖，有人评价他说，在全球为数不多的几十位保镖里，他绝对名列其中。

他对自己的评价很谦虚："我现在，充其量就是一个上了年纪的足球运动员，不能再去驰骋赛场，只能准确地把握比赛的要领。这时候，组织和调动起报警肌肉很重要。这样的话，才能保证及时、快速、准确。"

所谓的报警肌肉，是默洛克口中的一个专有名词，他说，每当他自己或是雇主处于危险状态时，他就会觉得后背像怀孕妇女那样，产生剧烈的疼痛。

得知那条看不见的线索后，我就一直黏着他，央求他把那个故事讲给我听。

"截至目前，那个案子还没有开庭受审，不过，我敢肯定电视台会报道的。所以，我不便透露案件里涉及的人物姓名。还有，如果你要是在报纸里刊登我所说的话，我也只会否认。不过，我敢发誓，我讲的句句都是实情，我可以跟你保证，小子。"

故事是从默洛克少校的办公室开始的。这间办公室坐落在圣保罗大教堂附近。在伦敦上空飞翔的鸽子，有一半是从那里放飞的；宣告新一天开始的大钟，有一半也是在那里敲响的。

默洛克的那间办公室，前身是一个流行音乐唱片公司。这家公司倒闭后，默洛克就以很低的价位购买了这里。房子里面的装修很落伍。保守估计那里已经十年没有翻新了。房间里透露出一派拙劣、疯狂的迷幻派风格。而且，里面的门很多，每扇门的颜色都与其他门很不和谐。还有墙壁、文件柜、办公桌，没有一样符合默洛克的口味，全都是五花八门的鲜艳色彩，像是橘红色、黄色、紫色和绿色，他看起来混杂极了。但是，有一点很可取，房租相当便宜。

这一星期，他大半时间都外出了，前往城外办事。

此刻，他正在办公室里听录音磁带。

磁带里传出的是默洛克的秘书——琳达的声音："您好，先生，日常事务我已经处理完毕，只是有件有趣的事情，需要给您禀报。今天下午，空军中队长阿里克斯·林纳德给您打电话。我从来没听说过他，可是，听他话的意思我应该认识他。"

默洛克少校苦笑，这话让他意识到自己老了。

他的思绪一下子回到了很久很久以前。在那场不列颠战役里，阿里克斯·林纳德是一名优秀的战斗机飞行员。进行空战的时候，琳达的父母都还是小孩子，才十多岁。

"我从来没有听说过他。"因为走神了，磁带被默洛克倒了回去。"二战"结束后，林纳德去了美国，并在那里定居。在美国他拥有大规模的农牧场。但是，不幸的事情发生了，对于美国战后的新兴国家政策，中队长林纳德产生了兴趣。因此，他得到了黑人的拥戴，同时，也被其他白人视为仇敌。

默洛克又按了一遍播放键。

"他的声音很亲切，但是，我能听出他的不安，他好像特别害怕。他肯定很富有，他说他住在五月花广场的梅博里大厦。在那儿，他有一套永久性的套房，一年才回伦敦住上一次。他说希望尽快与您取得联络。尽管在飞机上他休息了很长时间，但是，他无法坚持二十四小时不眠不休。等您回来的时候，他还得坚持八小时。"

还没有听完磁带，琳达本人急匆匆地闯进了办公室。听到自己的录音，她有些难为情，说道："对不起，少校。这盘磁带我原本应该在昨晚洗掉的，我男朋友找我有事，我就给忘了。"

"洗掉？为什么？"

琳达喜滋滋地说："跟您的约定取消了。昨晚我快要锁门的时候，中队长林纳德亲自过来了。他说了很多道歉的话，说是改变了主意。他是个相当有礼貌的老家伙。噢！我不是说他年纪大，实际上他跟您年龄相仿。"她摇了摇头，脸涨得通红。

默洛克带着极大的耐性说道："不要顾及那些礼节和外交辞令，这个时候不需要！我需要事实，赶快告诉我事实。"

琳达恼怒地看看他，带着指责的口吻说："何必发这么大火呢？因为临时爽约，他支付了五十英镑的赔偿金。还一再坚持这么做，我想可能是向别人求救让他觉得很愧疚。他希望这些不快赶紧过去，早些被忘掉。"

默洛克少校眉心一皱，轻轻地用手按摩后背。三十年过去了，也许阿里克斯·林纳德有所改变了。但是，他一定是遇到了什么事，要不然不列颠之战的英雄们不会坐立不安，并向外发出求助信号，尽管这个求助终止了。

默洛克是个很有心的人，尤其在搜集与自己行业相关的信息时，他的心思格外细密。最近，一个内罗毕的商人雇用过他。这个商人拿着钻石来到伦敦，想换取巨额的现金，这两样东西，他一样也不希望受损。有一回，默洛克在旅馆等候的时候，他听到了阿里克斯·林纳德的名字，这个名字好像是两起暗杀策划的目标。

默洛克找到了中队长林纳德在梅博里大厦的电话号码，随即拨打过去。"怎么没人接。"他咕哝了一句。梅博里大厦是一座二十世纪风格的摩天大楼，整栋大厦里有千余套房子，站在大厦里可以俯瞰整个海德公园。

琳达的态度缓和了许多。她端来一杯咖啡说道："别担心，他已经把约定取消了。兴许是外出了。现在找他，他也不会感激您的。"

"或许是这样。"手里端着咖啡，默洛克少校陷入了沉思，突然他抬起头凝视着琳达，"把他来访的细节全告诉我，越详细越好。"

琳达耸耸肩说："还有什么好说的？我跟你提过，他看起来很不好意思，以至于支付五十英镑的时候把钱都弄到地上了。"

"噢，对了，还有一件事，"她忽然来了兴致，打了个响指，"咯咯"地笑着说，"他居然是个色盲，事情办妥后，他急匆匆地出去，谁知走错了门，走到卫生间里去了。后来，我跟他说出口是绿色的门，可他径直走向了红门，走进了储藏室。他看起来有些气急败坏，都开始骂人了。我一再跟他强调是绿色的，结果他愣是拉开了红门，走向了消防楼梯那里。这样一来，让我们两人都有些尴尬，但我还是离开办公桌，引领他走出了大门。"

琳达的话说完时，她发现默洛克少校已经转过身，一把抓起了电话。不出一分半的时间，他接通了苏格兰警官布莱克的电话。

"你好，我是默洛克。出大事了，小伙子。情况很紧急。中队长林纳德有麻烦了。对，是他，他支持过非洲独立。有人想谋杀他。他的住所是梅博里大厦的东座524房间，我不确定他现在是否在房间。我们先去那里碰面吧。"

布莱克警官和他的手下火速赶到梅博里大厦东座524房间。当他们踢开房门时，在卧室里，发现了已经昏迷不醒的阿里克斯·林纳德。事后，他们得知有人想置他于死地，故意伪造了服用安眠药自杀的假象。

经过附近一家医院的及时救治，林纳德已无大碍，他承认自己被迫服用了大剂量的药物。因为他受人要挟要求他在药品和子弹之间选择一种死法。药品意味着还有一线生机，而子弹则会必死无疑，所以他选择药品。

那个场景一定极其荒诞和邪恶——行凶者手中持枪，如同护士一般坐在床边，眼睁睁地看着林纳德的脸由红变白，逐渐没有血色，等着他呼吸逐渐缓慢、逐渐艰难。

"当我意识到来办公室的那个林纳德是假冒的以后，我立即明白了他的用意。他此番前来，只有一个目的，那就是阻止我前去寻找真正的林纳德。"默洛克少校点拨我说。

"还有一点，如果说谋杀者听到了林纳德打给我的电话，那也就表明他窃听了林纳德的电话。也许，他在隔壁房间安装了监听设备。布莱克警官派人查看了房间的电话，发现没被窃听。接着，他们检查了墙壁，在墙上发现了一个洞，那个洞可以通向隔壁的523房间。洞口还糊上了壁纸。凶手有过前科，警方在机场将其抓获。"

说到这里，默洛克认为我已经猜到了是什么东西引起了他的怀疑。事实上我没有。他刚开始的判断，也就是林纳德先要雇用保镖、后来又放弃这一计划的判断，我理解了。可是，到后来我确实有些迷糊。我把自己的疑虑如实相告了，默洛克少校看上去很是吃惊。

他激动地说："傻小子！我亲爱的年轻人！想想看，前去取消预约的那个人，他是个色盲！因此，他绝对不可能是中队长林纳德。英国皇家空军压根儿不会招收色盲！"

化妆间里的眼药水

看到晚间电视新闻,布朗才得知费尔丁马戏团发生了意外事故。

布朗在哥伦比亚的一家保险公司担任调查主任一职。他所在的保险公司跟这家出事的小马戏团签订了二十五万元的契约。

意外是在表演空中飞人时出现的。那时候,尼克正将双膝钩在摇摆的秋千上,他的双手正抓着他的小姨子。而他的妻子——汉娜,此时正在绳索的另一端,准备表演一个惊人的绝技。她这次表演的内容是在高空连翻三次跟斗。震耳欲聋的掌声响过之后,观众开始屏息等待。汉娜看上去有些犹豫,但是稍作停顿以后,她还是开始了那个危险的动作。这时候,她的妹妹落回汉娜刚刚离开的秋千上。

汉娜在空中连翻了三个跟斗,准备伸手要去抓她丈夫的手。但她丈夫伸出的双手,距离她太远了,她没有够着。在空中,她万般惊恐地乱抓一阵就猛地坠落下来。

舞台下面没有安全设施,所以,汉娜当场就没命了。

事故发生的全过程,被随该团旅行的一位电视台工作人员拍下来了,他在电视台是专门负责拍纪录片的。

报道还显示,费尔丁马戏团已经陷入经济危机,如今又失去了一个最赚钱的项目，前景令人担忧。

关掉电视，布朗静静地坐着等候电话。一个小时后，他接到了老板的电话，要求他搭乘去圣安东尼奥的早班飞机。

次日上午，布朗找到了费尔丁马戏团的办公室。说起来是办公室，实际上是一辆装有冷气设备、装置齐全的拖车，车子在海明斯广场一角停放着。马戏团老板指着坐在他对面的一个黑人，对布朗说："这位是本市警察局的马克警官。"

"我和费尔丁是老朋友。小时候，我们还一起在一家马戏团里工作。在圣安东尼奥，费尔丁一家很有名气。他哥哥是很出名的眼科医生，他妹妹——"警官说起话来慢吞吞的。

费尔丁打断这番不着边际的谈话，说："马克，先等一下。我相信，在这个时候，布朗先生对我的家史不感兴趣。"

"好吧。警方的调查显示，这次的事故，完全是个意外。"警官说。

"这件事情，我们需要了解全部真相。"布朗回答。

"医生已经检查过汉娜的尸体，认为摔断脊椎是导致她死亡的主要原因。"费尔丁说。

"那条绳索我们已经检查过了，尼克也检查了一遍，没有被做过手脚。"警官说。

"有验尸报告吗？"

警官把手伸进衬衫口袋，从中掏出一张纸，说："按照贵公司的要求，我们已经验尸过了。验尸报告在一小时前已经出来，认定没有心脏病，或是什么别的生理问题。"

"那有没有发现麻醉品，或者是中毒？"

"也没有。"

"好了，现在情况你已经明白了。完全是个意外！我想，你们公司应该履行合约，赔偿二十五万元！"费尔丁说。

布朗说："费尔丁先生，你应该记得，当时，你给每个高手签订的是五万元的保单，而那二十五万元是保的全团，比如出现火灾，或是别的灾难，全团被毁。"

"现在，我已经一无所有了！我失去了最叫座的节目！这样的损失，对一个小型马戏团而言，已经是毁灭性的打击。"费尔丁一脸沮丧，有气无力地说道。

合上公文包，布朗说："是这样的，念起这次事故特殊，在赔偿问题上公司已经同意可以重新商谈条件。现在，我需要去四周看一下。"

"当然可以。那一会儿见，现在，有一个长途电话要打过来，很重要，我需要在这里等着。"

警官起身站立，说道："我也得告辞了，警局里还有事情等着我去处理。"

布朗走下有冷气的拖车，准备转向市民大街。就在这时，他的去路被人拦住了，来人是一个美丽的女子，很年轻。

只见那女子急迫地问道："你是保险公司的人吗？"

她是一个身材娇小的女人，一张脸很瘦，炯炯有神的褐色眼睛闪着锐利的光芒，头发乌黑乌黑的，在得克萨斯州明媚阳光的照耀下，显得很有光泽。

布朗怔了一下，说："是的，请问你是？"

顿了一下，那女子开口了："我叫蓓琪。汉娜是我姐姐，关于她的死因，我想跟你谈谈。"

于是，他们走向展览会场中心的一座高耸的水塔，接着，他们乘坐电梯来到塔顶，找到一个酒吧，坐了下来。布朗向侍者点了冷饮。

"好了，蓓琪小姐，我们可以开始了。"布朗说道。

"其实，我姐姐的死不是一场意外。"蓓琪小姐开门见山地说。

"嗯？你能证明吗？"布朗抬起头，问道。

"在法庭上站得住脚的证据，我确实没有。不过，我敢肯定汉娜不会失手！绝对不会！"

"在表演之前，或者是在舞台上，你发现你姐姐有什么异常了？"

"没有。哦，等一下，我想起来了。在台上时她说了几句话。"

"什么话？"

"我听不大懂，好像在说什么魔符？"

"魔符？那你有没有发现，她看起来不太舒服？"

"没有。不过，我觉得一定是有人对她做了什么事情，想分散她的注意力。"

听了她的话，布朗思考了一下问："有人想害死你姐姐？"

"是的，有几个人。"

"他们是谁？"

"有那个黑心的老板——费尔丁。"她的言语里充满了厌恶。

"你姐姐可是他的摇钱树！他为什么这么做？"

"因为季末她就要走了，有人出高价钱挖走了她。"

"对于她的离开，她丈夫什么反应？"

"你是说尼克？姐姐想跟他离婚。"她垂下眼皮，盯着眼前的半空杯子说。

"原因呢？"

"尼克这个人很古怪，虽然他很爱汉娜。但他表达爱的方式让人很难接受。他很暴躁，还喜欢喝酒，喝了酒之后就变本加厉。他的嫉妒心也特别强。"

"那你姐姐一定很漂亮。"

"她很年轻，比尼克小很多岁。所以尼克一直很不自信，特别害怕失去她。之前的两个月，尼克天天往酒吧里跑。我姐姐实在受不了他了，就想离开他。她知道尼克是个醋坛子，所以故意跟彼德假装亲热，以此来刺激他。"

"彼德？他又是谁？"布朗问。

蓓琪微微一笑，说："他是马戏团的一个小丑儿，是驯兽师葛丽亚的男朋友。可是，万万没想到的是彼德居然当了真，他决定跟葛丽亚分手，想离开马戏团跟我姐姐一起私奔。"

"那葛丽亚什么态度？"

蓓琪的眼睛眯成了一条缝，说道："葛丽亚，她跟她的狮子一样凶猛。"

"那你姐姐没有跟她解释？"

"解释过了，她说没想过要去当真，只是故意惹尼克吃醋。"

"葛丽亚相信了？"

"刚开始是有些怀疑，后来，汉娜准备离婚和跳槽的事情已经传开了，她一点也不相信了。"

布朗回想了一遍蓓琪的话，说："这么说，至少有四个人，希望汉娜死去。"

"是的，差不多。"

"应该还有第五个吧？还有你，蓓琪。你正面临着失业。"

蓓琪避而不答，巧妙地引开了话题："在马戏团里，我不是重要角色。等到我未婚夫大学毕业，我们就结婚，我不用再去工作了。"

她说话的时候，布朗留心地观察着，辨别她言语的可信度。

十五分钟后，蓓琪带着布朗来到表演场地。这时的马戏团陷入一片混乱。地上堆放着被拆卸的顶棚，还有一些活动椅子。地板也被软树皮覆盖着，有人正在清扫。

"那个是尼克。"顺着蓓琪手指的方向，布朗看到了一位黑皮肤、健壮的男人。

布朗审视了那人一眼，不准备在他身上占用太多时间。

蓓琪上前给他们做了个介绍，并把布朗的来意告诉了尼克。

"我想不明白是怎么回事。她不可能抓不住的，这个动作，我们已经再熟悉不过了，几乎可以做到完美。之前我们表演过上百遍了，就算闭上眼睛她也能表演。"说着，他哽咽了一下，声音变得颤抖起来，"我试图去抓住她，我尽力试过了。可离得太远了，够不着。"刚把话说完，尼克就转身离开了。

注视着他的背影，蓓琪说了最后一句："看来他真的很伤心，从没见他这样过。"

"也许他是在做戏。"布朗在心里跟自己说。

他正在想着，突然两声吼叫传了过来。一个声音是狮子的，另一个声音是一个女人的。那女人正在大声命令狮子。

"她就是我们的驯兽师——葛丽亚。也许是工作的缘故，她总是试图驯服她见过的每一种动物。尤其热衷于各种两脚的雄性动物。"

布朗笑了，说道："我得谢谢你的忠告。"

那个女人开始驱赶野兽，她的样子看起来很迷人。尤其是她那双眼睛，好像充满了某种魔力。也难怪她能驯服狮子！布朗禁不住怀疑，她眼睛里的魔力可以驱赶树上的小鸟，甚至可以让一个表演高空特技的人坠落下来。

把狮子驱赶进笼子后，葛丽亚关好笼门走向他们。

"出事的时候，你在哪里？"布朗问。

"那时候，我就在这里，正准备驱赶动物上场表演。我得事先跟动物们交流一下，要求它们在表演之前先做个准备，这是表演的仪式，很受观众们的欢迎。"她的声音很轻，显得矫揉造作。

"表演之前，你有没有见过汉娜？"

"她快要进场时，我看了她一眼。"

"你们说话了吗？"布朗问。

葛丽亚盯着布朗的脸，足足看了五秒钟，没好气地说："我跟她没什么好说的！布朗先生，我得失陪了，还有许多事情在等着我。"她一个转身就离开了，走向那些晃来晃去、虎视眈眈的野兽。

于是，蓓琪带着布朗走向前排座位的水泥道。他们途经一堵贴着海报的墙壁时，蓓琪停了一下，指着一张海报说："你瞧，彼德表演的时候就是那身打扮。"

布朗打量了一下那张海报，一个典型的小丑扮相出现在他的视线里。只见那人头戴圆顶窄边帽，脸上戴着假鼻子。最特别的是他的四肢，分别戴着夸张的橡皮手套和橡皮脚模。

"穿戴好这身行头，可得花费一番工夫。"布朗说。

"是的，可麻烦了，就那只假手，也得找人帮忙给他系上。"

他们走到了小丑化装间的门前。门没锁，一眼就看见一个穿小丑常服的人，正匍匐在地板上。那身常服和普通的服装差别不大。

"这是新出的节目吗？"蓓琪问。

听到这声音，彼德有些惊讶，他抬起头看见了门前站立的布朗。他连忙起身说道："不是，我在找该死的隐形眼镜。我弄掉了一片，可是它太小了，没有眼镜我根本看不见。"

布朗的目光停留在一个闪闪发光的东西上，说道："我想，我找到了。"说着，他弯腰捡起一个凹形镜片。

彼德接过镜片，放回小盒子里说："谢谢你。戴这种眼镜我很不习惯。"

接下来，蓓琪给他们做了一番介绍，同时说明了布朗的来意。

彼德回答布朗的询问："我也没看仔细。我正在观众席上忙活的时候，听见他们尖叫了起来，我就赶紧转身，谁知刚好看见了那可怕的一幕！"他咽了一下口水，接着喃喃说道，"实在是太可怕了！"

他竭力地掩饰自己的哀伤，但他的一举一动还是出卖了自己。

从彼德那里了解过情况，他们回到了那条狭窄的走道，最后在一扇打开的门口停下了脚步。"这里就是汉娜和尼克的化妆间，隔壁是我的。"蓓琪说。

这是一间很小的化妆室，里面摆放了两个梳妆台。每一个梳妆台前，各有一面很大的镜子。其中，挨着门的一个是汉娜的。台面上凌乱地摆放着冷霜瓶、粉饼、卷发器、眼线笔和化妆纸。其中的一个带标签小玻璃瓶，引起了布朗的兴趣。

拿起瓶子，布朗端详起来。他发现那是一瓶名牌眼药水，瓶盖上还连着一根滴管。他随口问道："这个，你姐姐常用吗？"

"是的，她有结膜炎，她觉得那是化妆品过敏引起的。"

布朗又陷入了沉思。过了一会儿，他问："在表演之前，她也会使用这个？"

"是的，这种眼药她一天要点好几回。每一次都在表演之前点。她说，点完之后很舒服，能看得清楚一些。"

听到这话，布朗的脑海里蹦出一个想法，他知道，如果假想属实的话事情将出现转机。对于公司他也可以交上一份满意的答卷。

离开的时候，他顺手拿起那个小瓶子，装进了外套兜里。

接着，他们返回了表演现场。这时候，布朗看见了一群忙碌的摄影人员。他们正在拍摄拆卸的情形。顿时，布朗又有主意了。

他静静地站在一旁，等待他们完成拍摄工作。他们终于开始收工了，布朗立马上前作了自我介绍。

布朗找到一位制作人帮忙，要求观看事发当天的拍摄录像。那人欣然同意，留下了公司的地址后，说道："如果方便的话，你六点钟左右过来。"

布朗连连致谢后就离开了表演场。接着，他着手寻找化验所的地址和电话。很快，他从一个电话簿上找到了一家。于是，他将眼药瓶送进了化验所，并留下了旅馆电话，临走时，一再嘱托化学分析员尽快通知他实验结果。

五点五十五分，他乘坐出租车来到世纪影片公司，这个公司位于城郊。放映室里，一切准备就绪。

放映之前制片人说："晚间新闻上播放的那一段，因为要得太急，我们只是匆匆编辑了一下，现在，我们给你看一下完整影片。我这里有两个版本，是用不同的两部摄影机拍摄的。一个是大角度镜头的全景场面，另一个是专门的特写镜头。"

放映室关上了照明灯，汉娜临死前的一刹那在银幕重现。

短暂的空白在银幕上出现后，另一部摄影机拍摄的影片开始了。首先，几个观众的特写镜头出现了。接着，镜头切换到两姐妹站脚的地方。蓓琪还没有进入镜头时，汉娜的嘴动了一下，好像在说着什么。当汉娜独自站立时，脸上露出惊恐之色。

"请重放一遍这个镜头。"布朗说。

布朗的假想是对的！一些细微的细节在宽大的银幕上暴露无疑。他注意到，汉娜在惊慌地眨眼睛。当秋千摇荡到她面前时，她是摸索着抓住的，与此同时她攀上了更高的一级。就在她准备起跳时，她有些犹豫，不停地在眨眼睛。毋庸置疑，一定是那短暂的迟疑，影响了她的估算。结果，她准备下落的时候，距离尼克太远了。

放映间恢复了明亮。布朗站起身，说道："太感谢了，这录像对我的帮助很大。"

回到旅馆，化验所的电话刚好打来了。接过电话，布朗和那人攀谈了一段时间。

谈话结束后，他立即又接通了警察局，请求马克警官做了一件事情。

接着，他在房间里来回踱着步，等候马克警官的答案。谜团一个个被解开，他长吁了一口气，感叹幸好发现得及时。

没过多久，电话打来了。

"你说得没错，汉娜双眼的瞳孔有些扩张。"马克警官证实说。

在电话里，布朗跟警官约定去马戏团碰面。去之前，他乘电梯跑了一趟旅馆药店，找到药剂师询问了一些问题。接着，他急匆匆地拦了一辆出租车，赶往马戏团。

拖车办公室里站着已经到达的马克警官。当他们一同来到马戏团老板的办公桌前，他正在通电话。

一看到两人的严肃神情，费尔丁匆忙地把电话挂断了。

"我们有个坏消息要告诉你，费尔丁先生。"布朗说。

听到这话，费尔丁一下子紧张起来。

布朗用缓缓的语调，继续说道："这次的事情，我们公司决定不予赔偿。"

费尔丁急了，大叫道："为什么？那是一个意外，几千人都看见了！"

"不，那是人为策划的！绝非意外！"布朗斩钉截铁地说。

"这是怎么回事？"警官一脸迷惑。

"今天下午，我又看了一遍工作人员拍摄的纪实影片。我发现了汉娜表演时的一个细节，那是一个特写镜头，她在不停地眨眼。"布朗解释说。

"这又能说明什么？"费尔丁问。

"她妹妹——蓓琪曾告诉我，在舞台上汉娜跟她说过话。蓓琪说好像在说'魔符'，其实应该是'模糊'。那时候汉娜的眼睛生病了。然后，就发生了后面的惨剧。"

费尔丁说："近段时间，她的眼睛一直不太好，说是因为化妆品过敏。"

布朗点了点头说："因为这个原因，她一直在滴眼药。下午我拿眼药水去化验了。"

费尔丁一言不发。

"化验结果表明，瓶里的药水仍然是汉娜常用的眼药，但是瓶口残留的一些药水却出了问题。那种药水一般用于眼科医生给病人检查，点上之后有散瞳的作用。是有人暗地里换了她的眼药水，才致使她视力模糊出现差池的。"

费尔丁大怒，他一下子从椅子上跳起来，并将椅子砸向墙壁，大声叫嚷："是彼德！这个混蛋！最近，他也检查过眼睛，还配了一副隐形眼镜！"

"一开始，我也是这么怀疑的。可我做了一些调查后，发现不是这样。散瞳药是一种特殊的药品，归医药办公室管制，普通药店不会出售。制药厂会把这种药品直接卖给眼科专家。它的药性很强，只要眼睛里点上一滴，不出二十分钟，瞳孔就会扩大。所以不是彼德，他拿不到那种药。"

"看起来，你已经知道是谁干的了？"马克警官说。

"是的，警官。这个人很狡猾，他把药水悄悄地调了包，让汉娜误用，然后再神不知鬼不觉地把原来的药水换回来。只是，有一点他忽略了。因为空气的压力，一些散瞳药水还残留在吸管里。"

"马戏团这么多人，谁都可能调换！也许是马克，他们同在一个化妆室里很方便。"费尔丁激动地大声说道。

"可是，他没法弄到药水。下面我们说说葛丽亚和彼德。出事的时候，葛丽亚正跟动物们在一起。而彼德正在人群中戏耍。是的，他可能有时间走开一会儿。可是，他身上正戴着笨重的假手套，根本来不及那么快换回药水。那时候，整个马戏团里只有一个人最方便。他不用参加演出，可以随意在后台走动。即便他出现在后台，也是再正常不过的事情。那个人就是你，费尔丁先生——马戏团的老板。"

费尔丁哑口无言。

布朗接着说："在这里面，也只有你能够拿到这种药水，因为你哥哥是个眼科专家，而且就住在圣安东尼奥。"

沉默了一会儿，费尔丁终于承认了："我只能那么做！她要离开了。她一走，马戏团几乎就垮了。得到一笔赔偿金，马戏团才能减少一点损失。那是最好的办法！"

事情总算告一段落。布朗轻松地走出办公室，在拖车的台阶上停留了一会儿。

已经是黄昏了，天气很凉爽，清风徐徐。他看了一下手表，时间还早，来得及乘坐回纽约的晚班飞机。

可是，着什么急呢？他可以先去找一下蓓琪，有许多事情她有权知道。

椰子糖

从一开始，对于这个案子，迈克尔警探就有着浓厚的兴趣。不过，从医院护送芭芭拉小姐回家时，他的身份不再是一个粗犷硬朗的警探。芭芭拉小姐的妹妹不幸去世了，医院的紧急手术也是回天乏力。

一路上，迈克尔警探缓缓地开着车。他的旁边正端正地坐着芭芭拉小姐。他不由得想起了那段已经被人们遗忘的日子。在那段日子里，每个礼拜天的清晨，两个小女孩都会去教堂做礼拜。她们两个的装束总是相同的：戴着白手套，穿着发硬的、有衬里的裙子，梳着两条系有缎带的辫子。可现在，其中的一个不幸去世了。她是被人掐死的！凶手已经逃窜了，他可能就躲在街上的某一栋房子里，弄得街坊邻里一个个人心惶惶的。

在庭院车道的阴暗处，迈克尔警探停下车，他迈着充满力度的步子，替芭芭拉小姐拉开车门。

芭芭拉小姐伸出纤细的手，搭在他伸过来的胳膊上，一副弱不禁风的样子。他搀扶着她一路走到法式落地门前，开了门，他跟在她的身后来到屋里。

电灯打开了，一间干净整齐的屋子映入迈克尔警探的眼帘。

芭芭拉小姐已经七十五岁了，一张轮廓美好、长满皱纹的脸上，镶嵌着两只蓝色的眼睛，眼神里充满了忧愁。

"迈克尔先生，请随便坐，来杯茶吧？"她压抑着自己的情绪，语气和善地说道。

"好的。"

"迈克尔先生，我知道，你有问题想问我。你尽管问吧，我已经准备好了。"她一边摆放着茶壶和杯子，一边说道。

接着，她用缓缓的语调叙述她的故事。

这里是孪生姐妹二人的住所，两人单独居住此地，平时少有娱乐。朋友也不多，仅有两三个。偶尔也会跟朋友们一起喝喝茶、玩一会儿桥牌。

"那么，说说今晚发生的事。"他清清嗓子，示意她切入正题。

"晚上的事情，事先并没有征兆。下午的时候，我新轧碎了一些椰子，做了椰子糖。我也就这点嗜好，偶尔会做点儿糖果。这也是我们家的习惯。"她的声音在不停地颤抖。

深吸了一口气，她接着说："距离这里不远的一条街道，住着一户穷人。一家五口只有一个大人，还是个年轻女人，四个孩子里有两个双胞胎姐妹，跟我和我妹妹长得很像。"

迈克尔警探点点头，他知道这一老一小两对孪生姐妹，肯定会培养出亲密的关系。

"在杂货店里，我们经常碰到她们，有时候，也会在街上跟她们相遇。我和妹妹就时不时地帮孩子们做些小事情。"

"你们很有善心。"迈克尔警探说。

她抬起蓝色眼睛对警官说："其实，受益最多的还是我们。我们喜欢孩子，跟她们在一起，我们觉得特别快乐。今天，我得知其中有一个小姑娘得病了。于是，我赶紧去找了医生。吃了药，孩子的病好转了许多。她跟我说，她想吃糖。我向她保证，下次一定带椰子糖给她。"

"所以，今天晚上，你妹妹出去送椰子糖？"

她点了点头，泪水在眼眶里打转，用哽咽的声音说："她跟我说，送去之后马上就回来。可是，她再也没有回来。我打电话给那边公寓的管理员，请她帮忙叫一下妹妹。却得知她根本不在那里。"

她陷入了沉默，若有所思，痛苦地抿着柔软的嘴唇。

终于，她又开口了。"我赶紧出去找她，在杂货店旁边——我发现了她。那个小巷很黑。"她说着，声音时断时续。

她紧握双手放在膝盖上，继续说："走到那里时，我听见一阵轻声的呻吟。接着，我看见地上有个黑影，我立刻认出了她。有个人在击打她的头部，还抢走了她的皮包。抢包的时候，还吃了一些糖。人都被他打成那样了，他还吃糖！"她浑身上下都在颤抖。

"那人应该是个吸毒者，吸毒的人都嗜糖。"迈克尔警探说。

"我妹妹说那个人很年轻，是个高个子，脸上有一道疤痕，形状像'W'。"她哽咽着，一张脸已经没了血色。

迈克尔警探，伸出手，轻轻地拍着她瘦削的肩膀。这时候，这个肩膀让他联想到了鸟儿那柔软的翅膀。他柔声说道："走吧，芭芭拉小姐，我安排你去别的地方休息。"

"谢谢你。不用麻烦了。我想待在自己的房子里，不想离开。"

"那好吧。随你。不过，你自己可得小心一点。连同这一次，已经是六周以来发生的第四次抢劫了。也许还更多，只是我们还没有了解到。目前，只你妹妹一人丧了命。"迈克尔警探说。

"都是那个年轻人干的？"芭芭拉小姐的脸上泛了一阵红。

"我们还不能完全肯定。不过，另一个女当事人的描述，跟你说的情况差不多,她说她在失去知觉之前,看了他一眼,看见了他面颊上的'W'型疤痕。"迈克尔警探站起身说道。

"也就是说,你们一直都在抓捕这个杀人不眨眼的恶魔,只是每次都不太走运?"她说。

"是的。不过,我们会竭尽全力的。你要相信警方。"迈克尔警探有些灰头土脸。

在回总局的路上,迈克尔警探满脑子想的全是这件事。

走进无线电通讯室,迈克尔警探发布了一个命令——现在,开始全力逮捕一位高个子、二十多岁、脸上有"W"字型伤疤的嫌疑犯,他在抢劫时杀了人。

通缉令发出以后,每天晚上迈克尔警探都会驱车前往芭芭拉家附近,在那里巡逻蹲点。

而芭芭拉小姐,每天都会重复一个行为。这个行为,博得了迈克尔警探的一些好感。每晚天一黑,她就会从自己的那座老房子走出去,走向西边的杂货店,穿过十字路口,走完下一条街。然后,再原路返回。她的身影看起来非常脆弱、无助。到家的时候,她总会在家门前停留一下,回头打量一遍自己走过的那条黑暗的石子路,然后,再走进房间。接着,她就上楼打开灯,拉好窗帘,休息了。

妹妹的葬礼举行以后,她就开始了这样的夜间巡礼。无论刮风下雨,从不间断。好像是无限的悲伤在后面驱使着她,让她一次次地重新踏上那些道路,亲身体会妹妹的痛苦。

迈克尔警探开始为她担心。因为说不定凶手就藏匿在哪个树影里,或者是黑暗的门边。他在心里祈祷,芭芭拉小姐新近出现的怪癖只是暂时的。如果,她一直持续如此的话,恐怕就得去看精神医生了。

三个星期后的一天,一切一如往常。迈克尔警探守在一个广告牌后面，开始留意对面的道路。

这个黑夜有些阴沉，他抬起胳膊看看手表上的夜光指针。已经迟到十分钟了，她怎么还没有出现？

突然，一个熟悉的人影优雅地从黑暗里走出来。

她马上就走到杂货店那边的阴暗角落了，还在四下张望，看样子是想过街。

不能再让她成为歹徒攻击的目标，悲剧不能再重演了。迈克尔警探心想。

于是，他决定斜跨街道上前阻拦。谁知，就在这时，他看见了一个高高的人影。这个人影正猫着腰溜出黑暗的胡同，只见人影猛地从后面抱住了芭芭拉，一只手勒住她的脖子，另一只手去夺她的皮包。

"站住！"迈克尔警探大喊。

闻声，那人迅速将芭芭拉小姐摔在路旁，躲在杂货店的后面。

芭芭拉小姐急忙站起身来，上前阻拦迈克尔警探。

"迈克尔先生！"说着，她抓住他的手臂，倒在他的身上，他一下子失去了平衡，打了个趔趄，肩膀也险些撞上了屋角。她趁势抱住了他，说道："迈克尔先生，你怎么在这里？"接着，她用消瘦的手指紧紧抓住他的衣服。

"芭芭拉小姐，看在上帝的面上，快松开！那家伙要逃走了！"他试图甩开。

"迈克尔先生，我不想你去为我冒险，他身上也许有武器。"

"芭芭拉小姐！"他气急败坏地大叫，双手用力往外挣脱。而她却一下子向后倾倒在地上，同时，叫喊了一声。

迈克尔警探连忙双膝跪地，他的眼睛匆匆瞥了一下已经空无一人的胡同。

芭芭拉的脸煞白煞白的。

"对不起，芭芭拉小姐，我不是有意的。"说着，他伸手扶她起来。

不等他搀扶，她自己站起身来，说："不关你的事，是我不小心绊了自己一跤。"

"那你看见强盗的脸了吗？"

"看得不太清楚。不过，我肯定是同一个人。他很年轻，脸上挂着'W'字型的伤疤。"她说着，一双蓝色的眼睛仿佛在发光，那亮光看上去像是黑暗里的一点烛火。

他快快不快地离开了。回到警局，他冲了个澡，但是，心里依旧堵得厉害。

他用力地关上自己的柜子。就在这时，他听到联络中心的警察在门口叫他。

"什么事？"

"刚有电话打来。说是找到了一个人，很像专从身后掐人的凶手。他是年轻人，个子很高，脸上有疤。"

听到这个，迈克尔警探一下子来了精神，心里畅快多了，关切地问道："人呢？在哪儿？"

"在弗利公寓。沿河街一一四号。他女朋友下班后，去他房间找他，谁知，一进门发现他已经死了，尖叫着跑了出去。"

赶到弗利公寓，迈克尔警探走进了一间令人窒息的房间，他看见了伏在床边的尸体。

"他就是我们要抓的那个人吗？"迈克尔警探仔细地打量着死者的脸，目光在伤疤上停留了一下，问道。

"看样子是错不了。他的伤疤很特殊。"一个警察回答。

迈克尔警探来到了一个衣橱跟前。他看见衣橱里堆满了各式各样的女式手提包。应该全是死者抢来的。芭芭拉的在哪儿呢？他突然记起芭芭拉被抢时，他看见闪出了一道白光，像是一个小手提袋，深色镶白边。

他扫视了一下，在自己的脚边，发现了一个镶着白条的、样式很久的蓝皮包。

迈克尔警探捡起包，发现包上的开关已经坏了。打开皮包，他觉得呼吸一阵紧张。因为，在皮包的角落里，他发现了一块用糖纸包裹的糖。

缓缓地剥开糖纸，里面是一块看着非常可口的椰子糖。

"医生，凶手的死因是什么？我现在就想知道。"迈克尔警探大声问道，看得出来他有些激动。

"你们这些人永远都是这么着急。我已经看过了，确信他死于砒霜中毒。到时候，验尸官会证明我的结论。"医生的语气很笃定。

"化验室的人在地板上找到了一小张薄纸。这是老式糖果店的糖纸。"另一个警察说。

"他们发现的事情，我从来不觉得惊讶。"迈克尔警探说。

芭芭拉小姐的家中，她身披法兰绒睡袍、脚穿拖鞋，领着迈克尔警探进了客厅。

"很抱歉，打扰你休息了。不过，我必须得这么做。"迈克尔警探说。

"要喝茶吗？"

"这次不喝了，请坐。我有话要说。"迈克尔警探凝视着她，叹了口气说道。

她优雅地在沙发边上坐下来，双手放在膝盖上。

"你的皮包是不是暗蓝色、带白边的？"迈克尔警探直截了当地问道。

"是的，我想，你已经见到它了。"

"你的皮包出现在一个死者的房间。死者是个年轻人，脸上有'W'字型疤痕。"

听着这样的叙述，芭芭拉小姐的嘴角出现了一丝笑意。

"芭芭拉小姐，你骗了我！"他大吼。

"哦，迈克尔先生！别这样，我没骗你！"

"行了，别撒谎了！你拿自己做诱饵，天天晚上出去散步。目的就是等他出来，让他攻击你。终于，如你所愿，他出现了抢走了你事先准备好的皮包。你就故意拦住我，让他拿着你给他准备的东西逃走。那里面应该有一点钞票，还装着掺有砒霜的糖！"迈克尔警探踢了一下桌腿，愤怒地说。

"砒霜？我上哪儿去找这东西？"芭芭拉小姐一脸无辜地问。

"别再打马虎眼了。你有玫瑰花园，去药房弄点砒霜还不容易？那些带着砒霜的糖，差不多全被他吃完了！"说着，迈克尔警探额头上青筋爆裂。

"他全吃了？"

他把手伸进衣兜，掏出从现场带回来的糖。

"这一块糖，塞在皮包角上，估计他没有看见。现在，你还预备抵赖吗？"他假装小心翼翼的样子，剥开了糖纸说。

"迈克尔先生，你看这块糖，它看起来多可爱。虽然，它被那么多人扭来扭去，但是还是很诱人。"她缓缓地起身站立说道。

趁他不留神，芭芭拉小姐一把抓住那块糖，迅速塞进了嘴里，囫囵个吞咽了下去。迈克尔警探还没有反应过来，那块糖已经被她吃进肚子里了。

对着瞠目结舌的迈克尔警探，她投去了一个柔和的微笑。

"迈克尔先生，你看，我吃的糖有毒吗？"

他无奈地摇摇头说："芭芭拉小姐，你的勇气我已经见识过了，你敢做任何事情。你的确吃下去了一块有毒的糖，不过，一块糖的毒性应该不大，肯定不足以致命。"

"我销毁了证据，你会逮捕我吗？"她问道。

"哦，不会，我不会那么做。即便我们能证明有毒的糖是你做的，但你并没有请任何人来品尝。可是，你的那个皮包，却能充分地说明你受了罪犯的攻击。"迈克尔如实地回答说。

芭芭拉小姐送他到门口，说："迈克尔先生，如果你愿意的话，可以随时再过来喝茶。"

他用眼睛打量了她一番，说道："不了，谢谢你的好意。我想，我们以后不会再见面了。"

她拍了拍他的手，动作很温柔，接着又点了点头。然后，她站在门前，目送着他远去，直到他的身影彻底消失在夜幕里。

移花接木

时间是星期五下午四点,我开车进入家用的车道,就在这时,我看见前门站着一个肥胖的男人,他正准备关门。

我一阵惊愕,因为我根本不认识他。

显然,他也注意到了我。他站在原地,脸上挤出一丝笑意,那笑容看起来很假。虽然我们之间相距有三十米,但是我也看得真切。

我走下车。顿时,他脸上笑意全无。我想他一定看到了我满是愤怒的脸。而且,他肯定也正为我的身材发怵。我身高六英尺三英寸、体重二百三十磅,看上去很彪悍。

是的,他很肥胖。可那算不了什么!一个矮小的胖子,在我面前根本不值得一提,绝对不堪一击。

"你是什么人?为什么出现在我家?"我不客气地问道。

"你家?这么说,你就是怀特先生?"

"你怎么知道我的名字?"

"我在外面的信箱上看到的。"

"那你进我家做什么?"

"我没有进去啊!"他一脸迷惑地回答。

"少给我装糊涂！我明明看见你在关门！"

"我没有！我想，你一定是搞错了，怀特先生。我是从门前离开。我敲敲门没人应声，就准备离开。"

"别说这些没用的废话！我的视力很好，看得很清楚！你最好早点实话实说！"

"我没有撒谎。我是便利吸尘器公司的，我来你家就是想询问一下——"他说。

"能拿出证据吗？"

他把手伸进西服暗袋，摸索了半天，从里面掏出一张很小的名片。接过白色的名片，我看见上面的名字是富曼，身份是便利吸尘器公司的推销员。"给我看看你的驾照。"我说。

他不安地说："说起来真让人尴尬，怀特先生，我——我今早把皮夹子弄丢了。"

我上前一把揪住他，将他押到门口。

留意了一下防盗铃，我发现红灯没亮。看来，防盗铃没被碰过。

打开门我推搡着他进屋。一股霉味迎面扑来。屋子关闭了几天，总会有这种味道。这趟纽约生意旅行，今天已经是第八天了，原打算是十天。我不在家的这段日子，管家一星期只会过来一回。

我打量了一下屋子，屋里的摆设都没有动——电视、音响，还有我收集的一些东方艺术品，还在原先的位置。

这都是小问题。最让我挂怀的是一些秘密记录和账册，这些宝贝被我锁在书房的保险柜里。

于是，我要求他脱下外套，开始逐一搜查所有的口袋。接着，我检查了他的裤兜，还是毫无所获。

我急了，干脆命令他转过身，学着电影里警察的样子，用手在他身上拍了拍。折腾了一番，依然没个结果。

"怀特先生，真的是个误会。我不是小偷，我只是一个推销员。我的全身上下你也搜查过了，我没有拿你的东西。"他又开始解释。

或许是吧。可是我分明看见他在关房门准备离开。这里面一定有蹊跷，我总感觉这个小矮人行为可疑，他一定偷拿了什么。

不过，他究竟偷走了什么？东西又藏在哪儿了呢？

想到这里，我扭住他的手臂，将他带进浴室。

"怀特先生，你打算怎么对付我？你这是人身迫害。"他稳住身体，别过头说。

"那得看看你的表现，也不排除带你去警局。"

"去警局？可你无权囚禁我。"

我不理他那一套。径直走到门前，取下钥匙把他关在里面。

接着，我赶紧来到楼下的书房。那幅法国著名画家马蒂斯的画还安安稳稳地挂在那里。画后面的保险箱也完好无损。打开保险箱，我发现记录、账册还一样不少地摆在里面。

这些都是要命的东西。如果不幸被心术不正的人拿去，我的麻烦可就大了。我将会陷入异常的尴尬之中，或许会遭到接连不断的敲诈勒索，甚至还会性命不保。当然，这些并不是什么非法的勾当。而是我所负责的一些账目涉及的一些暗账。

我又检查了保险柜里的其他东西。发现里面的两千元现金、一些珠宝和一些私人文件也都安然无恙。于是，我扫视了一下写字台还是没有异常。

我有些迷惑，一一排查了屋子里剩余的房间。我发现，厨房的后门曾经被撬开过。门外面的防盗铃电线被裹上了胶布，看样子是为了接通电源。

我禁不住开始怀疑自己，也许是我看错了？也许我确实冤枉了他？

可是，这个该死的胖子确实是进屋了，而且他还没有身份证，看起来鬼头鬼脑的。

看来，他确实不是来偷东西的，也不像在寻找什么。

那么，他可能是个私家侦探，故意来这里放置什么东西？比如说，栽赃。可是，我也没发现屋子里多出什么东西，经过这样仔细的搜查，就算真有的话也早该发现了。

此外，要是他想拿到证据起诉我的话，保险箱里的证据足够了。不过，我能胜任自己的工作，跟顾客相处得也很不错，没有树立什么仇敌。

还有，他是来偷东西的，却帮我修好了防盗铃。

想着想着，我头有些晕，实在想不出个所以然来。于是，我带着生气和沮丧的心情，返回了浴室，打开房门。胖子满脸是汗，他正在用我的毛巾擦拭。

一见我进来，他就问道："怀特先生，我可以走了吗？"语气听起来有些僵硬。

我别无他法，只能放走他。

他不带疑虑地穿过屋子，大步向门口走去，看样子他对这个屋子已经相当熟悉。

目送他走远后，我返回屋子，拿起酒杯自斟自饮。我沮丧极了，这一辈子都没有这样沮丧过。那个该死的胖子，一定把我的什么东西带走了，我发誓！

可他到底拿走了什么呢？我的老天！他又是怎么从我的眼皮子底下拿走的？

次日上午，我的疑团解开了。

时间是十点三刻，我正在书房处理一个账目，门铃声大作。打开门，我看见门口出现了一对老年夫妻，他们穿戴整齐地站着，笑容可掬，可我压根儿没见过他们。

"哦，你肯定是怀特先生吧，我是罗查。我们恰好经过这里，想进来看看。我看见门口停着汽车，料想你可能在家，所以就想着进来跟你见个面。"老先生愉快地说道。

我一脸茫然，丈二和尚摸不着头脑。

"这地方的环境看起来不错。我们住在这里一定很快乐。"罗查太太充满期待地说。

"是的，怀特先生。之前，你的代理人已经领我们看过这个地方了。我们一来，马上就决定买下这里。这样的环境只卖十万元，对我们来说，再合适不过了，以后肯定碰不上这样的价钱了。"罗查先生附和太太，说道。

听完这话，一股愤怒、绝望之情，顿时在我心里升腾起来。

终于，我明白了事情的真相——昨天下午，罗查夫妇本和我的"代理人"约好了来这里见面，届时他们交给他十万元的银行支票。可是，罗查夫妇临时有事，没有前来赴约。所以，昨天晚上，也就是我放走那个胖子以后，他们在家里交上了房款。于是，这个"代理人"，把有我签字的各项文件给了他们，完成了整个程序。文件的签名无疑是假的！可是，在法庭上，我无法证明！而且，罗查夫妇拿着写有我签名的文件，就算我怎么矢口否认，到最后难免还会落得一个跟房地产经纪人共谋欺诈十万元的罪名！

我已经知道那个胖子的真正用意了！他很聪明，也很大胆，而且非常无耻！

是的，他没有偷走屋里的任何东西！

可是，他竟盗取了我的整栋屋子！

错爱钻戒

墨西哥酒店的早餐桌旁，围坐着三位中年女士，她们很随意地披着外套，从穿着上可以看出，她们几个应该住在费城郊区上层社会住宅区。

其中一位叫爱伦·亚内尔的小姐用西班牙语喊招待："请给我来杯咖啡。"她知道如何与外国服务员打交道，因为她曾在国外旅行过一段时间。

三人中年纪最长的维拉·朱丽特夫人说："嗯，咖啡要半热的。"因为她感到墨西哥的早点很凉。这时最后一位女士路茜小姐看了看表，却没有说话，心想马瑞欧该到了。不一会儿，招待便端来一壶半热的咖啡，放到了她们面前的餐桌上。

"听我说，路茜。"爱伦说，"如果能让马瑞欧早点来的话，我们就能到外面找个更好的地方，吃上一顿热乎的早饭了。"

"他已经为我们做了很多事了。"路茜说。昨天，马瑞欧导游还划船送她们去雪契米科水上花园！就在那里，她看到了那双腿，那是一双强壮的腿，标准的墨西哥人粗野的双腿，想到这些她的脸就会激动得微微发红。

路茜·布朗小姐已经过了五十二年的独身生活，但这种宁静被那双男人的腿打破了，这个令人心烦意乱的变化，是她到达墨西哥一个月以来才发生的。其实这个变化许多年前就发生了，那时候她父亲刚刚去世，令她意外的是父亲留给了她一笔遗产。路茜小姐和马瑞欧在墨西哥相遇，让她发现了这种变化。

那天注定会是特别的一天。当她醒来时，阳光洒进酒店的卧室里。路茜有一种渴望自由的感觉，这种感觉一直存在并隐隐地撼动着她的灵魂。吃早饭时，她的两个女伴喋喋不休地谈论着清晨空气的寒冷，抱怨着塔西克城人的势利……但这一切都不能中断这种感觉。

路茜小姐一直生活在费城，塔西克城褪色的粉红色屋顶、阁楼呈羽毛形状的教堂，让她觉得这是一个不可能实现的梦。这是个有着玫瑰红的古老城市。让她感到在旅途中最快乐的是她看到了那枚戒指。在树叶广场的一个银器店里，维拉和埃伦正在为一个银壶和店主讨价还价，路茜看到了那枚戒指。在她的眼里，它并不高贵好看，甚至可以说得上粗俗。戒面上是一颗硕大的蓝宝石，但并不值钱，戒托是银质的。吸引路茜的是戒指中似乎闪烁着一种神秘的光芒。她伸手戴上了这枚戒指，对着光线，戒指反射出了上午的阳光。她觉得它比她母亲的订婚戒指还要好很多，尽管母亲那枚订婚戒指的价格要比这只宝石戒指贵得多。路茜小姐感到很高兴。她看了一眼仍在和店主争论的埃拉和爱伦，想把戒指从手指上取下来，但戒指在手指上纹丝不动。

这时埃拉和爱伦恰巧转过身来也看到了它，立刻叫了起来："路茜，它真漂亮。""简直像一枚订婚戒指。"

路茜小姐脸红着道："我只是想试试，它对我来说太年轻了，不适合我戴。"她继续想把戒指弄下来，墨西哥店主在旁边低声恭维说这枚戒指非常适合她。

"要不就买下它吧。"爱伦劝她。

实在去不掉它,路茜小姐只好用远超过那枚蓝宝石戒指的钱把它买了下来。那笔钱相对于她继承的遗产只是九牛一毛。这次旅行,经济方面的事由在这方面很"在行"的爱伦负责。因此看到戒指卡在路茜小姐的手指上,她本想和店主还还价,但路茜小姐说:"回酒店我会在热水中放点肥皂,然后泡一下手指就能把它弄下来了。"不过回去后她并没有想起把戒指弄下来。

路茜小姐在塔西克城感到精力特别充沛。晚上吃饭前,维拉和爱伦都在房间里休息,想减轻一下脚的酸痛感,而她决定再去一趟广场上的圣塔·普里斯卡教堂。因为白天参观这个教堂是和她的女伴在一起的,她总觉得不太自在,她想独自在灰暗、简陋、冷清的教堂里体会与自己家乡教堂不同的气氛。路茜小姐穿过橡木门,慢慢走进教堂大厅。圣女像在她面前隐约显现,圣坛上修饰着黄金叶花朵和天使像。一位身着黑衣的老年妇人,手里拿着蜡烛,烛光照在圣女像上。这时,有一条狗跑进教堂,溜达了一圈,又跑了出去。这样的场景,使路茜小姐产生一种感受,这是一种奇特的感受。她自己也说不清这种感觉,看着眼前带着天主教和异国情调的画面,似乎这些画面在召唤她。她在这种召唤下,开始模仿着那个年老的农妇,屈膝跪下祈祷。在灰暗的烛光下,她的蓝宝石戒指闪动着奇异的光芒,和教堂里发出的光芒一样。

路茜小姐刚刚祈祷不久,她的右侧来了一个男人。她站起来,转过头就看到一个墨西哥小伙子。他穿着一尘不染的白衣跪在圣女像前面,有一头浓密的黑发。他虔诚地跪着,额头被圣女像前的蜡烛反射出一些光亮。路茜小姐站起身时,他们的目光正好相遇。那只是惊鸿一瞥,但他的样子给她留下了非常深刻的印象。他的皮肤是褐色的,双眼很奇特,看得出来,他应该有一颗深沉、温和的心。总之,简短的相遇,让她感觉到了这个陌生城市的人，看到了他们的内心。这次的相遇，使她记住了那个墨西哥小伙子。当然，她是不会把这件事告诉她的两个女伴的。

路茜小姐离开教堂，在她向酒店走回去的时候，街上已经没几个人了。黄昏刚刚过去，现在已经是晚上了。她孤独的脚步声回响在寂寞的石板路上，这时一个男人的影子歪歪斜斜地向她走来。现在街上除了他们俩，没有第三个行人，路茜小姐提醒自己，前面是个醉鬼，要离他远点。虽然如此，但她并不害怕。那个喝醉的人，东倒西歪地走着，离她越来越近。路茜小姐很想返回去，但想到自己是美国人就取消了这个念头，美国人应该不会被伤害的。于是她继续往前走。

她开始有些害怕了，当她走到那男人面前时。他斜眼看着她，向她招手要钱。路茜看清了，这是个满脸胡子的流浪汉，说着她听不懂的西班牙醉话。她是从他的表情和手势猜出他在乞讨的。她摇摇头，准备继续往前走。流浪汉突然伸出肮脏的手，拉住了她的衣袖，她使劲甩开了那只手。流浪汉眼里闪现出愤怒的神情，他气愤地举起手臂。路茜小姐不由自主地向后退了一步，路面上的石板缝隙卡住了她的鞋跟儿，她摔倒了，还扭伤了脚踝，躺在那儿不能动了。

其实那个醉汉也许并不想伤害她，这时，路茜小姐真正害怕了。一种突如其来的恐惧感压在她的胸口，何况那个流浪汉这时还站在她旁边。

这时在街边的阴影中，忽然出现了第二个男人的身影，一个整齐而干净的男人。她知道这是教堂里的那个小伙子，虽然路茜小姐看不清他的脸。他赶走了流浪汉，向自己走来。

这个人离自己越来越近，然后他觉得有一只大手扶住她的背，把她拉了起来。他的语调很温和，充满关心。虽然她听不懂他说的墨西哥话。

他看了看流浪汉离开的方向说道："女士，他已经走了。"这个墨西哥年轻人的牙齿很白，像他的衣服一样洁白。他继续说道："我刚从教堂那边过来，我叫马瑞欧，就是这个城市的人。你住哪里，我送你回去吧？"

马瑞欧一直把露茜小姐送到酒店，看到路茜小姐的脚踝很痛，几乎不能走路，又把她扶到房间。维拉和爱伦看到她这个样子，都很吃惊。爱伦看到马瑞欧仍然站在一边一直看着路茜小姐，便拿起她的钱袋说："露茜，他把你送了回来，该给他多少钱表示感谢呢？"

路茜小姐心想，给钱对这个年轻人来说是一种侮辱，便说："不用了。"

马瑞欧好像听懂了她的心思，他说了几句路茜小姐不怎么能听懂的话。最后马瑞欧吻了吻那戴蓝宝石戒指的手，鞠了个躬，很有礼貌地告别离开了。

就这样，马瑞欧进入了这三位女士的生活。这事过后的第二天早上，他到酒店找到了路茜小姐。

路茜小姐这一次才真正看清他的脸。他的睫毛很长且离眼睛很近，嘴唇很厚，上面有两撇八字胡，胡须却很稀疏，长得并不好看。但他的手指修长有力。热情又可信，是她对这个小伙子的整体印象。

他想给几位女士当导游，并解释说，自己现在还是个大学生，想在假期挣点生活费。那天，看到路茜小姐的脚扭伤了，便送她回酒店。他还说，自己可以做她们的司机，并帮她们雇辆车。但他要的报酬比她们想象得还低。

马瑞欧第二天便租了一辆车，便宜的租金，让一向精于算计的爱伦小姐也十分满意。就这样，马瑞欧开始了热情而认真的导游工作，带着几位女士在几个风景区游览。

三位女士都很高兴，路茜小姐尤其高兴，因为有礼貌有加的马瑞欧陪伴。一天，他带她们爬玻普卡贝特山，这是他为她们亲制的旅游计划之一，经过几个小时的努力，美丽而神秘的峰顶出现在他们面前，几位女士高兴而又激动。在只有马瑞欧和路茜小姐两个人的时候，马瑞欧会轻轻地握着她的手，不断地抚摸着。被他那双大手握住，路茜小姐感到手上的那个宝石戒指又收紧了一些。但她并没有感到疼痛，却有一种完全相反的感觉。觉得马瑞欧抚摸她的手，是想绕过语言的障碍告诉她，能和她一起享受这次美妙的旅行，他觉得很愉快。

这次登山之行后，路茜小姐决定离开这里，去墨西哥城。

她让爱伦带去了额外的几百比索酬劳，还让爱伦告诉马瑞欧，他不用做她们的导游了，她们准备离开这里了。马瑞欧没有要那些钱，却来到了路茜小姐的住处。告诉她墨西哥城的一些人很不友好，并伸出他强壮的胳膊说，我可以保护你们，我还能为你们介绍墨西哥城里的景色。他挥动着强壮的胳膊，好像要拥抱天空和太阳，还有墨西哥的群山。路茜小姐看着他黑色的眼睛和长长的睫毛，觉得它们像他张开的双臂一样在拥抱着自己。

路茜小姐觉得有一种情感促使她同意了马瑞欧的请求。就这样，马瑞欧和她们一起来到了墨西哥城。住下之后，他们制订了游览计划，决定两个星期后去墨西哥金字塔。

这天，在去墨西哥金字塔的路上，露茜小姐和马瑞欧依然坐在前面。马瑞欧驾驶技术很棒，路茜小姐喜欢看他全神贯注开车时的样子，也喜欢听他不时地低声自语。但不想让他有时注视自己的脸，然后目光向下，滑到她的胸前。

马瑞欧的目光，让她有些不自然，便用英语对他说道："马瑞欧，你是他们说的那种花花公子吗？你肯定认识很多女孩吧！"

他好像没听懂似的沉默了一会儿，说："漂亮女人，花花公子，你在说我吗？不。"他把手伸进口袋，拿出一张照片，"路茜小姐，这就是我的女孩……"

路茜小姐拿过照片，发现是一位比她还老的妇人。她头发灰白、眼神忧伤，岁月和病痛在她的脸上留下沧桑印迹。路茜小姐感慨道："是你妈妈，给我讲讲她的故事，行吗？"

马瑞欧用有限的英语词汇，告诉她关于他妈妈的故事。他家非常穷，她妈妈一辈子都住在一个叫古德罗斯的小村子，艰难地抚养着一群没有父亲的孩子，像是人间的圣女。路茜小姐从他的话里听出他对她母亲的热爱。

听完马瑞欧关于他妈妈的话。路茜小姐打算在她的旅行快结束时，向马瑞欧打听他母亲的地址，然后寄一笔钱给她母亲，让她能帮助马瑞欧读完大学。马瑞欧或许会因为过分的自尊而不会接受，但他妈妈应该会接受的。

"那是金字塔吧？"正在思索的路茜小姐被爱伦的声音打断了，"嗯，它们还是不如埃及的金字塔。"爱伦说道。

前面有两座金字塔，一座是太阳金字塔，另一座是月亮金字塔。路茜小姐被这两座金字塔打动了，她凝视着古老、幽暗的金字塔，一种奇异的兴奋感跃上心头。在塔西克城的教堂里，她也同样碰到过这种感觉。

"我是爬不上去这些石阶了，"爱伦丧气地说，"天气太热，我也太老了。"

维拉也老了，尽管她没觉得热。她把衣服披在肩上，站在金字塔底，点起了她经常抽的香烟，对露茜说："你去吧，你比我们年轻，而且也喜欢运动。"

就这样路茜和马瑞欧开始攀登太阳金字塔。

路茜在马瑞欧的帮助下，爬到了太阳金字塔的顶上。虽然攀爬这些石阶令她感觉很累，但登上塔顶的感觉让她异常兴奋。

这里就他们两个人，他们紧挨着坐在一起。一个是费城来的富家小姐，一个是偏僻小村里的穷小子。他们看着眼前的大平原、古老的村庄和附近错落有致的庙宇。从塔顶俯视可以看到从庙宇通向月亮金字塔的路，这条路被称为死亡之路。马瑞欧开始给她讲关于祭祀仪式的事。过去，这种仪式每年都有一次。

路茜小姐手托着下巴，出神地想着他说的景象：人群涌向他们脚下的平原；巫师站在中间的石阶上；塔顶就是马瑞欧，一个一尘不染的青年。

马瑞欧被村民们当作祭祀的祭品，会被奉献给神灵。她突然对他很怜悯，便伸出了她的手——那只左手，上面戴着无法摘下的戒指。她把左手伸向他的手，被他温暖有力的手指轻轻地握住……

路茜小姐几乎不知道，马瑞欧是在什么时候搂住了自己，他的头贴在她的胸前。直到她闻到，他皮肤和头发间的气味，她才猛然醒悟过来。她挣开他的双手，似乎从梦里回到了眼前。她想起两个女伴还在塔下等着，并且现在天色不早了，还要回去。

返回的路上，路茜小姐决定自己和维拉坐在后面，换爱伦到前面和马瑞欧坐在一起。

回到酒店后，路茜小姐对马瑞欧说："明天是星期天，你还是休息一下吧，不用来陪我们了。"他并不同意路茜的话。但路茜反复说道："明天不行，马瑞欧。"他失望极了，脸上露出痛苦的神色。但很快，他的表情变了，他的眼神不停地逼视着路茜的双眼。

回到房间后，路茜小姐捂着胸口，感到心突突地跳个不停。那眼神所代表的感情，是她以前从不敢妄想的东西。她知道，那眼神在渴望着什么。

马瑞欧在追求她，由于一些原因，她不能明白，而她的心里也从未去想过。现在她有点确定了，他在积极地追求她。

晚上在睡觉之前，路茜小姐做了几件以前她从不敢做的事。

她穿着睡衣站在卧室里，长时间面对着长镜。她感叹道，自己也是一个女人啊！

路茜小姐没在镜子里看到自己有什么特别的地方，但她的内心将要发生惊人的变化。

她年轻的时候就不漂亮，何况现在已经人到中年了。她的一些头发也开始变白了，在她眼睛周围，都能看到岁月留下的阴影与皱纹。但她的眼神依然清澈，现在她觉得自己很快乐。

睡衣下面的胸脯依然挺实，但她的身材……实际上，不管是她的面孔还是她的身材，都没有能够吸引人的地方，而她却被马瑞欧追求。她想，这个墨西哥的英俊年轻人，一定从她身上感到了某种吸引人的东西。

路茜小姐知道，不少年轻人追求年老的女人，最后只是希望继承她们的财产。但马瑞欧并不知道，路茜小姐是她们三人中最富有的一个，只有费城的一个律师和她家族的一些人，知道她真正拥有多少财产。如果马瑞欧是为了钱，他就该去追求爱伦，爱伦负责她们的钱袋。而且她们约定，在任何时候都不让任何人知道，她手里的钱实际上属于路茜。

路茜小姐面貌普通、衣着简单，没有任何地方显示出她是个有钱人。她母亲的订婚戒指上有一颗价格昂贵的钻石，然而只有精于此道的珠宝商才能看得出来。而她刚买的蓝宝石戒指，也不值得任何人为它花费太多的时间与精力。假如谁能把它从手指上取下来，作为感谢，她会很情愿把这枚戒指送给他。

不，墨西哥城里有很多女人比她更富有。还有更多的女人比她年轻、漂亮、美丽，更值得马瑞欧去追求，还有……突然，路茜小姐为这个蓦然想到的想法感到一丝恐惧。

她的神经，被她未婚女性的本能触动了。这使她感觉到一种将要来临的危险。路茜小姐下定了决心，必须了结这件事。

路茜小姐和维拉在长途车站等候，路茜小姐静静地坐在车站的座位上。她们都拉紧了自己的外衣，外面好像很冷。维拉有点感冒了，总是好不了。春日的阳光照耀着大地，但今天路茜小姐却感觉到了阵阵的冷意，她的双眼和鼻子都是红红的。

她们在等另一个伙伴——爱伦。她没和路茜她们两个一起去车站是为了把钱付给马瑞欧。现在爱伦还没来，去帕兹考罗的汽车20分钟后就要起程了。她们终于看到了爱伦，她的鼻子也是红红的。

"你不该那么做，那样太狠心了，路茜。"她抱怨道，并把两张一百比索的钞票交给路茜，"我感觉给他钱时，他就像要发疯了一样。"她接着说，"而且他读了你的信后，就像孩子一样哭了起来。"

路茜小姐听后默默不语。她一言不发地坐着，在去帕兹考罗的整个路上都是这样。

宁静的帕兹考罗湖旁边有一家旅店，在旅店的走廊上，三位女士坐在桌旁，开始吃晚饭。爱伦边吃边说着第二天的计划。路茜小姐心不在焉地吃着，四处张望着什么。这时她看到了墨绿色的湖面，湖面上有一串串的小岛，还有在湖面飞过的秃鹰，它们发出尖利的叫声，贪婪地搜寻着动物的遗体。过了一会儿，她站起来说："好像有点冷，我先回房间去了，晚安。"路茜小姐的房间里有个不大的阳台，在这里也可以看到湖面。

从阳台往下看，就是沉入黑暗里的湖面，打鱼归来的渔夫们用欢快的声音交谈着一天的收获，有时还会唱一段当地的民歌。

路茜小姐安静地坐在阳台里，看着这些渔夫们，心中却想着马瑞欧。自从离开墨西哥城,她一直在想念马瑞欧。现在她很后悔,后悔当时不该赶走马瑞欧,她应该自己去和他谈。现在他在想什么呢?会不会在恨我呢?这个想法让她心里隐隐作痛,她伤害了他……她忽然睁大了双眼,因为她看到了一个雪白修长的身影,就在下面的渔夫中。路茜的眼睛眨也不眨地盯着他,心乱如麻。她扶着栏杆,极力向前张望,向黑暗中的白影望去。路茜确实看到一个熟悉的影子,那个优雅的身影在敏捷地闪动着。

马瑞欧被留在数百英里外的墨西哥城了,这个绝不会是他。离开墨西哥城的时候,路茜还特别交代爱伦,一定不要告诉他她们去了哪里。

她立在阳台上仔细地看着,白衣人影从远处的湖面飘然而来。这时湖岸上射出了一片灯光,照在他的白衣上,这下路茜看清楚了,那就是马瑞欧。

她的心就像一头小鹿跳个不停,不知所措地探下身去。马瑞欧就在她下面,在她阳台下面的湖面,越来越近。

马瑞欧用西班牙语说:"路茜小姐,我终于找到你了。我知道,我一定能找到你的。"

"你是怎么知道我们来到这里的?"

"我去了长途汽车公司,里面的人告诉我,你们到这里来了。我就买了一张票,跟过来了。"

马瑞欧非常高兴,雪白的牙齿随着说话声隐约闪现:"路茜小姐,你为什么不打招呼就走了呢?甚至连再见也没有说。"路茜没有回答。

"我现在找到你了,依然愿意为你服务。明天和我到湖上去好吗?最好避开那两位女士,就我和你。湖上有月亮,天亮后我们还能看见日出。"

"好吧……"

"明早我会弄条船,在这里等你,大概五点我来接你。"

"嗯……"

"晚安,我的小姐。"

路茜小姐从阳台回到房间,换好睡衣躺在床上,她觉得自己浑身颤抖。她一直到凌晨都还没有平静下来,过了一会儿,窗户下传来低低的口哨声,这表示马瑞欧已经到了,她感到自己仍在颤抖。

她急急忙忙地穿上衣服,理好头发,披了件外套便跑出去了。这时候很安静,没人看见她穿过走廊,更没有人看见她顺着小路来到马瑞欧的船上。他轻轻地把她扶上船,然后温柔地吻了她的手。

她一点也不反对他这样做,她像被神父引导到每个人都要经历的那个神圣之地。

天上挂着柠檬色的满月,马瑞欧说得对。平静的湖面上反射出银色的月光。

路茜小姐坐在船上,完全没有注意到阴凉的月光。她凝视着马瑞欧,他站在船尾唱着歌,划着船向湖心深处游弋而去。他把裤子挽到膝盖上面。月光下她又看到那两条强壮、粗野的腿。

路茜小姐以前没听他唱过歌,没想到他的嗓音如此优美。歌声初听上去很甜美,仔细听却带着一种说不出的忧伤。马瑞欧一边划船一边注视着她,目光从上到下,最后停在她放在膝上的双手。手指上那枚便宜的蓝宝石戒指,在月光的照射下发出幽幽的光泽。

小船一直划向岛屿的湖心深处,路茜小姐已经忘记了时间、忘记了地点、忘记了一切。她看不到明亮的星辰和半弯的月亮。她能感受到的只有一种深沉的宁静,这种宁静的感觉好像要持续到天荒地老。

这时她听到了马瑞欧的说话声:"听,那是鸟儿们在歌唱。"

她回过神来听到了这一座座岛屿中的鸟鸣声,她想看看这些唱歌的鸟儿，但只能看到在天空中盘旋的秃鹰。

马瑞欧把船停下来，对路茜小姐说："我们现在吃早饭吧。"早饭有面包、牛肉、黄油，还有奶酪，除此之外他还带了一瓶红酒。

他用一把大折叠刀将黄油抹在一块面包上，拿给路茜小姐。她接过面包，这才感觉到自己真的是很饿。她边吃面包，边喝着红酒。酒精让她感到特别高兴，她觉得自己又回到了少女时代。无论马瑞欧现在说什么她都会笑，马瑞欧也在笑，但他的目光有时会停留在她的手上。

他们像蜜月中的夫妇一样吃着早饭。这时太阳已经出来了，金红色的初升的太阳光芒洒向湖面。在这周围，她只能看到秃鹰，还有就是远处传来的阵阵歌声。

他们吃完了最后一片面包，酒也喝完了，马瑞欧又拿起桨，划向湖心更深处。他急急地划着，一句话也不说了。

很快他们到了一个人迹罕至的小岛。当他们一到这个岛上，路茜小姐就知道这个岛是马瑞欧所选的那一个。它远离其他岛屿，岸边杂草长得高而稠密，就像岛的流苏。

他把船靠到岸边，小岛边上的草立刻将他们围了起来，他们的世界好像一下子小了很多。他握住她的手轻轻地说："跟我来。"

她像孩子一样跟着他。他找到一块干净的地方，然后铺上一件衣服，让她坐下。然后马瑞欧紧挨着她也坐下来，轻轻将她搂在怀中。她能看到他的脸，看见他黑色的眼睛，还能感受到他温暖的胸膛与带着酒味的呼吸。

自从遇到马瑞欧那天起就注定会有的结果即将到来。从教堂相遇的那一刻起，几乎每一件事都在暗示着这个结局终会到来。闭上眼，她能感到他的手轻轻抚摸着她的秀发、她的脸，还感到他的另一只手握到了那枚蓝宝石戒指上。

他的手摩挲着那枚戒指，路茜小姐感到他的心跳越来越快。整个过程看上去很复杂，其实也很简单。

他的手开始向上移动，移动到她的喉咙，轻轻地停下来。这时的她没有叫，还没有感到恐惧。

突然，他的双手开始用力地掐住她的喉咙，并吻向她的嘴唇，他们热烈地吻着，第一次也是最后一次。

马瑞欧扔掉沾血的折刀。他不希望看到血，但为了拿到那枚戒指，他必须砍下路茜小姐的一根手指，这让他觉得恶心。

路茜小姐手上那枚她母亲的订婚戒指他看也没看。这枚便宜的蓝宝石戒指，几个星期以来吸引了他所有的注意力，他想尽办法要得到它。现在终于得到了！

本来他想把她的尸体放到水草下面，但他觉得如果尸体漂浮出去会被渔夫发现。他把铺在地上的衣服盖在路茜小姐的尸体上。

他抬头看了看盘旋在上空的秃鹰。这个岛几年内都不会有人来，就算真的有人来她的尸体也早被秃鹰吃完了。

马瑞欧向小船走去，驾船划向来时的地方，再也没有回头看一眼小岛。上岸之后，他把小船翻转过来，这样它就会顺水而下，一直漂到湖的中心地带。

一个经验不足的船夫，驾船带着一个准备游玩的美国妇人，进入湖中。他们中途落水，被淹死了。在这样巨大的湖中，警察们绝不会搜寻他们的尸体。

马瑞欧搭上一辆回程的运货车。如果明天能搭上另一辆回程车，他就能回到古德罗斯村了。他的母亲肯定会喜欢这枚戒指的。

最佳舞伴

在一个小镇上发生过一个故事。

那里住着一个名字叫尼克拉斯·吉贝的老人，他非常神奇，靠做些形式各异的机械小玩具来维持生计。

在欧洲，说起老吉贝的这项手艺，妇孺皆知。他曾做过的小玩具：小兔子忽然从包心菜的菜心里蹦出来，理理胡须，摇摇耳朵，突然一下又钻回包心菜里；小猫自己会洗脸，边叫着边做各种不同的姿态，狗看到都会迫不及待地扑过去，以为那是真猫；留声机藏在木偶的肚子里，这木偶一边向你脱帽致意，一边还可以向你问候"你好""早晨好"之类的话，有一些还能为你唱歌呢！

老吉贝不但是个手工匠人，还可以说是个艺术家，他的业余爱好就是继续工作。那不是一般人所说的闲情逸致，老吉贝投入了自己的全部精力和感情。各式各样的稀奇古怪、精妙绝伦的东西堆积在他的店铺里，其中的大部分东西就像古董一样陈列在那里无人问津。出于自己对手工制作的痴迷和热爱，他制作了这些东西，并非单纯为盈利卖掉它们才做的，他追求的是做的过程。

他有一次制作了一个机械小木猴，那小猴可以慢跑两个多小时，当然他在它体内装了充电装置。如果换上一个功率稍大的充电器，真猴都没它跑得快。他还制作过一种飞鸟，那只鸟能挥舞双翅在半空中飞翔，在半空中飞舞盘旋一会儿后，它还能落回到起飞的地方。他还做了一副骨架，是以铁棒为支柱做成的，那骨架竟然能跳狐步舞。他还曾做过一个绅士，肚子里藏着管子，能够喝酒，还能够抽烟，三个学生都没它喝得多。他还曾做过一个真人大小会拉小提琴的木偶小姐。他还曾做过……他做过的有很多，多得不胜枚举。

镇上的人都相信，如果你真的需要的话，老吉贝能做出一个可以做任何事情的木人。有一次，他真的做了一个木人，最后，这个木人因为会做的事太多了，以致发生了下面的事。

有个叫作弗伦的青年在镇上做医生，他有个刚出生的宝宝，当婴儿过一周岁生日的时候，他邀请了家里的亲戚小聚了一下。很快一年过去了，在他的宝宝过两岁生日的时候，弗伦夫人为了给宝宝留下纪念，便坚持要举行一次舞会。于是镇上的很多人都受到弗伦的邀请，来参加舞会，弗伦夫妇当然不会忘了老吉贝和他的女儿奥尔格，他们两个也被邀请参加。

舞会过后的第二天下午，奥尔格和三四个女友聚在一起聊天。话题很快转到昨天舞会上的男士来，她们叽叽喳喳地谈论着那些男士的舞技。老吉贝今天没出去，正好也在屋里，他在专注地看着报纸。这群女孩聊天聊得很起劲，也就没有去留意他。

其中一个女孩说："好像你每次去的舞会，参加舞会的男士都很少有会跳舞的。"

"我同意，他们好像都在故作矜持，"另一个道，"他们的舞跳得不怎么样，倒是很喜欢和你搭讪。"

"和他们谈话可以看出他们的愚蠢，"第三位补充道，"他们所说的话几乎是一模一样。像——'你经常去维也纳吗？''你今晚看起来真漂亮。''你今晚穿的衣服真是太美了！''哦，你一定心情很好！''瓦格纳你喜欢吗？''今天天气多热啊！'我倒是希望他们能问出点别的来。"

第四个说："我倒不介意他们说什么，只要他舞跳得好，就算是个傻子我也不会介意的。"

"他们通常都——"一个清瘦的女孩愤怒地说。

"我去跳舞，"先前的女孩说，没注意打断了别人的话，"我要求我的舞伴要把我抱得紧点儿，还要不知疲倦地带我一直跳下去，等我累了再停。"

"你的要求听起来就像个上了发条的机器人！"被打断的女孩道。

"太好了！"其中一个惊喜地叫了起来，情不自禁地鼓起掌来，"这个主意是多么美妙啊！"

"什么主意美妙？"她们问。

"上了发条的舞伴啊！如果是电动的就更好了，这样跳舞的时候就绝不会感到劳累了。"

女孩们开始天真地描绘着她们极富热情的构想。

"如果真的有，那他将是个多么可爱的舞伴啊！"一个说，"他不会踩了你的脚，更不会踢到你的腿。"

"他也不会不小心撕破你的衣服！"另一个又说。

"他不会把舞步跳错！"

"他也不会转晕了头，撞在你身上，令你难堪！"

"每次舞会我最讨厌男人用手帕擦脸，我们的机器人也不会用手帕擦他的脸。"

"如果有他在，我们在舞会上就不会把整个晚上都浪费在餐厅里。"

"最好先录制下一些话，然后在他体内放一个留声机，外人就很难分辨出真假。"一个女孩道。

"做这个不是很困难，"那个清瘦的女孩又说，"而且可以做得很完美。"

老吉贝这时竖起两只耳朵，放下他的报纸，仔细听着女孩们的谈话。这时恰好一个女孩的眼光朝这边看过来，老吉贝忙又低头装出看报纸的样子，似乎什么都没听到。

几个女孩离去以后，他一头扎进他的工作间忙乎起来。她的女儿奥尔格，经常在门外听见老吉贝来回踱步的声音，他好像在思考着什么，偶尔还会发出几声轻微的偷笑声。那天晚上，他和他的女儿聊了很多，但大多是关于跳舞和她们舞伴的事，比如什么舞蹈最流行，跳舞时双方一般交谈什么，以及中间会穿插什么步伐等许多这样的问题。

以后的几个星期里，老吉贝把自己关在他的工作间，不停地思考着，忙来忙去。这期间偶尔还能听见他的轻笑声，那笑声好像是只有自己知道的一个笑话一样，让人莫名其妙。

小镇在一个月以后又举行了一次舞会，这次舞会是由老温塞举办的，这位富有的木材商为了庆祝他侄女的订婚仪式，举办了这次舞会。当然，老吉贝和他的女儿又受邀参加。

到了要去舞会的时候，奥尔格去屋里找他的父亲，却发现他并不在。她到父亲的工作间，敲了敲门。进去后发现他正挽起袖子，满头大汗的不知在忙着什么。

他说："你先去，别等我了，我等一会儿就去，有个东西马上就要完成了。"

当奥尔格转身准备去参加舞会的时候，老吉贝道："告诉参加舞会的人，我会带一个年轻人同去，是一个英俊的小伙子，他的舞跳得帅极了，他会受到所有女孩的欢迎。"说着，老吉贝大笑着关上了门。

老吉贝一直在秘密地做着现在这项工作，连他的女儿都没有说。奥尔格猜测到了她父亲正计划什么事项，但具体是什么就不知道了，也许他在准备一件礼物，为舞会的客人。她把这种猜测告诉了舞会上的人，因此大家都在期盼地等待着，等待着这个有名的老工匠的到来。

一阵车轮的"吱吱"声忽然在外面响起，接着便是一阵喧嚣声出现在走廊。随后，老温塞笑容可掬地走进舞厅，满面红光地大声宣布："欢迎吉贝，和他的朋友！"

吉贝和他的朋友在话音中步入屋子的中央，周围响起一阵热烈的掌声，大家纷纷鼓掌对他们表示敬意。

"女士们，先生们，在这里请允许我，"吉贝说，"向大家介绍一下，我的朋友，弗瑞茨中尉。我可爱的家伙，弗瑞茨，请向女士们和先生们致敬！"

吉贝的手轻轻地在弗瑞茨的肩膀上按了一下，中尉深深地向人群鞠了一躬，同时似乎有几声轻微的"咔嚓"声从他的腰间发出，但几乎没有人听到这十分微弱的声响。

老吉贝拉着他的手臂一同向前走了几步，中尉走起路来略显僵硬。要知道走路并不是他的特长，所以走得很僵硬。

"他是一个舞蹈家，虽然他只会华尔兹，但跳得很棒。现在，不知哪位女士愿意，愿意做他的舞伴？他可以一刻不停地跳舞，他可以把你抱得更紧一点儿，他能满足你们在跳舞时的一切要求，由你选择他的节奏快慢，他更不会跳昏了头，他说话非常礼貌。哦！我的中尉，你自己来说。"

老工匠按了一个按钮，那按钮在他上衣后背上，弗瑞茨的嘴巴立刻张开了，还伴有几丝机械的摩擦声，接着弗瑞茨极其温文尔雅地说道："能和大家认识，我很荣幸！"随后他嘴巴又机械地闭上了。

毋庸置疑，大家对弗瑞茨中尉的第一印象非常深刻，但因为陌生，仍没有一个女孩愿意和他跳舞。半信半疑的她们只是在仔细打量着他，宽阔的脸庞、明亮的眼睛、迷人的微笑。最后，老吉贝来到一个女孩面前，那个最先想出这主意的女孩。

吉贝对她说:"你的主意,现在终于实现了。他是个电动舞伴,你和他跳,给大家展示一下,对他也是一个考验,行吗?"

"你真是个漂亮聪明的小女孩,为什么不尝试一下,尝试一下新的跳舞方式呢?"热情的老温塞也上前劝道,女孩终于同意了。

吉贝调整了一下木人,让它胳臂的位置正好挽住她的腰,还能把她抱紧,她的右手被它细腻光滑的左手紧握着。接着女孩又被老工匠告知,它的速度怎样调节,怎样让它停下来……

"你将被它带着转一整圈,"吉贝解释说,"不过,你放心,你不会碰到任何人,但你不能改变它的旋钮。"

伴随着响起的优美音乐,老吉把电机的旋钮拧开了,于是,那个叫安妮的女孩和这个陌生的舞伴在舞池里开始旋转起来。

所有的人都站在那里,望着这幸福的一对,那木人有着优美的舞姿、准确的踩点、娴熟的步法,一圈又一圈,来回旋转着,不时还用那体贴柔和的语调和它身边的舞伴亲密地交谈着。这个绝妙的舞伴和安妮渐渐熟悉起来,她一改最初的紧张,慢慢变得兴奋起来。

她高兴地喊道:"他真是可爱极了!哦,我愿和他一辈子跳下去!"

随后,一对又一对的搭档,陆续步入舞池。很快他们两个就被人群包围了,这快乐的一对夹在屋里跳舞的人们中。吉贝望着自己的杰作,站在人群中开心地笑着,脸上流露出稚气的喜悦。

老温塞向他这边走过来,在他耳边不知说了些什么,吉贝含笑点着头。随后这两个老伙计悄悄地朝门口走去。

"这儿今晚是年轻人的天下,"老温塞边走边说,"我们还是到我房里喝杯酒,抽支烟吧!"

当舞会淋漓至酣,高潮迭起的时候,安妮一直在陶醉。不知什么时候,她松开了调节电动人步伐频率的旋钮。于是木人抱着安妮,跳得越来越快、越来越敏捷。很多跳舞的人都已经累了,可是安妮他们,却跳得更加带劲了。最后整个舞池只剩下他们两个,他们仍在翩翩起舞。

音乐都有点跟不上节奏了,他们跳得越来越快。他们的步点乐师也跟不上了,乐师只好放下乐器,停了下来,瞪大眼睛望着这两个人。年轻人一起为他们欢呼,但是一些老年人却有点焦虑不安了。

"你难道还不停下来吗,安妮?"一位中年妇女开始喊道,"你这样会太累的!"但是安妮好像没听到一样,并没答话。

"她不会已经晕过去了吧!"一个女孩大声说,她忽然看见安妮脸色苍白。

一个反应快的男人立即冲上去,紧紧抓住那个仍在旋转的木人,不想却被它的动力带起,一下摔倒在地。不幸的是,木人包着铁皮的脚刚好又踩到那个男人的脸上……木人好像在捍卫自己的荣誉一样,教训了一下打扰他的那个男子。

一个人可以用多种办法,很容易就能使那家伙躺倒在地,两三个人就能把那木人举起来,把它摔成碎片扔到角落里了,但当时没有人能保持冷静。

所有的人都在激动着,没人能知道该怎么办,呆呆地看着。

当然那些不在场的人会这样说。那些在场的人当时是多么愚蠢啊!后来回想起来,就连那些在场的人都说这事其实很简单。所以,当时只要他们稍微想一下,问题就解决了。

在场的男人们开始变得焦躁不安,女人们就要崩溃了,这时有两个人冲上去,撕扯那个木人。但因为用力不对,使木人脱离了舞池中央的轨道,滑倒在角落里,墙和家具被撞到了。安妮和木人一起被重重地摔在地板上,她的脸上有一股鲜血淌下来。惊叫着的女人们从屋里跑出来,紧张的男人们也紧跟在后面跑了出来。

"找到吉贝,赶快去找吉贝。"

吉贝那时已离开了舞厅,现在没人知道他现在何处,所以整个晚会的人都开始找他。由于害怕,没人敢再回到舞厅去,紧张不安的人们只是在门外聚集着,仔细聆听着里面的动静。转轮摩擦地板的"吱吱"声仍不断地从屋里发出,木人仍在来回转着圈,倒地的木人不断碰倒周围的一些器物,这时就会发出沉闷的撞击声,然后它就灵活地掉转方向,向另一边滑动它的舞步。

还能听见木人一遍又一遍地重复着它那温柔的话:"今天天气真不错!你今晚真迷人!别这么无情,我可以一直跳下去——只和你,你今晚的衣服真漂亮!……"当人们四处寻找吉贝,吉贝却不知去了什么地方。他们找过这里的每一个房间,随后一起到了吉贝家中,七嘴八舌地询问那又聋又哑的看门人,最后一无所获,还浪费了不少宝贵的时间。最后,不知是谁在人群中说了一句"老温塞也不见了!"他们才去了老温塞的后院,在账房里发现了他俩。

听他们说完,吉贝脸色苍白地站起来,随着他们走进了舞厅。吉贝进去后,顺手关上了房门。屋里传来一阵凌乱的脚步声和模糊不清的低语声,接着听见一阵木头的碎裂声,最后便安静下来。

过一会儿,门开了。老温塞用宽厚的肩膀挡住了站在门口想拥进去的人。他用平静又充满威严的声音叫两个中年人跟他一起进去,但大家都看到他脸上死灰一般的苍白。他对着满脸焦急的众人道:"女人们先离开,其他人也散了吧!"

随后还没有走远的人回头看到了这样一幕,刚进去的两个中年人从舞厅里陆续抬出了几具尸体。

从此以后,老尼克拉斯·吉贝只做蹦跳的兔子、洗脸的小猫之类的小玩意儿了。

找错了人

他亮出证件对她说："我是丹尼尔警官。你是吉米小姐吗？"

吉米小姐打开防盗门，让这位警官走进来。她的头微微地倾斜，这让她看起来像小鸟般依偎着人，看着这位突然到访的客人，她不知道出了什么事！

警官环视一下四周，看见抽屉是开着的，装衣服的皮箱大半也是空着的。于是抬起头来看着她，以询问般的眼神问道："你准备离开？我好像来得正是时候。"

"是的，我打算今天下午离开这里。"

他皱皱眉头对她道："我希望你能提供一些帮助，"他这样说着，脸色也好看了些，"这不会浪费你多少时间，也许你的话真可以帮助我们，你具体什么时间离开？"

"是九点零九分的火车。"

"时间还有很多，这件事最多占用你半小时的时间。"

这时，她把头靠向了另一边，对他道："警官，可是我不知道，该怎么来帮你呢？"

"希望你和我们合作，当然这也是在帮你自己。两星期前，是不是有两个年轻女人骗了你八千元。"

她惊奇地睁大双眼道："你是怎么知道的？"

他笑了笑说："我虽然没有读到你的报案记录，而且你去报案的时候，我也不在；但是，我知道你整个被骗的事情。那天，你是去银行存钱的，是一笔为数不少的钱。一出门，你就看到一位风度优雅的女子，那女子向你走来，她说：'很抱歉，打扰了你。你看起来很善良，所以我才敢打扰你。'她说她在城里的那一带很陌生，又遇上一件麻烦事，现在不知道怎么办才好。她说她捡到了一个信封，里面装满了钞票，她不知道该怎么处理。她看看周围，拉你到一旁，打开信封让你看，你看到里面有许多千元大钞。她说她已经大致数了一下，大概一百二十张，那就是十二万元！你那时一定在想，天文数字啊！"

她不禁大笑起来："警官，我平时只和二十元以下的小钞打过交道，千元的我还没见过呢！"

他眨了眨眼："也许吧！但这正是那些人聪明的地方，他们总是挑选像你们这样的人，你们看起来是最不会丢巨款或是连大钞都没见过的人。"

他深吸了口气，慢慢吐出来。接着道："总而言之，那女人后来告诉你，她生了个孩子，但却是个低能儿……就在你们正谈的时候，另一位女人出现了，她说她愿意告诉你们有关法律的问题，因为她就在律师事务所工作。她打了个电话，然后说，律师认为这笔钱大概是黑社会歹徒留下的。捡到钱的女人如果交给警方的话，丢钱的歹徒也不敢去认领，因为如果去认领，就得向有关人员解释这钱的来历；当然了，如果没人认领的话，捡到钱的那个女人最后也别指望拿到那笔钱，最后一定落到警局手里。因此，送到警局是个极度错误的做法。律师在电话中还神秘地说，现在就你们三人知道这事，你们三人平分……不过，有一个条件是，分到的钱必须在半年以后才能用。为了证明你们在不动用这笔赃款的情况下，也可以自己过完半年的生活，每个人必须拿出足够半年的生活费来证明。

"通过律师的关系，你们把千元大钞换成一些小额钞票。这样的话，在存款时，银行就不会有所怀疑。

"你们三个女人皆大欢喜，因为你想到马上就可以分到四万元，但还需一些证明。捡到钱的那一个亮出一张保险公司的支票，她正要进城去领。另一个身上也刚好有父亲最近留给她的股票钱。那两个女人很快拿出她们可以维持六个月生活费的证明。现在，轮到你了。

"你立刻回到银行，取出现金八千元，给她们看。现金装在封套里，她们把封套里的钱拿出来，看完后，装进封套还给你。

"然后，你们三个一起进入办公大楼，走向律师办公室。在律师事务所工作的那个女人说，她的合伙人还不知道这件事，她也不想让太多人知道，我们三个不要一起进去，以免让人误会。

"第一个女人先走进了电梯，接着，第二个女人也找了个借口，比你先进去。最后轮到你了，但当你到了三楼后，找到她们说的那个房间时，里面根本没有什么律师，那两个女人也突然失踪了。

"现在，你终于醒悟过来，自己被骗了。你努力让自己定下心神，强迫自己看看装钱的封套。这一看，你差点晕过去！当时你正在享受即将获得的四万元带给你的喜悦，她们却把你封套里的钱掉了包。现在封套里哪还有八千元，只有一叠玩具钞票，或和钞票一样大小的白纸，只有一张面额一元的钞票放在最后面，好像在安慰你似的。"

他脸上挂着有气无力的微笑，看着吉米小姐，轻摇着头说："我是来查清这件事的，以便逮捕这些歹徒。"

这时吉米小姐用双手蒙住脸："你已经说得很明白了，这又让我觉得自己很笨，老是在想：'我怎么会让她们骗得团团转。'"她放下双手，睁大眼睛，认真地说："当时我身临其境，觉得她们和我说的时候，一切都像是真的，但结果是我怎么也想不到的。"

他笑了笑："其实这种事说穿了也很简单。'信任'是这把戏的名字，她们赢得了你的信任，一步一步引你入戏。那些人都很狡诈滑头，你前面还有许多人上过当。"他沉重地叹口气接着道，"不幸的是，你可能也不是最后一个。"他眼睛注视着她，声音变得严厉，"但你得帮助我们，这样我们才能铲除她们。"

"我已经尽力了，我还能做什么？我已经尽可能地向你描述了那两个女人的相貌。"

他微笑着说："我们已经找到了那两个女人，现在不用你描述，你可以做些更实际的。你要协助我们指认她们的照片。"他从一个袋子中取出两张照片，拿给她看。问道，"是不是这两个女人？"

她看着两张照片，突然勃然大怒地说："就是她们！就是她们！"

他让她先冷静一下，但是现在的她正在兴奋而又紧张地发抖。停了一下，她痛苦地对他说："这事情直到现在还历历在目，虽然被骗了八千，但最糟的不是钱的问题。最糟的是，这之后我一直觉得自己很笨！"她诉苦般地盯着他，"我从银行出来时，还看着封套里面是满满的钞票，但转眼的工夫就成了玩具钞票。她们得手后，肯定把我看成笨蛋，背后一定会又骂又笑。笑我笨得像头驴，我现在也觉得我真是头笨驴。"

"这次你向她们报复的机会到了，吉米小姐。你既可以收回你的钱和自尊，又能协助我们把她们绳之以法。"

她皱着眉问："我该怎么做呢？"

"吉米小姐，是这样的。"他目光犀利地看着她，接着道，"你记不记得是哪一位出纳员为你服务的,就你那天存款的时候?"

她想了一下,然后点头说:"记得,那人留着长长的金色头发,还蓄着八字胡。"

"太好了,我们相信那出纳员和两个女人是同谋,出纳员在银行上班,在发现一个可以欺骗的人时,就对那些人发出信号,里应外合。所以,你要帮助我们抓到他。"

"我需要怎么做呢?"

他微笑着:"我知道,小姐,但我们要耐心一点。急于抓到歹徒是我们一致的心愿,我们准备行动了。你再去那家银行,再找那个出纳员,取出你的大部分余款,要现金。那么他就得仔细数几遍,所以钞票上就会留下他的指纹。最好让他给你新票,那样指纹会更清楚。你戴上手套,当然,我也戴,我们不能有一点失误。"

"我们这一次会派另一个警探盯住出纳员,我们要一网打尽。我会在外面等你,给你局里的公款,交换留有出纳员指纹的新钞。我们需要指纹作证据,到时候也不用你出庭了。然后,如果运气好的话,在我们逮捕他们之后,我们会把你原先的钱追回来。说实话,可能她们已经花掉了一部分,又不是他们的血汗钱,他们会很大方地花掉一些。不过,也许还能追回一点来。"

"好啊!就这么办吧,我同意。"

他迅速地站了起来对她道:"好,我们开始出发吧!早点开始,早点结束,现在我们开车先送你到银行。然后,我的同事,也就是另一位警察,送你回到这里。做完后,你可以继续回来整理东西,不会耽误你赶九点零九分的火车。"

她突然慌乱地指着自己的衣服说:"可是,我得先换换衣服,再找找存折在哪儿。"

"不要急，慢慢找。"

她离开房间时说："嗨，你说我这个人吧，真丢人！父母经常教导我，待人要有礼貌，我竟然到现在都没让你坐下，快请坐。对了，我找存折的时候，请你喝咖啡，不过是速溶的，不要介意啊。"

"不会的。"

过了一小会儿，她才把咖啡端上来。他喝了一口，讨好地对着进入房间的女主人做了个鬼脸。他不想拒绝她的美意，而失去与她合作的机会。

他抬腕看了一下表，已经过了好长时间，他觉得表走得好像慢了。她在收拾什么东西要这么长时间？他感到两眼开始发涩，很想睡觉，他竭力控制着自己，不让自己睡去。头越来越沉重，居然垂到胸前。他的心怦怦急跳，他能特别清楚地听到自己的心跳声，两腿无力，一点也不能动弹。他浑身像灌了铅似的，除了眼睛什么也动不了。难道她在咖啡里放了什么药？

不知过了多久，他勉强睁开眼睛，发现她正站在自己面前盯着他。

"警官，现在，我来告诉你事情是怎么回事！两个骗钱的女子和你是一伙的，她们先骗了一个笨蛋，骗走她一部分的钱。然后过些天你再冒充警察来。你告诉那个受过骗、上过当的人，那两个女人的线索你已经掌握了。需要受骗人出面，协助抓那位银行出纳同案犯。事实上，根本就没有出纳同案犯，你只想要她取出剩余的一部分钱，然后以取指纹为理由，再以玩具钞票调换。我早就知道你是个冒牌货，因为你找错人了。你说的是我妹妹，但我妹妹并没有报案。我觉得在这件事上对我妹妹我还是有错的。就在几年前，我也上过这样的当。当时我很羞愧，没好意思告诉我妹妹。如果当时我告诉了她，可能会救她一命，她心里一定会好受些，至少她会鼓起勇气去报案。她原本不打算让我知道，然而，到弥留之时，她终于告诉了我。我这才得知她生病的原因。我听她说病重，急忙赶来这里，来看她，才知道这一切原委。她是因为被骗，忧郁而死。我现在也被卷入这个事情里来，当然，也包括你，对不起。"说完，她走进厨房，拿了一条晒衣服的绳子。

吉尔小姐拿着绳子，对他道："你们三个会被真正的警察抓住，很快的，你现在已经跑不了了，还会有几项罪名送给你们，你带来的那两个女人的照片正好可以帮助警方找到她们，你以前是否有前科，或者是个通缉犯？"

他眼睛里带着懊悔的神色点点头，等于默认。吉尔小姐满意地点点头，又接着对他道："你还冒充警察，就这一条，就够你坐一段时间的牢了，你是咎由自取。"

她拿着晒衣绳说："我马上出去打电话报警，但我不能让你在警察到来之前逃掉。所以必须先捆了你。"说着，她使劲拉几下晒衣绳，试试绳子结不结实。

裸体画像

时间已是午夜了，我如果现在不开始把一些事记下来的话，我以后可能永远都没有勇气再把它写下来。一个晚上了，我一直坐在这里，强迫自己开始回忆，但是想得越多，越让我感到羞愧、恐惧和压力。

我此刻带着忏悔去寻找原因，寻找我为什么会如此粗暴地对待珍尼特·德·贝拉佳。实际上，我更希望向一位有同情心、有想象力的聆听者倾诉。这位聆听者应该是温柔的，应该是善解人意的。只要我自己不会太过不安或者泣不成声，我要向他诉说这段不幸的生活，包括每一个细节。

如果我能更坦率一点的话，我会承认，现在最令我懊悔的，不仅是自己的羞愧感，更是对珍尼特的伤害。我愚弄了自己，也愚弄了所有的朋友，不知道我还能不能有幸仍被他们称为朋友。多么可爱的人啊！他们过去经常到我的别墅来。现在必定都把我当作邪恶的、睚眦必报的小人了。唉！那伤害对一个人确实很严重。希望你们真能理解我！先介绍一下自己吧！

我属于这样一类人：有文化、有钱、有时间，正处中年，是一位有魅力、有风度的学者。我因慷慨大方而受到许多朋友的尊敬。我主要从事美术鉴赏工作，但我的欣赏口味与众不同。我们这类人中，单身汉非常多，又不想与紧紧围着自己的女人发生什么，对自己的肯定占据了生活中的大多数时间。当然也有不满、有挫折、有遗憾，但那毕竟很少。

我自己就不介绍太多了，坦率就行。你对我大致会有个判断。

如果你看完下面这个故事，你也许会说我自责得太过了，那个叫作格拉迪·帕森贝的女人才是最该谴责的。这一切，毕竟是她招来的。

本来什么都不会发生的，但那晚我送她回家了，她回到家后和我谈起了那个人、那件事。所以一切都发生了。

如果我没记错的话，那是去年二月的事了。那天，我们在埃森顿别墅吃饭，那是一栋可爱的、能看见锦丝公园一角的别墅，许多人都来了。

席间，一个人一直陪着我，她就是格拉迪·帕森贝。饭后，我当然要主动送她一程。到家后，她礼貌地让我进屋。我被人认为是个过于沉闷的人，与司机打了个招呼就进屋了。进屋后，她倒了两杯白兰地："为我们回来一路顺风干一杯。"她这样说。

她是个矮个子女人，大概不足四英尺九英寸。我站她旁边真有滑稽之感，就像站在桌子上居高临下一样。这个寡妇面部松弛，毫无光彩，小脸上堆满了肥肉，挤得下巴、嘴、鼻子无处可藏。幸好她还有一张会讲话的嘴，时刻提醒着我，不然，我真会把她当成一条鳗鱼。

在客厅，我们谈了一会儿今天晚宴上发生的事，过了一会儿，我站起来想告辞。

"雷欧纳，坐下，"她说，"再来一杯。"

"我得走了。"

"坐下，先坐下，你该陪我喝一会儿吧，我还要再喝一杯。"

她身体微晃着走向壁橱，她把酒杯举在胸前，看着她又矮又宽的身材，让我有一个错觉：她膝盖以下胖得似乎连腿都看不见了。

"你笑什么呢，雷欧纳？"她侧过身来问，顺便为我倒了酒，因为一直注意我的动静，她洒了几滴白兰地在杯子外。

"没，没笑什么。"我忙道。

"过来看看我最近的一幅画像吧。"她目光盯在那张挂在壁炉上的大画上。其实，刚进屋时我就看见了，我一直假装看不见。我想那肯定是一幅糟蹋艺术的作品，而且一定是由那位名震一时的画家约翰·约伊顿所作。因为这幅画里用了圆滑的笔法，这让帕森贝太太在画像里看起来成了个有魅力、高挑的女人。

"画得很漂亮！"我言不由衷地道。

"我很高兴你喜欢它，它确实很漂亮。"

"太迷人了。"

"约伊顿就是个天才！你不这么想吗？"

"是啊！他比天才还要高出一筹。"

"雷欧纳，你知道吗？约翰·约伊顿现在的画很受追捧，他画一幅画要收一千以上，少了不画。"

"是吗？"

"就是这么贵，许多人还要排队等他画呢！"

"这很有趣。"

"所以说他就是个天才，从他收费就能看出来。"

她轻呷了口白兰地，默默地坐了一会儿。我能明显看到她的胖嘴唇被杯子压出了一道浅痕。她也看到我正注视着她，她用眼角轻轻扫过来一眼。我无奈地摇摇头，也不想开口说话。

她随手把酒杯放在右手边的酒盘上，突然转过身，对我做出一个建议的手势，我在等着她说，心想她想说什么呢？接下来却是一阵寂静，这让我很不舒服。我无事可做，只好无聊地抽着一支雪茄，一会儿看看烟灰，一会儿看看喷到天花板上的烟雾。

她忽然转过身来面对着我，羞涩地一笑，垂下了头。她嗫嚅着说："雷欧纳，我想告诉你个秘密。"

"下次再说吧，我现在要走了。"

"不会让你为难的，雷欧纳，你好像有点紧张，别紧张。"

"小秘密引不起我的兴趣。"

"这个会让你感兴趣的，因为你在绘画方面很有研究。"她人虽然很安静地坐着，她的手指却像一条条小蛇一样一直在抖着，蜿蜒盘曲地扭来扭去，对我不安地道，"雷欧纳，你真的不想知道我的秘密了吗？"

"秘密还是少知道的好，也许以后说不定什么时候就会让你难堪。"

"你说的有点道理，在伦敦就是这样，尤其是关于一个女人隐私的秘密，有时一个秘密还会带出其他一些女人。不过，除了约翰·约伊顿，这事与其他男人无关。"

我一言不发地沉默着，我并不想听这个故事。

"假如我对你说了，你能保证不泄露这个秘密吗？"

"我保证不泄露。"

"还是发个誓吧！"

"有必要吗？好吧，我发誓不会说出来！"

她从桌上端起白兰地，慢慢向沙发里面靠了靠，对我道："那好，我们开始说这个秘密。你一定知道，约翰·约伊顿只为女人作画。"

"以前不知道，不过现在知道了。"

"他画中的女人都是全身像，有坐势的、有站势的，像我这幅就是站着的。你再看看那幅画，雷欧纳，你看画里面我穿的那套晚礼服怎么样？漂亮吗？"

"是啊！很漂亮。"

"走到画前面，仔细再看看。"

我随意地过去看了看，有个地方令我颇为惊异，那就是画礼服的颜料。这些颜料看起来比其他部分更重，它们好像被专门处理过。

"看出来了吧？礼服的颜料上很重，是吗？"

"是的。"

"这很有趣，你现在一定很想知道，别急，我会从头说给你听的。"

我暗想，这个啰唆的女人真讨厌，我得想个什么理由才能离开呢？

"大概在一年前，我进了那个伟大画家的画室，那是多么让人激动啊！那天，我穿上了刚买的晚礼服，礼服是从诺曼·哈奈尔商场买的，戴着一顶别具一格的红帽，约伊顿先生站在门口，等着我的到来。我第一眼看到他时就被他的气质所感染，他穿着黑色的天鹅绒夹克，有一双迷人的蓝眼睛。我进了那间画室，画室给人的感觉很大，客厅摆着天鹅绒罩的椅子，红色的天鹅绒沙发，他似乎只喜欢天鹅绒，所以窗帘是天鹅绒的，连地毯都是天鹅绒的。"

"噢，是吗？"

"我坐下来后，他说话直奔主题，为我介绍自己，他说自己作画与别人很不一样，他有一套画女人身材的方法，用这种方法可以把女人的身材画得接近完美。下面的话也许会让你大吃一惊。"

"没事的，你继续。"我说。

"'这些都是劣质之作，你看。'他当时这样说，'不管这是谁画的，虽然服饰画得极其完美，你仍会感觉到里面的轻浮做作，真是毫无生气的一幅画。'

'约伊顿先生，为什么会出现这种情况呢？'我问他。

'因为一些画家的无知，他不了解衣服下的秘密！'"

格拉迪·帕森贝先停了一下，喝了口白兰地，又接着对我道："不要老是这样看着我，雷欧纳。这没什么，你安静地听我说就行了。"

"约伊顿先生随后是这样说的：'这也是我一直重点画裸体画的原因。'"

"上帝啊！"我吃惊地叫着。

"'帕森贝夫人，如果你反对，我可能会对你作出一点让步，'他说，'我可以先为你画裸体画，等几个月，颜料干后，你再来一次，我在裸体上给你加上内衣，过一段时间再画上外套，整个过程就是这样了，很简单是吧！'"

"色情狂！难道他是个变态狂吗？"我吃惊地说。

"雷欧纳，我不这样想，我认为那天我面对的是一个真诚的男人。所以我接着告诉他说，我丈夫是不会同意这种画法的。"

"'你的丈夫不会知道这种事的，'他说，'我们不会让他知道的，除了我画过的一些女人，没有别人知道这秘密。这里没有别人想象的什么道德问题，像我这样真正的画家怎么会干出不道德的事来呢？就像我们去看病一样，你没有理由拒绝在医生面前脱衣服啊！'"

"如果只是去看眼病一类的，我当然不会脱衣服。我的这句话使他大笑起来，但他的确是个具有说服力的男人，没过一会儿，我就同意了。雷欧纳，这就是我的全部秘密。"她站起来，在自己杯子里加了些白兰地。

"这些都是真的吗？"

"当然是啊！"

"难道他就这样一直为人画像？"

"嗯，不过这些画过像的女人，她们的丈夫一辈子也不会知道，他们最后能看到的是衣着齐整的女人画像。其实我觉得赤身裸体地被人画张像也没什么大不了的，一些艺术家早就这样做了，只是我们那些不开化的丈夫们都反对。"

"我看那家伙脑子有点问题吧！"

"我不同意，我认为他是个天才。"

"那我想问问你，约伊顿在为你画像之前，你有没有听别人说一些什么，比如，说他细致入微的绘画技巧？"

她正在倒白兰地的手停了一下，转头看着我，羞红着脸说："这事你也知道？"

通过这个故事，我终于了解了约翰·约伊顿，这个披着完美外衣的骗子，只是抓住了女人爱美的心理。他就这样掌握了全城一些女人的底细，这些女人很富有也很清闲。他总能想出一些方法，为这些女人排忧解闷。和她们打桥牌，一起逛商场，一块儿参加酒会。而这些女人只是为了那一点的刺激，那种大把花钱带给她们的优越刺激感。一些有钱人玩的娱乐项目总是像瘟疫一样，一出现，就会在她们那个圈子里流行起来。

"你发过誓，你千万不要告诉其他人。"

"放心吧，当然不会，不过，我现在该走了。"

"你怎么这么死心眼啊，你现在刚刚高兴起来，再陪我喝一杯吧。"

我只能又坐下来，看着她慢慢地喝着白兰地，发现她那双眼睛一直在暗中看着我，那双狡猾的眼里充满了欲火，欲望就像一条小青蛇在她眼里缠绕着，我不禁感到有点害怕。这时她突然开口说话了，吓了我一跳。

"雷欧纳，我听人说过你和珍尼特·德·倍拉佳的事。"

"格拉迪，这事就不要再说了。"

"怎么，你脸红了。"不知什么时候，她开始把手放在了我腿上。

"我们之间现在没有秘密，还有什么不能说的。"

"她是个好姑娘。"

"你说她是个好姑娘。"格拉迪停了一下，盯着杯子说，"我知道，她是个好女孩，也很出色，只是……"她放缓了语气接着道，"只是偶尔她说的话题会让人感到意外。"

"她说过些什么？"

"其实也没什么，只是说过一些人，其中也包括你。"

"我？她是怎么说我的？"

"没什么大事，你不会喜欢听的。"

"你就说吧！她说了我什么？"

"我真不想再说，但她的话让我很好奇！"

"她说过我什么，格拉迪？"我迫切地等她回答，后背因为紧张，出了一身汗。

"我想想，当时我们在开玩笑，她就说了点她和你一起吃晚饭的事。"

"她对我厌烦了？"

"我想是的，"格拉迪喝完了那一大杯白兰地，"我和珍尼特今天下午正巧一起打牌。我问她明天有没有空，一起吃个饭。她当时是这样说的：'估计不行，我还得等那个讨厌鬼，可能会和讨厌的雷欧纳在一起吃饭。'"

"她真是这样说的？"

"是的。"

"她还说了什么？"

"我不想多说。"

"没关系，说吧，接着说。"

"雷欧纳，不要这样大声说话。你既然这么想知道，我就告诉你吧，不说出来好像不够朋友。现在，你确认我们是真正的朋友了吧？"

"是啊！快说吧！"

"等等，我得想想，她还这样说了。"然后格拉迪用我极为熟悉的声音，模仿着珍尼特的女中音说，"雷欧纳，他是个没有一点情趣的人，吃饭就知道去约赛·格瑞餐厅，连换家餐厅都不会，在那里，他总是反复地讲，讲他的绘画、瓷皿，一遍又一遍地讲。在我们回去的路上，他在出租车里抓着我的手，挤靠在我旁边，一身难闻的烟草味。到我家的时候，我就让他待在车里，叫他不用下来送我了。他总是假装没听见的样子，偷偷地看我开门，然后快速跟上来。我飞快地溜进屋，把他挡在门外，以免他追上来，后果……"

听到这些，我完全崩溃了，这是个可怕的晚上，我昏昏沉沉地回来，第二天天都大亮了，我还没起床，我还没能从绝望的心情中走出来。我沮丧又疲惫地躺在床上，回忆着昨天在格拉迪家的谈话内容，回忆着每一个细节，她那矮胖的身材、扁平丑陋的脸、鳗鱼般的嘴，以及她说的每句话……特别是珍尼特对我的评价。难道珍尼特真是这么说的？

我突然升起一股憎恨，这憎恨是对珍尼特的，憎恨慢慢传遍全身。我突然感觉自己一阵颤抖，我努力控制这种冲动，但我控制不住，我要报复一切敢于诋毁我的人。

听到这么点风声，你就这样。你也太敏感了。但当时这件事让我不知所措，我还差点杀人了，我只能在胳膊上掐出一条条深痕，发泄一下自己的痛苦，不然我真可能杀人。

后来我又想，只是杀了那个女人岂不太便宜她，再说，我这种人也不能杀人啊，我要找个更好的方法。

我没有干过什么正经的职业，因此我不是一个有条理的人。不过，怨恨与暴怒让我的思维变得极为敏锐。因此，没费什么脑筋，我就想出一个计划，一个让我兴奋的计划。我仔细推敲它的每一个细节，改了几处可能出问题的地方。计划完全好了，剩下的就是实施。我激动地在床上跳上跳下，感到血脉偾张，手指捏得"嘎嘎"作响。我找出电话簿，查到一个电话，马上打了过去。

"你好，我找约伊顿，请约翰·约伊顿先生接电话。"

"我是。"

这个男人不会知道我是谁，我从来没见过他。也许他认识我，因为社会上每一个有钱有地位的人，都是他这种人结交的对象。

"我们还是见面再聊吧，一小时后见面。"对他说了一个地址，我挂上电话。

我兴奋地从床上跳了下来，刚才我还绝望地想自杀，现在我感觉很亢奋。

约翰·约伊顿来到了我们约定的读书室，他衣着讲究、个子不高、穿着黑色天鹅绒夹克。

我对他说道："很高兴这么快就见到了你。"

"我也是。"他用又湿又黏的嘴唇说，他的嘴唇苍白中泛着点红。我们相互客气了几句。很快，我就切入了正题："约伊顿先生，这次来是有个事请您帮忙。这只是我个人的私事。"

"是吗？"他点了下高昂着的头示意我继续。

"我非常想要一张本城一位小姐的画像，想请您为她画张画像。不过请您先不要告诉那位小姐，我有这个想法。"

"你是想……"

"是这样的，假如有一位男士对这位小姐倾慕已久，所以总是想送她一幅画。他要找到一个合适的机会，突然送给她。"

"当然，这听起来很浪漫。"

"这位小姐是珍尼特·德·贝拉佳。"

"珍尼特·德·贝拉佳？我好像没听说过她。"

"我替你感到遗憾，不过，你以后会见到她的，比如在一些酒会或其他类似的场合，我想让你这么做——你找到她，和她说你这几年一直要找个模特，但一直没有碰到合适的。现在看到她，觉得她正合适，身材、脸型、眼睛都非常合适。你可以免费给她画张像，我断定她会同意的。她的像画好之后，请你送来给我，我会买下来。"一缕带着恨意的微笑出现在雷欧纳脸上。

"你觉得这样做有困难吗？"我问，"这样很浪漫？是不是？"

"我想……我想……"他不知道想说什么。

"我给你双倍酬劳。"

那个男人舔了下嘴唇："雷欧纳先生，我觉得这是和一般人不一样的示爱方式！我想，只要有点头脑的男人都会同意这样浪漫的安排呀！"

"一张全身像，必须全身的，还要比梅瑟的那张大两倍。"

"你说的是'60×36'的！"

"要站着的，我认为，她站着是最美的姿势。"

"我理解你的想法，也很有幸给这样一位可爱的姑娘作画。"

"拜托了，千万不能说出去，这是只有你、我知道的秘密。"

那个浑蛋走了以后，我强迫自己安静下来，然后做了二十五个深呼吸。不然的话，我自己都不知道会兴奋到什么程度，可能会像一个傻瓜一样高兴地大喊几声。令我当时兴奋、事后懊悔的计划就这样实施了！

那个糟糕的画家已经同意作画，这个最困难的部分已经完成。依这个男人的一贯画法，估计要几个月才行，现在我必须耐心地去等待。为了能让这段时间很快过去，我出国去了意大利。

四个月后，我回来了。我很高兴，一切都在按原定的计划进行着。珍尼特·德·贝拉佳的画像已经画好了，约伊顿打电话给我，他说有好几个人想高价收购这幅画像，但他没有卖。

我立刻把画取来，送进了我的工作室，强压住心头的喜悦，我又仔细地看了一遍。画像里珍尼特亭亭玉立，身穿黑色晚礼服，她靠在一个背景沙发上，手自然地放在椅背上。

说实话，这幅画确实很好，因为它抓住了女人最迷人的那份表情，画里，珍尼特头略前倾，又大又亮的蓝色眼睛，一丝笑意出现在嘴角。不过，狡猾的画家掩饰了她脸上的缺憾，画家巧妙地处理掉了她脸上的一点皱纹以及有点胖的下巴。

我凑到画前，详细查看了画的衣服部分。很好，和我预想的差不多，衣服的色彩上得又厚又重，颜料层明显比其他部分更厚一些。我一刻也不想再等了，立马脱掉上衣，着手干起来。

我是个修复画像的专家，因为本来我就以收藏名画为业。

清理这活实在是个很简单的工作，但需要耐心。

我找了些松节油倒出来，加了几滴酒精，混合搅拌一下，用毛刷沾了些混合液轻轻地刷在了画像的晚礼服上。这幅画是分几步画的，这一层干透之后才画的另一层。这正让我有机可乘，可以从外到内，一层一层地清理掉，直到……

她的胃部被我刷上了松节油，我反反复复刷了好几次，又加了点酒精，颜料终于开始慢慢溶化了。

干了近一小时，我一直在画像中她的胃部忙着，我轻轻地刷着，随着溶化深入到油画的内部，我好像看到了油画的里边。一星点粉红色忽然跃入我的眼帘，我毫不放松，继续忙碌着，礼服的黑色被去掉了，粉红色慢慢显现出来。

　　一切进展得都很顺利，我想不破坏内衣的颜色而把最后画上去的晚礼服溶化掉。这要有足够的耐心与细致。因此我找到一把更软一些的毛刷子，适当配制好稀释剂，工作起来感觉相当得快。

　　我先是从她的腰部开始。随着礼服下粉红色不断慢慢显露，看到了一件女子束腰，有弹性的束腰使身材更具曲线型，让人感觉更苗条。往下一点，看到了粉红色的吊袜带，吊在她那柔软的肩膀上。再向下四五英寸的样子，就是她的长筒袜。

　　很快，整个礼服的下半部分被除去，我马上转移到画像的上半部分，从她腰部向上移，慢慢地看到了露腰上衣，显现出一块雪白的皮肤。继续向上到了胸部，里面露出一种更深的黑色，上面还带着镶皱褶的带子，很明显那是乳罩。

　　第一步工作顺利完成，我后退了几步，仔细看着画像。我看到了令读者吃惊的一幅画，只穿内衣的珍尼特站在那里，就像洗完澡，刚从浴室走出来一样。

　　还剩最后一步，也是关键一步。我……

　　做完这一切，虽然快天亮了，但我仍旧睡不着。干脆坐下来写请柬，一直写到天亮。我邀请了二十二个人，每个人的请柬上都写了这样的内容："请您在二十一号星期五晚八时赏光到敝舍一聚，敝人不胜荣幸。"

　　另有一封特殊的信是专门为珍尼特准备的。我在信中说，我热切地希望出国前能再次见到她，希望她一定要来……

　　这些被我邀请的人，都是本城最有名的一些男人，还有最迷人、最有影响力的一些女人。

我特意要让这场不普通的晚会看起来很一般的感觉,我听着笔尖刷刷地在信纸上划过的声音,我可以想象得到,那些人看到这些请柬时,会纷纷激动地大声叫喊:"雷欧纳准备了一个晚会,邀请你了吗?"

"太好了,他会把晚会上的一切都安排得井井有条。"

"我觉得他现在是个可爱的人。"

他们会这样说吗?也许根本就不是我想的那样,可能是这样的:"我相信他也许是个不错的人,但珍尼特评论他时说过,他有点令人讨厌。"很快,我在对这些事情的想象中发出了邀请。

酒会那天晚上,来的人挤满了我的大会客厅。他们站在客厅四周,欣赏着我收集的名画,我已经把它们挂到墙上了。他们大声谈论着,喝着马提尼酒。身上散发着芬香的女人们,兴奋得满面红光的男人们。我从人群中发现了珍尼特,她穿的依旧是那件黑色晚礼服。此刻在我脑海里,却出现了这样一幅画面:一个仅穿内衣的女人,黑色镶有花边的乳罩,粉红色有弹性的束腰,粉红色的吊袜带。

我不停地在谈话的人群中穿梭,时而会礼貌地和他们聊上几句。为了把气氛活跃起来,有时我还会接上他们的话题。晚会开始后,大家一起走向餐厅。

"上帝啊!"他们都惊呼起来,"怎么这么黑!""我看不见了!""蜡烛,快点蜡烛!""雷欧纳,你真浪漫!"

叫喊声中,六只细长的蜡烛亮了起来,烛光很柔弱,勉强能照亮附近的桌面。远的地方则一片黑暗,我要的就是这个效果。

晚会开始了,客人们都摸索着找到了位置。

尽管很暗,但他们似乎都很喜欢这烛光下的氛围,他们的谈话不得不提高声调。这时我听到珍尼特·德·贝拉佳的声音:"俱乐部在上星期有个晚宴真是令人讨厌,都是法国人,满眼都是法国人……"我一直在观察着那些蜡烛，它们太细了，一会儿就会燃完，我开始有些紧张，一种从没有过的紧张感觉，还带着一阵快感。听着珍尼特的声音，看着她在烛光下有些模糊的脸，我感到血液在体内四处奔腾，全身充满了一阵阵冲动。

是时候了，我深吸了一口气，大声道："蜡烛要燃尽了，必须得点灯了。玛丽，请开灯。"

一片安静的房间里，我清楚地听到女仆走到门边的脚步声，然后是一声清脆的开关声。立刻，刺目的灯光穿透了黑暗，我在开灯前趁机溜出了餐厅。

在门外，我放慢了脚步凝神听着里面的动静。先是餐厅里一阵喧闹，接着一个女人绝望而痛苦地尖叫着，一个男人怒吼着。吵闹声越来越大，每个人都在叫喊着什么。随后，我听到了一个女人的声音，这声音从嘈杂中穿出："快，快，向珍尼特脸上喷些冷水。"

我到了街上，被司机扶进了轿车，出了伦敦市区，到了另一处别墅，离这有九十五英里距离。

每次想到这事，都感到一阵发凉，我希望自己是真病了。

奇怪信件

杰里是一家食品店的老板，大概三十岁，有一头黑发，非常英俊。

食品店后面有个小办公室，杰里此刻正坐在里面，一张粗糙的松木桌子摆放在他面前。他太太露易丝臃肿肥胖，一头红发，正在前面接待客人。

杰里这时正在想念约翰太太。

约翰太太来他店里购物时的情景，不断在他脑中浮现。约翰太太说话轻声细语，彬彬有礼。她身材娇小，气质高雅。她丈夫约翰，是一位著名律师。

杰里想起，有时他去店外呼吸新鲜空气，沿街看到约翰向火车站走去。他进城办公是乘火车的。从他手中的公文包以及昂贵的衣着，就能看出他的才能和收入。

杰里心想：如果自己也像约翰一样，有受教育的机会，相信自己就会和他一样，做个律师，出人头地。他经常幻想自己是位颇有影响力的律师。在法庭里，用他个性的声音和经验，去揭开事情的真相。他甚至幻想，如果运气好的话，他会成为一个著名的外科医生……

然后他的思绪又回到约翰太太身上，杰里暗恋这个可爱的金发女人。约翰太太最后来店里时，他曾经表达过爱慕之情，但她本人并不知道。那次谈话情景，现在又栩栩如生地浮现他眼前。

杰里那天黄昏让他太太露易丝回家准备晚饭，约翰太太在露易丝走后，来到了小店。她有点气喘吁吁地走进店里："杰里先生，你好，今天天气真好，很舒服。"

"是的，约翰太太。特别是现在。"他挤出一个和气的微笑。

他看着她那淡绿色的眼睛露出惊讶之色，然后脸上出现一抹愉快的光彩。他有件事深信不疑，他知道有些女人很迷恋他，当然包括一些经常来店里的人，虽然她们总是极力掩饰。现在约翰太太就是这样，她沿着货架走来走去，挑选食品，掩饰着她的愉快。

他见时机已经成熟，便漫不经心地道："我们之间只是生意来往，假如你来这儿只是买肉，买沙拉、乳酪的话。我想我们应该有别的交情……我们在私人方面，应该更进一步认识。"

她停了一下，惊讶地看着我，说："如果到了某种程度，是应该进一步认识，但我不太明白你的意思。"

他大笑着道："我只想说，认识你又能经常看见你，是一件美好的事。"

她点点头，沉着地问："还有呢？"

"我觉得咱们能多认识一下，该有多好啊！"他感觉到一种冲动，同时奇怪，自己以前怎么不这么说。

"用什么方式？"

"干脆找个地方一起喝一杯，现在就去。"

她沉默着没有说话。

"我有时候回家很晚，我妻子现在也已经回家做晚饭了。"他继续道。

"是吗？"

"还有，约翰先生晚上的时候通常不是在城里工作吗？我在这儿工作时，晚上经常看见他从火车站出来。"

"走路到车站和走路回家是他的运动方式，因为他工作时间很长。你现在要和我找个地方一起去喝一杯？"

"我曾去过半岛，那是个好地方，那里的人不认识我们。不过，反正我们只当是讨论你要招待客人的食物问题，行不行？有了这个理由，我们一起喝酒有什么不可以呢？现在这年代这算什么。"

"你真的认为我会去吗？"约翰太太问。

"我希望你能去，虽然我妻子开走了我的车，但是——"

"但是，我有车，是不是？"

"我先走回家，然后你在半途接我。在外人看来，这样就像是你让我搭便车一样，你认为行吗？"

她轻摇着头，凝视着他："我嫁给了一位很好的丈夫，我现在是一位幸福的已婚妇女，我和丈夫互敬互爱。我非常抱歉，我可能给你留下一些错误的印象；假如你真认为我给你留下什么印象的话，对不起，我是无意的。一共多少钱，杰里先生？"

他觉得自己没希望了，他为她包装食品，找零给她。但他仍然确信，约翰太太对他是有好感的。在这一点上，他也许并没有搞错。她说她和丈夫相爱，他想，主要吸引她的是她丈夫的地位和金钱。也许她是害怕，害怕失去现有的一切？

假如没有她的丈夫——这一障碍的话，事情会怎么样呢？假如那种情况出现的话，她又会怎么做？她一定会热烈地迷恋他，迷恋杰里，并向他表露真情。

她拎起包好的食品，将他找的零钱放进钱包，冷冷地道："杰里先生,再见。"

这事已经过去三个星期了,从那之后,她一直没来过。他知道这是为什么,也许她担心,在他面前,她控制不了自己。他坚信,她害怕动摇后屈服于感情,这会危害到她美满的婚姻。但如果她丈夫不在了……

"杰里?"他听到门外的叫声,他知道是太太露易丝。露易丝很清楚,丈夫锁着门是因为他不想让人打扰,但她还是敲了门。

"什么事?"他厉声问。

"干什么呢?"

"忙呢!"

"忙什么啊?"

"正在忙我不想让人打扰的事。"

"希望你告诉我,那是什么事。"

"就想知道我在这儿干什么?就想知道这个吗?"

"店里乳酪没有了。"

"那你打电话再叫一点就是了。"

"你什么时候能出来?"

"出来时,我会告诉你。"以前他认为妻子很有魅力,但现在,他想象着她在门边的样子说道。

"什么时候?"

"可能永远也不出来了。"

她终于停止啰唆,他又继续想约翰太太。突然,他用一把小钥匙,打开办公桌唯一的抽屉,此刻他心中想着约翰,约翰是唯一阻碍他得到约翰太太的人。如果没有约翰,约翰太太就会喜欢自己。他拿起笔,从抽屉里取出一张信纸,幻想起来。他很善于写信,很多人奇怪,他为什么不把这种写作才能用在写小说上,这样可以名利双收。现在他要写的是这封信，名利双收是以后的事了。

亲爱的约翰太太：

　　我一向尊敬您，虽然您只是我的一位顾客。我惊讶地得知，约翰先生不幸去世，为此我非常难过。为表慰问特向您写信，望您保重身体。

杰里夫妇致

他又读了一遍这封慰问信，心中反而更加沮丧，并不觉得舒服。

如果这封信能真的寄出的话就好了！这种可能还是有的，总会有一天能用上的。他把写好的信锁进抽屉里。关上店门后，他回家了，想要却得不到，只能回家向太太发泄。

那天晚上，他在家中的床上还在想约翰太太。睡不着的他只好起床，坐在客厅继续想。

如何能梦想成真……

第二天，他在店里一言不发，阴沉沉的，露易丝不停地说："你怎么一句话也不说？竟然不骂我了，到底出什么事了？"

他没有回答。

"你在想什么？"

"露易丝，这跟你有什么关系？"

"我想知道，你是怎么回事。"她说。

"回去做通心粉沙拉。"

匆匆地回家吃过晚饭，他起身说："我今晚到店里做账。"

"去吧。"

"我要工作，所以你不要打电话给我，我不想在电话里谈些无聊的事,懂吗?"

"哎!我真不懂你。"

在他驾车离开家的路上,他想起最后一次与约翰太太见面。她看他的神情,让他觉得,她眼中蕴藏着脉脉深情。对此,他深信不疑。假如她不担心失去丈夫财产的话,那她会不会就同意和我……如果除掉他老公,她仍然可以得到那些钱、产业和保险啊!

对!这样一来,杰里和她就可以自由来往了。他觉得这是一个良好的开端,很可能他们以后就这样厮守,他要和约翰太太结婚,当然,得先和露易丝离婚。

他驾车到图书馆,查看目录卡,他在找有关汽车修理方面的书。然后根据目录,到书架上找他想要的书。找到书后,他开始查阅有关锉钥匙、热金属线和弯铁钩的部分。他把所有的资料抄在一本小记事本上,然后取火车时刻表。他回到食品店后,详细阅读他从图书馆抄回来的资料,并仔细阅读时刻表。

他天黑时从办公室出来,坐在前面的店里,他没有开灯,坐在窗前。一会儿,街上出现一个身材瘦长的熟悉人影,手里拿着公文包。杰里认定,约翰是坐八点零六分的火车回来的……

杰里第二天上午把店交给了露易丝,他去了一个小镇,小镇在半岛过去的地方,他在那儿谨慎地购买了一些工具。然后,他开车回家,到家后把车放到车库,他有一个工作台在车库里。他开始做实验,在机械方面,他一向很有悟性。到中午的时候,他就能不用自己的钥匙,打开汽车门,并发动引擎。

在车库的一个旧箱子底部,他放好了各种用具,然后回到店里。

"你到哪儿去了?"露易丝一见到他就问。

他看看货架,岔开话题说:"店里的凉拌生菜丝,要添一些了。"

那个星期的每天晚上，杰里都躲在黑黢黢的店里，等待着约翰的经过。约翰每天都在同一时间走过杰里的店铺，杰里远远地跟着他。约翰做事很有规律，总是走同一边街道，同一条路回家，穿过同一个角落的马路，回到他宽敞的家。他回家的时间，他太太知道；因此他太太总是开门欢迎他。杰里在星期五晚上站在阴暗的角落，他又目睹了一次约翰太太对丈夫回来时热烈欢迎的场景，他感觉约翰太太是在欢迎自己，自己已经取代了约翰。

他终于回到自己家里，露易丝开始抱怨他为什么每天晚上都要出门。他不予理睬，一心谋划星期一的行动。

星期一晚上，杰里从车库的旧箱子里拿出他购买的工具。戴了一双薄皮手套，还有一个小手电筒。他看看时间，还有半小时约翰的火车就进站了。

他驾车离开时告诉露易丝，他要到店里记账。

那是一辆蓝色轿车。那几个夜晚，他跟踪约翰时注意到那辆车，总是停在两棵大橡树的树荫下。那地方距约翰夫妇住的高级住宅区正好三公里，恰巧在他住的这个住宅区里。

在距那辆蓝色轿车两条街外的地方，他停好自己的车。他平静地下了车，带着要用的工具快步走过去，现在四周无人，这令他很高兴。在那辆蓝色轿车前的树荫里，他瞅瞅附近的屋子，住户大概都在后面，因为前屋没有灯。

他打开手电，戴上手套，开始工作。

他在几分钟后发动了引擎，在他事先选择好的地方，高速行驶三公里后停下来，没有关引擎。他发现这时自己双手开始发抖，呼吸开始急促。

他借着手电筒的光看了看手表，还有五分钟，约翰就要经过这里了。他在阴暗里等着，他觉得时间就像不走了一样。终于，约翰出现在蓝色轿车后面，经过车旁，向前面的十字路口走去。

杰里驱车加速向前，车轮发出"吱吱"的尖叫声，全速冲向十字路口。离开人行道的约翰，正准备从十字路口走到马路对面，约翰转过头，看见全力冲来的车。他犹豫一下，惊慌地退回路旁。事情过去了，就像做梦一样。杰里一口气开出了三条街，停下车。

他跳下车后继续向前跑，他要远离那辆用来肇事的车。

他把用过的工具，放回自己车的车箱里。露易丝在他走进屋里后，又抱怨他晚上出门。但他径直地走进卧室，躺在床上，对妻子毫不理睬。

他在等待电话或门铃声，但两者都没有响。

第二天早上，虽然昨晚一夜未眠，但他仍精神抖擞。他带露易丝到店里，开车经过报摊时，他买了份日报。登在头条的是约翰意外死亡事件。回到店里，他钻进自己的办公室，没有看其他新闻，开始仔细阅读那个头条新闻。

（本报讯）著名律师约翰危在旦夕。本镇名人约翰，下班回家途中被撞，肇事者逃走。截至发稿，没有其他消息。在汽车肇事前数分钟，那辆车的车主报警，说他的汽车被窃……

杰里读到这里笑了。他把报纸揉在一起，扔进垃圾箱。现在没有什么可担心的了，已经大功告成，该考虑未来了。

他用钥匙打开抽屉，想找到那封没寄出的信。

信，不见了！

他坐在那里，心怦怦乱跳。然后，他勉强站起身，走到外屋，大声问露易丝："我的抽屉，你有没有翻过？"

她脸红着，眨眨眼道："我……"

"告诉我！"

"你最近对我很冷淡，而且行动很古怪。我既担心又嫉妒，我想，说不定会有什么秘密在你抽屉里，也许，有你在外头什么人的名字，或者什么东西，或者电话号码。你知道，家里五斗柜里有第二把钥匙。所以三天前，我拿出钥匙打开抽屉，我发现了一封信。我正要读内容，听见你正好进来，只好锁上抽屉，把信放进口袋里。一直到我们回家吃完饭，你又出门后，我才有时间看信。"

"读完那封信后，我觉得很内疚。说真的，杰里，约翰先生去世这件事，我真的不知道。我记得约翰太太向我买过几次东西，她人很好，很有礼貌。你想到给她写慰问信，想的真是体贴周到。我以为你可能写完后，忘记寄出去了。所以，我通过电话簿找到了他们家的地址，贴好邮票，把地址写在信封上，替你寄去了。我怕你生气所以没告诉你，还怕你说我翻你的抽屉——"这时电话铃响了。

杰里大口喘着气，死盯着他太太，倒退着过去拿起话筒。

"喂？"他很艰难地开了口。

"杰里先生，是你吗？"熟悉的声音。

"是的。"他的声音听起来像做梦一样飘忽。

"今天早晨，我收到你两天前寄出的信，"冰冷的声音停顿了一下，变成了尖叫，"你怎么知道我先生会死的？"

杰里愣在那里，手握话筒，他知道将要发生什么事！

他绝望了！露易丝正在恳求地凝视着他，她在他愤怒的目光下变得模糊了。

异国杀手

一架巨型喷气式客机在希思罗机场降落。

这是大卫第一次看见英国本土。他凝视着窗外，看到的是越来越浓的晨雾，晨雾使飞机耽误了一个小时才到达，直到现在，他搭乘的飞机终于降落了。

他掏出证件，顺利地通过海关的检查。海关看到他的证件上有这样的解释：他是商人，将在此地作二十四小时过境停留。海关的人并没有要他打开唯一的行李箱，即使他们要检查箱子也没关系，手枪和消音器藏得很隐蔽，不会被发现。不过，如果在肯尼迪机场是会被查出来的，那里有X光检查，但他们也只照手提袋。

他叫了一辆出租车，为的是尽快赶到旅馆。出租车穿过一片雾蒙蒙的郊外后进入伦敦，他很想停下来，尽情游览这座古老的都市，但这次他有特殊任务，只能放弃。第二天下午，他就得飞回纽约，时间很紧张。运气好的话，人们也许还不知道他曾离开过纽约。

时间还早，现在上午十点不到，大卫住进公园路的一家旅馆。他连行李都没有打开，因为只准备住一晚上，他用几分钟时间，迅速组装好手枪和消音器。回去时的海关检查，他也不担心，在回去前，他就会把枪扔掉。

伦敦在六月中旬的时候，气温通常在七十华氏度以下，天气晴朗多云；市民出门时，不用携带雨伞；一对对情侣，携手漫步在海德公园；脱掉外套后的少女们，露出修长的双腿。

这样的情景令大卫心神荡漾。

他很快地用过早餐。洗完澡后朝纺车俱乐部走去，那儿离他住的旅馆有几条街远。他只走那些狭窄、僻静的街道，这好像成了他的习惯。不过，他偶尔会停下来，看一下在机场买的旅行指南。

快到中午的时候，他来到纺车俱乐部。这个俱乐部在地下室，当他经过一个清洁女工的身边时，她以探询的目光看着他。赌场里面有二十张桌子，大厅与赌城的大厅不相上下，里面可以赌轮盘、骰子和纸牌。桌子现在全都空着，但当他走过绿色台面桌子的中间时，他看见大厅后面的桌子上亮着一盏灯，那张桌子是赌纸牌用的。这是私人重地，有个传统屏风隔开外面的赌客。他推开屏风，看见一个大个子，正独自坐在那儿数着成堆的英磅。

"是查尔斯先生吗？"他用冷静的声音问。

大个子抬起头，手指紧张地摸向桌子底下的按钮："你是谁？你怎么会进来？"

"你好，我是大卫。是你找我来的。"

那人松了口气，从桌子后面站起来："对不起，我正在算昨晚的账。我就是查尔斯，先生，见到你很高兴，"他微微皱了下眉头，"我以为会来个年纪大点的。"

"干这一行的，没有年纪大的。"大卫说，他在旁边一张椅子上坐下，"我在这儿只停留一天，今晚必须了结这事，告诉我具体情况吧！"

查尔斯缓慢地拿起一叠叠钞票,把它们锁进一个大保险箱。然后,坐到大卫桌子前:"你去干掉一个爱尔兰人。"

"爱尔兰人?"

"他叫奥本,他在这儿有点投资。其他的情况你不用知道。"

"今晚动手行吗?"

查尔斯点点头道:"我可以告诉你他会出现在哪里,你去那儿找他。"

查尔斯点了一支烟,大卫不抽烟,干他这一行,烟头有时候也会影响行动。大卫看着查尔斯问:"那么远雇我来,为什么呢?从本地找一个杀手不也行吗?"

"你比本地人安全。"查尔斯回答,停了一下又道,"我发现这事极具讽刺意味。1920年,爱尔兰人为了暗杀英国官员和警察,曾经雇用芝加哥枪手。那时候,那些枪手是乘船来的,价钱是每位四百到一千不等。你现在干掉一个爱尔兰人,可以得五千,你拿的钱比他们多,可能是因为你是乘飞机来的。"

"我不是芝加哥枪手。"大卫平静地说,英国人的幽默感他并不欣赏,"奥本今晚会在哪儿?"

"今天是星期二,他会去巴特西收款。"

"巴特西?"

"从这渡过一条河,就到了巴特西公园,公园里有个开心游乐场。在开心游乐场,有他各种各样的赌博机器,都是小孩子玩的,他从公园抽钱。"

"积少成多,利润应该不会少吧?"

"有的小孩子一玩就是一个小时,这很让人吃惊。"他想了一下,"对我来说,他们从明天以后就是我的顾客了。"

"我现在还不知道他的长相，怎么去杀他呢？"

查尔斯叹了口气，"这个问题很关键，我这儿有张照片，但不是很清楚。"说完他递过一张模糊的照片。照片中有一个男人，一位穿超短裙的金发女郎在男人旁边站着，那男人没有什么特别之处，相貌很普通，"你现在从照片上能认出他吗？"

大卫想了一下。"可能在黑暗中认不出来，不过，在黑暗中下手，我有一套特殊的方法。"说着，他从口袋里取出一根细长的管子，"今天，你能见到他吗？"

"我可以想办法，让你见到那个爱尔兰人。"

大卫举着管子说："这东西涂在人身上后，白天看不见，晚上的时候涂抹的地方就会发光。可以用这东西涂在他皮肤上。"

"涂在他外套上比较容易，怎么样？"

"他要是换外套怎么办？"大卫说，他不想去冒险，"最好涂在皮肤上，这东西一次两次也洗不掉。"

查尔斯叹了口气："好吧，既然你坚持这样做，我就按你的意思办。"

"我要先看看巴特西周围的环境。你怕别人发现你曾去过那儿，你一定不想亲自带我去，但你应该找个助手，带我去看看环境。"

"可以。"他按了下按钮，一个彪形大汉立刻出现。查尔斯对他道："叫珍妮来！"

大汉转身退了出去。

一位金发披肩的女子推开屏风，走了进来。大卫认出眼前的这女子，就是刚才相片中的人。她高高的颧骨，年轻又美丽，一丝嘲弄般的微笑挂在嘴角。

大卫想，她一定经常被人呼来喝去。

"你找我?"她问。

"是的,珍妮。大卫,这是珍妮,我公司的人。"大卫懒得站起来,只是对她点点头。他忍不住在心里猜测查尔斯和珍妮的关系,虽然他不是被雇来猜测他们关系的。

"很高兴见到你。"女孩说,她这话也许是出自内心。

"珍妮会带你到巴特西公园,她会告诉你,奥本在哪里停车,在哪里收钱。"

"你知道他的路线?"大卫问她。

"知道,我和那个爱尔兰人,曾走过同样的路线。"

查尔斯拿着那个发着磷光的管子问大卫:"她可不可以把这玩意儿涂在唇上?"

"我想是可以涂在唇上,但她不要吃进嘴里。涂之前最好先擦点冷霜之类的东西,这样事后容易清洗掉。"他并没有问查尔斯是什么意思。

"我怎么觉得我像《圣经》中出卖耶稣的犹大。"珍妮道。

查尔斯"哼"了一声,不屑地说:"听我的话,那个爱尔兰人可能是耶稣吗?你应该比我们还清楚。"说着,他从皱巴巴的香烟盒里,掏出一支烟递给大卫,大卫谢绝了,"开车送这位先生,送他到开心游乐场去,不能出错。带他四处看看。"

大卫眨眨眼睛,站起身道:"我想不会弄错的。明天早晨,把钱送到旅馆,我中午飞回纽约。"

他们握手告别,查尔斯冷冰冰的手很不友好。

"第一次来英国?"珍妮开着小汽车,拐过街角时问。

"是的。"

"这种事,你经常做吗?"

"什么？"

"我的意思是，在美国，这是你的谋生方式吗？"

他微微一笑："有时候我还去抢银行。"

"说真的，干你们这一行的，我以前还没见过。"

他认识的第一个女子，和他也说过这样的话。她是个棕发女郎，看上去给人一种疲倦的感觉。她住在布鲁克林区一栋公寓的五层。

"查尔斯和奥本没有杀过人吗？"

"和你不一样，"她穿过亚伯特大桥后，左转进入巴特西公园，眼前一片广阔的绿野，"我以为只有在战争期间，人们才会杀人。"然后，她迅速吻了一下他的脸。

"战争！那是很久以前的事了。"他望着窗外，"到了吗？"

"到了，"她把车停在一个停车处，"剩下的路我们要步行。"

"去开心游乐场最近的停车处是这儿吗？"

"是的。"

"那个爱尔兰人带着钱必须经过这儿？"

"对。"

漫步经过喷泉，他们像一对情侣一样，踏上一条小径，两旁种有花草。一直走到一个十字转门前，游乐区的入口处就是这里。

"游人并不多。"大卫说。

"晚上就多了。今晚你就会看到转马、碰碰车，还有那些吃角子的老虎机等，那些老虎机吞掉游客袋中的硬币。这里和一般的游乐公园差不多。"

他看到旁边有一台复杂的赛狗装置，上面写着：玩一次要六便士。但如果赢的话，能赢不少钱。

"在美国，不允许我们赌博，怕腐蚀年轻人的身心。但如果这是合法的，奥本为什么收钱呢？"

"他只是有股份，在英国，这也不是什么犯法的事。"

"今晚，他能收到多少钱？"

"数目不多，十到二十磅的样子。"

"假如他的钱被抢的话，应该属于抢劫吧？"

"查尔斯就没有想到这一点，你真聪明。"

"他花钱请我，就是为了解决麻烦的。我要用磷光在他身上做个记号，你能吻他吗，但不能让他怀疑。"

"当然可以。"

"只要在天没黑之前吻他，他就不会注意到磷光。"

"好的。"她带着他，经过办公室，告诉他爱尔兰人会在那里拿钱。"他有时候还会去骑转马，"她说，"骑转马的时候，他就像一个大孩子。"

"然后他走这条小路回去，到停车场开他的汽车？"

"是，他一直都是这样。"

大卫透过茂密的树枝寻找附近的街灯。找到后，他向四周望望，确定附近没有人。他从夹克里掏出消音手枪，对着头顶上的灯开了一枪，街灯发出玻璃破碎的声音。

"这是为今晚做准备吗？"珍妮说。

"是的。这里晚上将是一片黑暗，奥本经过这儿的时候，我可以看到奥本脸上的磷光，黑暗中发光的东西会成为靶子的。"

"就这样了？"她问。

"可以了，我不想误伤你，所以你吻过他之后，赶紧离开这里。"

"不用担心。"

他们回到旅馆，时间刚刚过中午，他还有很多时间。他还可以去逛街，看看橱窗，考虑一下晚上的行动。对他来说，这只是一次寻常的行动，只不过地点换成了国外。

大概在晚上十点，奥本离开游乐场办公室，走过黑黢黢的小路，到汽车停放处，然后，他发现大卫在那儿等着。脸上的磷光，将证明他就是奥本，大卫的无声枪一响，他就是另一个世界的人了。然后大卫从他皮夹里取出钞票，飞速离开。持枪抢劫在伦敦很少发生，但他知道，既然发生了，警方必须面对这一事实。而大卫，已经搭乘中午的飞机走了。

他还考虑到另一种可能性：奥本也许会随身携带武器，但那用处也不大，他可以埋伏在黑暗处，而奥本却是个闪光的靶子，这样就不会搞错了。珍妮会不会吻错人呢，这一点，他也不担心，这是那个女孩的事。至于街灯，可能会有人报告，说灯坏了，但至少要等到明天以后，他们才会来修。

大卫站在六月的阳光下，漫步在特法拉加广场，看着广场上的鸽子。在那儿，他站了很久。太阳慢慢躲到了云层之后，他还站在那里，流连徘徊。

他一直很谨慎，也很小心，因此那天黄昏，他从纺车俱乐部出发，跟踪珍妮到开心游乐场，他在一棵树下停了车，远远地看见她和一位黑发男子聊了一会儿。然后，她吻了黑发男子的脸颊，迅速地回到自己车上。虽然大卫看不太清楚，但他相信，黑发男子就是奥本。

那男人锁上自己的车，目送珍妮驾车离去，便向通往开心游乐场的小路走去。现在大概是晚上八点刚过，但天还没黑，四周很多人在散步。大卫不敢贸然开枪，他必须按计划，等到天黑再说。

他跟着那人走，擦过长发飘飘的少女身旁，越来越多的年轻情侣穿过这里，有时也碰上一些老年人。街灯现在全亮了，发出多彩耀眼的灯光，映射着年轻人红红的面颊。

奥本在办公室里停留了很久。在等候的这段时间里，大卫觉得顶在肋骨上的手枪热乎乎、沉甸甸的。

终于，奥本出来了，他轻轻地拍拍胸前的口袋，缓缓地从各摊位前走过，好像是在告诉别人，他有钱。他在一个摊子前停下，玩了几下球，竟然赢到一个椰子。但他没有取走，又留给摊主了。最后，他走进一座木头建筑物中，里面黑黢黢的，他玩了一会儿小汽车。大卫也像他一样，开了一会儿小汽车。大卫看到那人黑黑的脸，脸上还闪着磷光，终于松了口气。珍妮完成了自己的任务。

在黑暗中，他们拐了一个弯，滑行经过一个亮着灯的区域，大卫取出外套下面的手枪。现在，如果就在这儿，向那个发光点开枪的话，一定能杀了他。

但这就成了有预谋的凶杀了，还是过会儿吧！在黑暗的小路上动手才像抢劫，于是，他把手枪收了起来。

奥本穿过一道室内的拱廊，离开小汽车，经过一排排的老虎机。前面还有一个叫作"风洞"的入口处，奥本走了进去，大卫紧跟着进去。

因为下午大卫来过，所以他记得"风洞"这地方。"风洞"有个出口处直接通向停车场的小路。奥本此举是要走捷径回去。洞穴是情侣和儿童喜欢的地方，它是由岩石和混凝土构成的。

大卫看了下手表，现在差五分十点。他想在奥本走出这个地方，踏上小路时开枪。现在洞里还有其他人，所以当他再次掏出手枪时，他把手枪紧贴着腰。虽然这里还有别人，但等他们抵达出口时，应该只剩下他们两个人了。现在，奥本肯定意识到有人在跟踪他，因为他面颊上的磷光，随着他的头不断地来回摆动。当他们走到外面时，不管怎样，大卫可以躲在黑暗里，而奥本能躲在哪里呢？

有一条厚厚的布帘在"风洞"的尽头，穿过那条布帘，奥本就消失了。他可能正在外面等候大卫，大卫知道现在是时候了。他弯着腰，迅速跑过布帘，脸上感觉到外面空气的丝丝凉意。

外面的天色还是亮的。

爱尔兰人抢先向他开了一枪，击中大卫的胸部，大卫只感到一阵灼烧的疼痛，然后就什么也不知道了。

凌晨三点是纺车俱乐部的关门时间。

奥本三点前走进俱乐部办公室，查尔斯和珍妮在里面。奥本一只手拿着美国人的消音手枪，另一只手握着自己的手枪。

"这是……"

"想不到吧？你们俩都想不到吧？想不到我还活着！"

珍妮想朝他走去，但他用手枪指着她不让她过来。

"请美国枪手来杀我，你真笨！你应该自己下手。珍妮吻我的时候在我脸上留下一点光，可是，你们的枪手仍然像在纽约一样，他不知道纬度在纽约北面十一度，伦敦的六月中旬，晚上十点钟以后，天还是亮的。"

"你想怎么样？"查尔斯哑着嗓子问。

爱尔兰人好像等这一刻很久了，他微笑着。当查尔斯偷偷把手伸向桌子的按钮时，奥本立刻开枪了。

小三之死

"现在双方做最后答辩。传被告华伦。"法警喊道。

"被告上台宣誓。"

"你愿不愿意郑重宣誓,你将要说的证词无半点虚假,全部是事实。"

"愿意。"华伦说。

"你的姓名和职业?"

"华伦,开一家电器店。"

"华伦,你可以坐下。你今年多大?"

"四十六。"

"结婚了吗?"

"结婚已经二十多年了。"

"你住哪儿?"

"刚好在新泽西州边界上。"

"那地方距此大概五十里,你每天是不是开车来回跑?"

"是的,包括星期六。每星期我来回跑六天。"

"在卫克汉镇,你开店有多长时间了?"

"快四年了。"

"来维克汉镇开店，你是怎么想到的？"

"我在父亲去世后继承了一点遗产，一直想着自己做生意，选了半天，终于选在这儿开了个店，这也是镇上唯一的电器用品商店。"

"生意如何？"

"还好，但没我预想得好。镇上一时还不能接受一位外来者，如今又出了这……"

"现在，华伦，我们想把事情搞清楚。关于你送给玛丽的那台电视机，检察官想讨论一下。请你确认一下，这个标有'第十六号物证'的电视机，是不是你送给玛丽的那台？"

"是的，是我送的那台。"

"它是什么牌子的电视机？"

"先生，什么牌子都不是，它是由我组装的。"

"你自己组装？"

"是的，你知道，我什么都想试试。所以，我想用新的电路试试……"

"标签上写的是麦克牌。"

"那只是一个旧的电视机壳，因为大小刚好，我就擦亮它，组装到了一起。"

"组装在一起大约花了你多少钱？"

"不算时间的话，各种零部件花了我两百元。"

"这么说，你送给玛丽的，实际只是价值大约两百元的零件？"

"先生，如果你愿意这么说也可以。不过，她喜欢那台电视，所以我没考虑钱，直接就给了她。"

"你组装时她看见了吗？"

"看见了，她经常到店里来。当店铺前面没有顾客的时候，我就到后面的办公室组装这个。"

"她是不是经常进你的办公室？"

"'经常'是什么意思？"

"就是进你办公室的频率？"

"大概两三天一次。"

"能否告诉我们，你在什么时候认识了玛丽？"

"我在她中学毕业那年认识的她，她来店里经常买些唱片什么的，她和一般的孩子一样，在放学途中顺便进来买。"

"后来？"

"我不知道该怎么说，反正随着我们聊天的次数增多，很快就对对方产生了信任。她心理上似乎很成熟，比一般孩子成熟得多，也比一般的孩子敏感得多。"

"她漂亮吗？"

"很漂亮。但在学校，她似乎没有男朋友，她很孤单。我不久之后就发现了她为什么喜欢和我聊天。"

"华伦，你愿不愿告诉本法庭，她为什么喜欢和你谈话？如果你说出来的话，我们也能了解她的性格。"

"我想，在她心目中我就像父亲或伯父一样，因为她从来没有父爱，但又一直渴望有。"

"什么意思？"

"她从小是跟着继父长大的，从来不知道亲生父亲是谁。她继父经常酗酒，性格乖戾，此外，他还非常好色，对她一直图谋不轨。她继父还有一大堆前妻的孩子，前妻离开了他。玛丽成天做些粗活，缺少爱，总是没人照顾。所以在她刚刚能独立时就离开了家庭。"

"她那时候有多大？"

"可能十三四岁的样子。"

"离开家后，她做什么工作？"

"她先是和她的一个姐姐住了一段时间，然后，她住过不同的地方，大部分是在女朋友家，这儿住一星期，那儿住几天。"

"她和男人同居的事，她有没有告诉过你？"

"她一直没有和我说过。"

"她在外面鬼混，你有没有听说？"

"据我所知，她在读中学之前，没有在外面鬼混过。但她一向很成熟，也会轻易相信他人。"

"她信任你吗？"

"是的，她总是一副小鸟依人的样子，让人很同情。先生，她经常找我聊天，我想她是信任我的。但她那时候也从来没有提过自己有男友的事，只是说她继父对她多么坏，家庭多么糟糕。她想尽快完成学业，找份工作，脱离家庭的羁绊。可惜，她一直没能如愿。"

"为什么说她没能如愿呢？"

"首先，她因功课不及格而没有读完中学，她和一群女孩被一起送到岛上一个救济学校，在那儿，她学习秘书和打字工作。但她经常和我联系，她在电话中告诉我，那地方的女孩非常不好，竟然还吸毒。在那儿，她只待了两个月就离开了。然后就回到了这里，租了一间房子，在这里找了一份工作。也就是在这时候，她遇害了。"

"华伦，说实话，你是不是认为玛丽爱上你了？"

"我……我……我想是吧。她经常告诉我，一生中只想有人爱她，也许，这是一种特别的爱。"

"但你从来没有鼓励过她？"

"不，先生。难道鼓励她爱我吗？"

"为什么不呢？"

"这问题我不知道怎么回答，也许因为我年纪比她大不少，也许因为我替她难过，我不想对他隐瞒我已经结过婚了，我爱我妻子。博斯先生，不错，我爱玛丽，但和一般人想的那种爱不同。那是一种特别的爱，隐藏在我心中，是出于对她保护的爱，和保护女儿一样，但和爱女儿略有不同。我不能忍受她再被人伤害，她的童年已经够苦的了。"

"这些话，你从没有和她说过？"

"我虽然没告诉她，但她能看出来我的意思。所以，当她知道自己怀孕时，她把一切都告诉了我。"

"告诉你她和另一个男人的恋情？"

"她立刻就告诉了我。当她在几个星期后发现怀孕时，她很紧张，手足无措。也许，她是怕失去我的友谊。"

"你当时有什么反应？"

"我能有什么反应呢？我知道，自从她和那个家伙开始交往，就会有麻烦的。在不久前的一次晚宴上，她认识了他，一下就坠入了爱河。我想，那是她第一次真正的恋爱。虽然我不喜欢但也没有反对，我不想扫她的兴。她很高兴，即使那人是有家室的人，她也不在乎，她相信，那人会为了她和他太太离婚。我心想：你现在还不知道，但以后你就知道后果了！但我没有和她说这话，她倒是经常对我说，她在恋爱中很高兴。高兴一直持续到她发现自己怀孕。"

"后来呢？"

"我早就知道，她会有麻烦。在她告诉我时我心痛欲绝，她说虽然那人是个大人物，可他不是个好东西。特别是和那人在一起时她什么都不是。为了不让人看见他们在一起，他总是带着她到离这儿很远的地方。当他知道她怀孕了,他非常生气地责怪她,说她粗心。还说如果她不拿着他给的钱打掉胎儿,他就不再见她。"

"他给她钱,让她去打胎?"

"是的,就在她告诉他自己怀孕的那个晚上,他立刻拿出五百元让她堕胎。"

"她告诉了你这一切?"

"是的,她和我说了。"

"后面又发生了什么?"

"她比较迷茫,不知道该做什么,她很伤心,也很生那个人的气,还想保留跟那个人的友谊。我让她去看一位神父,但她不肯。她问我腹中的胎儿怎么办,几乎把我当成了她的精神顾问。"

"你和她怎么说的?"

"我和她说,如果选择堕胎,处理不好的话,可能以后永远不能生育。假如这样的话,到时候你会很痛苦。另一方面,我又和她说,假如她有了孩子,那在她生命中,就拥有真正可以爱的人了。我还说,如果她现在不想要孩子,孩子生出来后就交给别人领养,现在领养孩子的机构很多。她也许觉得自己剥夺了孩子的生命,如果让别人领养的话,今后也不必为此事感到内疚。我相信她自己抚养还不如交给别人领养,这可能是最好的办法,也比较安全。"

"她对你的这些话有什么反应?"

"我想,她走的时候一定很高兴。"

"她做出了什么样的决定,最后你也不知道?"

"是的,但我可以肯定,她的情人会威胁她堕胎。"

"你恨她的情人?"

"是的,我想是这样。"

"你以前见过他没有？"

"从来没见过。"

"他是谁？他叫什么？她有没有告诉过你？"

"没有，因为她答应过他，不会告诉其他人。"

"你有没有什么线索？能不能猜出他是谁？"

"我抗议。法官大人，被告律师用证人影射他人。"

"博斯先生，你问的问题与本案无关。"法官说。

"法官大人，对不起，我认为证人也许可以提供一些线索。"

"开始重新问你的问题吧！"

"华伦，她的情人是谁？玛丽有没有暗示过，或在你面前提到什么线索？"

"没有。"

"她怀孕后从情人那里得到堕胎的钱，发生在什么时候？"

"她遇害前的一个月。"

"华伦，你应该明白这很重要。现在你要尽可能详尽地把玛丽遇害那天的事告诉法官大人。"

"先生，那时的时间是下午五点十五分。那时候，她一定是刚下班，她打了电话给我。"

"她给你打电话？"

"是的，她说她想看一会儿电视，但电视机里调不出图像，问我店铺关门后能不能去帮她修一下。我一般六点关门，所以我对她说，我等会儿过去检查一下电视。我想，也许是电视机焊接的地方出了问题。她非常喜欢那台电视机，这我是知道的，因为她在家的时候，电视从早到晚一直开着。她什么都没有，以前别人也从没送过她什么礼物，所以对我送给她的电视机，她格外珍惜。我在六点一刻关上店门，拿起工具箱就上了车，前往她的公寓，大概在二十条街外的地方。"

"她住的地方，你以前去过吗？"

"我送她回家时顺道去过几次，都是在我关店门后，但并没有进屋。不过，我在送电视机的时候进去过一次，就那次也只待了很短的时间。"

"什么时候送电视机去的？"

"一星期前。"

"那是你唯一一次进入公寓吗？"

"是的，先生。严格来说，它只是一栋古老楼房里的一个房间，并不是我们所说的公寓，房间与前面的街相对，通过旁边的梯子进出房间。"

"你有没有见过她的房东？"

"没有。"

"关店门后你开车直接去了她的住所？"

"是的。那时候，天已经黑了。我到那儿后，看见她屋里的灯还亮着，听见电视也在响着。我敲了几次门，都没有人回应。我动了一下门把手，发现门并没上锁。到房间后，因为沙发挡住了我，我一开始并没有看到她，我首先听到电视机里传来像是儿童节目的声音，大概是卡通影片，但屏幕上没有影像。"

"后来呢？"

"我以为她在浴室，或者到房东那儿去了，就喊她的名字，但没人回答。我又向房子里面走了几步，终于发现了她，她一动不动地躺在沙发前，面部发黑。我试了一下她的脉搏，发现她竟然死了。"

"发现她死亡到你报警，过了多长时间？"

"我记不太清了，十分钟或十五分钟的样子。"

"所以你被怀疑是杀人凶手，被警方逮捕？"

"是这样，先生。"

"华伦，我问你，玛丽是不是你杀的？"

"先生，没有，我发誓！我没有杀她。"

"华伦，现在我要把你交给检察官先生，法官大人已经同意，由检察官来问话，等一会儿我还有问题问你。"

"好的，先生。"

"你问证人吧，哈克先生。"律师对检察官说。

检察官道："一个慷慨的人，一个仁慈的人，你的律师是这样说你的。对那个可怜的女孩，你的律师说，你对她有着父亲般的感情。你是这样说的：那个女孩被她的情人杀了，还是一位不知名且让她怀了孕的情人，那人本来已经给了她钱，让她去堕胎。在后来的一次狂怒中，那个情人殴打女孩致死。如果这些是真的，是不是可以这么认为——他不光是杀了那女孩，还杀了他们未出生的孩子。你证词的主要内容就是这些吗？"

"法官大人，我抗议。检察官的用语带有诽谤性和讽刺性。"

"抗议无效。哈克先生继续问话。"法官说。

"这位博学的律师先生，如果我得罪了你，那我很抱歉。但我能看得出，他的当事人非常工于心计，是个邪恶的、残忍的凶手。那个女孩的年龄只有他年龄的一半，他和那个女孩有过关系后，为了摆脱责任，也为了不被家人发现，竟然想出这样荒诞的故事，说她另有情人，这样可以使自己开脱，也能引起陪审团的同情，这是在颠倒黑白。我可不相信陪审团听了被告这些话后，会忽略所有证人提供的犯罪事实，那些证人都发过誓，他们说受害人与这位被告之间有着不同寻常的关系。"

"检察官，你在做辩论总结吗？"

"对不起，法官大人。"

"注意问题的范围，不要长篇大论。"

"华伦先生，你的店员们作证，他们说，玛丽经常到店里来，每次门都不敲就直接进你办公室,而且每次进去很长时间都不出来。他们还说,晚上关门后,好几次看见你们在一起,她坐在你车里一起离去,这些你否认吗?"

"那些我不否认,先生,但我们之间并没有什么不正当关系,是他们理解错了。"

"是吗?你的意思是说,一个像你这样成熟、英俊的健康男人,面对那样一个女孩,会一点都不动心?你难道没有热烈地做出反应?没有受宠若惊?"

"我是有点受宠若惊,但我对她并没有热烈的反应……不是你说的那样。"

"说对了,这也是我要问你的,你与玛丽有过性行为,你否认吗?"

"是的,我坚决否认!"

"你和她没有那种关系,你能证明吗?"

"法官大人,我抗议。"博斯律师说。

"抗议有效。"法官说。

"你有发生婚外恋的机会,否认吗?"哈克继续问。

"法官大人,我再次抗议。"博斯律师道。

"抗议无效,我认为这个问题很恰当。"法官说。

"不错,我好多次开车送她回家,难道都让我找证人来证明吗?我从办公室直接到她家难道也要找个人做证,说我在她门外面只停留了一两分钟,从来没有进她的公寓吗?当然,我不否认我有进去的可能性。"

"华伦先生,谢谢你,我们现在谈谈你送的礼物。你平常送东西给别人吗?"

"平常是什么意思?"

"你平常送不送东西给他们——你所有的店员和所有的顾客?"

"当然不。"

"会给一些顾客送礼物吗？"

"有时送。"

"举例说明一下。"

"我一时想不出什么例子。但店里只有一个顾客的时候，我会送点像唱片之类的小礼物。"

"不送电视机？"

"不送。"

"但你却送玛丽一台彩色电视机，你还送过她别的什么礼物吗？"

"圣诞节和她生日时送点礼物。"

"不只是这些吧，你给过她钱吗？"

"钱？我想应该给过，不过次数很少，只是偶尔。"

"一次给多少？'偶尔'是什么意思？"

"在她手头拮据的时候，给她五块或十块，让她渡过眼前的难关。"

"你想让陪审团相信，你和这女孩之间没有其他的什么关系而只有纯粹的友谊吗？"

"我们之间只是纯粹的友谊。"

"你和玛丽的事告诉过你太太吗？"

"法官大人，我抗议。我看不出这个问题和凶杀有什么关系，被告妻子在这方面已经做过证，检察官这样做有着卑鄙的企图，目的是让陪审团对我的当事人产生偏见。"博斯律师说。

"法官大人，我是想要显示证人的性格才问这个问题的，博学的被告律师误解了我的意思。"哈克说。

"抗议无效。被告请回答。"法官道。

"我没和我妻子说过这事。"

"但你结过婚，玛丽是知道的？"

"她知道我已经结婚。"

"作为一个已婚男人，和少女建立这种关系，你不明白是不对的吗？你编造的故事，竟然还想让人们相信。什么她有一个情人，是她只认识四个月的已婚男人？但证明那个人的身份，你却找不出一点证据来，那个人难道是存在的吗！法官大人，我认为所谓的第三者，根本不存在。陪审团的女士们和先生们，我认为被告编造这个故事，是想掩盖自己的罪行，他是……"

"哈克先生！我的法槌已经敲了很久了，你现在才听到？不用你来替陪审团下结论，他们自己会得出结论。"

"对不起，法官大人。华伦先生，先声明这只是假设，假如第三者真的存在，你认为，他杀害玛丽是为什么？难道是你所说的，他是因为重视名誉吗？"

"我想一定是这样，她告诉他，自己不会堕胎，于是他非常气愤，便殴打她，殴打中失手杀了她。"

"这是你的猜测？"

"是的，先生。"

"华伦先生，难道我们会相信你的品德吗？你已经承认和这个女孩的关系了。你承认给她电视机，难道我们会相信你没有其他动机，只是因为慷慨才给她的吗？警方到达现场看到只有你在场，难道我们会相信你留下是因为有责任而没有逃跑吗？难道我们会相信以前你只去了她的公寓一次吗？然而，看见你多次和她开车到那儿的人有很多。难道要我们相信实际上不存在的一个男人，也没有人能证明这个人存在。难道我们要相信上面全部的事情吗？"

"你们要相信，那是事实。"

"还有，那个不存在的情人给她的五百元钱呢？银行户头没有，她也没有购买大件的物证，警方也没有找到，什么都没有。她那笔假定的钱，你认为会在哪儿呢？"

"不知道，她也许还给那人了。"

"法官大人，我没有问题了。"

"博斯律师，你还有没有要问证人的？"法官问道。

"法官大人，我需要仔细研究这份证词，我想等到后天再问。"

"检察官有意见吗？"

"没有。"

"很好。第二次开庭时间在星期四上午十点。"

"现在开庭，本案主审法官——杰姆。"

"被告，提醒你一下，你的誓言仍然有效。博斯先生，你开始提问吧。"

"法官大人，在我询问之前，能否允许我的助手把一个电插头插到电视机——第十六号物证上？"

"博斯先生的目的是什么？"

"我希望确认一下被告曾经说过的话，他说过电视机需要修理。"

"检察官有无异议？"

"法官大人，我没有异议。"

"可以，插头可以接到电视机上。"

"杰克，把那个插头接上吧，谢谢。华伦，你曾说过玛丽打电话要你去修电视机，但当你到她的住处时，你看到的第一件事就是电视机没有图像，只有声音，对吗？"

"是的。"

"现在，打开电视，请大家离席。"

"打开电视机的开关吗？"

"是的。好，行了。现在电视机已经打开了，我们只能看到黑黑的屏幕，根本没有图像，连线条也没有，电视机像关着一样，什么也看不到。对不对，华伦？"

"是的，先生。"

"但我们还是能听到说话的声音……我甚至听得出来，这个节目是第七频道的，对不对？"

"是的，是第七频道。"

"法官大人，我暂时先请这位证人下来，因为后面我还请了一位证人——卫克汉镇的高尔警官做证。"

"请高尔警官上证人席。"法官说。

"警官，我现在请你回忆一下当时现场的情景。你到案发现场时，电视机还在响吗？"

"没有，先生。"

"在警察局保管期间，你和其他人有没有动过这台电视机，或者想拿出去把它修好？"

"先生，我们没有动过它，只是为了取指纹，我们在上面撒过药粉。"

"你说过指纹的事，在电视机上只找到两种指纹，被告与受害人的指纹？"

"是的。"

"这段时间，你一直保管着这台电视机吗？"

"是的，先生。"

"警官，谢谢你。请被告回到证人席上。华伦，关于这台电视机我想多问几个问题。是你亲自组装的电视机吗？"

"是的，是我组装的，用我新买的零件和自己原有的老材料组装起来的。"

"那对这台电视机,你应该很熟悉了?"

"是的,很熟悉。"

"现在,我想请你在这里把它修理一下。"

"法官大人,我抗议。被告律师纯粹是表演。"

"博斯律师,此举有什么目的吗?"

"法官大人,这台电视机也许会决定我当事人有罪或无辜。法庭否定他的每一个机会,我都不高兴。"

"很好,开始吧。"

"华伦,请你取下你的工具袋——二十四号物证,你看一下电视能否修理。"

"我可以试试。"

"法官,我请求你注意观察被告。被告正把整台电视机翻转过来……他拧开一些螺丝后取出组合盘……检查下面的电路……你找到问题在哪里了吗?"

"好像是一个接头松了,只要焊接一下就行,这和我先前想的一样……焊好了,现在电视机就会有图像了。瞧瞧,有了。"

"法官大人,那是第七频道,色彩鲜艳,看来我说对了。华伦,谢谢你,你关掉电视后回到证人席。现在我问你,华伦,电视机的机壳,你是从哪儿弄来的?"

"拆下来的,是从一台旧麦克牌电视机上拆的。用那个旧外壳搭配上新零件,旧外壳很好控制,因为它很轻。"

"控制什么,是调整声音大小的控制按钮吗?"

"是的。"

"华伦,告诉我,这个外壳上有没有任何指示或标志能说明这台电视机是黑白的或是彩色的?"

"先生，上面没有任何标志。"

"告诉我，我在问话期间，你在做证期间，有谁提到过这台电视机是彩色的？"

"我们都没提到。"

"华伦，为什么你和我一直不说这台电视机是彩色的？"

"因为我们知道，除了我们两个，只有玛丽的情人知道它是彩色电视机。"

"从一开始，我们是不是就知道玛丽情人的身份？"

"是的，我们早知道玛丽的情人是谁，但却没有证据。"

"我们怎么会知道？"

"她的情人是谁？玛丽告诉过我。"

"你在以前的证词里说玛丽没告诉你，那么你撒谎了？"

"我是撒谎了。"

"为什么撒谎呢？这一点我可以为你补充，被告是在我的授意下撒谎的。我们请求原谅，法官大人。华伦，我们为什么要一起撒谎呢？"

"因为我们知道，只用我的一面之词来指控他是毫无用处的，况且他还有权有势。我们希望……我们想，我们可以从说些什么和问些什么入手，从他说过或问过的话里套出真相。"

"不过，华伦，现在大部分电视机都是彩色的，他不能猜测那是彩色的吗？"

"是的，但第一次遇见玛丽的时间只有他才知道，那是四个月前。我很留意这一点，在回话中没有提到。"

"法官大人，我没有问题了。"博斯律师说，"证人现在交给你！哈克先生。"

但身为检察官的哈克，竟然在法庭上哭了。

狗嘴妙用

胡里奥靠在柜台边,买了一盒香烟。他付了钱,正准备打开香烟,这时他看到一个美丽的黑发女郎正走进杂货店。

她走路的姿态非常诱人,正向胡里奥这边走来。她的上衣是一件袒胸露背的胸衣,优美、结实的身材露了出来,下身穿着粉红色的短裤,整个人看上去就像一位参加国际运动会的女运动员。她脸上的表情开朗活泼,乳白色的皮肤中略带点咖啡色,还有一对蓝色的眼睛。她牵着一条大狗,那是一条纯正的法国狮子狗,狗的毛发被修剪得整整齐齐,这条狗看起来轻快又活泼,正跟在它主人身后。

黑发女郎走到现金柜旁的报架,拿起一份报纸,折了一下,报纸的两头被轻轻弄皱了。她把报纸放到那条大狗嘴边,高兴地说:"贝贝,帮我叼着。"

贝贝使劲地摇着尾巴,高兴地把报纸咬在嘴里等候着女主人,等着主人付了报纸钱后一起离开。

胡里奥把打开一半的香烟塞进口袋。他弯下腰,开始逗那条狗玩,因为他天生就喜欢狗。

"嘿,贝贝,"他微笑着说,"你很漂亮,是吧!"

他伸出一只手，让狗嗅着。胡里奥抓着狗嘴上的报纸，假装要拿走报纸。贝贝摇着头，虽然它知道这是逗着玩的，但还是紧紧咬住报纸，它乌黑的眼睛中发出炯炯的光，虚张声势地从咬着报纸的牙缝里，发出吓人的叫声。

胡里奥站起身对着黑发女郎微笑，她正接过店主找的零钱。

"狮子狗的智力很高，的确是一条好狗。"胡里奥说。

黑发女郎冲他点点头，表示同意他的话。柜台后面的店主这时说："贝贝真聪明，对不对，贝贝，你每天都为主人叼报纸回家？"

贝贝摇了下尾巴。

胡里奥说："众所周知，一般的狗在智力上是不如狮子狗的。"

黑发女郎看出胡里奥很喜欢那条狗，便对他微微一笑，也看出他很喜欢自己。然后她离开柜台，牵着狗出去了。贝贝叼着报纸，骄傲地仰着头跟在她身后。

胡里奥从刚买的一包香烟里取出一支，点着吸了几下后，举手向店主告别。他出了门，到了外面的人行道。他看见那个黑发女郎和她的狗正在向北走去。

时间是午后一点，这天非常热，不一会儿，胡里奥的衬衫就被汗浸湿了。虽然非常热，但看着走在太阳下的黑发女郎，他感到清新、凉爽。

他用余光看到了哈利和莱曼，他们正离开马路对面的橱窗，向他走来。

他并没有加快步伐，像没有看见他们俩一样继续往前走。他们和他保持着一定的距离，一直行走在对面的人行道上。直到他走向自己住的低级旅馆，他们俩才走了上来。

这是一家简陋的旅馆，休息室里只有一个酒吧和一个吧台，楼梯口的后面就是吧台。酒吧这时候没有人，只有一个肥胖的侍者趴在吧台上酣然睡着。

刚踏上第一个台阶，胡里奥就听到哈利在叫他："胡里奥！"

胡里奥停了下来，转过头，眯起眼睛，看着哈利和莱曼："是哈利？"

"是啊，"哈利说，"你住在这家旅馆？"

"暂时住着。你是来找我的？"

"是无意中碰到，不是专门找你的。"哈利说，"上星期你给了安迪住址后就搬家了，怎么回事？"

"你们应该知道，我付不起房租。"

"幸好我们今天在那家杂货店看见你了，不然的话，安迪也许会认为你想溜掉呢。"

"我怎么会做那样的事！"胡里奥说，"你们有事吗？"

"我们谈谈。"

"上星期，我已经告诉安迪我现在没有钱。还谈什么？"

"这话你说过，我知道。"哈利和莱曼现在站在楼梯口，"还是去你房间谈吧！"

胡里奥转身带着他们走上狭窄的楼梯。楼上有一条黑糊糊的走廊直通房屋深处，两旁各有六个房间。胡里奥打开离楼梯口最近的一间房门，哈利和莱曼跟在他后面。进房间后，莱曼随手关上了门。

哈利全身肌肉鼓鼓的，身材魁梧。莱曼个子却很矮小，他有一只眼睛突出，下巴上留着胡须。

胡里奥坐在凌乱的床上问："什么事？"

"安迪这样认为，你现在也许有钱了。"哈利轻声道。

"我没有钱，现在我上哪儿弄钱去？安迪不是答应给我一个月的期限吗？不过，他还附加了几个条件。"他用讽刺的语调说，"安迪说这话的时候，你们不是在场吗？"

"是啊，"哈利说，"但现在安迪认为不必等一个月，因为你有钱了。"

胡里奥盯着他："用什么还？"

"废话，还能用什么还？当然是用钱了。"哈利得意地笑着说。

"什么钱？我不是说过我没有……"

哈利打断了他，对莱曼道："你听见了吗，莱曼？我们在说什么，他好像根本不知道。"莱曼有一只眼睛坏了，坏了的眼睛一动不动，另一只眼睛转向哈利。胡里奥看着莱曼的眼睛，很想笑。但他努力控制着，不让自己笑出来。

"什么钱！你们在说什么？"他问。

"安迪听说你昨天成功了。"

"成功了？"胡里奥惊讶地说，"什么成功了？"

"抢劫世纪储蓄所成功了！"哈利说。

胡里奥沉默半晌，然后道："安迪为什么说是我干的呢？"

"他怎么知道是他的本事，反正他现在知道了。"

"你告诉他，他搞错了。昨天发生抢劫的事，我也是今天看报纸才知道的，怎么可能是我干的呢？告诉安迪，我肯定会还他钱，但我不会用抢银行的办法来还他。"

"如果你不去抢劫，又从哪儿弄钱呢？"

"也许从别的放高利贷的人那里借，但我估计一分钱也借不到。我的名字大概已经被安迪列入黑名单，其他放高利贷的人知道后，谁还肯借？"

"不错，胡里奥，你向安迪借了三千元，一分钱也没还。"哈利轻蔑地说，"这消息马上在道上传开了，所以你现在从别的高利贷人那里根本借不到钱。"

"那安迪还指望我去哪儿借呢？连高利贷也免谈了。"

"我们还是说点有用的吧！安迪说，你从世纪公司弄到了五千元。"

"他疯了！他怎么会这么说呢！"胡里奥叫道。

"也许，你没说真话。"他做了个手势给莱曼，莱曼于是从外套下面掏出一把手枪，对准胡里奥的肚子。

"你们想干什么？"胡里奥问。

"安迪说，想看看你到底有没有钱。"哈利回答说，他走过去抓住胡里奥的手臂，拉他站了起来。

胡里奥本来还想反抗，但是他知道反抗毫无用处。

"朋友，转过身来。"哈利说。

胡里奥看着莱曼的手枪慢慢转过身。哈利的双手搜索着胡里奥的全身。从他口袋里，哈利搜到一条肮脏的手帕、刚买的香烟、一支圆珠笔、一包火柴，现金只有三十八元八角两分。

哈利把胡里奥的身体转过来，对着他道："钱在哪儿？"

胡里奥指着哈利扔在地板上的钞票说："你不看到了吗，都在这里。我全部的财产——三十八元。我为什么要搬到这个垃圾场，你们现在应该明白了吧？"

哈利和莱曼又开始搜索胡里奥的房间。哈利敲敲地板，听听有没有松动，也许藏在松动的地板下，连床垫都被他撕开了。他推开唯一的窗户，窗台也仔细搜寻了一遍，结果什么都没有。

"垃圾桶放在什么位置？"哈利问。

"在走廊左边的第二扇门那儿。"胡里奥回答道。

哈利走出去找垃圾桶了。

莱曼站在房间中央，拿着枪看住胡里奥。不一会儿，哈利回来了。

"垃圾桶那儿也没有。"哈利对莱曼说。

"让我来问问他。"这是莱曼第一次说话。

哈利"咯咯"笑道："你认为他在撒谎？好啊，你来问吧！"

莱曼点点头："我想，他应该是在撒谎。你把他的手放在桌面上。"

哈利把胡里奥拉到桌子边，抓住胡里奥的左手腕，胡里奥的左手被他使劲按到桌面上。"这样行吗？"他问莱曼。

莱曼点点头，突然掉转手枪头，用枪托猛地砸在胡里奥的小指头上。胡里奥痛苦地长嚎一声，他听到自己手指头断裂的声音，他使劲挣脱着，想把自己的手从哈利手中抽出来。哈利大笑着继续压住他的手。莱曼举起枪道："这只是对你的一个警告，从现在起，你每撒谎一次，手指就断一根。我问你，你抢的钱在哪儿？"

胡里奥痛苦地抿紧嘴唇，脸色苍白地道："我知道，安迪有许多耳目在本市，但这次他真的弄错了。我再和你们说一次，我真的没抢劫，更别提那笔抢来的钱了。安迪的债，我现在是没有办法还了。你们还不明白吗？就算你们打断我全部的手指头，我也还是拿不出钱来。"

莱曼举起手枪道："哈利，把他的手按住。"

"等一下，"哈利说，他在思考着胡里奥的话，"够了，莱曼。要不我们再和安迪联络一下，然后再看怎么处置他。"

莱曼同意了哈利的说法，把枪收了起来。

胡里奥抽出受伤的左手，用右手轻轻地摸着断裂的小指说："莱曼，以后别让我看到你，不然我会扒了你的皮。"

莱曼微微笑道："哎呀，胡里奥，你这么说会吓死我的。"说着，用手擦了擦他那只坏了的眼睛。

哈利大声说："胡里奥，手指的事很对不起。就算这次世纪公司的案子不是你做的，是我们错怪了你。但这件事就算是对你的警告吧！为了你自己，我希望你说实话，你知道的，安迪不喜欢人家拖欠贷款。"

"我知道，"胡里奥说，"但你们用这种方式催款让人愤怒。"

两人离开了。

胡里奥走到外面的公共浴室，关上门后在洗脸盆里接满冷水，他把受伤的手放进冷水里浸泡，疼痛在冷水的浸泡下慢慢减轻了。然后，他回到房间躺在被毁坏的床垫上，在床上思考着下一步该怎么办。

他在三点钟的时候下了床，整理了一下领带和外套，用梳子理了下头发，捡起被他们扔在地上的钱，放进外套口袋里。临出门时，在五斗柜的破镜前照了照。他估计自己这个样子上街，应该不会引起人们的特别注意。

他走到楼梯口看到了酒吧，也就是休息室，现在这里挤满了人，大约有十来个来自附近工地的建筑工人在喝啤酒。哈利和莱曼可能在外面等着他，胡里奥还是决定不冒险了，他准备不从酒吧走。对借债的人，安迪会派人一直盯着。

胡里奥从旅馆后门进入后面的窄胡同，走到胡同的尽头，他打量了一下周围，发现没有人跟踪他。

在一家加油站附近，他找到了一个电话亭，掏出一枚硬币扔进去，开始打电话。

接通后，听筒里传来一个女人的声音："喂？"这声音，正是出自那位带狗的黑发女郎。

"你是不是有一条黑色狮子狗，那狗还天天为你叼报纸？"

"是的，"她愉快地说，"你是……"

"我叫胡里奥，就是两个小时前在杂货店和你谈狗的那个人。"

"我一直等你呢，你总算打来了。"

胡里奥先是吓了一跳,继而想事情也许会很顺利,便谨慎地问:"是钱的事吗?"

"当然,开始的时候我非常惊奇,后来,我想那钱不会是别人的,一定是你的,是不是?"

"是我的。"胡里奥说,"我现在能到你那取钱吗?见面后,我会向你解释是怎么回事的。"

"你知道玫瑰道二二五号吗?"她马上回答说,"我就住在那儿。"

"那是你家的地址吧,我打的过去。"

"我很好奇,所以我会在家等着你。"

胡里奥用肮脏的手帕揩拭额头,离开了电话亭,他将受伤的手插进外套口袋里。在加油站附近,他拦了辆出租车,坐上车后直奔黑发女子的住处。

她打开门,仍然是那套粉红色打扮,那条黑狮子狗跟在她旁边。

"胡里奥先生,请进!"

贝贝高兴地叫了一声,使劲地摇尾巴,好像也认出了他。

她领着胡里奥走到一间朴素而高雅的客厅,因为客厅的空调开着,所以胡里奥感觉非常凉爽。

他在一张轻便椅子上坐下,女主人也坐了下来,但她刚坐下就立刻站了起来说:"胡里奥先生,喝点冰茶还是来杯酒?"

"冰茶就行,很抱歉,我到现在还不知道你的名字呢!"

"约瑟芬,"说着,她对他微微一笑,"稍等一下,我马上过来。"她经过一扇门,好像进了厨房,过了一会儿,她端出一壶冰茶和两只杯子,把茶和杯子放在桌上说道:"你不认识我的话,我的电话号码你是怎么知道的?"

"我在杂货店里逗贝贝玩时，在它的颈牌上看到你的电话号码。"

"啊！那你可真细心。照这样说的话，狗嘴里的五千元，我想是你放进去的。"

"你和贝贝似乎是那里的常客，所以我估计杂货店的人认识你是谁。"

贝贝嘴里叼着一根塑料火鸡骨头，听到有人喊它的名字，便向胡里奥走来，坐在他面前。它用明亮的眼睛乞求胡里奥，希望他能和它玩拉扯游戏。胡里奥用那只没有受伤的手扯了几下塑料骨头。贝贝咬住骨头，猛地拉了回来，故意从喉咙深处发出几声低吼。

约瑟芬说："当我看到你那包百元大钞从贝贝衔着的报纸里掉下来的时候，你能想象出我的感觉吗？"

"当时那是我唯一能想出来的办法，"胡里奥严肃地说，"这个办法可以安全地把钱弄出店外，回头也还可以再取回来。"他认为自己说多了，"约瑟芬小姐，真对不起，我的事把你也卷了进来。"

"不必道歉，我倒是感觉很刺激！"约瑟芬说，"我很高兴参与此事。不过，我想知道在杂货店时，为什么你要设法将那笔钱脱手呢？"

胡里奥喝了口冰茶，对她道："跟你说实话吧，在当时，保住这笔钱的唯一办法就只能那样做。我欠了一位放高利贷的人几千元，上个星期，因为没有钱，我就告诉他我实在还不出。因此，他宽限了几天还款时日。然后，出乎意料的是，我在前几天晚上赢了五千元。开始的时候，我用仅有的二十元下小赌注。慢慢地就赢了五千元，那五千元就是今天我放进贝贝衔着的报纸里的钱。为什么我要这样做呢？我在你进店之前向窗外看了一眼，刚好看到两个人，那两个人替放高利贷的人收账，他们专门用武力讨债，事实上就是两个无恶不作的歹徒。总之，我立刻怀疑那两个人可能知道我赢钱的事，一定在门口等我出去，必要时可能还会对我动武。所以，我当时的处境很危险。"

"许多人都说，放高利贷的都是吸血鬼。"约瑟芬瞪大了眼睛，听他讲完后说。然后，她停了一下，不屑地皱皱鼻子，说："我在想，既然你赢的钱够还债，而且还是还高利贷，为什么不干脆趁早还清呢？"

"但有个地方更需要我的钱。"

"什么用处比还高利贷还急。"

"是这么回事，在哥伦比亚城，我有个姐姐。"胡里奥严肃地说，"在一次车祸中，我的父母去世了，我姐姐把我抚养成人。她现在一个人生活很艰难，六个星期前，她又中风了。所以，我借高利贷是帮她支付医药费。这五千元也准备给她留着，这年头的医疗费用太高了！"

"胡里奥先生，我为你姐姐难过，但你没有工作吗？总要找个正经的赚钱方法吧？找放高利贷的借钱也不是办法啊！"

胡里奥狡黠地笑了一下。"我不喜欢正正经经地天天上班，我平时以赌博为生，但这六个月来一直输，可能是手气都不好吧。前天晚上终于赢了这五千。"他一口气把冰茶喝完，"我下午要搭汽车到哥伦比亚城，现在我能不能取回我的钱？"

"几点的车？"

"五点。"

"时间还早呢，你还有些事没告诉我。"

"还有什么事？"

"比如，那两个收账的打手有没有打你？"

胡里奥从口袋里伸出左手给她看，她看到后就立刻惊叫起来。胡里奥的左手小指头皮肉乌青，肿胀得非常大。

"天哪！"约瑟芬喘着气说，"他们打了你，指头打断了没？"

他对着她默然地点点头。

"你怎么不去医院？"她说。

"你给我钱，我马上去看医生。"

她又倒了一杯冰茶。"你那五千是在我这里。"她考虑了一下说，"但你难道不怕我独吞吗？"

"我能看得出，你是个诚实的女人，我甚至觉得贝贝看起来也很诚实。"他咧嘴对贝贝笑了一下。

"谢谢，我也替贝贝谢谢你。说实话，开始我还真想占为己有。我还从来没见过那么多的钱！就算私吞了你的钱，你也不能把我怎么样。后来，我又考虑了一下，我想这笔钱一定是你的，因为在杂货店门口只有你和狗玩过，你也喜欢狮子狗。最后我还是决定把钱还给你，可到哪儿找你呢，我又不知道你住哪儿。所以，我打电话告诉了我哥哥，他在办公室里接到了电话，我把整个事情的经过都告诉了他。他说我应该留下钱一直等你的消息。他相信你会来找我的。"

"我不是来找你了吗？你哥哥说得对。"胡里奥有些不耐烦了，"约瑟芬小姐，请问我的钱现在在哪儿？我能取走它吗？"

"在那儿，中间的抽屉里。"她随便指了一下空调下面的桌子说，胡里奥知道，她说的是实话，"你的钱在原来的信封里一直未动。胡里奥先生，但我希望你等到我哥哥回来时再把钱取走，我已经打电话告诉哥哥了。他听说你要来取钱，就和我说希望你能等着他，他已经在路上了，马上就到，他来是想问你几个问题。"

"什么问题？"

"身份之类的。我哥哥说，关系到钱总应该注意点。"

胡里奥想从这个女人手中取回钱，然后迅速离开，但他又不能露出焦急的样子："那我就等他一会儿吧！你哥哥是不是律师？他要查我的身份，细心到可以当律师了。"

"他不是律师，是警察，专门负责偷抢之类的警官。"

胡里奥痛苦地惊叫了一声，好像他的一根指头又被人敲断了一样。

约瑟芬眼睛中流露出好奇的神情，仔细打量着他："我看到那些钞票是连号的，就给我哥哥打了个电话，他说你的这些钱是抢的世纪公司的。"

胡里奥慌乱中惊得跳了起来，不小心碰到了受伤的手指，他痛得尖叫了一声。他想尽快逃离此地，便向大门冲去。这时，约瑟芬大叫一声："贝贝，看住他！"

胡里奥呆住了。

贝贝跳到胡里奥面前，两只眼睛露出凶光，紧盯着胡里奥的脸。

胡里奥手足无措，一时不知该怎么办。这时前面门廊响起匆忙的脚步声，胡里奥将疼痛的手插进口袋，索性默默地坐回椅子上。

两位警察带走胡里奥时，胡里奥回头看着约瑟芬，从她的脸上看到了同情和怀疑。

"胡里奥先生，在哥伦比亚城，你真有一位生病的姐姐吗？"她问，声音里少了平时该有的愉快。

胡里奥把头转回去，并没有回答。

重新活过

奥斯卡·布朗杀死了自己的妻子！就在他六十五岁生日那天，他把她从楼梯上推了下去。

一切都源于那本发黄的旧书，如果不是那本旧书他也许不会那样做。他在前一天清理阁楼时，发现了那本书。

那本书叫《神药配方》，名字听起来很奇怪。奥斯卡无意地翻着发黄的书页，突然，一个标题进入了他的眼帘："你的生活会因为这个配方而发生奇迹般的变化。"在这个古怪的标题下面就是一个配方，奥斯卡看到这个配方不禁有些惊讶。因为在任何一个食品室都能找到配方的配料。还有一条重要说明在配方的下面："喝这个配方前，你必须摆脱让你讨厌的人或物。然后，你把所有的配料混合起来，拌匀后喝下去。接着奇迹就会发生，你将得到生活中应有的一切。"

这条说明是在开玩笑吧！奥斯卡想：假如你摆脱了让自己厌烦的人或物，还要这个配方干什么呢？但奥斯卡又想起来，他现在住的这栋房子，以前的房主据说被吊死了，好像是因为一个老太婆搞巫术。奥斯卡不断重复着那句话："奇迹就会发生……"他也许不久后就会忘了这件事，但不幸的是，他第二天信步走进了公园。

生日那天他来到了公园。他已经很老了，今年都六十五岁了。他坐在公园里，悲哀地看着一对对恋人们，年轻的小伙子搂着姑娘的细腰在阳光下散步，他还不时地听到姑娘在接吻前诱人的笑声。

他看着这些公园里的年轻姑娘，不禁想到自己的妻子，两者之间的对比让他再也无法容忍自己的妻子。

他的妻子娜丁总是穿着高领羽绒衣服，甚至晚上在他们的卧室里她也穿得整整齐齐。睡前，她总是先披上一件长法兰绒睡衣，在这件衣服的遮盖下才会脱衣服。每天天亮前半小时，她总是准时醒来，并叫醒奥斯卡。然后，她便开始了长达一天的唠叨，她会指责人间一切不公平的事，直到晚上九点睡觉，她才会停止唠叨。她把屋里打扫得干干净净，关键是让他也要打扫。她还有一个特别的习惯，那就是经常清洁钥匙孔，奥斯卡觉得很沮丧，因为他觉得这一行为很有象征意义。

坐在公园的奥斯卡看着那些年轻的恋人，他想到自己的青春已经一去不复返了，不禁潸然泪下。他没有得到那些姑娘，但他原本应该得到的。年轻姑娘动情的拥抱，他从来没有得到过；年轻姑娘热烈的呻吟，他更是从来没有听到过。这全是因为他二十五岁时为了金钱和娜丁结了婚。

他心中的熊熊欲火还在燃烧着，他气愤地从公园走回家。于是，他从楼梯上把自己的妻子推了下去。后来，警察说他的妻子死于意外。

他按照那本旧书上的配方调制好药水，一口喝下了那些药水，感觉有点咸。

药水喝下后根本没有奇迹发生，不过，自己一下子多了很多钱是真的。

为了钱他才和娜丁结婚，但婚后他发现，那笔钱娜丁看得很紧。娜丁除了日常的开销，很少用钱，她很节俭。她把他辛勤工作四十年挣的钱，全都拿去存了起来。现在，那笔钱终于落到他的手中。

现在，他发现自己竟然一下子得到一百多万元。似乎这些钱是奥斯卡用一生的痛苦换来的。

奇迹就在这时开始了。

他的食欲越来越好，他的头发开始慢慢从灰白色变成棕色，他的四肢开始慢慢灵活起来。在眼科医生的劝说下，他戴的眼镜也摘掉了。他发现自己越来越年轻了。

他有点迫不及待了，他的期望越来越高。但他耐心等待着，极力控制着自己。他的牙龈上长出了第三颗牙齿。

他终于知道，奇迹发生了——他在变年轻！

当然，人变年轻了也给他造成一个难题，那就是周围的人会怎么看他！解决这个问题，他还是有办法的。他在人们注意到他发生变化之前悄悄地离开了家乡，来到一个旅馆，距家乡足有五百英里，他在那里制订了一个计划，在计划制订后他就坚定不移地执行起来。

他和娜丁一起过了四十年死板的生活。现在他决定重新过这四十年，不过这要等到他年轻到二十五岁的时候。他回到二十五岁的时候，要跟一个傻头傻脑的漂亮金发女郎好好地玩玩儿，不管这个女郎是真对他好，还是喜欢他的钱。

他只有一个办法独占金发女郎，那就是跟她结婚。他觉得，即便是跟一个情妇结婚，那也没有什么不好，只要不是妻子这样的就行。

他现在唯一要做的，就是避免他每六个月年轻一岁的事被大家知道，如果大家知道了，将会对他很感兴趣。政府可能把他关起来，关进一栋周围拉着铁丝网的房子里。这样的话，除非金发女郎买一张票才能看到他（那时的他估计会被当成科研对象，只有买票才能看到他），要不，他以后就不会再见到金发女郎了。还有一个问题，假如一个金发女郎知道在他们银婚纪念的时候，他已经变成了一个小孩子，甚至需要她给他换尿布，那她不管怎样都不会跟他结婚的。

所以，每六个月奥斯卡就会搬一次家。同样地，他的财产也和他的人一样，从一个银行换到另一个银行。

在他住过的那些不同的房间里，他慢慢地从六十五岁退回到六十岁、五十五岁……他乐不可支地坐在那里，有时会喃喃自语地念叨："假如我又回到二十五岁，我该做什么？"

快退回到三十岁时，他发现自己很难控制和姑娘们调情。当他由三十岁退回到二十多岁时，一个声音在他耳边不停地响起：提前几年开始享受吧，这有什么关系呢！但奥斯卡·布朗不想破坏自己的原定计划，虽然他知道坚定不移地按既定方针行事是很难做到的。

现在，他像个僧侣一样过着禁欲的生活，这是为了以后更好地享受。

终于，他的年龄退回到二十六岁半。他去了纽约的公园大道，在那里以最快的速度租了一套公寓，刚放下行李就冲向黄昏的曼哈顿。

今晚，他不用禁欲了。

现在大多数像二十六岁这样年纪的年轻人，他们渴望性快乐，他们以为只要爱对方就够了，这只能说明他们还不了解人性。但奥斯卡清楚地知道，不花钱的情人是不会长久的，因为他对人性研究了八十五年。

所以，奥斯卡在那六个月里一直在花钱。他把钱花在精美的食品和昂贵的酒水上，花在夜总会和歌舞厅里，花在为那些棕发女郎买昂贵的衣服上。他二十五岁生日马上就要到了，所以他找了个棕发女郎只是为了演习一下。

在远足者夜总会，他终于找到一个令他心仪的金发女郎，她叫格罗丽亚，是这家夜总会的脱衣女郎。她看到他的钱包后立刻爱上了他。

她家比较穷。父亲是个酒鬼,她母亲虽然有许多情人,但也只是为别人洗洗衣服。此外,她还有不少兄弟姐妹。她家乡小镇里的体面人都瞧不起她。

"我有一个梦想,我要过好日子。"她说。所以她来到了纽约。

"我想过更好的生活!"到了纽约一段时间后她说。

奥斯卡注意到她的确找到了她想要的生活,她和一些有钱的男人一起吃喝玩乐,参加疯狂的舞会,醉生梦死。

格罗丽亚很会讨男人欢心,所以在奥斯卡二十五岁生日那一天,他们两个结婚了。

他在婚后的第二天早晨大吃一惊。

格罗丽亚金色的头发,已经被她恢复成原来的棕色。"现在,我也是个体面的人!"她兴奋地叫道。从她的嫁妆箱里,她拿出许多难看、劣质的衣服。她规定:不许在家里喝烈酒,晚上九点必须睡觉。她检查了他的账簿并宣布,从现在起钱由她来管。

她还对他说:"我知道你很有钱,但你不能浪费你的生命。所以,你应该找个好工作,努力干下去。"

他向她提出离婚。她说你最好别想这事,离婚是不体面的。再说,你有离婚的理由吗?现在的她已经不是以前那种女孩了。

从奥斯卡跟她结婚那天起,他像常人一样又开始变老了。

那个配方和它承诺的一样给了他应得的东西。

他跟格罗丽亚,又过了一次和以前一样的四十年。

第三个电话

史蒂文森中学的校长是莫里森,他在下午一点二十分接到我打给他的电话。

我用手帕捂住话筒说:"你的学校里有一个炸弹,十五分钟之内就会爆炸。这绝不是在开玩笑!"

莫里森沉默了几秒钟,然后生气地问:"你是谁?"

"别管我是谁。我绝不是在开玩笑。十五分钟之内,一个炸弹将会爆炸。"然后,我立刻挂断了电话。

我从加油站里的电话亭横穿过马路,回到警察局后乘电梯到了三楼。

我走进值班室,看到我的搭档彼得·托格森,他正在打电话。

我进来后,他抬起头道:"吉姆,莫里森校长又把全校的人都疏散出来了,他又接到一个那样的电话。"

"联系爆破小组了吗?"

"正在联系。"他拨通了爆破小组的电话,然后把事情的经过告诉了他们。

我们来到史蒂文森中学,这里共有1800名学生,现在全都撤出来了。学校已经接到了两次这样的电话。前两次我们过来处理的时候告诉过学校老师，如果遇到这种情况，应该先疏散学生，把他们疏散到安全的地方。

莫里森校长戴着一副无边眼镜，他头发灰白，身材高大。他正和一群老师聚集在拐角，看到我们来了，他迎上来对我们说："电话恰好是一点二十分打来的。"

这时，爆破组和另两个小组也紧跟着赶到了。

我的目光透过铁丝围栏，看到儿子大卫和五六个同学在一起，他们正趴在铁丝围栏的后面。

彼得也正望着那群孩子，他对莫里森道："你认识那个孩子吗？"

莫里森看起来很疲惫，他勉强地笑了笑："这些孩子我认识的不多。做校长的远没有老师认识的学生多。"

彼得点着一支雪茄："吉姆，你应该高兴起来啊。看来这件事马上就要解决了。"

我站起身说："任何一个孩子发生意外，都不是我们愿意看到的。"

我们开着车来到一栋两层楼的房子前，那栋房子和街区其他房子一样，那是贝恩斯家。

贝恩斯先生眼睛蓝蓝的，他个子很高。他为我们开了门，一看到是我们，他脸上的笑容立刻不见了："你们怎么又来了？"

"莱斯特今天病了吗？我没看到他上学。"彼得说，"我们想跟你儿子谈谈。"

贝恩斯的眼睛闪了一下，道："为什么要找我儿子呢？"

"原因和我们上次来是一样的。"彼得微笑道。

虽然贝恩斯很勉强，但还是让我们进去了："莱斯特很快就会回来，他去药店了。"

"他没有生病吗？"彼得坐到长沙发上道。

贝恩斯看着我们："我没有让他去上学是因为他感冒了，不过，他刚才去药店买可乐了，看起来他的感冒并不严重。"

彼得的态度很和气："你儿子今天上午十点半时在哪儿？"

"他没有打过电话，他一直都在这儿。"

"你怎么知道他一直都在这儿？"

"我今天休息，我和他一天都在一起。"

"那你妻子呢？"

"她十点半时就在这儿。随后，她出去买东西了。她也可以证明莱斯特在十点半时没有打过任何电话。"

"希望是这样。莱斯特一点二十的时候在哪儿？"

"就在这儿，我和妻子都可以作证。"他皱了皱眉头，"今天有两个电话？"

彼得点点头。

贝恩斯坐在椅子上，我们坐在客厅等着。贝恩斯有些不安，身体不自觉地扭来扭去。然后他站起身说："我要去看看楼上的窗户，不知道关了没有，马上就回来。"

贝恩斯离开客厅后，彼得扭头对我说："吉姆，怎么你光让我一个人问，你一个问题也不问？"

"这种事你一个人问就可以了。"

他点着一支雪茄："看来这事马上就能解决了。"旁边桌子上有一部电话，他拿起来听着。听了一会儿，他用手捂着话筒对我说："贝恩斯在用楼上的分机到处打电话，他根本不知道他儿子现在在哪儿。"

又听了一会儿，彼得微微一笑："她妻子在超市。他在跟他妻子说话，他告诉她我们来了。还要她见了我们后，就说莱斯特整天都在家，一个电话都没有打过。"

我透过窗户看到外面有一个金发少年,他正向这里走来。

彼得放下电话,他也看到了那个孩子:"那是莱斯特。我们抓紧时间盘问他,争取在他父亲下楼之前把问题问完。"

莱斯特·贝恩斯腋下夹着一条卷起的浴巾,浑身上下被晒得红扑扑的。他走进屋子后看到我们,脸上的笑容立刻不见了。

"莱斯特,我们知道你今天不在学校。"彼得说,"今天你去哪儿了?"

莱斯特咽了口唾沫:"今天我就在家里,没去上学,因为我觉得身体不舒服。"

彼得指指他腋下的浴巾:"浴巾里是不是刚穿过的游泳裤?"

莱斯特脸色变红了。"也许我只是有点过敏,而不是感冒,大概在上午九点左右,我的身体很快就好了。"他深吸了一口气,"于是我决定去晒晒太阳,游游泳。"

"你游一整天都不饿吗?"

"我随身带了几个汉堡包。"

"有人和你一起去吗?"

"就我一个人去。"他不安地晃动着身体,"又有人打那种电话了,是不是?"

彼得笑笑:"那你下午为什么不去上学呢?刚才你说你上午的时候身体就好了!"

莱斯特双手扯着浴巾。"我本来想去学校的,但我看了一下时间,竟然一点钟了,就算去也来不及了。"他轻声补充了一句,"所以我决定在水里多玩一会儿。"

"这么说你本来只打算游一个上午,下午去上学是吗?如果你只玩一个上午的话，还需要带汉堡包吗？"

莱斯特的脸越来越红，他最后决定实话实说："其实我今天就是不想去学校，我并没有感冒，妈妈和爸爸还不知道我是在骗他们。不想去学校主要是因为今天一整天都是考试，早晨考公民课，下午考历史课。我知道我肯定考不好。所以，为了能通过明天的补考，今天晚上我打算好好复习一下。"

我们听到脚步声，有人下楼了，我们就等着。

贝恩斯从楼上下来，看到我们和他儿子站在一起就停了下来，对儿子道："莱斯特，别跟他们说什么，让我来说。"

"晚了，"彼得说，"你儿子已经承认他今天不在家。"

莱斯特惊慌地说道："那些电话不是我打的。真的不是我打的！"

贝恩斯走到他儿子身边说："莱斯特到底做了什么，为什么你们老盯着他不放？"

"我们来并不是找他麻烦，"彼得说，"不过，我们有充分的证据表明，那些电话和一个学生有关，可能就是学生打的。但那些电话打来时学校正在上课，换句话说，只有缺勤的学生才可能打电话。"

贝恩斯忍不住道："难道莱斯特是今天唯一缺勤的学生吗？"

彼得说莱斯特就是今天唯一缺勤的学生，然后继续说："十八天前，是第一个电话打来的时间。事后，我们发现那天有九十六个学生缺勤，当然，我们是通过检查史蒂文森中学的考勤记录才知道的。缺勤的九十六人中有六十二个是男生，包括你的儿子在内，我们跟他们全部谈了话。那次你儿子一个人感冒在家，你妻子去参加一个朋友的生日聚会，你在上班。但你儿子坚决否认他曾打过电话，当时因为我们没有足够的证据，只能相信他的话。"

莱斯特恳求他父亲："爸爸，我真的没有打过电话，我怎么会做这样的事呢？"

贝恩斯看了儿子一下，然后转过头木然地看着我们。

彼得继续道："今天上午十点半是第二个电话打来的时间。检查了考勤记录后我们发现，两次打电话的时间都缺勤的只有三个男孩。"

贝恩斯心里不禁微微一动："那两个男孩你们查过了吗？"

"就在我们要去调查那两个男孩时，又有一个电话在今天下午打来，所以我们就没去。又通过查考勤记录我们知道，三个嫌疑人中有一个不可能打电话，因为他下午回学校上学了。"

"还一个呢？"

"他在医院。"

贝恩斯马上反驳他："难道在医院就不能打电话吗？"

彼得微微一笑："那孩子得了猩红热，是上个周末和他父母一起到州外游玩时染上的。那家医院离这里五百英里远，而且那里的电话全是当地的电话。"

贝恩斯听完这些后，看着他的儿子。

莱斯特脸色苍白地说："爸爸，你是知道我的，我从来不对你撒谎啊！"

"当然，儿子，你没有撒谎。"话虽这么说，但贝恩斯的脸上，还是露出了怀疑的神色。

前门这时开了，一个女人走进来。她满头棕色头发，脸色苍白。可能是路上走得太快了，她现在还在喘气。她停了一下，态度坚决地说："我刚出去买了点东西，只有一会儿工夫，其他时间我一直都在家里，莱斯特的行踪我一清二楚。"

"没用了，妈妈。"莱斯特可怜巴巴地说，"他们全知道我今天逃学了。"

彼得伸手拿起他的帽子。"晚上的时候，我希望你们和儿子交流一下。我相信，由你们出面做工作比我们好。"他递给他们一张名片，"你们三个在明天早晨十点的时候，最好都到警察局来。"

彼得开车转过拐角，来到外面街上后对我说："但愿他们不要再为他们的儿子圆谎，不然的话，我们就不好办了。"

"有没有这样一种可能，是不是学校外面的人干的？"

"可能性很小，这事基本上是学生干的。"彼得叹了口气，"炸弹恐吓电话的影响已经够恶劣的了，如果真是那个男孩所为，那对他整个家庭的影响更坏。"

警察局五点下班，我五点半回到家。

妻子诺娜正在厨房里做饭，看到我后说："今天上午，史蒂文森中学又接到一个恐吓电话，我是中午的时候从报纸上看到的。"

我亲吻她："今天下午又接到一个，一共三次了。下午的那个恐吓电话因为发生的时间太晚了，报纸就没来得及登。"

她揭开锅盖："你们有什么线索了吗？"

我犹豫了一下说："发现了一个嫌疑人。"

"是谁？"

"一个名叫莱斯特·贝恩斯的学生。"

她有点可惜地说："还是一个学生啊！那他干吗要这样做呢？"

"不过，他到现在为止一直不承认电话是他打的。"

她仔细打量着我："吉姆，你脸色看起来不是很好，是不是碰到这种事感觉很糟糕？"

"是啊，非常糟糕。"

她微微一笑，关切地说："你去叫一下大卫，晚饭马上就好了。他应该正在车库里修他的车。"

我到车库里的时候，看到大卫正把化油器放在台子上，大卫和他母亲一样，眼睛都是灰色的。

他对我道："爸爸，你还好吗？你看上去很热的样子。"

"只是有点累。"

"打电话的人找到了吗？"

"发现了一个，但还不是很确定。"

他皱起眉头问："谁打的？"

"一个小男孩，他叫莱斯特·贝恩斯。你知道他吗？"

大卫看着摆在面前的零件："知道。"

"那你知道他人怎么样吗？"

大卫耸耸肩。"我跟他接触不深，不过，他看起来人还不错。"他眉头仍然皱着，"那些电话，他承认是他打的？"

"没有。"

大卫拿起一个螺丝刀："你们怎么怀疑到他的？"

我和大卫说了我们是怎么做的。

大卫看起来不会拧螺丝，他说道："他是不是会有大麻烦了？"

"以现在这种情况来看是有麻烦。"

"他应该受到什么处罚呢？"

"现在还不好说。没有前科，也许他会被从轻发落。"

大卫想了想说："他这么做也许只是为了开个玩笑，他只不过想让学校停一会儿课。但没有人因此受到伤害，您认为是不是这样呢？"

"如果人们惊慌失措的话，那可就不是开玩笑了。很多人会受到伤害。"

大卫固执地道："不会出什么事的，因为我们演习过怎么疏散。"

我敢打电话也是因为知道这一点。

大卫放下他的螺丝刀："是莱斯特打的，你这样认为吗？"

"也许吧。"

第三个电话是我打的，但前两个电话却不是我打的，也许是莱斯特·贝恩斯打的。

大卫沉默了一会儿："当学校接到第一个电话后，爸爸，所有缺勤的学生你都和他们谈过吗？"

"我没有谈过，不过我们局里的人和孩子们谈过。"

大卫咧嘴一笑："爸爸，怎么没有人找我谈话，那天我也缺勤。"

"儿子，有找你谈话的必要吗？"别人的孩子我不敢说，但我的孩子不会做那种事。现在，我知道我儿子有话要对我说，所以我在等着儿子往下说。

大卫吃力地道："今天早晨，其实我也缺勤。"

"我知道。"

他看着我的眼睛："通过筛选之后，最后你们锁定几个嫌疑人？"

"三个，"我说，"但其中一个在另一个州的医院里，所以不可能打电话。"我打量着大卫，"还有两个嫌疑人——莱斯特·贝恩斯和你。"

大卫勉强一笑："我很幸运，因为第三个电话是今天下午打来的，而那时我就在学校，这样的话我也被排除了，可怜的莱斯特就成了唯一的嫌疑人了。"

"是啊。莱斯特挺可怜的。"

大卫舔舔嘴唇："莱斯特的父亲是不是站在他那一边？"

"是的，父亲总是站到儿子那一边。"

大卫一言不发地摆弄着化油器，头上好像在冒着汗。不一会儿，他叹了口气，抬头对我说："爸爸，莱斯特没有打那些电话，那些电话是我打的。我想,你还是把我带到警察局吧。"他深深地吸了一口气接着说道,"我那么做没有任何恶意,只是想闹着玩,开开玩笑。"

这个结果不是我想听到的,但现在,我为我的儿子感到骄傲,他不愿别人代他受过。

"但是,今天下午那个电话不是我打的。爸爸,我只打了前两个电话。"

"我知道下午的电话不是你打的,因为那是我打的。"

他惊奇地瞪大了眼睛。过了一会儿,他忽然明白了什么:"你想掩护我?"

我疲倦地笑笑:"这件事牵扯我的儿子,也许我不应该这样做,但一个父亲有时候也会糊涂。如果真的是莱斯特而不是你那该多好。"

大卫沉默了一会儿,不停地用破布擦擦手:"爸爸,我觉得应该告诉他们那几个电话都是我打的。把我们俩都卷进去,没有一点必要。"

我摇摇头:"我做的一切,我会告诉他们。"

看着大卫的表情,我觉得他为有我这样一位爸爸感到骄傲。

"走吧!我们先去吃晚饭。晚饭后我们再打电话给莱斯特的父亲。饭后打给他们虽然晚了一小会儿,但没有什么关系。"

大卫咧嘴一笑:"但这对他们父子关系重大啊!"我一回到屋就打了电话。

双双出轨

约翰·约翰逊知道他必须杀掉自己的妻子玛丽，这么做他也很无奈，但他必须为她考虑，这是他唯一能做的事。

没有正当的理由是不可能离婚的。玛丽对他一直很忠贞，而且还善良、美丽、开朗。结婚这么多年以来，她从不像其他女人那样，整天对着老公唠唠叨叨。她打得一手好桥牌，做得一手好菜，镇上的人几乎没有说她不好的。

他觉得非常遗憾，不得不杀掉她。他要离开她，但他怎么也说不出口，对她来说，这是一种侮辱。再说，他们结婚已经二十年了，在两个月前的结婚纪念日上，他们都说自己的婚姻是世界上最幸福的。

那次，他们当着十几位羡慕他们的朋友的面举杯保证说，他们会一辈子相爱。他们说，他们会海枯石烂，至死不渝。

他们一起经历过许多，如果就这么把玛丽杀了那他也太卑鄙了。

假如玛丽没有了他，她的生活将毫无意义。她也许可以继续开她的商店，那个商店自从开张以来生意一直非常好。但她并不是一个以事业为主的女性，纯粹是为了消遣她才开了那个店。当时的情况是隔壁的邻居要卖房子，于是他们就买了下来。他们只是在两栋房子中间的墙上装了一扇门，也没怎么装修。玛丽说，她开家具店只是为了丈夫不在时消磨时间。虽然她很有商业头脑，但开这个店对她来说并没有什么特别的意义。约翰觉得店里乱七八糟，他很少进店。他一进那里就觉得很不安，那里面的所有东西好像随时会掉下来一样，拥挤在一块儿。

玛丽的兴趣不是在商店上，而是全在他身上。如果她想让自己的生活更有意义，她除了商店还必须爱别的东西。

他如果和她离婚，那么就没有人带她去听音乐会，也没人带她去玩桥牌了。她最喜欢的聚餐晚会也不可能再参加了，因为没有了他，他们的朋友就不会邀请她。她离了婚的话，就只能独自生活，她会像那些老处女和寡妇一样过着悲惨的生活。

玛丽对他一向百依百顺。他确信，如果他要求她离婚，她会同意的。但他怎能让玛丽过那样悲惨的生活呢！

不，她应该得到更好的结局。向她提出离婚对她是一种羞辱。

如果他不曾遇见瑞迪丝就好了！但他一点也不后悔遇见她，在去莱克星顿出差时她认识了瑞迪丝，那一次的相遇让他充满活力。遇见瑞迪丝后，他觉得自己终于知道了什么是爱。瑞迪丝和他仅仅见过几次面，就迫不及待地要和他结婚，她说她已经不可救药地爱上了他。

瑞迪丝在等他！瑞迪丝在催他！

他现在必须除掉玛丽，用什么方法除去她呢？安排一次意外事故应该是可以的。在哪里动手呢？拥挤的商店就是一个理想的地方。在那里可以轻而易举地结束玛丽的生命，那里有沉重的石头雕像、吊灯和壁炉架。

他和瑞迪丝上一次在莱克星顿的一家旅馆幽会时，她用让约翰陶醉的、舒缓悦耳的声音催促道："亲爱的，你必须把我们之间的事告诉你妻子，你必须赶快和她离婚。"

有关瑞迪丝的事，他该怎么告诉玛丽呢？

瑞迪丝为什么吸引约翰，约翰自己甚至都说不上来。

与玛丽的和蔼不同，瑞迪丝很优雅。虽然玛丽比瑞迪丝还要漂亮和迷人，但不知为什么，瑞迪丝的魅力令他无法抵抗。在玛丽面前，他是一个体贴、和气的丈夫；在瑞迪丝面前，他是一个热情、老练的情人。和瑞迪丝在一起，他体验到前所未有的亢奋，觉得生活总是充满了激情。瑞迪丝是土、气、火和水这四个元素，而玛丽——他强迫自己不去比较她们。但不管如何，他为什么要强迫自己结束和瑞迪丝这种狂热的迷恋呢？

现在，约翰和瑞迪丝在一起。他们正准备去酒吧时，约翰看到了查特·弗莱明，看到他向旅馆的服务台走去。约翰想：他到莱克星顿来干什么？

在任何地方都可能碰上熟人，这是偷情的人约会时的普遍感受。他们觉得可能没有一个地方是安全的，在任何时候、任何地点都会被人发现。

约翰最不想见到弗莱明，如果自己和另一个女人在一起被弗莱明看到的话，弗莱明一定会到处传播这事。弗莱明这个大嘴巴会告诉所有认识约翰的人，告诉他们约翰有别的女人。

约翰在瑞迪丝身边，他这时非常不自在。弗莱明在服务台不知在说什么，他只要向四周看几眼，就会发现约翰和瑞迪丝。约翰觉得不躲起来一定会被他发现，便找了个可笑的借口溜到旁边的报摊边。他躲在一本杂志后面直到弗莱明登记完，看着查特·弗莱明乘电梯上了楼，他才敢露头。

他们总算躲过了，太幸运了！

约翰觉得这般躲躲藏藏，玷污了他和瑞迪丝之间高尚的感情，也让他无法忍受下去了。他必须想办法彻底解决这件事，但他不想伤害玛丽。

在美国，每天都有上千的人死掉，他亲爱的玛丽为什么不能是其中之一呢？她为什么不能自己死掉呢？

约翰对瑞迪丝道："我刚才感到非常惊慌，怕查特·弗莱明看到我们后把我们的事说出去。"

瑞迪丝镇定地说："亲爱的，我早就说过，这件事你应该马上告诉你妻子。这次意外事件说明我是正确的。你现在明白了吧，我们不能这么继续下去了。"

"宝贝，你说得非常对。我会尽快做出决定。"

"是的，你必须尽快做出决定。"

约翰不知道的是，玛丽现在也坠入了情网，情况和约翰一样。她一直认为自己深爱着丈夫。但直到那天，她才发现自己以前是多么天真。那天，肯尼斯来到她店里，想买一个莫扎特的半身雕像。她店里有好几个莫扎特的半身雕像，此外，店里还有巴赫、贝多芬、雨果、巴尔扎克、莎士比亚、华盛顿和哥德的半身雕像。

顾客一般是不说自己姓名的，但他向她说了自己的名字。于是她也自报家门。听完他的介绍后，她发现他是镇上一位著名的室内设计师。

"实际上，在室内摆放莫扎特的半身雕像，我认为会影响房间的整体效果。"他说，"但我的雇主就是这么要求的，我只能照办。还有别的东西吗？我想看看别的东西。"

她带他参观了商店里的其他存货。他们是什么时候坠入情网的，她记不太清了，只记得他整个上午都在店里，快中午时，他发现后面有一间小屋。那小屋里堆了许多带抽屉的柜子，他对此好像特别感兴趣，便伸手去拉一个抽屉，但不知怎么回事，最后竟拉住了她的手。

"天哪！你这是要做什么？"她说，"如果有人进来怎么办？"

"让他们自己在店里随便看看。"他说。

虽然她不敢相信，但这种事的确发生了。后来，她在约翰出差时不再感到孤独，有时候反而希望他出差。

玛丽和肯尼斯在那间堆满柜子的小屋里秘密幽会，为此，还专门在小屋里添了一张躺椅。

有一次，他们在小屋里太投入了，没发现已经有客人来到店里。直到来人喊道："约翰逊太太在吗？我要买东西。"玛丽才急急忙忙地从小屋里跑出来。

她知道，现在自己的口红脏了，头发也很乱。

来人是镇上有名的长舌妇——布丽安太太。如果布丽安太太发现了玛丽和人幽会，她会到处说给别人听，约翰当然也会知道。

幸运的是，布丽安太太那天的注意力全在奶油模子嫁妆箱上，没有注意到玛丽身上的细节。

玛丽对肯尼斯说："幸好没被发现！"

肯尼斯不高兴地说："我真的爱你，深深地爱着你。我想你也是爱我的。但一直这么偷偷摸摸的我怎么受得了，我已经厌倦了，你明白吗？告诉你丈夫，你要离婚，我们必须结婚。"

肯尼斯不停地让她离婚，他认为离婚是一件很容易的事。但她怎能与一个深爱着她二十年的男人离婚呢？这样做很无情，这样做也剥夺了约翰的幸福。

约翰要死了就好了。美国每天都有数以千计的人死于心脏病，他为什么不能心脏病突发死去呢？她亲爱的约翰为什么不突然死去呢？

如果他死了，一切都好办了。

电话铃响了，铃声听起来都带着怒气。玛丽拿起电话听到肯尼斯愤怒的声音。

"玛丽，今天下午那事真是既荒唐又让人感到羞辱，我无法忍受了。你在那里带顾客看奶油模子，而我却躲在门后！我们必须尽快结婚。"

"耐心点，亲爱的。请你再等等。"

"我的耐心已经到了极限。我无法再等下去了。"

她知道，肯尼斯说的话是真的。她觉得，如果失去了肯尼斯，自己的生活将毫无意义，就算对约翰她也从来没有这么依恋过。

她又怎能把亲爱的约翰一脚踢开呢？他活着就是为了给她快乐，他的存在都是以她为核心的。他们除了认识一些结过婚的夫妇，没有什么其他的朋友。如果她甩掉他的话，约翰将一个人过着孤独可怜的生活，他一个人怎么过剩下的几十年呢。他失去她会成为一个怪人，朋友们出于同情而邀请他去参加一些聚会。看到他，周围的人们会议论道，约翰真可怜啊！他这样还不如死了好呢。他将住到某个破烂的单身公寓，因为不会照顾自己，饭也吃不好，一顿饥一顿饱的。不，她怎能忍心看到他过那样的生活。

如果肯尼斯没到她的店里来找莫扎特的半身雕像就好了。那种半身雕像别的地方多的是，价格还比她卖得便宜。如果她不在家里放莫扎特的半身雕像就好了。如果她和肯尼斯没有这种疯狂的恋爱就好了。但这一切都已经成为了事实。

她现在觉得，和肯尼斯在一起一秒钟也胜过和约翰在一起一辈子。

她将寻找一种迅速、有效、干净的办法摆脱约翰。她想只能用这个办法了。

约翰出差回来了，那天晚上他觉得玛丽很漂亮。他脑海里甚至冒出来这样一个念头：这一生有玛丽陪伴就够了。但想到瑞迪丝后，这个念头立刻就消失了。为了能和瑞迪丝在一起，他决定照原计划行事。

他决定就在这天晚上温柔地杀掉玛丽，必须得温柔。当然，他得先吃玛丽为他准备的晚餐。不仅仅是因为礼貌要求他这么做，也是他的确饿了。

一边吃一个女人为你准备的奶酪蛋糕，一边准备谋杀她，这听起来似乎很残酷。但残酷并不是他的本意，他是迫不得已。所以，他刚吃完饭就着手进行谋杀。

他不知道用什么方法杀死她。他看到那个堆满半身雕像的地方，也许那里是杀她的好地方。

"刚出差回来，挺累的吧！来，喝点咖啡。"玛丽微笑着递给他一杯咖啡。

"谢谢你，亲爱的。你这么一说，我还真的想喝咖啡了。"

他喝咖啡的时候瞥了一眼桌子对面的玛丽，他看到她脸上的表情很不自然，这让约翰很困惑。一起生活了这么长时间，她一定知道他想干什么，也一定了解他的想法。这时她面带微笑地说道："亲爱的，我要出去一下，我刚想起店里还有些事要做，等我一下，我马上就回来。"她的这个灿烂的微笑让他觉得一切正常，她并没有察觉出什么。

她走出餐厅，经过大厅很快走进了商店。

但她并没有马上回来，约翰等了一小会儿，还是不见她回来。他喝了两口咖啡，然后决定去商店看看她为什么还不回来。

他发现她在中间那个屋子里，背向外坐在一个大沙发上，旁边全是放满雕像的架子。他进来的时候她也不知道。

这个时候正是下手的好时机！她的肩膀怎么在抽动？难道她在哭泣吗？或者是她知道了他的想法，还是她已经知道他们的共同生活快结束了。但他又觉得她的肩膀这么抽动着，可能是因为她在笑。他没有时间去猜测她到底是在哭还是在笑。他不能错过这个绝佳的机会。她正低着头趴在维克多·雨果或本杰明·富兰克林的雕像旁,只要约翰轻推一下雕像,它就会砸到她的头盖骨。

没有太多的犹豫,他推了一下雕像。

杀人是如此简单,推一下就行了。

可怜的玛丽!可怜的女人!

他觉得玛丽死了,他们三个人都好过。他并没有因为杀了她而责怪自己。但事情这么容易就成功了让他多少有点不敢相信。如果他知道事情是这么容易的话,估计他前几个星期就动手了。

约翰镇静地瞥了玛丽最后一眼。回到餐厅后,他准备给医生打个电话。等警察来了,医生一定会告诉他们,这是个意外。约翰几乎连谎都不用撒,他只需要说玛丽可能自己碰到了雕像,然后雕像落地时砸到了她,其他的一切照实说就行。

他慢慢地喝着还温热的咖啡,不禁想起了瑞迪丝,他很想打电话告诉她这一切,他们再过一段时间就可以永远在一起了,他们可以结婚了。但是,他决定还是不急着给瑞迪丝打电话,他不想冒险。

他从来没有这么轻松过,现在的他觉得快乐而镇静。这种轻松源自一种解脱,他刚才做的事解开了一个难题。他忽然觉得很想睡觉,感觉好像从来没有这么瞌睡过。他还没有给医生打电话,怎么能睡呢?但强烈的瞌睡感驱使他趴在餐桌上就睡了,甚至他想去沙发上躺一下都来不及。

约翰不会想到,玛丽在那杯咖啡里放了过量的安眠药。

玛丽和约翰的朋友一致认为,这场双重悲剧是这样发生的:那天晚上,玛丽在危机四伏的商店里不小心被雕像砸到头。约翰发现玛丽死后,伤心过度地意识到,没有玛丽他也无法活下去。在极度绝望的情况下,他在咖啡里放了大量的安眠药,自杀殉情了。

在玛丽和约翰庆祝他们结婚周年时，两人都说过"至死不渝"的话。这样看来，世界上最恩爱的夫妻非他们两个莫属。在这个虚伪和谎言流行的世界上，还有什么能比他们深挚的爱情更动人呢。从那以后，小镇上的人只要想起玛丽和约翰，想起两个人为了曾经的誓言在同一天死去，就会感动不已。

剑与锤

森克算不上是个坏人,虽然他身上可能有几分傻气。事情始于一个晚上,那晚我和他坐在海边,海水正哗哗地从蓝色的太平洋涌向加州海岸,经海岸的撞击,海水破裂成无数的白色泡沫,煞是好看。已经到了午夜,森克从毒品带来的兴奋中清醒过来,他双臂抱膝,下巴支在双臂上,眼睛一直凝视着大海。

"它看起来很美,不是吗?"我说。

森克耸了耸肩,他的头发被海风吹起。

"它本来很美,可你仔细去想的话,就觉得它不那么美了。你看,大海正在啃咬着海岸,吞食着海岸!海洋正不停地撕咬着加州,如果看得仔细一些,你甚至可以看到它的牙齿。"

我没有理会森克。他总是会说一些不着边际的话,就算是在清醒的时候也是如此。他不止一次声称,假如有什么东西要攻击他,他一定会先下手为强。森克是一个身材瘦长,看起来毛茸茸的家伙,有时候有些心术不正。

我是在三藩市认识森克的,当时,我们那个破落的住处一共居住了二十多个人,各个行为怪异,警察每星期都要来好几次。后来我和森克决定离开那里，搬离那个鬼地方。我们收拾好简单的行李去了洛杉矶，流浪的日子从那时便开始了。可总居无定所也不是办法，我们已经开始厌烦这样的日子了。

"我有一个主意。"森克一边说着，一边用指尖划过长发，像是在洗头。

"说来听听。"

"邮票和古董。"森克把身子坐直，向后躺在沙滩上，"有个人叫里尔，你有没有听说过？"

"当然！他是电影流氓，一个真正的乡下人。"我回答他说。

"他很有领袖气质，身边有许多不同类型的女孩子。他还收藏了许多东西，比如邮票、古董，还有珍玩。"森克一说起这个，整个人都兴奋起来。

"那又能怎样？"

"他去欧洲了，就在昨天！"

"谁告诉你的？"

"报纸上说的。"

"你想趁这个机会去偷他的邮票和珍玩？"

"没错，"森克点点头接着说，"我们找到他的住处，然后破门而入，就像去三藩市政客家那样，那回我们偷走了所有的威士忌。就这么定了！明晚我们过去玩玩，老天，那该死的保险箱一定很难弄。"

"我们明晚找到地方就进去。"我被他高昂的兴致所感染。

"该死！看那儿！"森克突然抬起头，指着海上远处的一些灯光说，"那些有钱人正在游荡。这些该死的混蛋，他们的银行存款总是五位数的，可我们连一个铜板也没有！一想到这个我就难受！"

坐了一会儿，我们往停放老爷车的地方走去。海风微微地吹着，我们被风轻推着，衣服被吹得粘在背上。

打听到里尔的地址很容易，并没有大费周折。我们从一家旅行社得来了需要的消息，我们甚至还看到那里的一张照片。那是一座巨厦，隐藏在山谷中，像是与世隔绝一般。四周有围篱，还有一些大树，总之，那地方绝对符合你的想象。我想，这个偷窃计划应该不会有什么问题。

"大厦里总会留有管理员或其他人吧？"

"管理员？"

"是的。那么大的地方，里尔总会留下什么人来看守别墅吧？"

"没你想得那么麻烦，你不了解那些人。他们不像我们，金钱在他们眼中没那么重要。他去欧洲应该需要一些日子，他们外出旅游一般会选择乘轮船，而不是坐飞机。"森克向我打包票说。

"你再想想，那么大的房子，想逮到我们可不容易。他必须有很多管理员才行。"森克继续安慰我。

那晚，我们开着老爷车向山谷进发了，汽油是从一位绅士的汽车里偷来的。到达目的地的时候，太阳刚下山，我们发现那幢房子美得就像一幅风景画。在我们眼前出现一片紫色的云，它很低，好像这种美丽触手可及。

这里美极了，森克和我被这美丽镇住了。尽管这样，现在想想，我还是希望根本没去过那里。这是心里话，我向你保证。

里尔的房子很隐蔽，青藤爬满整面墙。森克把汽车停在一棵树下，熄掉灯后，我们开始细细打量这座房子。它有两层，建造的地方比地面略高，楼上尖尖的顶阁直刺天空。我们一直在那儿静静地等着，监视着房子里的动静。

已经到了午夜，还是没有一点动静。

"现在行动吧？"森克说。

我没有回答他，只是看了看森克腰里挂着的那把刀。以前我们作案的时候，屋里没有人，但森克还是带着刀，我知道他害怕屋里有人，其实我也害怕这个。

这时候可容不得犹豫，我们快速跨过黑黢黢的草坪。接着爬上墙，跨过铁栅，落到墙的另一边。森克大口喘着气，在星光下，我能看见他正咧着嘴笑。

"它太诱人了，像一只熟透了的大樱桃，等着我们来摘呢。"森克说。

房屋里黑黑的，我们正朝着那儿走去。一间浴室和一个大游泳池出现在我们的左边，尽管视线很模糊，但从形状上还是分辨得出来。游泳池的水面闪着光，水面上方有个跳水板，它高高地杵在那儿，活像一个断头台。

森克赶忙向四周看了看，在确定没有问题之后，用刀柄将一块落地门的玻璃敲碎。他把手伸进去，门被扭开了。我们进屋了，动作很快。

房间里漆黑一片，看不到任何东西。森克和我很有默契，我们同时把手伸进口袋找出钢笔式手电筒，顿时，黑暗中有了两道亮光。

"我们先找邮票吧。"森克的声音听起来很兴奋。

古玩只能暂时搁置不提了。这间屋子里摆的净是些畸形的玻璃动物，根本值不了几个钱。我们走出那个房间，进入了一个长长的通道。我开始有些不安，可说不清是什么原因。现在想想，大概是一切太顺利了，而过分的顺利通常是不正常的，只是当时我们太兴奋了，根本没有时间考虑这些。

"也许我们可以打开一盏灯，反正这里只有我们两个人。"说完森克摸索着，把我们这间房子的灯打开了。整个屋里亮堂起来，我们这才发现，玻璃柜里有很多很多的古玩。

"好极了！我们先找邮票，然后再看看还有什么值钱的东西。"

"邮票在楼上的保险箱里。"森克话音刚落，突然一个声音在我们身后响起。

你可以想象，当时我们真的僵住了。我吓得出了一身冷汗！

我转过身，竟看到了里尔！是的，是他！他站在门口，面露恶汉般的微笑。这微笑在我还是孩子时就见过，和电影里看到的一模一样。他拿着一把长剑，森克的刀和这把长剑相比，更像是一个玩具。"我们……我们只是瞧瞧……"森克结结巴巴地说。

"不，我知道你们是来偷盗的，你们以为这房子里没人，因为报纸上说我去了欧洲。'欧洲旅行'经常会吸引你们这种人。"里尔以和善的声音说。

"请您把话再说得明白一点，我想这里边可能有什么误会。我们敲门，可没有人答应，我们以为这个地方已废弃了，这才进来瞧瞧。"森克冷静下来，回答说。

"别再编造这没用的谎言了，我一直在等着你们出现，等着像你们这样的人出现。"里尔说着，那姿态就像在演戏。

有人走进房间来了，他站在里尔的身后。等我看清楚他的脸时，差一点晕倒。是托奥——银幕上有名的恶汉，通常扮演纳粹将军。接着，房里又走进四五个人，我在银幕上见过他们，盖茨、劳吉、蒙娜，几分钟内我把那些人全都认出来了。蒙娜瘦得皮包骨头，一张吸血鬼一样的脸把我吓个半死。托奥身穿一件黑色长袍，他从口袋里掏出一把枪指着我们。蒙娜用饥饿的眼神盯着我，仅仅是一个眼神，就已经让我浑身直打哆嗦。

森克和我被四个男人围拢起来，在这种阵势下，根本容不得我们挣扎。我们的手脚都被捆住了，双手缚在一张长沙发上，脚踝被绑在沙发腿上。

"你们凭什么这么做？谁给你们的权力？你们到底在搞什么名堂？"森克气愤地问道。

"或许，你可以把我们几人理解成是一个小型的俱乐部。每隔一段时间，我们就会向外宣称这里的主人不在，以此来吸引一些像你们这样的人。"里尔的笑不怀好意，这样的笑曾让他名噪一时。

"你是说，许多电影明星都参与此事？"我诧异。

"哦，不是这样，可别玷污了好莱坞的好名声。只有我们八个，全演坏人的八个，我们都是银幕上响当当的坏人。"里尔诙谐地侧了一下身，不经意间摆出一个姿势，漫不经心地说，"虽然我也演过爱情片。"

"行了，废话少说！说吧，准备怎么处置我们？报警？"森克问道。

"不必那么紧张，其实只是玩个游戏罢了，这是本俱乐部的宗旨。"托奥笑道。

"游戏？"我开始害怕起来，事情肯定没那么简单。

"电影里的情节你们应该见过吧？因为我们扮的都是坏人，在银幕上我们就得经常死亡，就算我们一共死了一百四十九次，英雄仍在活着。"里尔说。

"年轻人，你们一定想象不到，我们有多么讨厌这个！"托奥接着说。

"好吧，你们准备怎么做？"森克问道。

"这个简单！在摄影机前，我们重新表演一段以前表演过的情节，只是这一次，我演英雄，你们演坏人。"

我的腿开始抖个不停，因为我想起，托奥在有部电影里被钉过三次木桩。

"不，绝对不行！"森克叫道。

谁都没有去理会他，他们依然饶有兴致地聊着天。他们一个人在屋角的吧台上调酒，另几位走过去，就跟银幕上的好莱坞宴会的场面一样。

他们饶有兴致地讨论，准备商量出一个对付我们的好办法。最后掷了骰子——托奥的意见被采纳了。

掷骰子的声音又响起来了，我和森克的心也开始七上八下。

"他们属于我了！"里尔举起了酒杯，摆出一副胜利者的姿态。"就他了，我一会儿跟他拍《加勒比海浴血记》的最后一段！"他指着森克说。

"绝对是个不错的主意！"托奥表示了赞同。可怜的森克被拉了起来，此刻，他的挣扎显得那么微不足道。

另外几个人走出屋子，他们去取海盗服。

"别担心，宝贝。我们不会忘记你。"蒙娜醉醺醺地对我说，眼光迷离。

她喝醉了，就在站起来的时候，一只蛇形金属饰物从手腕上脱落了，刚好掉在我坐的沙发旁边，我挪动着把那个饰物藏起来。森克被他们带走了，他看起来害怕极了。房间只剩下蒙娜和我。我悄悄地移动着，想尽办法让那件银饰顶住我手腕上的绳子。在许多早期的作品中，里尔都用这种办法来割断绳索。

绳子很旧，割断它似乎也不是什么难事。绳子快要断了，他们又回到了房间里！为了防止他们的怀疑，我停下了动作，静静地待着。

里尔穿着艳丽的海盗服回来了，后面跟着森克，他也穿着类似的服装，只是颜色没那么鲜艳。装上胡子和所有配备之后，森克看起来确实很像一个海盗。这一点我得承认。

"你去游泳池！"里尔命令。

森克被他们推向了游泳池，他不停地回头望望我，那种无助的眼神真叫人难受。

"蒙娜！你来！"里尔叫她。

蒙娜微笑着看看我，之后像跳舞一样随其他人出去了。现在，房间里只剩下我一个了，我拼命地开始割起了绳索。

谈话声不时从游泳池那边传进我的耳朵："灯光安上边，对，就安上边。"

"这个角度看起来不错。""记住，只拍一个镜头。"

接着是一阵大笑，而后便是移动装备的声音。

趁着这个没人注意的时间，我用尽全力去割绳索。终于割断了！来不及喘气，我解开脚上的绳子，离开那间屋子，悄悄从进门时敲破的落地门那儿溜出去了。就在我从房子里出来，大步往黑暗中逃窜时，我听见有人喊了一声："开始。"

我边跑边不时地透过树篱往里面张望。在灯火通明的游泳池那边，森克和里尔面对面站在高高的跳水板上，他们手里都拿着剑。森克站立在跳水板的末端，背对泳池，那个地方很危险，稍不留神就会从上面掉下来。

"我已经洗劫了最后一条船！"里尔大声叫道。

决斗开始了，我这才发现，原来森克手上的剑竟是橡皮做的！

终于，我穿过草地，接近我的汽车了。我松了口气，停下来又往那边望了望。森克正奋力用那把软软的剑做着无谓的抵抗。突然，里尔的剑向森克刺了过去。此刻的森克，只能后退。他大叫着掉进游泳池，水花四溅。衣服太笨重了，他整个人就像是铅做的一样，来不及挣扎，便沉到了水底。

在汽车发动起来的那一刹那，传来了里尔大叫的声音，听不清楚他在吼些什么。接着又是一阵掌声……

那件事已经过去很长时间了，我现在回想起来还是心有余悸。在很多时候，我总是做一个可怕的梦。在梦里，蒙娜微笑着，嚼着口香糖，拿着尖锐的木钉和一个巨大的木锤向我扑过来！木锤举起，落下！我被困住了，想动，可怎么也动不了。一阵难以形容的可怕声音出现了，随后是一阵热烈的掌声，这声音跟我那次听到的一模一样。我充满恐惧地从睡梦中醒来，吓得一身冷汗。

曾经，我试图把整个故事说给别人听，可没有人相信这是真的，虽然它确实是真的。

总有人会相信的，总有那么一天……

罗宾汉的故事

在"罗斯山庄"公寓里，有三个人正围坐在餐桌边，他们是露易丝、吉姆，还有我——大卫。

我们谈着"除恶俱乐部"的生意，当然，我们会一边聊一边享受浸汁螃蟹、生菜沙拉和刚出炉的法国面包，还有特选的白葡萄酒。这些都是由我的仆人——福特，帮我们准备的。平时，福特只料理我一个人的衣食，因为到现在为止，我还是单身一人。

身着时髦衣服的福特，长了一张菲律宾式的黑脸，只见他笑容可掬地问："饭菜还合口味吧？"

"嗯，相当可口，你的烹饪技术真的是越来越好了。"吉姆用他那极具特色的低音说道。

"那就是说，还算不错？"

"确实很不错。"露易丝表示认同，同时点了点长满金发的头。

福特匆匆地返回厨房去了。那股麻利劲儿看起来应该是有约会在等他。明白了这个以后，我自己满上饭后的白兰地说："露易丝，你来说说。"

露易丝熟练地将一支纸制香烟塞进一个随身携带的精致烟嘴里。

吉姆随即拿一只银质的打火机帮她点烟。他有一张粗犷的脸，是一个身材高大，四肢细长，长着灰褐色头发的家伙。

拿着烟，她开始跟我们透露从俱乐部分会调查得来的消息。

她说："那一帮酒鬼和那一堆接连不断的骗局是有关人寿险的。"

吉姆晃了晃他的大脑袋，脸上流露出一种很心痛的表情，这种表情通常在他谴责别人缺乏道德时才会出现："那一定不是受益人制造的吧？"

"确实不是。"露易丝说。

露易丝和吉姆两个人在事业上都取得了一些成就。露易丝是一个时装设计师，同时也是一个艺术家；吉姆是一位律师；而我，是一个做投资生意的老板。尽管露易丝的职业跟她从事的"除恶俱乐部"的任务有些不搭调，可她相当敬业。即使她脸上正带着动人的微笑，但一提到将会除掉的穷凶极恶之徒，她就充满了憎恶，那种冷酷绝不亚于美洲的大毒蛇。

"仅仅为了能免费喝上几瓶酒，那些酒鬼就把自己保险单上的'新受益人'一栏填上供酒人的名字。就在供酒人刚确定保险费有人继续支付，保险单仍有效时，那个酒鬼已经不在人世了。"我说。

露易丝缓缓地说："在这个案子里，事情变得相当残酷。这些只顾吃喝，弃家不顾的受害人，费尽心思从家里偷偷地拿走了保险单。可他们的妻子并不知情，依然不断地往那个单子里支付保险金。谁也没有想过要去检查那张单子。等到受害人一死，准备去领取保险金时才发现保险单已经不见了，受益人竟成了别人。"

吉姆摇头。"一共有多少人？"他语气中带着厌恶。

"五个，全是醉倒在路旁后被打死的。"她平静地回答。

吉姆用拳头重重地锤击桌面，义愤填膺地说："他们怎么能残忍到这种程度？这简直匪夷所思。"

"警方那边有没有什么消息？"我问。

"还没有，我们查到了一些。"露易丝回答。

"说来听听。"吉姆直截了当地说，一双棕色的眼睛闪着光，表情生动极了。

露易丝轻啜着酒杯，接着上面的话说："五个人都是男性，年龄均在五十岁左右。全都是典型的酒鬼，一个个只顾自己花天酒地，不管妻儿老小的死活。目前，家属里面有两个需要特别医疗的小孩；还有一个年纪稍大点的孩子，看起来很聪明，因为他妈妈卧病在床，所以不得不辍学，出去挣钱，养家糊口。他们所有人应得的赔偿金全都进了一个不相干的人的口袋。"

"那人是谁？"吉姆粗声粗气地问道。

"他叫利思，在街上有一家酒店。"

"当他知道自己已经成为受益人之后，就在那里天天盼着，希望他们早点死亡或者遭遇什么不测。"吉姆猜测。

"没那么简单，我们调查人员可不这么看。"露易丝又笑了，一双碧绿色的眼睛看起来像是个孩子。

"你是说，他连这个也等不及，干脆自己亲自动手了？"吉姆跳了起来，他感觉有些心痛。

露易丝默认，耸了耸肩："在他们死前的一个月里，人寿险的受益人已经变成了利思。接着，一个月的时间内他们全都死了，而且都是被殴打致死的。可警方并不清楚实情，不知道利思马上就要从中受益了。尽管他们迟早会弄清楚事实，可是……"

"所以，"我插话进来，"我们必须赶在他们之前行动，替那些可怜的遗属取回那笔钱。"

"没错，可是我们要怎样行动？"吉姆又是一副怒不可遏的样子。

两人都把目光集中在了我身上，因为轮到我来结尾了，那是我的责任。我坐在那里沉思起来。就像做一项股票投资一样，我预先列出几种现有的方案，然后选择最有利的一个，并且向他们阐明这样做的理由。

吉姆吃惊地盯着我看。显然，他一时间还不能适应我思维的巨大转换。在他看来，一个身着正装的炒股行家不可能想出一个如此不可思议的赌局。尽管如此，他最后还是表示赞同，从他闪着光的眼睛里我能看到他的决心。"你太精明了，大卫！"露易丝转身吻了一下我的脸颊，喃喃地说。

次日，天黑下来的时候，露易丝小心地开着车，吉姆和我坐在后座，一直开到第三街附近的一个停车场。

她必须得小心一些，确保不违章。假如被阻拦的话，我们的刻意伪装就会被发现。到那时候，上报是免不了的。我们总是会做一些冒险的事情，一不留神就成了新闻人物。

我们终于抵达了事先选择的停车场。场地半空，光线不是很好，远处模糊可见一个躺在地上的人影，看样子应该是睡着了。天雾蒙蒙的，街灯和汽车灯显得朦朦胧胧。"我们走了！露易丝，锁好车门。"吉姆叮嘱道。

"我会用鬼脸和嘘声把他们赶走。"她说着，清脆的笑声响了起来。我微微一笑，跟吉姆一起下了车。我们心中很清楚，对于这些，露易丝完全应付得过来，她甚至拥有走钢丝的勇气。

"好戏就要上演了，准备好了吗？"我问吉姆。

吉姆身穿一件弄得很脏的夹克，带着戏剧化的假胡子，眼睛发红——我们事先用药水点成的。他做了一个要回答问题的姿势，然后突然转换成一个醉酒的架式，一路从停车场颤颤巍巍地走进了人行道。在一处街灯底下，他摇晃着歪歪斜斜的身躯说："快点，伙计！"那声音听起来有些含混不清。

我的装扮和吉姆差不多，我以凌乱的步履追上前去。我们两个人看起来就像两个已经醉得昏天暗地的疯子。

表演了五分钟后，我们来到利思的酒店，进门的时候，门上的铃铛叮叮当当地响了起来。

房间的光线很强，为了防止有人前来偷酒。

利思站在柜台后面，眼神里透露出极度的不信任。他个头不高，是个秃头，一副厚厚的近视眼镜架在鼻梁上。镜片在头顶的日光灯下反着光，隔着镜片，他直直地盯着我们。

"小心一点！要是一瓶酒碎了，你就得进监狱！"利思高亢而厌烦的声音响了起来。

吉姆用手扒着柜台角，以保持身体的平衡，然后愤怒地瞪着利思。

"快说你想要什么，付完钱赶紧离开这儿！"利思命令道。

"酒！"我说。

"先给钱。"利思平静地说。

因为付钱的事，我们理论了很长时间。事情和我们料想的一样，无论我们说些什么，他毫不动摇，坚持要钱。最后，吉姆身体前倾，在他的耳边窃窃私语。

"这是谁给你出的主意？"利思那双厚镜片后面的眼睛猛地眨巴了一下。

"是唐恩，老唐恩，"吉姆的嘴里含糊地吐出一个名字——露易丝告诉他们的，"不过最近没有见过他，他说你给他办过这个，你也为我和我这位朋友办办，怎么样？"

"有多少？"利思悄声问。

"一万。"

"是哪种类型的人寿险？"

"普通的。"

"你们两个都是？"

"没错。"我说。

利思把已经写好他名字的字条塞进吉姆胸前的口袋，说："按字条上的名字去保险公司更改，改后再拿来给我看修改单据。现在你们赶紧从这里离开！"

第二个晚上，我们又去了那个地方，露易丝也跟我们同去了。她装扮成那一带最低贱的女人的样子：顶着一头鲜红的假发，涂着浓厚的橘色唇膏，黑黑的睫毛膏涂在她那双碧色眼睛上。她修长的身材也在特意的装扮之下看起来怪怪的——她用东西垫在红色的毛衣底下，整个上身看起来异常肥大。腿上的那条黑色裤子，膝盖打弯处已经破烂了。

她在我们前面进入灯火通明的酒店，随着她的步履一起扭动的臀部，看起来有些夸张。利思凝视着她，能看得出来，他正在猜测她的职业。

吉姆走上前去，塞给利思两张伪造的保险单，那是"俱乐部"特意为我们准备的。于是，他暂时忘记露易丝。利思看到两张假保险单的新受益人是自己的名字时，猛地点了点头，然后打开了摆放在柜台上的两瓶劣质酒。那是一种喝了会叫人喉咙分裂的酒，但今天是第一天，即使是这样的酒，我们也只能拿钱买。

"真是好酒！"吉姆说。

"真是个该死的酒鬼！"利思一边鄙视地诅咒，一边去取两瓶廉价的波恩酒。

吉姆和我各拿着一瓶酒，一旁的露易丝正垂涎欲滴地盯着我们手里的酒瓶。就在我们摇晃着向前门走时，利思转身向后面的储藏室走去。

吉姆打开门，故意让门把铃声摇响。间断了一下，他把门关上，门铃再一次被摇响了，接着他把门上了锁。我扫视一下四周，把窗户上的牌子翻转一下，让写着"打烊"字样的一面亮在玻璃上。

做完这些，我们三人迅速地潜入后面房间。我们看见利思正跪在一只看起来很牢固的小保险箱前，我们静静地等待着，一直等到他转好密码盘，打开箱门。

就在这时，吉姆用他特有的男低音说道："待在那儿别动，我们没叫你动，你最好乖乖地别动！"

利思僵在那里。

吉姆和我向他走近。"站起来，转身。"我说。

利思很机械地照着我的话去做，他的眼睛瞪得很大，眼神里充满了惊愕。接着他眨巴了一下眼睛，低头看着保险箱，看样子是想用脚把保险箱的门合上。

"如果换了我，我想我不会那么做的。"露易丝用甜甜的声音说，同时用一支小手枪对着利思。

他眼睛直盯着那把手枪，顿了一下，叫道："强盗！"

"闪开！"吉姆厉声说。

吉姆趁着利思向右挪几步的时间，弯下身，取出了保险柜里的钞票。他数了数，接着点了点头说："只有一半的钱，我们会把剩余的钱找齐的。"

"那钱是我的！"利思的声音听起来有些发抖。

"这钱是怎么来的？"我问。

"是我辛辛苦苦挣的。"

"当然，你可以这么说，谋杀也是一件很不容易的事。"我说。

"我听不懂你在说什么。"

"唐恩、莫理斯、霍华德、哈德,还有逊斯。"我干脆地回答他。

他的眼睛又眨巴了一下。

"在我们身上,你想使用同样的方法。只怕这次要让你失望了。刚刚我们给你的,是两张假冒的保险单。那是我们俱乐部为了对付你,专门给我们准备的。而那五个可怜的酒鬼,他们就惨了,他们把你更改成受益人后,全都被你谋杀了。"

我看着露易丝,说:"你去用这里的电话跟他们联系一下,叫他们开车过来带走他。"说着,我从腋下的枪套里取出手枪,拿枪口指着利思。

露易丝走向放着电话机的柜台时,只听利思尖声尖气地叫道:"他们不是我杀的!"

"不是你?那会是谁?快说!"吉姆的语气带着威胁。

"是……这个我真的不能说。"

"那就是说,你准备一人承担谋害五条人命的罪行。谋财害命,这罪名可不小。露易丝,别愣着,打电话吧。"我说。

"哦,不!"利思摇头说,声音里夹杂着哭腔,"就算我告诉了你们,暂时逃脱了,进入监狱以后也仍然没法活命,他不会就此放过我的。"

"才两万五千,总共是五万才对,这是怎么回事?你雇人去帮你谋杀,然后把钱跟别人平分了?"我看看吉姆手中的钞票问。

利思的头像拨浪鼓似的摇个不停,可就是不开口回答。

吉姆和露易丝在我的示意下走到了房间末端。我手里那把一直对着利思的枪还继续指着他,而利思则一直用恐惧的眼神瞪着我们,他看上去有些紧张。

我告诉了他们我的计划，接着，我补充说："这个办法是有点冒险，所以，假如你们觉得不妥，我们再想想别的。"

露易丝微笑着温柔地说："没问题，我们就照你说的去做。"

"吉姆，你怎么看？"我问。他点头表示同意。

于是，我们一同转向利思。

"我们想跟你谈个条件。"我说。

"条件？什么条件？"利思不解地问。

"你打电话给你的同伙，就说又有两个任务需要他帮忙。你跟他说，我们不久前刚离开你的酒店，并且告诉他我们前行的方向。剩余的事情，我们来处理。"

"可是这样做对我有什么好处！他肯定知道是我帮你们安排的。而你们仍然会把我当成谋杀者，说是我雇人去谋害你们，给我继续添加罪名。到最后，我的处境就更惨了。"利思抗议道。

"我们只想抓到真正的杀人凶手，那才是我们需要惩罚的对象，只要抓到了他，就没有人会威胁到你了。至于你，坐牢是不可避免的，但是，只要你愿意合作，你坐牢的时间一定不会太长。"我劝他说。

"那这笔钱——如果我能留下来的话，我会把它藏好的。"

"哦，这个恐怕不行！利思，你要知道，这是证据。"吉姆微笑着回答他，并随即把钱放进了口袋。

"我根本就没有选择的余地！"利思大叫起来。

"那怎么会呢？你有一个。"我说着，指了指摆在柜台上的电话机。

他站在那儿，眼睛又习惯性地眨了眨。接着，躲在镜片后面的两眼一下子明亮了许多。"你们要用什么方法抓他？"他试探着问。

我说："从你的后门，向南，上第三街。"

他点点头，走向前面的电话机。我持枪尾随其后，停在储藏室的门边。

他拨通电话，对着电话时而低语，时而聆听，往复了几次之后，挂断了电话。在我的示意之下，我们返回了储藏室。

"他的外貌有什么特点？"

"他很高大，总是喜欢穿一件黑色的皮夹克，不戴帽，金发，面颊有一道伤痕。"利思回答。

"他使用什么武器？"吉姆问。

"噢，棍子。"利思说。

"你负责看着他，要仔细地看好。"我对露易丝说。

"好的，我来看守，仔细地看守。"她微笑，拿枪指着利思。

吉姆和我从后门出去了，走的时候每人都带了一瓶酒。我们脚步凌乱，晃晃悠悠地走着，不时发出故意装醉的怪笑。但实际上，我们的知觉敏锐而清醒，只要周围有任何风吹草动，我们都听得一清二楚。沿途我们被人六次拦住去路，向我们索要酒喝，不过，那些人很容易对付，因为我们很清醒，他们却烂醉如泥。

最后，我们在一条没有灯的巷子里停了下来。我们选中一个水泥门阶，半躺在上面，时而低头耳语，时而大声说笑地等待一个高大、金发、身穿黑色皮夹克、面颊有伤痕的人出现。

巷子里来来回回，稀稀落落地经过了各色各样的人。

然后，一位有着白色乱发，戴着墨镜的夫人出现了。只见她一手持着白色手杖，另一手牵着一条法国牧羊犬。妇人拖地行走的脚上，穿着一双破烂不堪的鞋子，那样子看起来可怜极了。她走路的时候整个身子佝偻着，好像有些半身不遂，走起路来，嘴巴丑陋地撇着。

当她差不多经过巷口时，突然转身放开牵狗的皮带，一把摘掉墨镜,随即放进她那褴褛的毛衣口袋。一瞬间,她的身躯不再佝偻,向我们跑过来的时候,矫健得如同运动员一般。牧羊犬紧跟在她的身后,它那双金色眼睛散发出愉悦而又善解人意的光芒。

妇人高高举起手杖,凶恶地砸向吉姆的头。但吉姆身手敏捷地躲开了,而我蓦然站立,从夹克下掏出手枪。

一看见手枪,她两眼圆睁,急速转身,准备逃窜,但是我一个箭步挡在她前面,张开手臂阻拦她。牧羊犬像是一个看客似的站在那里,不时地闪动着金色眼睛,摇着尾巴,关注着这些举动。

这时,吉姆站立起来,亮亮皮夹,那是"俱乐部"为我们准备的警察身份证明。

"我知道,可我……"她想要强辩。

我没给她机会,打断她的话说:"唐恩、莫里斯、霍华德、哈德、逊斯,他们全都死于这根拐杖下,它的使命就是为了来完成任务。"

她的视线来回在我和吉姆身上转换,最终停留在我身上,眼光略带恐惧地问:"怎么利思他……"

我说:"从保险金的支付处我们抓他个现行,证据确凿,他招供了。"

"可是,我们刚刚还……"她有些不解。

"他在我们的监控之下给你打了电话,现在他还在我们的监控之中,跟我们走吧!"

"你们抓我去坐牢?"她丑陋的嘴颤抖着说。

"是的,不过我们需要先到你的住处看看。"吉姆说。

她握紧手杖,眼神暗淡无光。

"要是你再敢用那东西的话,我就直接开枪从你的双眼之间穿过去。别愣着,快走吧!"我说。

她的家，实际上就是附近的一家旅馆。进去的时候，我们把她夹在中间。经过休息室的走廊时，柜台后面那个浑身横肉的收银员满脸狐疑地盯着我们看。

我拿枪口隔着口袋对准她，这一点她应该清清楚楚。她拿出眼镜，架在鼻子上，身体倚着手杖，一只手牵着那只性情温驯的牧羊犬。

"曼蒂，你还好吧？"收银员关切地问。

"我很好，豪斯，这两位是我的朋友。"她说。收银员再次审视我们，摇摇头，似乎不太相信，但还是低头继续看他的廉价小说了。

乘电梯上了二楼，我们一起进入了她的房间，屋子里堆满了废弃物，很乱，而且散发着难闻的怪味。曼蒂站立在一堆凌乱的物品中间，显得格外无精打采。

她摘掉眼镜，放在一个沾满灰尘的柜子上面，松开狗链，那架势看上去像是要准备大哭一场："其实我没有做你们认为的事情，事实上，经过那个小巷的时候，我身上带了一些钱，怕你们会过来抢钱，所以才……我并没有恶意，我只是一个可怜的老太太。"

"好了，别演了，假盲、假佝偻、假肢……你的真实年龄应该比你现在的模样小上二十岁。说得没错，你的确看起来像是一个可怜巴巴的老太太。可那都是假象，实际上，你受雇于人，你在替别人杀人！吉姆，赶快去找我们想要的东西。"

吉姆开始翻找起来。

曼蒂再次紧握那根用途特殊的手杖，因为过分用力，手指有些发白。她的口中开始不住地咒骂，说一些不堪入耳的字眼。她招呼那只牧羊犬说："去吧，去阻止他！"但是，狗却不为所动，一边快乐地摇着尾巴，一边用它那明亮的、可爱的眼睛看着吉姆。

见状，曼蒂又一次紧握那根特制的手杖，她飞快地提起手杖，想用它来袭击吉姆。我顺势出手切她手腕，手杖"嗖"地一下飞开了。

她又咒骂起来。这时吉姆已经找到了我们需要的东西，他从角落里找出钞票，点了一遍，一共有两万多元。接着，吉姆把钱揣进口袋。

"这钱你们不能拿！"曼蒂的声音柔和起来，泪水不断地滚落下来。

"我们拿了，而且必须得拿。"吉姆说。

"一会儿你们就会送我去坐牢？"她说着，眼泪止不住地往下掉。

"哦，不，我们不预备送你去牢房，曼蒂，我们会给你一次机会，我的朋友和我打算把钱留下。"我说。

"你这是在趁火打劫！"她哀求说。

她已恢复自己原来小妇人的角色，也许那个角色她扮演太长时间了，以至于她时常忘记自己的真实身份。

"你要是非这么说的话，也未尝不可。不过，我们有的是办法开脱。问题是，你要不要抓住你的机会？"吉姆说。

"什么样的机会？"

"你可以逃走，那样的话，我们各取所需。来吧，现在你有一个新的开始。"吉姆说着，咧嘴笑了，然后弯下腰，把墙上的电话线扯断。

下楼经过休息室时，那个名叫豪斯的收银员一直在仔细地打量着我们。

略带醉意，我进入一个电话亭开始打电话。几分钟后，我听见露易丝的声音。

"露易丝，我们现在正牢牢地盯着凶手，一会儿就赶回去。因此，你别再去尝试我们之前说过的办法了，我不愿意看到……"

"对不起，"露易丝打断了我，"我们绝不能放弃。"说完，她把电话挂断了。

出了电话亭，正巧遇见一位警察，他正急急忙忙地进入休息室，同时以警觉老练的眼光打量我们，向收银员问道："豪斯，出了什么事？"

"是曼蒂，杰克警员。她的房间正好在柜台上面，自从她和这两人上了楼后，就不知道发生了什么事情，闹腾得像地狱似的，什么怪声都有，打她房间的电话也打不通，你最好上去看看。"

警员看了一眼吉姆和我，命令道："你俩好好待着，哪儿也别去。"

"他们都醉成那副样子了，就算跑也跑不远。"豪斯从柜台后面说。

警员向他点了点头，进了电梯。

收银员对我们没安好心地笑了笑，说："要是曼蒂少了一根汗毛的话，你们可就惹上大麻烦了。我们都知道，曼蒂向来是一位甜蜜的妇人。"

"说得没错，她是个甜蜜的小妇人。"吉姆说着，东倒西斜地走向柜台，突然一拳挥过去，重重地落在豪斯的下巴尖上。高大的收银员脸上充满诧异，紧接着他那高大的身躯随着一声闷响，消失在柜台后面。

吉姆和我急匆匆地离开那儿，跑上街道，然后绕回酒店后面，看见后门还在开着。

我们进入里面，发现露易丝面朝下躺在地板上。我一边在心里暗暗诅咒，一边慌忙和吉姆一起奔上前去。"露易丝！"我捧起她的脸，大喊着。只见她的一只眼睛缓缓地睁开，另一只眼睛挤着。

"嘿，搞什么鬼！吓死我们了，还以为你……"吉姆生气地吼了起来。

当我们把她扶起时，她赔着小心说："对不起，让你们担心了，但是我总得确定一下，是自己人，而不是利思吧。"

"你是怎么做到的？"我问。

"我挂了电话后，就来到这个地方。我告诉利思，让他站在我能看得见的地方，但是没过一会儿，我假装摔倒，把手枪跌落，利思乘机像饿狼扑食一样抓起手枪，对着我一连开了四枪。幸好我跟他之间还有一段距离，你要知道，虽然枪里装的是空包弹，若是距离近的话，还是会很疼。还好我没有受伤，而且装死的样子看起来很逼真。说实话，我的演技还不错吧。"

"露易丝，你真是个疯子，你肯定是疯了。不过，我不得不承认，你确实表演得相当出色。"我动情地说，亲吻了一下她的脸颊。

她笑了，那笑容看起来让人有些头晕目眩："那真正的杀人凶手是……"

"是一个女凶手，一个有着很高杀人本领的矮小老妇人。"吉姆说。

"怎么会是妇人？"露易丝有些吃惊。

"她可不是什么妇人，她是一个罪大恶极的杀人犯。确实是她。现在保险金的大部分已经找到了，我们可以直接拿过去，把这些还给应得的人。"

"可是，那个妇人？"露易丝问。

"她一定逃走了！"吉姆用十分确定的语气说。

"那利思呢？"她又问。

"他一定以为已经把你杀死了。他会丢掉那把枪，然后来寻找我们。他相信曼蒂的身手，所以他会认定我们也已经被杀死了，而且身上揣有两万五千元钱。但是，当他实在找不到我们的时候，他也会选择逃走。"

露易丝点点头，脸上带着很愉快的表情："一切到此为止了，对吗？"

"哦，不，我们还有最后一件事情要做。"吉姆说。

我和露易丝跟随着他，来到柜台前面。他拿起听筒，拨打电话。电话接通之后，他对着电话说："请记下这件事，一定要记录正确。这里接连发生了五件酗酒者醉倒在路旁而遭杀害的命案，他们五人的名字分别是是唐恩、莫里斯、霍华德、哈德、逊斯。他们五人的人寿险受益人均已改为利思。利思是街上一家酒铺的老板，他个子不高，秃顶，戴一副近视眼镜。他雇了一个名叫曼蒂的老妇人，专门为他下手行凶。这位老妇人一直假扮盲人，有时候会戴着墨镜，手持白色手杖，还牵有一条导盲犬。那是一只牧羊犬，眼睛是金色的，性情特别温驯。她住在'亚加士旅馆'。现在他们二人被找到真相的人给吓坏了，正要离城逃走。现在剩余的任务就交给你们了，请尽快去追捕他们。"

他顿了一下，又说："要问我的名字？那你就说是罗宾汉好了。"说着笑了起来。

挂上电话，我们三个人一起离开了酒店。

百密一疏

霍利把车拐向家门前的汽车道时，已经中午十一点五十分。他不停地四下张望，确信没有人注意到他，因为这是个新社区，搬进来的住户并不多。

他神色紧张地穿过小径，走进厨房。他太太正站在通向地下室的楼梯上，她的脚边放置着两盆衣物，这些衣物还没有来得及去洗。这场景跟他事先料想的一样。

其实，地下室里放有一台新洗衣机，可她总是不用，坚持自己手洗。她大部分的时间都耗费在这上面。她的名字叫丽丝，由于年老色衰，外加没完没了的唠叨，霍利早就受够了她。霍利的职业是经纪人，他在一家房地产公司工作，由于工作的原因，他一天到晚在外面跑，很少在家。而丽丝是一位典型的全职太太，一天到晚待在家里，足不出户，也不与任何人交往。只要霍利一回家，总能看见她那一张憔悴不堪的面孔，总能听到她那一说起来就不会停的抱怨。

听到脚步声，她转过身来，头发乱蓬蓬的，脸看上去也脏兮兮的，一看到霍利，她的嘴巴就开始工作了："地下室还没刷洗呢……"她说着，长脸很快拉了下来，更增加了几分丑态，"哎，听着，我在跟你说呢，听见没有？"

"赶快闭上你那张臭嘴吧！"霍利心想。结婚已经两年了，霍利从未在家里吃过午饭，现在他突然回来了，可是她作为妻子，竟然没有先问一下他突然回家的原因，是否身体有什么不适，或者是出了什么事情，而是劈头盖脸地来了一句"地下室还要刷洗"！老天，也许在她眼里关心的只有这个！

丽丝弯下腰，笨拙地端起一个洗衣盆，走向地下室的梯子。她边走边说，"还有一件事……洗衣机……"

这一套霍利早已领教够了。她总是麻烦不断，总会不停地找出这样那样的事情来。霍利再也听不进去她讲什么洗衣机的事情了，他下定了决心，跨过一个箭步，双手抓住丽丝的肩膀，闭上眼睛，用力地将她推了下去。

一声惊恐的尖叫之后，一个重重的东西碰到地板，发出一声闷响，接着，一切回归平静。

霍利睁大眼睛，向地下室的方向窥视。只见丽丝躺在水泥地板上，正面朝上，她的脖子略微有些扭曲，一只脚搭在最底层的阶梯上，洗衣盆翻倒在地，里面的衣物散落了出来，一条床单被摊开了，正好盖在她身体的下半部，看起来活像尸衣。

霍利长出一口气，谋划了几个星期，他的任务终于完成了。现在，他彻底解放了，变成一个自由之身。下面的计划是：他迅速离开现场，去"钻石旅馆"。在那里，他跟哈雷兄弟有一个午餐约会。他们会在那里签一个合同。从此，他将过上一种全新的生活，逐渐迈向成功之路。由于丽丝的死亡，他可以多拿两万元保险金，那对他而言，可不是一笔小数目。

目前为止，事情很顺利，他只需要继续行动。

可就在这时，他突然感到地下室有什么响动，于是，他止住了脚步。他满怀狐疑地转向地下室，开始仔细查看，丽丝的脚正缓缓地从阶梯滑落到地板上。

看到这些，他感到极度恐惧，全身开始不停地发抖。如果她还没有死，只是暂时昏迷，怎么办？如果她摔成瘫痪，那就得花一大笔钱，保不准还得坐轮椅……他不敢再往下想了，这些都是他最不愿意看到的。还有一点，如果她真的没死，也许还会控告他蓄意谋杀……

他放弃了迅速离开的想法，虽然他事前是那么计划的。但是现在，他发现计划并不周详。在没有确定她已经死亡时，他是绝对不能离开现场的。他咒骂了自己一句，埋怨自己花费了两个星期筹划，却把这么重要的一点给漏掉了。

他小心地一步一步走下楼梯，走到仰卧的躯体旁边，紧张兮兮地观看。看了一小会儿，他觉得还是不太放心，就壮着胆子，侧下身去，伸手试探丽丝的心跳。

但就在这一刹那，丽丝的眼睛忽然睁开了，那双眼睛直勾勾地瞪着他，眼神里充满了恐怖和怨恨。

他吓得魂飞魄散，连忙往后跳开，试图躲开那双眼睛。那双眼睛并没有再追随他，只是睁得大大的，像是在凝视着什么，让人不由得竖起汗毛。

霍利惊恐地尖叫着，慌乱地跨过丽丝的尸首，犹如一只受了惊吓的动物，四肢着地爬上阶梯。霍利赶到钻石旅馆时，正好是十二点十分。他下意识地整理了一下自己的衣服，又伸手捋了捋有些凌乱的头发，在心里宽慰自己说："一切都过去了，丽丝已经死了，剩下的事情，还会跟原来计划的一样。"

停车场只停了几辆车，哈雷兄弟的红色敞篷车还没有来。这对他而言是一件好事。他可以说自己是整十二点到这儿的,这样的话,就可以把回家的那十分钟给掩盖过去。

过了片刻,红色敞篷车来了,停在霍利的汽车旁边。哈雷兄弟和一位瘦削的律师从车里跳了下来,三人都穿着运动衫,看起来神采飞扬。

看到霍利,哈雷兄弟中的一位说:"计划有些改变。我们先去榆树山的高尔夫球场。球场刚刚开业,我们去那儿吃午饭,吃完饭后,一边打球一边谈生意。"

那位瘦瘦的律师走上前来,与霍利握手。"我们刚才跟你联络,你办公室的小姐说你陪用户出去了。"律师回头看了一眼哈雷兄弟,接着说:"现在,你可以回去取球杆。"

霍利急忙接过话说:"哦,不用了,球季时,我的球杆一直都放在车厢里。我经常去打高尔夫球,这个哈雷兄弟知道。我们坐一起吧,我没有去过榆树山。"他拉开车门,请律师上车。

下午五点十分,霍利回到自己的家,他把车开进车库,熄了火,坐在车里开始沉思。到现在为止,所有的行动都完成了,只剩下"发现"尸首和报案了……

他进入厨房,停顿了一下,强压内心的恐惧。整个下午,丽丝那双恐怖和愤怒的眼睛一直在困扰着他。说真的,他怕极了那双眼睛。不过,那双眼睛应该已经闭上了吧。他安慰自己。

径自走到地下室入口,他沿着楼梯向下看去。只有那匆匆的一瞥,他的脸色全变了,顿时一脸惨白!要不是及时用手抓住门框,这一会儿的工夫,他指定已经掉进地下室了。

尸首不见了!

楼梯底下连个人影都没有,那盆散落的衣服已经收拾好了,重新放回了盘里!他猛地打了个哆嗦。他魂不守舍地来到起居室,接连打开两个卧室的门。"丽丝。"他试探着叫喊，声音起初是柔柔的，接着变成了惊恐，"丽丝！丽丝！"他有些声嘶力竭。

房间没有人回应，有的只是恐怖的静默。

他蜷缩在起居室里的一把椅子上，头脑里的乱麻不停地疯长。她还活着？难道她只是昏迷了？可她现在又会在哪里呢？

下午跟哈雷兄弟签约时，他已经预付了借来的订金，一万元整。他计划得好好的，以为马上就可以得到丽丝的两万元人寿险费，可是，现在情况变了，也许丽丝没有死……又或许，她还会报警，说他意图谋杀，要是那样的话，警方此刻正在全力抓捕他吧？

突然门铃响了，他吓了一跳，从椅子上蹦下来。

他动作僵硬地打开了门，一个身材高大的男子站在门口。他亮出警徽说道："我是吉米警官。"

吉米警官指着一把椅子说："霍利先生，也许你应该先坐下，我有不好的消息要告诉你。"

等霍利坐定后，吉米警官也在对面坐了下来，他从外衣口袋里取出一个小本子后，就开口了："霍利先生，我想我还是直截了当跟你说了吧，你妻子摔了一跤，跌进了地下室，这一跤，摔得太严重……"

"那她怎么样了？是不是已经……"

吉米警官点头默认，他接着又说："她的脖子摔断了，法医鉴定后说，她是当场死亡，尸首我们已经送到停尸间了。"

此时的霍利，根本不用再去假装震惊，从他踏进家门到现在，他的承受能力就快到极限了。丽丝尸首的消失和警官的突然造访，带给他的震惊已经足够多了。是的，当他听说丽丝已经当场死亡时，他禁不住地吐出了一口气。这个小细节已经不再重要了，因为把它解释为一种过度的悲痛，似乎也说得过去。要紧的是，丽丝死了，而且她也没有留下话，一切还算顺利。

"目前，我们了解的情况是这样的。你太太的洗衣机坏了，她在上午十一点三十分时，打电话找人修理，下午一点钟，修理工赶来修理时，他发现了阶梯下的尸首。"吉米警官打开小本子说。

霍利心中突然有一种不祥的预感，他的耳边回响起丽丝那句讨厌的抱怨——"还有一件事……洗衣机……"，那是他下手前，丽丝说的最后一句话。他又咒骂了自己一句，同时也开始暗暗担心起来：真是百密一疏，千万可别因为这事儿露出马脚。

吉米警官看了看他，接着说了下去："一接到电话，我们就马上赶过来做例行检查，同时也四处找你，你办公厅的小姐也帮忙去找，可不知道你到底去了哪里。鉴于这样的情况，我们只好先去验尸，后来又将尸体送到停尸间。之后，我一直逗留在附近等你。"

霍利长叹了口气说："她准是不小心摔倒的。"

"从迹象上看，确实是这样。"警官翻了两页，把小本子平摊在桌上，拿出一支铅笔，继续说道，"这个时候来打扰你，真的很抱歉，但我也是例行公事，希望你能谅解。能否跟我说一下，你今早离家到你刚刚回来的行踪是什么？"

霍利点点头，很配合地说："这个当然，我和平常一样，九点钟准时进办公室，跟秘书谈了一些公事后，我带着一对老年夫妇出去看房子，十一点四十五分把他们送回公寓。之后，我就直接开车去了钻石旅馆，在那儿我有个午餐约会，和哈雷兄弟，还有一位律师。"

"午饭，你们是在钻石旅馆吃的？"

"不，哈雷兄弟提议要直接到榆树山高尔夫球场，然后在那里吃午饭，这样方便打高尔夫球。"

"你回家去拿球具？"

"不，球具我一直放在车厢里。"

"接着，你们就开车去榆树山？"

"是的，我和那个律师同车去的。"

吉米警官把小本子翻过一页，看着他说："要是这样的话，这一天里，你在送走客户到去钻石旅馆的这段时间里是独处的。"

"而这段时间，正好是你太太的死亡时间……"吉米警官低头说。

霍利打断了吉米警官的推测，说道："等一下，你这是在怀疑我……"

吉米警官摇摇头，认真地说："我并没有怀疑你什么，只是把事实阐述一下。"他收起小本，连同铅笔一起放回外衣口袋，"霍利先生，我还有两个问题想问你，你太太投有人寿保险吗？"

"有，我们各投一万元，互为对方的受益人。"霍利回答。

"如果意外死亡的话，各有加倍赔偿？"吉米警官进一步确认。

"哦……对，是这样的。"霍利迟疑了一下，看上去像是经过了一番回忆，才刚刚想起的样子。

吉米警官的手指敲打着桌面，抬头看着霍利说："恐怕你领不到加倍赔偿了。"

"可你刚才说，她的死亡是个意外。"

吉米警官走到地下室入口，指着阶梯底下的地面，说："你妻子的尸体，就是在这儿被发现的。她跌下去的时候，手里正端着洗衣盆，衣物散落了一地，一条被单盖住了她的半个身体。在她摔下来以后，曾经有人走近过她……但是，那个人，由于某种我们不知道的理由，没有及时报案。"

霍利的脸色"唰"地一下变了颜色，说："但……但是，我听不大明白。"

吉米警官从口袋里掏出一条白手帕，小心铺在地上，说道："有一点你应该清楚，你家的地下室好长时间已经没有刷洗了，堆积了厚厚的一层灰尘，所以我们在床单上发现了一个非常清晰的脚印。霍利先生，麻烦你抬一下右脚，然后把脚踩在手帕上。"他看了一眼已经呆如木鸡的霍利，冷冷地说，"对不起，这么做也是为了取证。"

霍利的嘴突然张开了，他全身不住地开始颤抖，脸色异常苍白，颜色就如同那张手帕一样。一下子，他全回想起来了。在他被丽丝的那双恐怖的眼睛吓得落荒而逃的时候，确实踩过那条床单。可他一直没有把这些当一回事，在心里一直打着他的如意算盘。他的脑子也一直被发现尸体，惊慌报警——这个他早已想象了许多遍的场景占据了。全都怪这该死的洗衣机！早不坏，晚不坏，偏在这个时候出现了问题！还有那个讨厌之极的修理工！他出现得也真不是时候！

两个老头

莫利说:"我想,犯罪是一件有趣的事情。"

听到这句没头没脑的话,巴克嘟囔了一声,没有反对他。因为他知道,莫利一定会把这话说个明白,他只需要花些时间等着。巴克有的是时间。

坐在靠墙的两张折叠椅上,他们有一搭无一搭地说着话。他们的面前是一片碧绿的草坪,草坪的那边围着铁栏杆,栏杆外面是条街道。整个退休中心被铁栏杆圈起来了。

这个中心的环境很好,许多人来了以后就喜欢上了这里,不想再离开。

这是一个清早,草坪上的露珠还没有干,阳光也不太强。这时候是早饭时间,人们都在吃着早饭,而莫利和巴克已经坐在了树下。

只见莫利从膝盖上拿起望远镜,开始眺望对面的公寓。莫利是个骨瘦嶙峋的老头。他身穿一件宽大的花运动衫,头发花白且凌乱,长满皱纹的脸上镶嵌着一双湛蓝色的眼睛。今年他已经七十五岁了,可整个人看起来很年轻,没有一点迟钝或呆滞的迹象。

"你看,又是五楼的那个女人,她现在又在阳台上。每天早上的这个时间，她会穿着比基尼出来晒太阳。"他说。

"比基尼？那可没什么稀奇的。在海滩上你能看见一大堆！"巴克回答。

"这跟海滩上的可不一样，你看看就知道了。"说着，莫利把望远镜递给了巴克。

拿起望远镜，巴克满怀好奇地打量着那座公寓。

"你瞧，她不应该晒那么黑。一个有这么好身材的女人，皮肤白白嫩嫩的、软绵绵的才有味道。"巴克说着，把手里的望远镜搁下，身子向后一挺，又慵懒地在靠椅上躺下。他是个身材矮小的人，面部的肌肉已经很松弛了，头上已经没什么头发了，光秃秃的脑袋上正淌着汗滴。巴克很不耐热，就像这样的早上坐在阴凉里，他也会直冒汗。这样的天气，他宁愿陪莫利在屋里待着。

"在这儿也无聊，我们做些什么呢？"他一边说，一边小心地摸摸自己那颜色铁灰的头发，这些稀疏的头发看起来就像是他的宝贝。

莫利说道："可以去犯罪。我早就想当一个罪犯了，那样的话，我就不用在这里待着了。想想看，我还剩下什么？自己的那些养老金和社会福利金全都被这个中心拿去了。现在自己兜里的钱，连买张公共汽车票都不够。即使能搭车进城，没有钱去了城里也没意思。"

"你需要的话，我还有一些。我儿子给我寄了五块零用钱。"巴克说。

"这些钱能起什么作用？我们两个辛辛苦苦忙了一辈子，到头来都得到了什么？结果是两袖清风，一无所有。我们老实本分、规规矩矩地过了一辈子，现在被逼得无路可走。所有的积蓄也因为通货膨胀全部花光了。巴克，现在我必须告诉你一件事。就在昨天，我去了中心负责人的办公室，他告诉我，以后每个星期需要多交十美元，如果不交的话，就得离开。天哪！十美元！我哪里还拿得出来？可是不住这里，我实在想不出还能去哪儿？"莫利满是抱怨地说。

"每星期加十美元？他没有跟我提过。"

"迟早会说的。"

"看来，我们也只能一起离开这里了，一星期再多加十美元，我也负担不起。"巴克叹了口气，说道。

"别担心，你还有儿子可以资助你。我只能靠自己。"莫利宽慰他说。

"那可不行，他还得挣钱养家，每星期多付十美元，他也负担不起。"巴克忧虑地说。

"把望远镜拿给我一下。"莫利说。

他端起望远镜，又一次地打量起对面的那座公寓。他边看边说："每天上午，只要他丈夫一出去，有个年轻人就会来找她。接着窗帘就放下来了。每天都这样，太疯狂了，他们累不累？"

"谁都年轻过，你应该明白那是怎么回事。"巴克有些不以为然。

他放下望远镜说："可是，我不会做得那么过分。如果我找到她，拿这件事情要挟她，让她每星期给我十美元。不给的话，我就告诉她的丈夫。你觉得这样能行吗？"

"你想敲诈勒索？"巴克吃惊地叫了起来。

"我为什么不能那么做呢？现在到处都是小偷，从每天的报纸里都能读到。那些大财团们操纵金钱，商人们偷税漏税，警察们接受行贿，这些事情哪一样不是违法的？可又能怎么样呢？到最后，终归会不了了之的。另外，还有一些人选择贩毒、抢银行或者欺诈。想想看，巴克，他们有什么错呢？也许他们的做法才是明智的。等年纪大了，钱也够花了，不用再为每星期多加十美元发愁。"

"昨天，我在晚报上看了一则消息。看到后心里就再平静不下来了。消息大概是说，在银行，一个人递了一张字条给出纳员。字条上说，他身上带有枪，如果出纳不把所有的钱都给他的话，他就会立刻开枪。结果这个抢劫犯顺利地得手了，他拿着五千元混进人群逃脱了。想想看，在这么大的一个城市里，想找到他可不容易。他不会被逮到的！其实，我早就想做同样的事情了。"

"你的意思是，你也想去抢银行？"巴克不确定地问道。

"是的，我想不出不去的理由。抢银行需要的是胆量，这一点我完全具备。"

"可是，你没有枪。就算把咱们两人的钱加在一起，也买不了一支枪。即便是弄来了一支枪，你也没法使用。你有关节炎，根本拿不稳枪。况且，你从来就没有碰过枪。"

"你说的问题，我也考虑了很长时间。最后，我想明白了，其实我不需要枪。我只需要制造一个小包裹，然后吓唬出纳小姐，说里面裹有炸药。一听到这个，她就会乖乖给钱的。"莫利郑重其事地说。

"你还真把这个当成一回事了？"巴克笑道。

莫利又一次举起了望远镜，看了良久。他一脸严肃地说："巴克，我的老伙计。我没有跟你开玩笑。现在，我们没有别的出路了。假如我们再想不到办法，等到每个星期额外的十元钱，我们就会被赶出这里。到那时，我们就只能去贫民窟了。那可不是个好地方，在那里我们根本没法出门，一出门肯定遭抢。同时外加物价暴涨，我们会被活活饿死的。而这里，虽然不是最好的，可是也算不错，还能被人照顾。就因为这十元钱，要你离开，你舍得吗？"

"我怎么会舍得呢！尽管他们下棋、打扑克的时候有点吵。他们的状况和我们差不多，难道他们能拿出十元钱？"说着，他扫视了一下四周，只见其余的椅子也都坐上了人，人们已经开始四下活动了。

"也许吧。我也不清楚。不过那是他们的事情，跟我没有关系。反正，昨晚我是一夜没有睡踏实。我得好好想想，到底该怎么办。最后我得到了一个答案。你看看公寓房子过去那家的招牌。"他把望远镜递给巴克。

接过望远镜望了望，巴克不解地问："洗车厂有什么好看的？"

"你看看，另外一个方向。"莫利的语气里透露着烦躁。

"难道你说的是银行？"巴克转动方向，望了一会儿，叫嚷道。

"没错，我就是在说那里，可是我们身上的钱不够，去不了那里。"

"我们？你是说还有我？"

"是的，我需要一个搭档。"

"但是，我并不了解银行的情况。"

"我们是去抢银行，不需要知道什么。那些抢银行的人，也什么都不懂，但是他们直接进去了，并且把事情做得干净利落。"

"怕是说起来容易，做起来难啊。银行里面有警卫和警察，他们身上带着枪，子弹可是不长眼睛的。"巴克的语气里掠过一丝恐慌。

"也没有你想象的那么可怕，毕竟还有很多人都去抢了银行，而且也得手了。昨天晚上，我想好了一个计划，我们只要按这个计划进行，就一定没有问题。"莫利胸有成竹地说。

"那要是我们不幸被抓了呢？"

莫利耸耸肩，安慰道："不会的，可能性很小。就算真的被抓了，情况能有多糟呢？我们这么大年纪了，活不了多长时间了。又能坐上几年牢？那些日子，我们至少不用为额外的十元食宿费发愁。"

从巴克手里接过望远镜，莫利又看了一下银行，他的脸上挂着一丝微笑，继续说道："放心吧，老伙计。我们这次会万无一失的。各种可能发生的状况我都考虑过了。之前我也想过在储蓄所、零售店、酒吧或者是洗车厂下手。可是，经过一番对比后，我发现这家银行是最好的地方。"

"你真想抢劫的话，也许你可以去我们那边，那里有一个屠夫，人特别坏，总是爱缺斤短两。"巴克建议。

"他一个屠夫能挣多少钱？"

"可是他手里全是现金。"

"我们别想这个了，还是抢银行吧。这家银行不大，只有一个进出口。我们中午下手。那时候，银行旁边的人行道上全是人，警察不会轻易开枪的，我们很容易脱身。"

"可是，我腿上有静脉曲张，根本跑不快。"

"用不着你跑。就是让你慢慢地走，这样才不会引起别人的怀疑。如果真需要跑的话，让我来。"莫利不耐烦地跟他解释。

"你这老骨头准会跑出心脏病来。"巴克的言语里带着不屑。

这时，他们身边出现了一位挂着拐杖的白发老太婆。她非常费力地走到他们身边，然后一屁股跌坐在椅子上，如释重负一般。坐下的时候，她朝他们笑了笑。

"去我房间说吧，我们的谈话不能让这个美国小姐听到。"莫利在巴克耳边低语。

于是，他们上了二楼，来到莫利的房间。这个房间很小，但很温馨。莫利坐在床上，巴克坐在一把椅子上，这是房间里仅有的一把椅子。

"我觉得这件事情不太靠谱，把握性不大。"巴克打起了退堂鼓。

"你不用替银行担心，他们不会赔钱的。他们入有保险。何况我们索要的金额也不大，几千块钱就行了，够我们应付好几年了。你我也活不了太长时间。"莫利说。

"老伙计，我可不愿意听到这些。我觉得自己身体还不错，再活个一二十年不成问题，你也一样。"巴克反驳道。

莫利显然是已经不耐烦了。他做了个手势，插话进去："别在那儿白日做梦了，现在我们连眼下急需的十元钱都拿不出来。"

"只是这么大岁数了，我实在不想做违法的事情。"

"那我问你，在年轻的时候，你有没有去银行存过钱？"

"是的，当然。不过不经常去。"

"想想看，银行拿着你的钱去赚了大笔的钱，而你只得到少得可怜的利息。现在，你只不过是补回你应得的那些利息罢了，难道你不想拿到这些？"

"怎么不想？说说你的打算。"巴克摸摸下巴，若有所思地回答。

莫利满脸神秘地将手伸进了抽屉。接着，他从里面拿出一只长方形盒子，盒子的外面还用褐色纸包着。看着自己的杰作，他笑了，得意扬扬地说："瞧！这是我的炸弹。"

"我看它更像是一个用纸包裹的鞋盒子。"巴克不太买账地说。

听到这话，莫利拉长了脸说："这就是一个鞋盒。不过，银行的出纳员肯定想不出这里面装有什么？"

"这里面有什么？"巴克问道。

"其实什么也没有装。也不需要装什么，只要这个就够了。"他说着，从口袋里掏出一张纸条，递给了巴克。

接过纸条，巴克眯着双眼，伸直胳膊认真地看了起来。只见字条上写着："盒子里装有炸弹。如果想活命的话，就把所有的钱装进纸袋，不许声张，直到我离开为止。否则的话，我会引爆炸弹，把整个银行炸平。把每个人都炸得粉碎，也包括你在内。"

"我觉得有点长了。炸了那里,她肯定会死,你不说她也明白。要是我,我就不写这一句。"巴克挑剔地说。

"管那些干吗?只要她明白就好!"莫利暴躁地说。

"好吧。那你字条上提起的纸袋呢?"

"纸袋在这里呢。这是今天早上我在厨房拿的。"莫利说着,将一个沾满油渍的袋子递给他。

"怎么找了个这样的袋子?这是他们装鱼的!"巴克皱皱鼻子说。

"只要是袋子就行。等她把钱装好,我立马离开。"莫利一脸不耐烦地说。

"接下来怎么办?"巴克追问了一句。

"接下来就靠你了。你在银行外面等着,我一出来就把纸包交给你。万一我真的被抓了,他们也没有证据。"

"可是,警卫手里有枪。"

"出纳员肯定会告诉他们我手里有炸弹,他们不会轻举妄动。"

"那他们也会追出银行的。"

"那么多人都在那里,他们采取不了什么行动的,也不敢在人群里这么去做。"

"我看你是疯了。"

"不这样的话,怎么能成功呢?恐怕别人也想不出更好的办法了吧?报纸刊登的这类新闻,我一一研究过,他们也没有新的高招。"

"纸袋递到我手里时,他们就会抓住我。"巴克担心地说。

"放心吧,没有人怀疑到你的。你只管穿过马路,在这里等我。我脱身后来跟你会合。"

"我看,我们十有八九会在监狱会合。"

"不会的,老伙计。他们不会把老人看成是抢劫犯的。在他们眼里，老人顶多只敢偷偷东西。只有出纳小姐见过我的长相。但是，她一定吓坏了。记不起什么事情的。所以，我们两个只会被认为是午间出来散步的。"莫利说。

这一次，巴克没有吭声。

"我们需要的只是每星期十元钱，要的也不多。银行犯不着为了几千元大动干戈。"见到巴克不温不火的样子，莫利继续鼓动。

"你简直是个疯子。居然真的打算这么去做！"巴克说。

"是的，我确实疯了。我已经决定了。我要去争取我想要的东西。如果你实在不愿意帮忙，我也不勉强，我自己一个人去。"

巴克无奈地摸摸脸，用手扯扯领子，然后梳理了一下他的宝贝头发，一脸忧郁地说："那好吧。既然你执意要进监狱的话，我陪你一起去。省得你一个人在里面会觉得孤单。今天的日子好吗？"

"今天和以往的每一天一样，都是好日子。那我们现在下楼去完成我们的任务。"

等到十二点，莫利和巴克一个在前一个在后地出发了。他们穿过草坪，走出了中心大门。

莫利把空鞋盒紧紧地抱在胸前，手里攥着那个纸袋。他缓缓地穿越街道，小心翼翼地观察着红绿灯。巴克低着头，一瘸一拐地尾随其后。

终于，两人来到了银行的旋转门前。进门之前莫利转过头，看了巴克一眼，那眼神意味深长。

银行里很安静。在出纳的窗口前，人们排着队，一个个都是一副心不在焉的样子。此刻，大厅里有三个窗口前面站着出纳小姐，她们的脸上都挂着职业性的笑容。莫利选择了靠门口的一队，站在队伍的后面。

站在那里，他感觉自己的手掌在不停地冒汗，胃部也开始抽搐起来，像是有些消化不良。他这才记起早上忘记了吃胃药。

刚刚在退休中心的时候，他只是用嘴去说，觉得事情简单极了，可是现在真正开始实施了，他发现一切没有想象的那么简单。

每星期还得加十元的食宿费呢。他给自己鼓劲。

现在，他是队伍里的第四个人。在他的前面站着个身材很高大的人，他把莫利的视线全给遮住了，莫利观察不到出纳小姐。这使得莫利有些焦躁不安。于是他稍稍往边上靠了靠。他又看到了那位年轻的出纳小姐，她梳着短短的金发，皮肤很健康，一看就是一个非常活泼、开朗的女孩。

队伍开始前移。

这时候，莫利下意识地瞥了一眼门外。巴克站在门边，他正往里面探头探脑。那个已经秃顶的脑袋闪闪发亮，显眼极了。笨蛋！这样会引起别人注意的！莫利在心里暗暗埋怨。

轮到前面的高个子了，莫利伸长脖子，开始打量柜台里的出纳小姐。

他看到出纳小姐的脸色变了，健康的光泽已经消失，整个脸惨白惨白的。她把一叠钞票一股脑儿塞进一个纸袋里，连数都不数。

莫利睁大眼睛又确认了一遍，确实没有数！

顿时，莫利警觉起来，因为他发现出纳小姐在给别人办理取款业务时，总是显得不慌不忙，而且总是会把款目核对两遍。而现在她看起来有些反常：她一直低着头，两眼直勾勾地盯着忙碌的双手，手还有些颤抖。

前面那人将手伸进柜台，接过了小姐手中的纸袋。出纳小姐这才把头抬了起来，她的目光正好与莫利相遇了，眼睛里满是惊恐和哀怨。

拿到钱那人就转身离开了。莫利不自觉地尾随其后。他已经觉察到出纳小姐受了恐吓，不得不给那人一些钱，但是他没弄明白那个人具体是怎么做的。

那钱是属于我的，他不能拿走！莫利有些生气。

那人神色匆忙地走向门口，就在这时巴克走进了银行。他的眼睛一直盯着莫利看，将一只手举起，向前迈出了一步，恰好挡在那人的去路上。那人愤怒地骂了一句，猛地揉了巴克一下。巴克顿时失去了平衡，跌跌撞撞地来回挣扎了几步，还是摔倒在了地上。

莫利突然想起年轻时候常常玩的一个把戏——他经常走在别人身后，伸出一只脚钩住对方的脚踝。然后再猛地用力让对方重心失衡跌落在地。玩这种游戏是需要一些运气的，也需要把握好时间。不过，在这方面莫利算得上是个专家。

现在，他用上了自己的专长。冷不防钩了那人一脚。那人身体前倾，脑袋重重地撞在旋转门的铜框上。他手里的纸袋落了下来，里面的钞票抛撒了一地。小手枪也掉在了地上，发出清脆的声音，在大理石地上滑行了一段距离。

站在莫利身后的出纳小姐，从极度的恐惧中缓过神来。她发出了很高的一声尖叫。一位身穿制服的警卫闻声迅速走上前来。

巴克艰难地从地上起身站立，俯视了一下那个躺在地上的人后，他的目光随即转到莫利身上。他耸耸肩说道："这有什么可看的？"他说话的时候，浑身发抖，面无血色。

又是一个清早，天气晴朗，草坪上的露珠闪闪发光。像平常一样，莫利和巴克坐在椅子上。

莫利依然拿着望远镜朝对面眺望。"瞧，她又出来了，还是比基尼。"他叫嚷着。

"对这个我可不感兴趣。到现在我浑身还是很痛。年纪大了，做违法的事情没有益处。"巴克生硬地回答他。

"那个人自作自受，他现在已经坐牢了，你还想拿他怎么办？"

"要不是他的话，现在坐牢的人，也许就是你。"

"我可不这么想。其实，你应该看到，如果不是被我钩了一脚，那人完全可以逃脱。那确实是个不错的主意。事后，他们也没有人质问我，为何会出现在那里。我曾经跟你说过，一个七十五岁的人是不会遭受别人怀疑的。反倒是你，擅自走进银行，把我的计划全打乱了。"

"我进去就是想阻止你做蠢事。我们也都一大把年纪了，不应该再犯这种错误。再说我们根本没有能力做好。"

"你怎么老是这么想？其实，在这里许多人都很有本领。也许我们应该鼓励发挥所长，组成一个帮会。"

"听起来确实不错，到时候我们要坐着轮椅逃走吗？不要老是想着那些不靠谱的事情。"巴克无精打采地说。

"照你的意思，你是宁愿受苦，宁愿承受金钱、精神和肉体的煎熬了？"

"都已经七十五岁了，受点苦又能怎么样呢？总会找到办法挺过去的。"巴克耸耸肩说道。

莫利听完，叹了口气说："但是，接下来一段时间，我们不会为金钱发愁了。银行经理说，银行方面会支付给我一千元的酬金，也就是百分之十。还有报社方面也要付给我支票。因为我给他们提供了一个很好的素材。像我这么大年纪的人，还去见义勇为，奋不顾身抓歹徒是很难碰见的。可是，他们根本不了解内情。我之所以那么做，只是因为我很生气。那人取走了属于我们的钱，还把你推倒了。不管怎么说，我们的钱还足够在这里待上一段时间。"

"我们应该可以再多住一段时间。我摔倒在地时，也捡到了一些钱。也许他们会追查？"巴克说着，从口袋里摸出一叠钞票，递给了莫利，钞票的纸带上写明是一千元。

"查是肯定会查的。不过，当时现场有那么多人，他们也弄不清楚到底是谁拿走了钱。"

"我觉得，我们还是把钱退回去比较好。"

莫利思考了一会儿，说："先别急。我们先把钱留着。但愿我们永远也用不着。到那时候我们写一份遗嘱，把钱一分不少地退回银行，把它当作免息的贷款。"

"这个主意听起来不错。那么，现在我们可以心平气和地坐在这里看风景了。望远镜给我一下。"巴克说。

"还有一件事情，我们必须立即去办。我们得再买上一副望远镜，我们的视力不一样，每次你看过之后，我就得重新调整焦距。"莫利说道。

"这件事情我也很恼火。我们下午就去。"巴克愤怒地回答。

"好了，我想点高兴的事。中午的人潮过后，就会有很多漂亮的年轻姑娘出来散步。"莫利试着缓和气氛。

"你说得没错，我的老伙计。上帝保佑，幸亏你没有抢银行。"

"为什么这么说？"

"万一你被捕入狱，就再也没法看这些漂亮的姑娘了。"

甩卖清仓

"瓦尔,我相信你有很多个借口。"警长生气地说,"不过,我要警告你,你现在的这种买卖必须立刻结束。假如你不愿这样做的话,这个镇上将有一半的人死去。"

他摊开了从口袋里拿出的一份报纸,并且吼着对他说:"谁听说过这种事?瞧这个'出清存货,千载难逢',我从没有听到这样恶心的事!"

"所有的店铺都登广告,"瓦尔固执地说,"镇上其他的人都在出清存货,为什么我就不行?"

"谁让你是承包殡葬的人,"警长大叫道,"一个承包殡葬的也可以像其他的店铺一样吗?你能清仓甩卖吗?"

"我倒认为没什么不可以。"瓦尔不高兴地说。他有着一头黑发、两道浓眉,个子很高,他在说话的时候,说得总是很慢,像在考虑该怎么说一样。"我必须把这些棺木卖掉,然后进一些新货,除了棺木,纸钱、骨灰盒等也要全部清仓。我的警长,你应该看看那些盒子连税金一起,只要一百五十元一个。如果你要的话,我可以给你挑一个最漂亮的。"瓦尔说道。

"别说那些没用的！"德警长习惯性地用手帕擦了一下嘴角，"事情不像你想象得那么简单，这事肯定不行！"

瓦尔狐疑地看着他的朋友："那好，我的警长，你说该怎么办！这事难道就是我一个人和我的生意问题吗？这五年我们一向都在一条战线上，难道你变了？"

五年前，这位警长结束了舒适的光棍生活，他准备结婚。瓦尔曾想警告他的朋友，但当时的警长不听，最终阿德和山顶村一位叫巴妮达的小姐结了婚，从他们进教堂互相说结婚誓言的那一刻起，就注定了他以后的不幸。

巴妮达总是把他们的新房收拾得一尘不染。她是个心性很强的女人，婚后，她不准阿德和一些人交朋友，也不准他再和瓦尔交往。那些日子很郁闷。

婚前，瓦尔和阿德在每星期四晚上，两个人一定会嘴里叼着烟斗，端着一杯啤酒，对杀一盘棋。这种时光可能再不会有了！只是当时的他们并没有感觉到。直到他们想起那些时刻，才了解他们之间深刻的友谊。

开始的时候他总为这些事和巴妮达争吵。他告诉她的夫人，你不能替我选择交什么朋友。我一定要和瓦尔一起，我们要一起下棋。

但巴妮达是个聪明的女人，她没有直接反对她的警长丈夫，只是在镇上无中生有地说瓦尔的一些坏话，说些关于他的不可告人的事，说瓦尔做棺木时偷工减料。

警长太太的话在镇上引起一片哗然。因此警长先生最后准备放弃和瓦尔下棋，以免影响瓦尔的生意。

阿德五年前经常来这个房间。这是一间旧书房，看着很舒适，是标准的男人房间。火炉边依然摆着棋桌，这时德警长不知道自己要说什么了，只是默默地看着那张桌子。

"我不怎么下棋了，"瓦尔告诉他，"贝克有时候会来玩，但我总是怕他骗我棋，因此老是不能集中精力下棋。"他两眼直视着德警长，"我认为这事可以等一等再办！现在我们坐下来喝杯啤酒吧，要是能下一盘棋就更好了。"

警长赶忙摇摇头："你拍卖棺木这件事，让我们镇上周的死亡率增高了不少，瓦尔，你不会说你不知道吧？"

瓦尔摸着下巴，沉思着，没有回答："不错，确实是这样，上周一自从登出广告后，我一直在店铺里忙来忙去。但我认为这很正常啊，只是那些人运气不好，正好碰上我大拍卖的时候死，我有什么错吗？又不是我让他们死的。"

"不要这么说话！"阿德警长不高兴了，"你不觉得这事很巧吗？从上周开始一些人就陆续死亡，就在你清仓之后！"

瓦尔疑惑地看着他："你这是什么意思？难道和我有关！"

"我是这样想的，有些人买了你打折后的棺木，其中一部分人就真的躺在了里面，他们的死都不是自然死亡，我敢确定，不是自然死亡。"

瓦尔仔细思考着他的话："你是想告诉我，上周以来死去的人是被谋害的？"

阿德愤怒地说："我一直想要你明白，事情就是这个样子！如果你不停止大拍卖的话，我们镇的死亡也不会停止！"

"我的警长，他们大多是意外死亡。"瓦尔认真地说，"海丝丽小姐的脖子被拧断了，被遗尸在她家的后门廊；大家都知道，韦思先生如果继续使用罐装火，他早晚会倒霉；至于德曼先生……"

"他们的死是有巧合的地方！"警长接着道，"但到现在为止，我们还没有接到关于下毒的案子,所有的案子都找不出证据。但这些死去的人有一个共同的特点!那就是这些人都是快要死的人,或者是他们的家属认为他们已经是没用的人。家属们趁着你清仓甩卖棺木的时候,过早地结束了这些将要逝去的生命,这样可以节省一些殡葬费用。"

瓦尔道:"这也很有可能,但这和我没关系啊!我为什么要停止拍卖呢?"

阿德警长很耐心地对他说:"海丝丽也是上周死的,我们都知道,她留给她的侄子杰克两万元。"

瓦尔微笑道:"杰克!他这两天正好回来过节了!"

阿德叫了起来:"是啊!他刚刚回来就把她杀死了,然后顺利地领到海丝丽的两万元。关于韦思……"这时电话铃响了,瓦尔起身去接电话:"我是瓦尔,哦,真是意外!不是吗?这真是太遗憾了!好的,好的,我这就去。"

挂上电话,两个男人互相对视着。

"又死了一个?"阿德问。

瓦尔点点头:"露茜跌进磨坊边的池塘里,死了。"

警长叹道:"这说明镇上人人讨厌露茜,因为她经常散布可耻的谣言,随意去伤害每一个人……"电话铃又响了,瓦尔拿起电话。

瓦尔神情肃穆地说:"是你太太,阿德。她好像很生气的样子,她要和你说话。"

阿德心想:"这女人身上不会装了雷达跟踪器吧,我并没有和她说过今天要来这儿啊!我刚到这里一小会儿,老婆就打电话要我回家。"

警长夫人尖锐的声音划过房间,她的话好像是对着瓦尔说的,她很清楚瓦尔也能听到。

两个男人紧挨着站在一起,阿德把听筒往瓦尔那边伸了一些。每次老婆说话停止的时候，警长都会温柔地道："是的，亲爱的。好的，亲爱的。"

他默默地挂上电话，呆呆地站在那里，看着他的老朋友。

瓦尔现在反而高兴起来，慢慢地道："我的老朋友，我想拍卖再延后一些时候是不会有错的，也许对你有所帮助。"

巴妮达死了！是因刹车失灵而死的。警长太太的葬礼是全镇最豪华的，所有在葬礼上该做的一项都没有少，还增加了许多额外开支。但因为许多殡葬用品正在清仓，所以花费倒不是很大。

这阵清仓甩卖后，瓦尔就没有多少生意了。东西卖得差不多了，事情又像以前一样了。他和阿德警长还决定，每周一和周四是两人的下棋时间。现在，一切又都清净了！

如此出狱

走道上响起了脚步声,莫特双手不由自主地抓紧牢房的铁门。数年前,自从他被送进这里的死囚牢以来,这种情况已经出现了五次。坐牢的这段时间,他慢慢地生出一种怨恨的情绪,这慢慢积累的怨恨让他很痛苦,他需要发泄出自己的怨恨。

现在,有个人走近牢房,他准备把憎恨发泄给这个人。这个人是监狱的典狱长,他叫奥利夫,现在正由两位警卫陪着。典狱长面色凝重,他的表情令莫特全身发冷。那神情里充满了虚假的哀伤,就像殡仪馆管理员,想在死者家属面前显出一点同情的样子。

看着典狱长的神情,莫特打算接受最坏的消息。莫特自进监狱之后,总向有关部门提出上诉,因而名声大震,成为监狱里的风云人物。现在他估计不会有这么好的运气了。典狱长现在已经站在牢房门边,在他还没说话的时候,莫特就觉得时间过得令人窒息般的漫长。

"莫特,法院驳回了你最后一次上诉。我和州长刚刚通过电话,他不同意对你暂缓处决。你恐怕在明天上午要被安排处决。"

"恐怕,恐怕!"莫特不屑一顾地说道,"打进这里以来,我第一次看见你这么高兴。每当你宣布我被延期执行的时候,我都能看出你的失望。我现在绝不会向你卑躬屈膝地哀求，也不会捶胸顿足、号啕大哭，更不会做任何让你高兴的事，我要用独特的方法离开这里。"

两位警卫杰弗瑞和卫恩留了下来，典狱长生气地转身离开了牢房。两个警卫都很欣赏莫特的为人，但却不能帮他做些什么，两人只能默默不语。在行刑之前，他们想，沉默是最好的办法。

"莫特，我很难过。"杰弗瑞神色黯然地说。

莫特没有说话，他现在需要冷静，但他那紧抓着铁门的颤抖的双手，正显出内心的激动。

监狱处决死刑犯的时间是上午六点整，现在是下午四点零五分。也就是说莫特的生命只剩下不到十四个小时了。他曾几次依靠法律的漏洞使自己的死刑延缓执行，他希望自己可以凭借大众舆论的力量（外面的人会说他在监狱里饱受折磨）让最后的判决免他死刑。但是国内外对这个问题的反应，仅仅只是把他争取免于死刑的事情报道出来而已。一年前他是一位监狱里的诉讼名人，现在，他是个已经败诉的死刑犯。

莫特两眼凝视着前方，慢慢坐下来。他唯一听见的声音是翻阅报纸的声音，此时两位警卫均在看报，都很不自然。莫特痛苦地闭上眼睛，想到了监狱会为他提供什么样的方式结束生命。含有氰化物的药丸会被扔进他住的牢房桶里，毒气就会四溢开来，他将扭曲着死去。

在快要死亡之前，他是不是像一般人那样，回忆着自己一生的经历呢？如果他真的回忆自己一生的经历，会发现他的一生就是一部剖析心理的影片，这将会使他很痛苦。他一度怀疑自己、欺骗自己，自己为什么要花费漫长的时间和屈辱来争取，争取让这一直受伤的心不再受伤，争取保留住自己这条可怜的性命？

他从小就身体不好，总是生病的他时常休学，因此耽误了功课。他不是肺炎，就是胃部不适，此外还有严重的过敏症，因此他只能经常躺着。医生对他的家人说，他是由于紧张导致以上状况的，但他的父亲却不这么认为，父亲说他就是为了逃学而故意生病。莫特想到了父亲，这是一个严肃、冷酷、从无笑容的男人。他的职业是机械师，他自己经常借酒浇愁，令人恼怒的是他还逼迫自己的妻子喝酒，他憎恨体弱多病的儿子。莫特为了让父亲改变对自己的看法，开始变得调皮捣蛋起来。慢慢地开始犯罪，当然，开始的时候罪名很轻。是一位感化院的精神病医生告诉他这么做的。这时警卫走到门边，他的回忆被打断了。

警卫说："你晚餐想吃些什么？莫特，你可以随便点菜。真不知道是谁定的这种蠢规则，一个人不想吃的时候，却装大方非要让人吃。"

莫特道："奥利夫今晚还来不来？"

"典狱长下班了，他明早才会来，今天不来了。"警卫迷惑不解地说。

"我知道他明早会来，这是他的职责，他是会来监督执行我死刑的人，我没别的意思。"莫特的真正想法是看药丸扔进桶里。他停了一会儿，好像还在回味着这个想法。

"我曾告诉过奥利夫，我会用我自己独特的方式出狱。"他继续说道，"我要点一份昂贵的大餐，我会一点不剩地吃下去。你告诉奥利夫，这最后一餐正是我想要的。晚餐给我来烤龙虾、法国炸鱼、小虾沙拉、苹果饼、咖啡，外加一份青蛙加猪肉炖的羹。最好再加点好面包，让垃圾政府为我这顿饭埋单吧！"

晚上七点三十分，晚餐做好了，警卫把它端到牢房来。警卫看到这些菜，想到这是莫特临死前的最后晚餐，就觉得反胃，心想莫特如何咽得下去啊！

警卫对着莫特道："办伙食的管理员气得哇哇叫，不过我还是努力让他们全部做齐了你点的大餐。很抱歉我只能做这么多了！"莫特沉默着，看着警卫从小洞里把饭菜塞进来。警卫又开始看报了，莫特接过饭菜，大口地吃了起来。

过一会儿，牢房里面传来巨大的喘气声，两位警卫吃了一惊。他们快步冲到牢房前，迅速打开了牢门，发现莫特已经倒在地上。他那已经变得青蓝色的脸肿胀着，呼吸也变得困难。

"快打电话给医生和典狱长！卫恩。"

几分钟后，医生让正在做人工呼吸的年轻警卫起身，他检查了躺在地上的人犯。过了一会儿，他抬头看着典狱长，对他宣布说："人死了！脉搏停了，心跳停了，呼吸也停了，瞳孔开始扩大，你的囚犯已死亡。"

"这怎么可能，医生？他前几分钟还生龙活虎的，真该死，现在麻烦大了。他会不会是心脏病？"

典狱长的表情使医生很不高兴，他面无表情地说："还没验尸，现在还不知道死亡的具体原因，不过我很想知道事情的发展经过。卫恩给我打电话时说：'快点来，莫特出了意外！'其他的我就不知道了。"医生死死地盯着用过的餐盘，没吃完的龙虾还剩下一对爪子，两个爪子像一对讨厌的叉子，莫特像是被那对爪子叉住了。

这时典狱长心烦意乱，他在办公室里听到轻轻的敲门声，他吓了一跳。典狱长恼怒地叫一声："进来！"声音里充满了慌乱和不安。

这时太阳已经升得很高了，现在是上午十一点，慢慢过去的时间并没有让典狱长的心情比昨天好点。莫特昨晚突然死亡的事件打乱了监狱的正常秩序。医生打开门，走了进来。

"医生，验尸了没有，是不是心脏病？"

"他不是死于心脏病。我昨晚就开始怀疑自己的猜想，他是不是有一种怪病，验尸证实了我的猜想。他这种病例极其罕见，光验尸也找不到他的死因。验尸只能证明他不是死于什么，关键是他曾经的病史。"

典狱长气急败坏地说："验了一天，你竟然不知道莫特是怎么死的？"

医生很有耐心："你没注意我刚才说的话，我说过'极其罕见的病例'。我当然知道他是怎么死的，从医学来说，他是死于'血管神经性水肿而引发的贝类反应'。也就是说，严重的过敏反应导致了他的死亡，这种过敏比你想象中严重。"医生继续说，"典狱长，我昨晚和杰弗瑞谈过，但他只知道发生了什么，不知道原因。当我看见龙虾的那对爪子时，我开始确定我的猜想。你刚走，我就去诊所档案室里查看了莫特的病历。之后，我在今天上午的验尸结果上看到了一些事实：他的心脏扩张、喉头肿大。"

典狱长神情疑惑地说："医生，你到底认为这是怎么回事呢？"

"典狱长，我简单地把过程和你解释一下，莫特主要想在死前戏弄你们一番。我看过他的病历，知道他对贝类的海鲜过敏，但他吃普通的鱼却一点问题也没有。海鲜中的贝类，特别是龙虾，却能置他于死地。聪明的囚犯知道，自己当时的紧张状态能增加过敏反应的严重性。他临刑前的心理，加上引起严重过敏反应的那顿最后晚餐，让他以自己的方式结束了生命。"

医生两眼直视着典狱长，语带讽刺地说完了上面的话。他停了一下，继续道："典狱长，你应该换种方式来考虑。就把龙虾当成死刑用的氰化物，反正这两个东西都能置他于死地。这样想，你就不会难过了。"

后　窗

清晨的阳光，正在纽约格林威治村的一个住宅区里酝酿着新一天的闷热。无论从哪个角度看去，此时的这里都显得既僻静又毫不起眼。远远的天边，一块一块的云朵就像是地面上的水蒸气，弥漫在低矮的天空。

一幢六层楼房紧挨着村里的大街，这楼房还是那种老式的结构，左右对称，并且楼里没有电梯。这种小型公寓楼房在这座城镇中随处可见。常年的风吹日晒让楼梯变得锈迹斑斑，可这还是人们进出都必须依靠的唯一通道。公寓楼的每一层都有两套房间，沿着锈迹斑斑的楼梯走上楼来，打开房门就可以依次进入客厅、起居室、卧室、厨房。另外，每套房间的阳台后面都还备有一个防火楼梯，从阳台上直通到下面的院子。

距离这幢六层楼房后面不远的地方还有一幢公寓楼，但是稍微矮一些。一个三十多岁的年轻人在二楼的一个房间里，正躺在窗前的轮椅上酣睡着。在暑热中，这个年轻人睡得很沉，汗珠像豆子一样从他的面颊缓慢地往下淌着。他的左腿从脚腕到大腿部被厚厚的石膏裹着，上面还歪歪斜斜地刻着几个让人感到奇怪的字："此处裹着的是L．B．杰弗里斯的断腿。"这个年轻人就是我们这个故事的主人公，一位精力充沛的35岁高个子男人。

屋子里的东西毫无秩序地堆放着，又多又杂，显得非常凌乱。他的身边放着一张小桌子，上面放着一台照相机，是摄影记者专用的那种能拍摄高速运动的机型，但是在外观上，这台照相机看起来已经非常老旧并且破损不堪了。在这张桌子的一个角上，还摆放着一张大约10英寸的照片。照片上显示出，一辆已经失控的赛车正冲着镜头直飞过来。

在这个房间的墙上还挂着一张大约14英寸的照片，主题为"暴力"。在照片的右下角是一个醒目的签名：L.B.杰弗里斯。这张照片里的图像是重炮轰击时刹那之间的景象，只见石块、尘土，人和物以及弹片都悬在半空中。

另外，在这张照片的上方还挂着另一张，是飞机厂工人罢工时与军警发生冲突的照片。照片里，警察正在和罢工的工人进行混战。拳头、棍棒、警棍来回飞舞，身上的血迹、人们眼中的愤怒、被击倒的人想挣扎着再站起来的动作……就在照片的下角也有一个相同的签名：L.B.杰弗里斯。

还有一张照片，镶在一个精致的镜框中，显示出内华达州平原上进行原子弹爆炸试验时的画面，它令人生畏，又让人感到壮丽。

屋子的墙角竖放着一个木头架子，上面混乱地摆放着各种胶卷等摄影用具和各种大小不一的镜头。还有一些时装杂志堆放在一个观察架上，封面上都是千姿妩媚、百态动人的模特。还有一些底片放在杂志的旁边，当然也都是些年轻姑娘的……这整个房间，就是我们故事的主人公摄影师杰夫的。

从杰夫家的窗口看去，对面六层大楼里住着的人们已经开始起身了。这时，原本安静的空气慢慢地出现了动静。这些居民们一天的活动也就正式拉开了帷幕。因为正值盛夏，所以每户人家都敞开着窗户，显露出各自在自己的小天地里忙碌的情形。

　　一个四十多岁的作曲家正在三楼右边的屋子里刮胡子。桌子上的收音机开着，播放着一位男人的声音："……听众朋友们，早上好，这里是纽约沃尔电台。现在的时间是7点15分……现在城市的室外温度大约有华氏84度……听众朋友们，你们是否已经到了不惑之年？但是有没有想到过自己生命的价值和意义呢？或者，当你清晨睁开眼时，你是否感受到了情绪低落、疲倦不堪？你是否有过这样令人身心焦虑的感觉？"作曲家听到这儿，不由得皱起了眉头。他放下剃刀，也没有擦掉满脸的肥皂泡就走到收音机前。他有点烦躁地调过一连串广告节目，直到再次找到一个播放音乐的电台，才稍稍满意地回身继续去刮自己的胡子。

　　在那幢楼房的四楼后阳台上，也就是防火楼梯旁边，悬挂在防火梯上的闹钟一个劲儿地响个不停。此时，一对在露天过夜的夫妇也睡醒了。他们无精打采地坐起来对视了一会儿，好像是在说，整个晚上他们两个人谁都没有睡好觉。

　　一座相对低矮一些的屋子里，就在作曲家卧室左边向下的位置，一台小电扇正在窗边旋转、摆动。电扇安置在桌子的右角，在桌子左边放着一个面包烤箱。这间屋子的主人此时就站在桌子的旁边，一位18岁的年轻芭蕾舞演员，名叫托索。她身材婀娜丰满，现在只穿了一件内裤，正在厨房里准备着自己的早餐。只见她一边随着录音机里的练习曲，不停地伸臂、踢腿、弯腰，做着各种舞蹈动作，一边把早餐用具一样一样地放在桌子上。

　　那座公寓的五楼右边的窗口里，一位妇人微微探出身子，打开了挂在窗外的鸟笼。几只美丽的小鸟立刻活跃起来，欢叫着冲出笼子，飞向天空……

仍在熟睡着的杰夫，额头上布满了细细密密的汗珠，并且汗珠越聚越大，很快流到了一起，最后顺着杰夫的脸颊弯弯曲曲地流到嘴边……

一支温度计挂在墙上，里面红色的水银柱一动不动地停留在华氏93度的刻度上。

这个时候，杰夫身边的电话铃突然响起来。杰夫猛地惊醒过来，立即拿起话筒，两眼惺忪地对着电话说道："喂，我是杰弗里斯。"是杰夫的编辑甘尼森打来的电话，只听他用异常热情的口气高声说道："恭喜你了，杰夫。"

杰夫一怔，莫名其妙地问道："恭喜我什么？"

"你的石膏不是该拆了吗？"

杰夫苦笑了一下，反问道："谁说我的石膏该拆了？"他边说着边懒洋洋地朝窗外瞥了一眼。

对面两个几乎一丝不挂的姑娘在大楼专供晒日光浴的楼顶平台上又说又笑。她们躺在铺在楼顶平台的裕袍上，这样其他的人就看不见她们了。杰夫的脸上掠过一丝失望的神情。

电话里的甘尼森用充满自信的口气继续说道："今天是星期三，从你摔断腿的那一天算起，直到现在，已经整整七个星期了，对不对？"

"你真是健忘，甘尼森，你这样怎么还能当上编辑？"

"我靠的是谦虚学习和勤奋工作呗。当然，也少不了偶尔利用一下出版商的秘书小姐。"甘尼森开玩笑地辩解道，然后他顿了一下，又言归正传地说，"怎么，是我记错时间了？"

"时间倒是没错，只不过我要再熬一个星期，才能破茧而出，是你多算了一个星期而已。"杰夫一边无奈地用手拍了一下那条裹着石膏的腿，一边又朝对面的楼顶望去。

前面的那座公寓的三楼上，那位芭蕾舞演员还在继续操练着她的高难度舞步。

甘尼森听了杰夫的话，显然非常失望。他继续说道："唉，谁也不想遇到这样的事情，还是算了吧，杰夫，人不能天天都走运。我也不例外。好了，就当我没打电话来吧。"甘尼森说着也有点烦躁了。外面是越来越热了。

"好吧，甘尼森，我真替你别扭！"杰夫也无可奈何地说道，"当然，一想到我还得戴一个多星期的石膏，你就心里不舒服，它就像是一把枷锁。"他一边对着话筒说着，一边用眼睛紧紧地盯着对面的芭蕾舞演员托索，因为她现在正跳得起劲。

"最佳摄影师，我的杰夫，我这一星期最大的损失就是缺少了你这样好的记者，而你最大的损失就是错过了一个非常好的机会。"

"去哪儿？"杰夫回过神来急忙问。

"唉，真是遗憾，现在说也没有用了。"甘尼森故意卖起了关子。

"不，不，你说，快说，"杰夫一下子来了精神，"你打算让我去哪儿？"

这时，对面公寓里的托索小姐走到了冰箱前，依旧迈着欢快的舞步，从冰箱里面不急不慢地取出一只鸡腿。然后，她关上冰箱门，轻盈地跳回到房间中央，一会儿啃鸡腿，一会儿又把它在手中挥舞着，那鸡腿就好像是她的一个道具似的。房子另一端的那张桌子上放着一包已经切好的面包片和黄油，她晃动着下肢，放下鸡腿，打着旋儿转到桌子旁边，然后把黄油擦抹到面包片上。这样一个连贯的动显得既优美又具有节奏感。

"本来计划让你去印度。"电话那头继续传来甘尼森的声音，"可是今天一早，我从杂志社社长那儿得到了可靠的消息，说印度很快就要硝烟弥漫了。"

"我早就对你说过,你不记得了吗?我们下一个目标就应该到那个地方去看看。"杰夫兴奋地冲着话筒嚷道,好像完全忘记了自己裹着石膏的腿。

电话那边甘尼森的声音依然显得有些不痛不痒:"好像你曾经这么说过。"

杰夫非常激动地说:"你说吧,我什么时候动身?过半小时还是一小时?"他激动得早已把自己目前的处境忘得一干二净了。

"不行!你想拐着石膏腿去?"甘尼森非常干脆地拒绝了他。

杰夫一听甘尼森这样说,立刻急了:"喂,你别这么死心眼儿,也最好别惹我生气。再说了,如果不行,我完全可以坐在吉普车里,甚至骑在水牛背上拍照。这条腿根本不是问题。"

甘尼森笑了笑说:"我们可不能拿你来开玩笑,你对我们杂志社来说简直太重要了,我还是考虑派摩根或兰巴特去吧。这样应该更好些。"

杰夫听完,便气呼呼地说:"好呀,我为你摔得半死,你却派摩根或兰巴特去?这就是你对我的报答?把我的一份好差事给了别人?"

杰夫一边说着,一边又伸长了脖子,朝对面的公寓里望去。他一直都在关注着托索的一举一动,这时,只见托索一连着做了几个360度转体,最后是一个特别稳定的站住的动作。动作完成,干净利索,非常漂亮。然后,她慢慢地坐到桌子前开始吃早餐了。从开始到现在,托索的早餐时间就像是在舞台上表演。

"说实话,我可没有叫你站在那条赛车道上去拍照片的。"甘尼森加重了语气说。

"你没叫我站在那儿?这么说是我自己找死了?"杰夫也有点生气了,"你要求的是要与众不同,要具有戏剧性。现在,你反正是得逞了,达到了自己的目的,可是你一弄到自己想要的东西就立刻翻脸赖账了。"

杰夫一边说着，一边把目光从托索那儿移向作曲家的窗口。此时，作曲家正坐在一架钢琴前，若有所思地捧着自己的脸颊，不知道在苦思冥想什么，还不时地用笔在乐谱上飞快地写着。一会儿，作曲家站起身来，走到窗户前，寻找着从外面传来的打扰了自己注意力的音乐声。原来让他无法集中自己注意力的那种激昂的芭蕾舞音乐正是从楼下传来的。

"就这样吧，好了，杰夫，再见吧！我们有时间再联系。"甘尼森在电话里耐着性子劝道。

"不，不，甘尼森，稍等一下，你必须带我出去走走。"杰夫忙叫道，"我整天在这两间屋子里傻坐着，已经六个星期了，真是难以想象，除了透过窗口看看我的邻居，我基本上什么事儿也没有干。这种日子简直就像把我给关进了监狱，我真是再也忍受不下去了。"杰夫无奈地抱怨着自己遭遇的这一困境。

这时，对面的作曲家气愤地站了起来，把笔一摔，看他那种样子和表情，好像也是受不了才下定决心要到外面去进行抗议的。杰夫向作曲家露出了同情的笑脸，等待甘尼森答复。

电话那头，甘尼森毫无余地地说道："杰夫，再见。"

"甘尼森，别挂，听着，你如果不把我从这百无聊赖中拯救出来，我也不敢保证自己能做出什么样的事情来。"

甘尼森一愣，问道："你想干什么？"

"我……我要结婚！这样一来，我以后可就哪儿也去不成了！"他自己也不知道自己想要表达什么。正说着，他看见对面公寓里的那位戴眼镜的推销员正沿着锈迹斑斑的楼梯走到二楼自己的房门外，掏出钥匙，打开门走了进去。推销员的手里提着一只铝制手提箱，那应该是他们这种职业的人常用来装样品的。他来到卧室，先摘掉帽子，然后把手提箱重重地放在地上，随后用右手背擦了擦额头上的汗。透过卧室的窗口可以看到，推销员的妻子有气无力地靠在床上，一脸的病容，好像是正在经历着一场噩梦的困扰。如果仔细点看，还能看到在他们的床头柜上，摆满了药盒、药瓶、水罐、羹匙等病人所需要的东西。这些都足以说明，他的妻子是一个长年卧床不起的病人。

"我说杰夫，你也应该结婚了。"听到甘尼森这样说，大大出乎杰夫的意料，这说明自己刚才对他说的话没有起到威胁的作用，反而招来了对方的嘲笑，"不然，你会变成一个刻薄、孤僻的怪老头。"甘尼森继续说着。

妻子知道推销员丈夫回来了，便用一块长毛巾盖住额头，又故意躺了下来。只见推销员迈着大步走进卧室。妻子一见丈夫，突然取下敷在额头上的湿毛巾，并且翻身坐了起来，还指着推销员不知咒骂着什么。这时推销员停住了脚步，像是在安慰她。但是妻子还是在继续指责着。她一边责骂，一边指着手表，意思像是在责骂丈夫回来得太晚了。

听筒旁边，杰夫马上接口说道："是呀。真是难以想象，甘尼森，你能想象我变成这样的一个人吗？每天，当我筋疲力尽赶回家的时候，迎接我的将是老婆那些没完没了的唠叨，还得忍受那些洗碗机、洗衣机、垃圾处理机那种可怕的、枯燥的、机械的响声。你能相信吗，甘尼森？"他一边说着，一边紧紧地盯着推销员的窗口。

"是吗？你太悲观了，杰夫，现在做妻子的再也不会像你说的那样无理取闹了，她什么事都会和你商量的，只是你现在还没有遇到而已。"甘尼森在电话那头说着。

"是吗？但在我周围，这些家庭主妇们都还是爱唠叨的。或许在租金昂贵的高级住宅区里，做妻子的会与你商量。你要是来我这里看看就会明白的。"杰夫不无讽刺地说，因为他正看着对面推销员的妻子在指手画脚地嚷嚷着。这时候，推销员似乎也忍无可忍，大声吼叫了起来。杰夫非常专注地看着对面的一举一动。

"嗯，杰夫，你当然比我了解。好吧，就这样吧，我改天再给你打电话。再见。"甘尼森不想再聊下去了，想赶快结束这次不是很愉快的谈话。

"好吧。不过，你下次最好能给我带来些好消息。"杰夫无奈地说道。说罢，他便挂上了电话。

他还在一直注视着对面的情况，他看见推销员仍在和妻子激烈地争吵着。一会儿的工夫，推销员一甩手，怒气冲冲地大步走出了卧室。他走到起居室，拿起帽子往墙上狠狠地一摔，然后"砰"地撞上门，气冲冲地离开了自己的房子。屋子里原本沸腾的空气立即冷却了，安静得让人难以忍受。

忽然，杰夫感到裹着石膏的小腿一阵痒痒。他不由得摇了摇头，赶紧拿起一个木制搔痒耙，轻轻地伸进石膏里，小心翼翼地搔着奇痒难忍的小腿。一会儿，当他忙完了上面的动作，便又朝窗外看去。

杰夫看到，推销员索瓦尔德一只手拿着一副花剪，另一只手拿着小锄和小耙，走到楼下的后院里。或许他是想让自己放松一下，只见他走到一个小花坛旁，一会儿弯下腰，给花培土、浇水；一会儿跪下，察看着那些花，给花锄草、修剪枝叶。

这时候，另一件有意思的事情吸引住了杰夫的注意力。赫林·艾德小姐，就是住在托索楼上的老太太，她的手里正拿着一份《先驱论坛报》，动作缓慢地走到院子里，坐在一张帆布折叠椅上。

"早上好！"那个喜爱小动物的妇女西弗勒斯太太透过五楼的窗口探出头来，向下面的赫林打招呼。

但是，赫林似乎正在出神地想着什么事情，并没听见来自五楼的问候，仍然专注地坐在折叠椅上。

"喂，早上好！"西弗勒斯太太又一次问道，不过这次的声音大多了。

赫林突然一怔，一副如梦初醒的样子，马上回答道："噢……您也早上好！"

西弗勒斯太太看见赫林这样，先是一笑，然后伸手取下鸟笼，离开了窗口。

赫林小姐戴上眼镜，开始看拿着的那份《先驱论坛报》。但是，没有一会儿，隔壁的一种声音吸引了她的注意，她抬头看去，原来是推销员在干活儿。她指指点点的，并且嘴里还说着什么，好像在告诉推销员应该怎么做。他一开始看着她，并没有说什么。赫林小姐还是若无其事地说着，听了一阵之后，推销员突然正面看着她，唇部还在激烈抽动，这个微小的表情非常明显，看起来他对赫林小姐的干扰相当不满。

赫林看到推销员这样，脸上的神情是又惊又怕，赶紧从篱笆边走开了。

眼前的这一切都没有逃过杰夫的眼睛，正当他饶有兴致地看着的时候。突然，一个女人的声音从他的背后传来："我想你是不知道吧，在纽约，窥测别人可是要被拘留六个月的。"

杰夫一怔，急忙扭头一看，原来是保险公司雇的护士斯特拉来了，便忙招呼道："唉，斯特拉，你好。"

斯特拉，四十多岁，单从外表看，她是个身体壮实、相貌一般的黑头发中年妇女。但这个人精明能干，能说会道。杰夫看着她，她先是摘下宽边凉帽，然后把手中的包放在桌上。随后她从口袋里掏出一支体温表，一边擦拭，一边不满地瞪了杰夫一眼，继续说："还有就是，拘留所里是没有窗户的。过去怎么惩罚这种人，你知道吗？就是把犯人的一只眼珠子抠出来，而且他们用的还是一根烧得通红的铁条。你自己觉得这样值得吗，为从这么一个小窟窿里看到的事情丢掉一只眼珠子？"

杰夫歪着头，一动不动地看着她。虽然她这样说着，但他还是忍不住朝外看了一眼。忽然，斯特拉好像明白了什么，不由地笑了起来，继续说道："唉，亲爱的，我看人们应该走出自己的房间，从窗外看看自己屋里的情形。呵呵，现在我们俩成了一样的了。怎么样，这句话算得上至理名言了吧！"她一边说，一边把杰夫的轮椅转了过来。

杰夫轻轻地笑了笑，脸上浮起一副不以为然的神情，说："这句话好像在1939年4月的《读者文摘》上登过，这是句老话了。"

斯特拉马上说："我只不过是在引用一段名人名言罢了。"她说着，从小盒里拿出体温表甩了甩。

杰夫一看斯特拉把体温表递过来，把本来想说的话咽了回去，忙说："今天早上不必量了吧。"

斯特拉把体温表塞进杰夫的嘴里，摆出一副好像没有听到杰夫的话的神情，却像哄小孩似的对他说："别说话，在心里数一百下。"接着，她担心杰夫再说什么，忙自顾自地、滔滔不绝地说道，"我应该成为一个吉卜赛算命女郎，你知道的，我不应该当什么保险公司的护士。哪儿要是出了麻烦事，我的鼻子尖在10英里以外都能闻得出来。1929年那次股票市场暴跌，你听说过吗？"

杰夫不耐烦地点了点头。

"那次我早就预料到了。"

"斯特拉，你是怎么预料到的？"杰夫嘴里衔着体温表，含含糊糊地问道。

"其实，简单得很。"斯特拉一边往沙发上铺床单，一边说，"我当时正在为通用汽车公司的一位总裁做护理。医院诊断说他得了肾病，而我看他得的是精神病。你说说看，汽车公司里有什么事是值得担心的？要么是生产过剩，要么就是倒闭破产。其他的人才不去关心这些事呢！"

听到这里，杰夫把体温表从嘴里取出来，说："斯特拉，从经济学的角度，肾病和股票市场可是毫不相干的两件事呀。"说完，他又自觉地把体温表塞进嘴里。

"但当时的股票市场确实暴跌了，是不是？"斯特拉铺好床单后，从自己的包里取出几个小瓶子放在一旁，继续说，"实话告诉你，我也在你这间屋子里嗅出了一些问题。首先是你的腿摔断了，然后，你又从窗口里偷看你不应该看的事情。你有没有想过，这些都是问题。我已经嗅到你被法庭传讯的场景。一群正襟危坐的法官在你面前，而你可怜巴巴地站着，还苦苦地哀求说：'这只不过是我的一种消遣而已，法官大人，我已经知道那是既无知又无聊的事了，请您相信，我可是像慈父一样爱着我的左邻右舍呢！'然后，一个法官说：'算你走运，好吧，只判你三年就可以了。'"她惟妙惟肖地自言自语着，自己也忍不住笑了。

"你说得简直太好了。不过，就目前的处境而言，我正愁没有麻烦事儿呢。"杰夫忙把体温表取出递给斯特拉。她仔细看了看体温表。

杰夫问道："怎么样？"

"就目前的状况看来，你得了男性荷尔蒙缺乏症。"斯特拉看了他一眼。

"你能单凭我的体温就看出这种病？"杰夫惊讶地问。

她甩了甩体温表，说："我知道，你偷看那些崇拜日光的赤裸女人已经四个星期了，可是你的体温连一度也没有升上去。"一边说，她一边用另一只手捏着酒精棉花给体温表消毒，然后把它放回小盒子里。

斯特拉走到杰夫的轮椅后面，把轮椅推到床边。杰夫看着她这样，便松了一口气，说道："太好了。唉，再熬一个星期吧。"

在斯特拉的帮助下，杰夫用一条腿站着，慢慢脱去衬衣，然后俯卧在床上。斯特拉非常吃力地搬动着杰夫沉重的伤腿，把它们尽量平衡地放在床上。

"你好像说得不错，我这间屋子里真是要出问题了。"杰夫舒适地躺着说。

"我知道。"斯特拉心不在焉地敷衍说。她拿起一个小瓶，把里面的一些油状液体倒在手心里，在手掌里来回地摩擦，然后均匀地涂抹在杰夫赤裸的背上。

杰夫突然感觉背上一阵灼热，急忙问："我说，你那瓶里是什么玩意儿？放在火上烤过吧？"

斯特拉一边非常用力地按摩着杰夫背上僵硬的肌肉，一边答道："你说对了，这样可以加快你的血液循环。"

杰夫用嘲讽的口气说道："原来如此！"

"怎么回事？这就是你刚才要说的问题？"斯特拉忽然想起了杰夫刚才说的话。

杰夫说："我说的是说莉莎·弗里蒙特。"

斯特拉很纳闷儿，问："你是不是在开玩笑？你是个体格健壮的小伙子，她是个年轻美丽的姑娘，你们这么般配还能有什么问题？"

"她要和我结婚。"杰夫苦恼地说。

"这也很正常呀。"

"可关键是，我不想娶她。"

"你这样才是不正常呢！"斯特拉非常诧异。

杰夫又接着说道："我对结婚还缺乏充分的心理准备，所以我实在不想结婚。"

斯特拉不以为然地说："像你这样没有头脑、粗心大意的人，和莉莎·弗里蒙特结婚是再合适不过了。对一个男人来说，只要找到了一位合适他的姑娘，那么就再也不需要什么可准备的了。"

"她是个不错的姑娘。"杰夫的语气突然又变得迟疑起来。

斯特拉双手揉着杰夫背部的各个部位，显得非常熟练。她问杰夫："那是为什么呀？你和她闹翻了？"

杰夫神情凝重地摇了摇头说："没有。"

斯特拉接着问："那是不是她父亲拿手枪威胁你了？"

杰夫被她的话吓了一跳："你不要乱说，根本没有这回事！"

他不知道她为什么会这么说。

"以前的确发生过这种事情。"斯特拉甩了甩发酸的手指，一本正经地说，"你没有听说过吗？世界上最美满的幸福婚姻，许多都是在枪口底下结成的。"她说完话，又拿起一条毛巾，在杰夫油亮亮的背部使劲地擦着。

"唉，你不知道，她不是我想结婚的那种姑娘。"杰夫似乎有苦难言，长长地叹了一口气说。

"为什么？她可是千里挑一的好姑娘呀！"斯特拉放下毛巾，显得更加迷惑了。她又拿起另一个瓶子，往杰夫的背上倒里面的洗净剂。

杰夫郁郁沉闷，喃喃地说："说实话，她太漂亮、太聪明、太老练、太……总之，她真的是太完美了。她哪样都好，可就是缺少我所需要的东西。"

"你需要的是什么，能不能把它说出来，我们讨论讨论？"斯特拉好像一下子来了兴趣。

杰夫想了想，艰难地说道："说出来也没有什么问题。事情其实很简单，她的世界属于帕克大道上那种高雅、纯净的环境，属于奢华的酒店、鸡尾酒会和非常高档的场所……"

还没有等杰夫说完，斯特拉就立刻打断了他，说："那是因为她不得不待在那样的环境中。我觉得她是个聪明的姑娘，能活得心安理得，能适应身边的任何环境。"

杰夫继续说："你好好想想，她能满世界地四处颠簸、浪迹天涯吗？特别是跟着一个存款不是很多，甚至是从不超过一个星期薪水的穷摄影师？除非她是疯了。"他说完，又沉浸在自己的心事中。

"那你永远就这样不结婚了？"斯特拉一边说，一边用毛巾轻轻擦掉杰夫背上的液体，扶着他慢慢站起来。

"也说不定哪天我就会结婚了呢。"杰夫深深吸了一口气说，他开始慢慢地穿衬衣，"但是，人不能把结婚当作是穿一件新衣服、吃顿海鲜或大谈最近发生的丑闻，那样，生活也就没有什么意义了……"

斯特拉搀扶着他，让他重新回到轮椅旁，轻轻地坐下。他停了一下，接着说道："你明白吗，我希望和我结婚的女人能够无所不能，无事不干，无所不爱，能够四海为家。所以，目前唯一的办法就是把这件事给了结了，让她另找他人吧。"

斯特拉一边在轮椅上装扶手，一边不满地说："我想我明白你的意思了，你就是想对她说：'走吧，我配不上你！你是个过于完美的女人。'"

她说完就把那些小瓶子装进原来的包里，然后转过身来认真地说："杰弗里斯先生，虽然我没有什么文化，但我还是要奉劝你一句：男人和女人相遇并相爱以后，应该是'砰'的一声，马上结合，就好像是百老汇大街上相撞的两辆出租汽车那样，而不是相对无言，沉默坐着，像研究、分析瓶子里的两个标本一样，相互打量。"她说着，"哗"地一下把床上的床单掀起来，开始叠在一块儿。

"应该用一种理性的办法对待婚姻。"

"什么理性！理性给全人类带来的麻烦事儿还少吗？现代婚姻，哼！"斯特拉对杰夫刚才的话不屑一顾。

"我和莉莎在感情上还没有达到……"杰夫把轮椅调过来看着她说。

斯特拉立刻打断了他的话："你说的那些都是废话！以前，人们也就是相互见见面，了解一下，或者一兴奋就结合了！可是如今，你算计我，我对付你，嘴里说着一套一套的，可是心里却相互猜忌，要不就是你对她、她对你进行一通精神分析。到最后，像是在参加文官考试，而不是在谈恋爱了！"

"人与人的感情层次是有差异的……"杰夫还想辩解，但又被斯特拉打断了。

"你要是想找麻烦，首先肯定就得惹麻烦！告诉你，我知道一个挺好的小伙子，和一个姑娘交往了三年，而那个姑娘就住在他对面的街上。可后来，那个小伙子不肯和她结婚。什么原因呢？因为那个姑娘在《外貌》那本杂志上测试关于婚姻的问题时，只得了61分！"

杰夫听到这里，也忍不住笑了。但他马上又换了一种讥刺的口气，对斯特拉说道："不会吧，这就是你对婚姻理论的高见吗？"

斯特拉放下叠好的床单，并没有理会他的讽刺，走到他面前认真地说："杰夫，当年，我和迈尔斯是在一种情不投、意不合的时机结婚的，我们俩根本不相配。即使到了现在，也是如此。不过，到目前为止，我们一直都和睦相处、相亲相爱，生活得非常幸福。"

杰夫打了个哈欠，看样子显然是被这没有尽头的谈话搞得厌烦了。他懒懒地说:"斯特拉,这很好呀。现在,能不能帮我做个三明治吃?"

"当然可以。"斯特拉说了一声,就朝厨房走去,突然她又回身说,"我还要在三明治上抹上一点常人的想法。你知道,从头到脚,莉莎每一个细胞都在爱着你。最后,我给你两个字的忠告:娶她。"

"她是不是买通了你,给了你很多钱呀?"杰夫开玩笑地问。

斯特拉先是愣了一下,随即厌恶地瞪了他一眼,转身走进厨房。杰夫轻轻叹了口气,很无奈地环视了一下狭小的屋子。一会儿,他又向窗户外看去。

对面公寓的院子里,那位摆弄花草的推销员已经不见了踪影。而用报纸把脸遮得严严实实的赫林小姐,正靠在折叠椅上闭目养神。一切看起来又好像恢复到了起初的样子。一会儿,杰夫又把目光移向公寓的其他后窗。

托索小姐正非常有节奏地对着镜子,梳着自己的一头金红色的长发。就在这个时候,那扇一直关闭着的窗户打开了,是六楼左边的那家。是房东打开了那扇窗户,而在他身后,杰夫还看到两个年轻人走了进来,像是一对新婚的夫妇。房东交给小伙子一串钥匙,小伙子一边接过钥匙,一边说了句"谢谢"。

之后,房东转身走出了房间。当那对新婚夫妇刚要搂抱在一起的时候,房东提着箱子猛然推门又进来了。房东把箱子放下,客气地说:"如果还需要什么东西,请按一下铃。"两人一副若无其事的样子,站在那里,又说了一句"谢谢"。

房东把门关上,走了出去。两个年轻人立刻紧紧搂抱在一起,迫不及待地亲吻着对方。杰夫好奇地看着,眼睛瞪得很大。

过了一会儿,小伙子才松开那个姑娘,招呼道:"来,快来!"

说着拉开通往起居室的门，跑出卧室。杰夫有点疑惑地看着，忽然，他看见青年抱着姑娘，一步一步走进卧室，神情非常庄重。杰夫不由得"哦"了一声，会心地笑了。刚才碍于房东在场，他们俩又做了一遍原先没有做出来的亲密举动。

两人如胶似漆，新郎不停地亲吻着怀里的新娘。忽然，新娘往敞开着的窗户看了一眼，像是意识到了什么。可以看得出来，她意识到很有可能被别人偷看到他们这种过分亲密的行为。新郎也好像意识到了这种情况，忙放下新娘，走到窗前，放下了厚厚的窗帘。

杰夫忙移开目光，还忍不住咽了口唾沫。忽然，他发现斯特拉正在身后冷冷地瞪着他，不知道什么时候她从厨房里出来了。看到这个，杰夫有点惭愧地笑了笑。

"只会说空话。"斯特拉不屑地撇了撇嘴说。说完，她拿起提包，转身出了门。杰夫转过头，表情有点僵硬，看着斯特拉离开了。

时间不知不觉地过去，杰夫百无聊赖、困乏不堪，就那样一个人在窗前坐了一天。也不知在什么时候，他竟然在轮椅上睡着了。光线在不停地变换着位置，树的影子也在随着光线不断地推移着。渐渐地，对面的公寓又热闹起来了。白天在各处工作的人们已陆续回到家中，可以清楚地看到，每一扇敞开的后窗里，他们正在各自的屋子里忙活着。

杰夫的屋子里还是原来那样。他慢慢睁开眼睛，迷迷糊糊地发现屋里好像有人。他仔细端详，原来是自己的女友莉莎来了，正站在他的身边，俯身凝视着他。顿时，杰夫睡意全消，坐直了身子。

莉莎，她披着薄如蝉翼的天蓝色纱巾，穿着一件袒露双肩的黑裙子，手上戴着一双白手套，显得非常清纯。她不仅年轻貌美，而且衣着讲究、时髦，是一个非常漂亮的姑娘。

见杰夫醒了，她便靠了过来，吻了一下他的嘴唇，温柔地问道：

"腿好点了吗？"

"嗯……还是有一点疼。"

"你的肚子呢？"

杰夫微笑了一下，说道："快变成橄榄球了，真是空空如也呀。"

莉莎听到杰夫的回答，忍不住笑了。她又吻了杰夫一下，继续问道："那你的爱情怎么样呢？"

"不太理想。"杰夫摇摇头说道。

"还有什么事让你不高兴吗？"莉莎问了一句，随后看了看光线昏暗的屋子。

"嗯，过来。"杰夫把莉莎拉进怀里。他眯着双眼，含情脉脉地凝望着莉莎，故意问道："你叫什么名字？"

她很快活地用手臂抱住杰夫，温柔地亲吻着他的脸，然后充满热情地笑了一声。她转过身，微笑着对他一个字一个字地说："听好了，我的全名是莉莎——卡罗尔——弗里蒙特。"

说完，莉莎站起身，打开屋子各个角落里的台灯。灯光立即驱散了原来的昏暗，屋子也顿时亮堂了起来。杰夫歪着头，仔细端详着莉莎的新裙子。

"莉莎·弗里蒙特，就是那位每件衣服只穿一次的漂亮姑娘吗？"

莉莎取下纱巾，放下小巧玲珑的手提包，答道："不错。可那是有原因的呀。这会儿，这批衣服已经全部运到了巴黎。你说它们会成为流行的款式吗？"她一边摆出各种时装表演的姿势，一边回答着杰夫的话。

"那要看衣服的价格了。这也可以算出来吧，飞机票的运费、进口税，加上利润……"杰夫眯起眼睛看了一会儿说。

"不贵，每件大概1100美元。"莉莎一边故意轻松地说着，一边优雅地放下纱巾，脱去手套。

"什么，1100美元？"杰夫吓了一跳，大声说道，"你应该把它送到股票交易所去，我看这样更合理！"

"你可能不相信，但是我们每天能卖十多件呢，就是按这个价钱。"莉莎把手套和纱巾一起放在桌上，非常得意地说。

杰夫还是有点嘲讽地问："恐怕都是税务官来买你们的衣服吧？"

她没直接回答他，而是继续笑着说："今晚可是个不同寻常的日子，所以，即使这次让我自己掏钱把它买下来，这也是相当值得的。"

"是不是你又要去参加什么重大宴会了？"杰夫有点奇怪地问道。

莉莎说："对，今晚是一个不同寻常的晚上。"说着，她还看了一眼桌上的《时装》杂志。

"今天是星期三，日历牌上多着呢，没有什么不寻常的。"杰夫不以为然地说。

莉莎在屋子里找着什么，并没有马上回答他的话。不一会儿，她看到一个旧烟盒。她边仔细地看着，边说道："今天是L．B．杰弗里斯倒霉周的最后闭幕式。"

杰夫打趣地说道："估计没有多少人买票捧场啊！"

莉莎手持着烟盒，转身看着他，向他走来。"那是因为我包场了……我说，这只烟盒可不是一般的东西，它可是见过昔日富贵繁华的。"她直直地看着他，并且就站在他的正前方，样子看起来有点严肃。

"这是从上海买来的。那也是一个见过昔日富贵繁华的城市啊！"

"你又从来不用，况且这个烟盒已经裂了。我让人送个新的给你，送你一只铝烟盒，朴素扁平，那上面还要刻上你名字的缩写字母。"

杰夫非常认真地说："可别把钱花在这种华而不实的东西上，你的钱也来之不易呀！"

莉莎蹲靠在杰夫身旁，双肘撑在轮椅的扶手上，微笑着说："我愿意。从今晚起，绑在石膏中的L．B．杰弗里斯再过一个星期就解放了。"

"哦，是吗？这件事，我自己倒给忘了。"杰夫突然明白了，也为莉莎的细心而有些感动。

莉莎似乎还想说点什么，她急忙站起身，像是突然想起了什么，一边朝门口走去，一边毫无头绪地问："今晚的活动，咱们去'21饭店'怎么样？"

"那你最好在外边预备一辆救护车。"杰夫苦笑着摇了摇头说，接着看了一下自己的断腿。

"咱们根本就用不着救护车。"莉莎脚步轻盈地走到门前，一下子拉开了房门。就在门外，正站着一个身穿红衣黑裤制服的侍者，一手托着保暖炉，里面装有各种美味的菜肴，一手拿着一个大酒瓶。

"非常抱歉，让你久等了。"莉莎对他说完，然后侧过身子，让他走进屋里，随后又告诉他，"左边是厨房。"她转身关上门，又说了句"我来吧"，随之接过侍者手中的大酒瓶。

"稍微热一热吧，来，把菜都放进炉里。"莉莎忙跟着侍者走进厨房，叮嘱他道。

"知道了，夫人。"侍者点头道，显得非常谦和。

"打开酒瓶吧。"她一边对杰夫说，一边把一张类似餐桌的大椅子搬到轮椅前，紧接着为自己拉过一个小凳子坐下，动作看起来非常利索，却不失优雅。

"好的。能把那个开塞钻递给我吗？"

莉莎站起身，走到墙角的一个架子旁，找出开塞钻，递给了杰夫，随后就去厨房取了两个酒杯。"这个够大了吧？"她回到杰夫的轮椅前时，晃了晃手里拿着的两个大玻璃杯。

可是，杰夫还在费劲地摆弄着那个大酒瓶，或许是由于身体困在轮椅上的缘故，他无法用力。听到莉莎的话后，他抬头看了看说："棒极了。"说完，他又低头开始忙活了。

这时候，拿着保暖炉的侍者从厨房里出来，他看见杰夫这么费劲地开酒瓶，就急忙从他手里接过酒瓶说："先生，我来吧。"

"真是难以想象，这些日子你是怎么过来的。"莉莎同情地看着杰夫说，"而且，你知道的，更难熬的就是最后这一个星期。"

杰夫叹了口气，沮丧地在硬邦邦的石膏上拍了拍，说："真是坏透了。真想把它给拆了，下去好好地走动走动。"

"不要着急，"莉莎忙安慰他说，"这最难熬的一个星期，我保证让你开开心心地度过，让你一辈子也不会忘记。"

"谢谢你。那样简直太好了。"杰夫感动地看着她。

这个时候，侍者已经把酒瓶打开，递给了杰夫，然后拿起保暖炉，准备离开了。

莉莎看着侍者忙说："噢，卡尔，请等一等。"她说着就从钱包里抽出一张钞票，塞在将要离开的侍者的手里，"拿着吧，里面也有你的出租汽车费。"

侍者看着莉莎，微微一笑，说："弗里蒙特小姐，非常感谢，祝你们用餐愉快，杰弗里斯先生。"

"谢谢，再见。"杰夫也朝他点了点头。

然后，侍者走出了房门。

关好门后，莉莎又回到杰夫的轮椅前坐下，叹了一口气说："你不知道，这一天我是怎么过来的！"

杰夫马上关切地问她:"是不是感觉累了?"说完,就把酒瓶递给她。

"不是。上午的销售会议整整开了多半天,然后又急匆匆地赶到沃尔多夫酒店,和迪弗雷纳夫人在那儿有个约会,还在一起喝了点酒。迪弗雷纳夫人给我带来了很多时装信息,因为她刚从巴黎回来。"莉莎一边说话,一边往玻璃杯里倒酒。一会儿,她停下来喝了口酒,继续说:"接着,我又和海波百货商店里的人在'21饭店'一起吃的午饭。这份晚餐就是我在那会儿订的。吃完饭之后,我又马不停蹄地穿过二十多条马路,参加了那里的一个秋季时装展览会。之后,我又喝了点鸡尾酒,和兰利、斯利姆·海沃德等人一起喝的。我们还想办法说服海沃德举办一场新的时装展览会呢。后来,我直接奔回家里,换了件衣服……"

她一口气说到这里,才停下来,算是稍微地休息一下。杰夫默默地看着她,一直没有说话。

莉莎又抿了抿酒,清了清嗓子,认真地对杰夫说:"也许,我想有一天,你能把我们那儿当成你的工作室。"

杰夫看着时机到了,急忙试探性地问道:"你说我在巴基斯坦开一个自己的摄影工作室,怎么样?"

莉莎慢慢放下酒杯,其实,她早就明白了杰夫的意思。她有点不满地说:"杰夫,你完全可以再找另一份工作的,难道你不想安顿下来过另一种生活吗?"

"我也想,但关键是我觉得没有什么更合适我做的。"杰夫不情愿地摇了摇头说。

"你可以找一个自己喜欢的,适合自己干的差事呀!"

"你的意思是说,我最好离开杂志社,再找一份工作?"杰夫紧紧地盯着她,表现得非常惊讶。

"就是这个意思。"莉莎看着杰夫，肯定地点了点头。

"有什么理由吗？"杰夫马上问。

"为了你，也为了我。"莉莎往杰夫这边靠了靠，似乎更近了一点，继续说，"只要你想找，比如时装店、图片社，我一天就可以给你找到十几份。"但是杰夫只是笑了笑，她见杰夫这样的表情，也停止了说话，觉得自己受到了轻视。

"你笑什么，你感觉我做不到吗？我说的也都是真心话。"莉莎非常严肃地对杰夫说。

"你能想象我满脸胡须，穿着大皮靴，开着一辆旧吉普车，在时装大街上横冲直撞吗？这些都是我最担心的事情。但是那样一定会引起轰动！"

"不，不，我倒是感觉你穿深蓝色法兰绒西服更加适合，又帅气又有派头，说不定你会喜欢……"莉莎拍着杰夫的手臂继续劝道，毫不在意他讽刺的话。

"好了，咱们别再讨论这件事了，行不行？"杰夫忍不住打断了莉莎的话。

莉莎无奈地站了起来，整个人好像一下子泄了气，原来热情洋溢，现在却有点无精打采了。"好吧。我想晚饭应该好了。"说着，她站起来，向厨房走去。

杰夫如释重负地叹了口气，整个人好像也陷入了理不清的思绪里。他若有所思地看着自己依旧裹着硬石膏的两条腿。就这样沉默了一会儿，然后抬头看着窗户外面的那座公寓，此时，对面大楼的各个窗口都映射出明亮的灯光。

首先看到的，是推销员的妻子索瓦尔德太太手里端着一个盘子，还是坐在那个床上，正在吃着什么食物。推销员的那套房子的楼下位置，是住着一位三十多岁的老姑娘的套房。此时，老姑娘正坐在一个梳妆台前，搽脂抹粉，自我欣赏。化完妆之后，她站起来，转了一圈，摆弄一下衣裙的下摆，然后再静静地欣赏着自己镜中的样子。但是，杰夫看不出她有什么动人之处，她的胸部平平，衣裙皱巴巴的，怎么也看不出有什么特别之处。只见她又看了看镜子中的自己，然后毫无表情地向起居室走去。

这个时候，空气中飘荡起一阵颤颤悠悠的歌声。杰夫想，应该是谁家的收音机打开了。

一会儿，那个女人拿着酒瓶和玻璃杯从厨房里出来，把那些东西放在桌上，还点亮了一支蜡烛。然后，她用手理了理头发，谨慎地环顾了一下屋子，欢快地走到门口，拉开了门。她是在做什么呢？因为当她低着头，害羞地把门拉开让客人进屋的时候，杰夫根本就没看到人，完全是她自己想象出来的。女人等"客人"进来，温柔地接过"客人"的帽子、外套。之后，带着"客人"坐在桌子边，再给"客人"斟上一杯酒。接着，她也倒上一杯。看着她双眸生辉、满面红光的样子，好像完全沉浸在无限的幸福之中。她一会儿举起酒杯，嘴里还时不时地说着什么，然后和"客人"轻轻地碰了一下杯，小口地呷着……难道她是为将要做的事进行预演排练吗？

杰夫感到意外，竟然看到这一幕，心里暗自发笑。他看见那个女人又举起了杯子，就连自己都有点情不自禁像她一样，做了个"干杯"的姿势，一点儿一点儿慢慢地呷着杯中的酒。

含情脉脉的她看着幻想的"客人"，娇声细语，频频举杯，完全沉浸在自己想象的情调中，不能自制……忽然，杰夫看到她脸上的笑容一下子僵硬了，好像突然清醒过来似的。她无力地环顾了一下空荡荡的屋子，绝望地垂下原本欢快的手，爬伏在桌子上号啕大哭起来。这样一系列的动作，有点让杰夫吃惊，感到奇怪。

一个不幸的女人，杰夫看着，同情之心油然升起。他也情不自禁地叹了口气。当他黯然地转过头来的时候，他忽然发现莉莎正站在他身后，早已摆好了晚饭，气呼呼地盯着他，好像非常不满他偷窥别人的隐私。

"那是个老姑娘，"杰夫忙解释道，"不过邻居们都喜欢叫她'芳心寂寞'小姐。她自己也是无忧无虑、毫无牵挂的。"

"典型的'缺乏男人忧郁症'的表现。"

"起码这种事你永远都用不着担心，对不对？"

"你这样认为吗？我在63街上的房间你从这儿也能看见吗？"莉莎说着白了杰夫一眼。

"当然不会。但是，你还记得那位叫托索的芭蕾舞演员吗？她的房间倒和你那儿差不多，一样门庭若市。"杰夫一边说着，一边向窗外看去。莉莎跟着杰夫的目光，看见托索小姐正在倒酒递烟，殷勤地招待她的三位男客，并且忙得不亦乐乎。杰夫继续说道："她正在挑选她的伴侣，就像是蜂后在一群雄蜂中一样。"

"不过，我倒觉得她正在与一群饿狼周旋，其实，这是一个女人最为难的事。"

现在，他们俩一起注视着对面窗户里的变化，这时，其中的一个男人走到托索小姐的身边，在她的耳边不知说了句什么，然后就走到外面的阳台上。托索好像是接到了什么命令似的，忙跟着来到阳台，把端来的一杯酒递给了靠在阳台栏杆上的那个男人。紧接着，她踮起脚尖在那个男人脸上轻轻地亲了一下。托索也顺势被那个男人一把抱住，两个人顿时拥着亲吻着。过了一会儿，托索从那个男人怀里挣脱出来，拉着他一起又回到了房间。

"看上去蜂后挑选了个最有钱的人。"杰夫对莉莎做了一个奇怪的表情。

"这三个人当中,她谁都不爱,包括她选中的那个。"莉莎面无表情地说道。

"你怎么看出来的?"杰夫听到莉莎这样说,感到有点奇怪。

"我们两人的房间,你不是说很相似吗?"莉莎意味深长地看了杰夫一眼,然后狡黠地一笑,又走进了厨房。

杰夫没有说话,微微地笑了笑,继续看着窗外的一切。对面公寓的窗口,唯一只挂着厚厚的窗帘的,就是那对看起来像是新婚夫妇的房间。杰夫若有所思地盯着他们的窗口,都被窗帘遮盖住了……看了一会儿,便把目光移向另一个房间——推销员索瓦尔德的那间。

一言不发的索瓦尔德走进起居室,把一个盘子放在妻子的身边。他的妻子看见他,立马就歇斯底里地吼叫起来,根本不看盘子里的食物。推销员一声不吭,在他妻子身后垫起一个枕头。但是他妻子好像并不为推销员的关心所动,猛地抓起床头柜上的一束花,狠狠地就甩在了床上。推销员一把抓过花束,也高声咒骂起来,看来他终于是忍无可忍了,过了一会儿,气冲冲的推销员走进隔壁的小客厅,关上门,打起了电话。杰夫看着这一切,也不明白他们到底是为什么,总是那样没头没脑地争吵不休。

杰夫继续看着,只见卧室里的推销员妻子吃了几口盘子里的饭,便悄悄地赤着脚溜到门边,像是要偷听丈夫打电话。但是,正在打电话的推销员也好像觉察到了什么,便放下电话,悄悄地走到门边,猛地打开房门,只见推销员妻子狼狈不堪地站在门边。妻子看见自己被发现了,就一边开始咒骂,一边又躺回到原来的床上。推销员也是非常鄙视地用力把门关上。

真是一对冤家，还没有见过这样的夫妻。杰夫也摇了摇头，看上去很无奈，于是他转过头又看向作曲家的房间。作曲家的屋里同样也是非常热闹，坐着很多的客人。作曲家坐在那架钢琴边，举着双手，正欲展示一下自己的新作。只见他的十指灵活迅速地交错移动在琴键上，继而一阵动听的琴声立刻飞出了窗外。杰夫静静地听着，歪着脑袋，好像也跟着沉醉在了悠扬的琴声中。

这时，正好拿着几只碟子的莉莎走了进来，她一下子被这琴声吸引住了，不住地问："这么美妙的音乐是从哪里传来的？"

"一位单身的作曲家，他就住在对面那座公寓里。或许，他曾经也有过一段令人伤心的感情。"杰夫随口答道。

"这音乐简直就是为咱俩专门写的，太动人了！"莉莎兴致勃勃地对杰夫说。她把拿来的餐具放在椅子上，然后，自己坐了下来，递给杰夫餐巾，就动手剥起了蛤蜊。

"是这样的吗？它给他可惹来了很多麻烦事呢。"

一个个蛤蜊肉都被莉莎剥好后放进杰夫的盘子里，看着很是温馨，她随口问道："你感觉这顿饭怎么样？"

"那当然没的说，和过去一样棒。"杰夫迫不及待地看着盘子说。莉莎看了杰夫一眼，笑得很甜。她自己也把餐巾围上，开始吃起来。

悠扬的钢琴曲在窗外的夜空中轻轻地飘荡着，好像一切都沉浸在了这动人的夜色里。流动的时间停止了，它是那样短暂。

莉莎收拾完那些餐具后，回到杰夫这边，但是并没有靠在他的身边，而是半躺在角落里的沙发上。两人相互沉默，好像是没有什么可说的。过了一会儿，莉莎还是先开口了。

"我们应该没有什么区别，都是一样在吃饭、喝水、饮酒、嬉笑、穿衣服……我看人们的生活方式都没有很大的差别。"

"听我说，你听我说……"杰夫马上打断了莉莎，一副很急迫的样子。

莉莎好像没有理会他的话，还是继续说道："你不想让我去，那也许还能理解。但是你最好不要对我隐瞒什么……"

杰夫听莉莎这样说，马上就急了，赶紧争辩道："我对你没有瞒什么，但是……"

"但是什么？"莉莎又打断了杰夫的话，"这儿和那儿有什么天大的区别吗？或者和你去的其他地方又有什么天大的区别，让人一到那个地方就彻底不能活下去了？"

"你听我给你解释，事情并不是你想象的那样……对了，当然，有的人就能活下去……"杰夫若有所思地说，一副心不在焉的神情。

"你就好像一个没完没了来回度假的旅游者，并且总是一个人来回奔波，不停地拍照，毕竟，那不是一种正常人的生活呀！"

"应该说，这只是你个人的想法。"杰夫用手指着莉莎，尽量平静地说，"好吧，你完全有权说出来你自己的意见。但是，现在，我该说说我的……"

"真是荒唐，并且有点难以理解。"莉莎又插话进来继续说，"好像能吃苦耐劳的就只有你们少数的几个特别另类、高尚的人才。"说完，她的眼神里好像带有一种不屑的意思。杰夫坐在那里，不觉有点生气，因为他几乎找不到表达一句完整话的机会。

"你能不能让我把话说完？你就不能闭一会儿嘴？"

"哼，我才不要听呢，你的话和你的态度一样，都很粗鲁。"莉莎任性地回答说。两个人都沉默了一会儿，屋子里的气氛好像一下子就陷入了困境。杰夫也变得有些心烦气躁了。

"好了，好了，你冷静一点，我们都冷静一下。"

莉莎有点生气地说："要是像你说的那样，我这样的人，是不是在出生以后，就只能傻傻地待在原地，一步也不能出门，直到老死？"

"你闭嘴！"杰夫终于按捺不住大喊了一声。

莉莎一下子坐了起来，样子非常生气，刚要大声嚷嚷，就看见杰夫脸色发青，眼睛睁得大大地瞪着她，样子也很吓人。她气呼呼地把脸转过去，也把话咽了下去，她不想引起一场无休止的争吵。她透过窗户看去，对面的公寓里还是依然忙乱着，好像从一开始就没有停止过。

"米饭和鱼头，你吃过吗？"杰夫见莉莎平静下来了，便缓了缓口气问道。

"没有！"莉莎有点不情愿地答道。

"你知道在海拔超过1500米的高原，并且在零下20度气温的严寒中是什么感觉吗？你可以想象一下，要是你一定要跟我去的话，那你每天就得和这种恶劣糟糕的环境打交道。"

"当然经受过。我还……"莉莎马上应道。可是杰夫不容她说下去，又紧接着问她："你有没有过半夜突然惊醒，发现身上和脸上都是沙土，或者是被人追赶，甚至是被枪击？这些仅仅是因为你的照相机对周围某个人的声誉造成了不良影响。"他见莉莎一直沉默，好像是默认了他问的问题，所以就越发来劲儿了，"你是否……对了，还有你能带着你那些高跟鞋、尼龙衫，以及那件足有六盎司重的内衣进森林吗？"

"是三盎司！"莉莎重重地说了一声。

"好吧，就算三盎司。"杰夫点了一下头，继续说道，"要是你去芬兰，并且带着这些东西，如果待了一天你还没有被冻死，那我想你一定会成为一个新闻焦点。"

莉莎立即反驳道："哼，你不知道我的优势就是懂得怎样因地穿衣吗？"她不服气地看着杰夫。

杰夫顿了顿，非常认真地说："这个我知道。但是，你去尝试一下，到巴西看看能不能买到一件风衣。莉莎，你也知道，我们这一职业，出门在外，到处奔波，随身至多能带一只皮箱，而交通工具就是我们临时凑合的家。我们吃的食物都是那些你以前连看也不敢看的东西，并且不能正常洗澡，还没有充足的睡眠时间。这些你都能受得了吗？"

莉莎用固执的眼神看着杰夫，好像他说的都是假的一样，就是为了骗她："杰夫，你不用为了证明我错了而故意把事情说得那么可怕。"

杰夫非常惊讶地看着莉莎："你不相信我说的？我没有故意夸大其词，故意吓唬你。莉莎，你要知道，我这还是选择比较容易度过的说呢！你必须正视现实，没有几个人能忍受得了这种生活，你更不是能过那种生活的人。"

"你简直是一个不可理喻、非常顽固的人。"莉莎无奈地说。

"是诚实，不是顽固。"杰夫回答说。

"你是一个诚实的人，我当然是知道的。要不然，你一定会哄骗我跟你去，并对我说，我们是去度假，然后让我第二天早晨醒来的时候一个人伤心、失望。"莉莎忍不住讽刺道。

"莉莎，你等一等，"杰夫又被莉莎的话惹怒了，他非常严肃地警告她说，"要是你想吵架的话，我愿意奉陪你。"

"不，我才不愿和你吵架呢。"莉莎说着摇了摇头，站了起来，走到杰夫面前，"好吧，我算是知道了，你下定决心要去了，并且我又不能和你一起去，是不是这样？"

杰夫显出非常为难的样子说："这也是没有办法的事情。"

但是，莉莎突然口气缓和地、仍然抱有一丝希望地说："还有一个办法，就是我们彼此能不能相互妥协一下？"

"现在不行。"杰夫果断地回答道。

她看着杰夫，沉默了一会儿，她似乎知道再争执也没有什么用了。她走到桌前，一边慢慢地戴上放在上面的一只手套，一边无精打采地说："杰夫，我爱你。你是知道的，为了生活，我不在乎你干什么。但是，我希望我也能成为你生活中的一部分。"接着，她又拿起另一只手套，继续说，"而现在，我也许把自己估计得太高了，毕竟我能为你做的只不过是订一份你们的杂志。"

莉莎黯然地说着，或许是她的真诚表白深深感动了杰夫，他急忙安慰她说："噢，莉莎，你已经做得很好了，这绝不是你的问题，你要知道，你已经把全城所有人都控制住了。"

"但是，到目前看来，我还没有完全控制住。杰夫，再见。"莉莎披上纱巾，拿起提包，情绪依然低落，并没有因为杰夫的安慰而变得快活起来。说完，她就朝门口走去。

杰夫忙追问："明天见，是吗？"

"再见就是再见。"莉莎头也不回地说道。

杰夫看见莉莎真的生气了，才开始着慌了，他也不愿意莉莎真的离开。杰夫忙说："莉莎，我们就这样维持现状不是很好吗？"

"将来，你就一点都不考虑吗？"莉莎慢慢转过身后看着杰夫问道。

杰夫这下沉默了，无言以对了，一会儿，他又问莉莎："你什么时间再来看我？"

"我也不是很清楚，应该会过一段时间再来吧，至少在明晚之前不会再来看你了。"莉莎一边回答着杰夫，一边拉开门走出了这间光线不是很好的屋子。莉莎离开后，杰夫看着被关上的房门，心情有点失落，好像并没有料到会有这样的结果。真想忘掉这次不甚愉快的交谈，杰夫使劲摇了摇头，转身看着窗户外面的世界。

窗外，空气十分燥热，让人憋闷。夜空被深沉的厚厚的云层覆盖着，像是在预谋着一场变故，连平日常悬挂着的月亮和星星也不知躲到哪儿去了。一切都沉默了。突然，一声女人的尖叫声从对面的公寓里传出，就像是被人推下了万丈深渊，惨叫的声音非常恐怖、绝望，划破了本来沉寂的夜晚。紧接着，又传出什么东西摔碎的声音，响亮但杂乱。

　　这样突然的声响惊醒了迷迷糊糊的杰夫，他也跟着声音的来源朝公寓那边看去，瞪大眼睛，竖起耳朵，寻找着发出这种声音的窗口。但是声音过后，对面的公寓突然毫无动静了，好像原来的声音都只是杰夫梦境里出现的一样。

　　一场虚惊。杰夫并没有发现什么异常，之后就坐在轮椅上睡熟了，还轻轻地发出鼾声。这时候，窗外飘起了小雨，淅淅沥沥的，空气中的燥热也被一阵阵凉爽的微风驱散了。

　　一会儿，细细的小雨连成了线，然后变成了豆大的珠子，冲向潮湿的地面。忽然，杰夫醒了，好像梦到了什么。他急忙朝对面公寓看去，目光对焦在那对喜欢在露天睡觉的夫妇。杰夫看见，对面阳台上，那个男的也醒了，并且慌慌张张地从垫子上站起来，直接跨过妻子的身体，去解那个系在栏杆上的小闹钟。这时候妻子也醒了，慌乱之中，他不小心手一抖，那只小闹钟就掉到楼下了。雨越下越大，丈夫只得和不知所措的妻子一起，把垫子胡乱地拖进屋里。

　　这一切都被杰夫看在眼里，看到他们这样狼狈不堪，他禁不住笑了。忽然，对面公寓里推销员的起居室的灯亮了，唯一的亮光在整个漆黑的公寓里格外显眼。杰夫眨了眨眼睛，好奇地盯着那个亮着的窗口。一会儿，他看见推销员穿着雨衣，开门走了出去，手里还拎着一个铁皮箱子。杰夫一直注视着推销员，看着他沿着楼梯走到楼下，然后叫了一辆出租汽车，先把箱子费劲地塞进了汽车，然后自己也一起钻进了车里。

外面，雨仍下得很大。

这样的夜里，看到这样的一幕，真是有点怪异，杰夫也非常意外，他低头看了一下手表：1点55分，正是人们酣睡的时间。只有杰夫无法入睡，他一直等到半个多小时后推销员再次出现。推销员走得很快，急匆匆地，整个人显得轻松了许多，或许是他手里的箱子轻了一些。杰夫一直紧盯着推销员的一举一动，直到他上楼走进自己的房间。

就在这个时候，作曲家的窗口也有了光亮，杰夫抬头看去，只见作曲家非常沮丧地走进屋子，低着头直接走到钢琴前。作曲家呆呆地看着钢琴上自己用心血谱成的一叠乐曲，突然，他猛地挥手把他的心血全都打落到地板上。这样的举动让杰夫很惊奇，不知道又发生了什么可怕的事情。

这时，推销员的屋里也出现了动静。他在做什么呢？他还是提着那个铁皮箱子，慌张地直起雨衣的领子，匆匆地走了出去。推销员的这一怪异的行为真是让杰夫困惑了。

但或许是困了，疲倦了，杰夫下一次醒来的时候，已经过了一段时间。当他醒来的时候，他看见推销员的起居室依然亮着灯光，只是没有什么声音了。

困意全消的杰夫喝了一口身旁椅子上的酒，然后放下酒杯，继续盯着对面的公寓。一会儿，托索小姐的屋子也亮起了灯光。她似乎正在使劲往门外推一个男人，估计是刚刚幽会回来，但并不想让送她回家的男人进屋。"明天见，明天见吧，走吧，你走吧！"那个男人一边磨磨蹭蹭不肯走，一边嘴里还抱怨着。托索小姐急了，直接用力把他推了出去，然后急忙把门锁上了，好像是在提防一个破门而入的强盗似的。

忽然，杰夫发现推销员又回来了，依然提着那个铁皮箱子。杰夫的表情有点怪异，既像是惊诧，又像是恐惧。他看着推销员走进屋，放下箱子，筋疲力尽地坐在沙发上，像是在思考着什么，然后又突然站起来，背对着窗户，不知道在做什么。推销员在那里忙乎了一阵，渐渐地，杰夫感觉困了，毕竟一夜也没有怎么睡觉。一会儿，他又迷迷糊糊地睡着了。

过了一会儿，托索小姐吃了点点心，也上床睡觉了。推销员屋子里的灯光也消失了。顿时一片黑暗，原来微弱的声响也沉寂了，这时隐隐约约可以看见推销员和一个女人一起走下楼梯，来到外面的马路上，消失了。

天亮了，新的一天又拉开了帷幕。公寓三楼上，作曲家正在专心地谱写他的曲子。托索小姐正在踏着音乐的节奏跳舞。赫林·艾德小姐坐在楼下院子里那张折叠椅上，正在专注地雕刻一件抽象派作品。

一个推着冰激凌小车慢慢走过来的小贩，看见艾德小姐，就好奇地问道："你在雕刻什么呀，太太？"

她简短地答道："饥饿。"

五楼的窗口上，西弗勒斯太太正把一个装着小哈巴狗的柳条小篮筐用绳子慢慢地放到楼下去。还没有等小篮筐落地，小狗就从里面跳了下来，立即就开始在院子里摇着尾巴欢快地叫起来，好像是等待这一刻已经好长时间了。之后，西弗勒斯太太又把篮子拉上来挂在阳台上。

杰夫躺在长沙发上，光着上身，眼圈微微发黑，两眼布满了血丝，估计是睡眠不足引起的。斯特拉正在给他做着按摩。斯特拉动作很是利索，不停地在杰夫背上来回揉搓着，一边还不停地嘀咕："真让人受不了，本以为一场雨会让天气凉快点，可是没有想到，这天气反而更加潮湿闷热了。"刚说完，她就碰到了杰夫背上一处酸疼的肌肉，让他差点儿从沙发上掉下来。

"对，就这里疼。"杰夫立刻告诉斯特拉背上那块位置。

"要不是你坐在轮椅上熬夜，也不会出现这样的状况，你如果是躺在床上好好睡觉，或许保险公司会很高兴。"斯特拉揉着杰夫的背说道。

"我坐在轮椅上熬夜你是怎么知道的？"杰夫奇怪地问。

"看你这双眼睛就知道了，昨晚一定是没有睡好，肯定一直看着窗外了。"

"倒是这么回事。"杰夫不好意思地回答说，心里知道肯定是瞒不住她。

"要是有人发现他们被你偷窥了会怎么办？"斯特拉想了想说。

"这就不一定了，那要看谁了。如果是托索小姐知道……"

"你就别打她的主意了。"斯特拉忙打断杰夫的话。

"我打她主意干吗？"杰夫不屑地说，"她只不过是个无忧无虑、及时行乐的人，但是，她生活得很自然。"

斯特拉随口说道："你要知道，总有一天，她也会变成一个丑陋难看、酗酒成性、落脚凄惨的女人。"她的语气里充满了嘲讽。

"其实，那位'芳心寂寞'小姐才凄惨、可怜呢。昨天晚上，'芳心寂寞'回来睡觉时又是喝得醉醺醺的。"

"真是一个可怜的姑娘。"斯特拉同情地说，"不过，我确信，她总有一天会找到属于她自己的幸福。"

"你说得对，总有一个男人会因此而断送他的幸福。"杰夫有点讥讽地附和说。

斯特拉关心地问道："你知道在她的邻居中，有没有对她有意思的？"

杰夫想了想，说："不清楚。不过那个推销员说不定就要对她产生兴趣了。"

"你确定吗？他难道要和老婆离婚吗？"斯特拉很急切地问。

"我也不确定。"杰夫转头望着窗外，若有所思地说，"昨天半夜，推销员拎着一个铁皮箱子在大雨里来回奔波了好几次，也不知道他在做什么。"

斯特拉满不在乎地说："他是个推销员，这也没有什么好奇怪的。"

"可是凌晨两三点钟，能推销什么？"杰夫反问道。

"推销手电筒呀。"斯特拉扶杰夫站起来，用毛巾擦了擦手，继续说，"或者是夜光钟、夜光门牌号等都可以推销。"

"我觉得这事情没有你说的那么简单。"杰夫若有所思地说，"有一点我很有把握，就是他在往屋子外面倒腾东西。"

"那和我们有什么关系呢？"斯特拉帮杰夫穿衣服时，又想起了那位"芳心寂寞"小姐，又继续说道，"推销员应该主动一点，那位小姐胆子很小。"

"主动点毕竟比守株待兔要好。"杰夫点点头，表示同意斯特拉的看法。

"不过，一个男子汉只有先放下身段，才能干这种屈身求爱的事。"斯特拉一边扶杰夫坐上轮椅，一边继续说，"今天早上，推销员夫妻怎么样？有没有什么变化？"

"他放下了窗帘，我也不知道发生了什么。"杰夫摇摇头回答。

"是吗，天气这么热，竟然还拉着窗帘？"斯特拉很惊讶，一边说着，一边朝窗外张望了一下，"你看，现在打开了。"

杰夫急忙使劲转动车轮，来到窗前。他们看见对面公寓的推销员站在自己屋子的窗前，仔细地长时间审视着他周围邻居家的每扇窗户。他的表情严肃谨慎，最后，他的目光渐渐盯住了杰夫的窗口。杰夫看到推销员，急忙把轮椅快速转动往后退，还紧张地低声说道："往后退，快，别让他发现了。"

斯特拉下意识地赶紧往后退了几步，站在杰夫身后，但是看到杰夫这么紧张兮兮的，又有点难以理解。她问道："到底是怎么回事？怎么啦？你要我退到哪儿去？"她一边说，一边又想往前走。

"回来！"杰夫立即喊住她，说，"你没有看见，他正在观察我们吗？你会被他看见的。"

"我没有那么胆小，看见了又能把我怎么样？人还怕别人看吗？"斯特拉生气地说。

"他有点反常，好像非常担心有人注意他似的。"杰夫一直盯着对面的推销员，一会儿，他惊异地发现，推销员的脸色突然变得恐惧异常，大睁着眼睛盯着楼下的院子。

杰夫也跟着推销员的视线忙往楼下看去。院子里，那只五楼的小哈巴狗正低着脑袋，晃动着尾巴，对着那片小花圃乱嗅乱刨，之后就开始"汪汪"叫着。这个时候，赫林小姐就坐在一旁，狗吠声好像打扰到了她，她忙走过来，一下子把狗轰开。

"别待在这儿，走开！快回家去，要不看他怎么收拾你！"

小狗很不情愿地怪叫几声，朝其他地方跑去了。推销员在楼上看到后，也慌慌张张地转身离开了窗口。这一切都被杰夫看在眼里，好像想到了什么，若有所思。

斯特拉收拾了一下东西，说："明天见，杰弗里斯先生。"

"哦……再见……再见。"杰夫心不在焉地随便应了一声。

快要走到门口的时候，斯特拉盯住杰夫说："不要再坐在轮椅上熬夜了。"杰夫还是随便应了一声。斯特拉走到门前，又转身生气地说：

"别总是随便地应付我。"

"斯特拉，快递给我架子上的那架望远镜，快！"杰夫突然朝斯特拉急切地说。杰夫突然大声说话，真是吓了斯特拉一跳。她忙走到墙角放满东西的架子前，取下望远镜，递给杰夫。她一边递给杰夫望远镜，一边在嘴里嘟囔着："有什么不对劲，我能预感得出来。要是你早点康复就好了，我也就不用每天都来这个麻烦的地方了。"

杰夫一把接过望远镜，根本没有在乎斯特拉的唠叨，他全神贯注地对准推销员的窗口，注意着对面房间里的一切动静。杰夫在望远镜里清楚地看到推销员打开一个皮箱，放进去一些项链珠宝、金银首饰，之后，他起身向窗口走来。杰夫还是赶紧躲开，怕被对面看到。只见，推销员走到窗前，探出头朝楼下的院子看了看，看没有什么动静就又退了回去。

杰夫似乎也嗅到了什么味道，思索了一会儿，立刻把望远镜放在桌子上，转着轮椅来到架子前，取下上面放着的照相机和长焦距镜头。杰夫一看到这些东西就充满了兴奋，他给相机装上长焦距镜头，又重新回到窗前，举起了相机。他似乎找到了他应该做的。他看见推销员正在厨房的洗手池前，手里拿着一把小钢锯和一把一尺多长的切肉刀，并用一块布慢慢地擦拭着。不大一会儿，他就把擦好的东西用报纸包起来放在一边。杰夫一直都在看着，疑惑不解。直到推销员走回起居室，疲惫地倒在长沙发上，杰夫都没有停止对这件怪事的思考。

时间在快速地流逝，又是一个傍晚。公寓里，明亮的灯光从所有开着的窗口射出来。其中，只有那对新婚夫妇的窗户是关着的。杰夫的房间里光线昏暗，几乎看不到杰夫的存在。莉莎的进入打破了杰夫屋子里的平静。莉莎半跪在地上，依偎在杰夫的胸前，默默地注视着杰夫的眼睛。

"我要等待多长时间才会引起你的注意呢?"莉莎委屈地说。

听到莉莎这样说,杰夫急忙拉过她,轻吻了她一下:"根本不用等待,你这么美丽动人,光是待在我身边就已经足够了。"

"你和我在一起总是心神不定,难道是我还不够漂亮吗?"莉莎反问道。

"我有心不在焉吗?"

莉莎微笑着说:"我要你的人,更要你的心。所以,你不能对我心不在焉。"

"但是,你……你有没有什么困惑?"杰夫想了一下问。

"明知故问,现在不就有一个吗?"莉莎看着杰夫说。

"我也有同感。"杰夫赞同地点了点头。莉莎忙问他是什么事。她或许并不知道他们俩想的并不是一回事。杰夫随口说道:"三更半夜,冒着大雨,一个人提着个铁皮箱子连续进出好几次,你说奇怪吗?"

"或许,他就是喜欢妻子等他回家时的那种激动劲儿。"莉莎半开玩笑地说道。

"不对!不对!"杰夫摇摇头,继续说,"推销员的老婆可不是那样的女人。还有一个问题,就是今天他为什么没去上班?"

"在家上班不是更有趣吗?"

"有趣?那是你没有看到他包在破报纸里的小钢锯和切肉刀!"

"哦!那是真的吗,那可没什么有趣的。"莉莎听完杰夫的话,立即变得紧张起来。

"他为什么一整天都没有去他妻子的房间里?"杰夫一直顺着自己的思绪问着。

"我不敢回答,也不敢去想。"莉莎站起来,一脸的紧张和担心。

"莉莎,听着,一定是出了什么问题!"杰夫马上回答。

"不要再说了，要不然我也要出什么问题了。"莉莎有点儿害怕地说。

"刚才，他穿着衬衫出去了，就在几分钟前。"杰夫好像没有听到莉莎的话，依然按照自己的思路继续说，"可是，他到现在都还没有回来。"

莉莎也有点不耐烦了，走到窗前，靠在沙发上，歪着头朝窗户外看着。一会儿，莉莎不由得笑了起来，或许是她看到托索小姐嚼三明治的样子后感到好笑，接着，她转过头来，看着杰夫，神情依然严肃。杰夫仍在思索。

"你说，假如把一个人的尸体剁成碎块……你知道，这肯定很不容易。"

莉莎被杰夫的话吓了一跳："你是不是故意吓我呀，杰夫？"她感觉屋子太暗了，就连忙欠身打开身旁的一个台灯，但是杰夫并没回答她，"你听见没有？杰夫，我害怕……"

突然，杰夫悄悄地把轮椅往窗口移去，并竖起食指，制止了莉莎继续说话："嘘……你听，他回来了！"莉莎也不由自主地往窗口凑去，就看见推销员拎着一捆绳子，穿过厨房和起居室，走进挂着窗帘的卧室。一会儿，推销员卧室里的灯就亮了。看不到他在做什么，只有他的身影映射在窗帘上，不停地晃动着。

他们就这样看了一会儿，但是并没有发现什么异常。莉莎便说道："别自己吓自己了！"她一下子转过杰夫的轮椅，夺过他手里的望远镜，生气地说，"坐在窗前看看，闲着无聊，打发时间，也是可以理解的。但是拿着望远镜、相机乱看，那简直是不可理喻了，另外，还对一切没有发生的事情妄加猜测。"说完，她就把望远镜狠狠地扔到桌子上。

"我不是在开玩笑，你要相信我。"

"你再这样的话，我马上就离开！我不管你在干什么。"莉莎气冲冲地说。杰夫也不知道如何解释，想必越说越乱。莉莎俯下身子，对着杰夫认真地问："你到底是怎么想的？"

"怎么了，难道我让你觉得像个疯子吗？其实，我就是想搞清楚那个推销员的妻子到底有没有出事。"

"关键是，这些都是你的猜测，你怎么就知道他的老婆出事了呢？"莉莎反问道。

"我有很多理由去怀疑呀。首先，他妻子是个病人，不可能离开他的照顾，但是他整整一天都没有到她的房间里去过，也没有其他人去过。你说，这是什么情况呢？"杰夫说道。

"也许他妻子真的出事了，甚至死了。"莉莎在屋里来回走动，神情显得烦躁不安。

"死了？就那样没有医生，没有棺材，悄无声息就死去了？"杰夫追问道。

"还有一种可能就是他妻子吃了镇静剂，一直都在睡觉，只是你看不见而已。"

杰夫听莉莎这么说，就立即想看个究竟，想把轮椅转过去朝向窗口。莉莎也赶紧按住轮椅，不让他转过去。杰夫更加着急了。

"我从窗口都看见了，一定是出什么问题了。你不知道他们夫妻经常大吵大闹，感情很不好，可是从昨晚开始，他的老婆就再也没有出现过，只看见他三更半夜、鬼鬼祟祟地来回走，并且他还拿着锯条、刀子、绳子，谁能想象他在干什么？他的妻子在哪儿？"

"这很难说。"莉莎疑惑地说。

"她能在哪儿？"杰夫重复了一遍。

"我不知道，也不想去弄清楚。杰夫，你要明白，锯条、刀子、绳子之类的东西，几乎每家都有，另外，很多妻子同样喜欢唠叨，从而惹怒自己的丈夫，经常反目争吵，结果是丈夫几天都不答理自己的妻子……这都是非常正常的，可是，有几个人会拿刀杀人呢？"

"'杀人'这两个字你也想到了，是不是？"杰夫好奇地看着莉莎说。

"他所做的一切，你都能看见，是不是？"莉莎坐在杰夫的面前说。

"当然对，是这样……"

杰夫的话还没有说完，莉莎就打断说："只要他的窗户没挂窗帘，你就可以看见他在屋里屋外的一切活动……杰夫，你觉得一个杀人犯会让你监视他的一切行动吗？他为什么不躲在里面，放下窗帘，挡住所有人的视线呢？"

"他是故意这样做的，表面上若无其事。或许这正是他的聪明之处。"杰夫回答道。

"但是，我感觉，这正说明了你的愚蠢之处。"

"或许，他真是故意装成那样的。"杰夫固执地说道。

"故意拉开窗帘，让人们看到他的罪行，这是一个杀人犯会做的？"

"为什么不会？"

"为什么……为什么……因为……"莉莎说着，突然停止了，她站起身，凝望着窗外。杰夫看到她这样，似乎也意识到了什么，赶紧从桌上拿起望远镜，快速将轮椅调转窗口，跟着莉莎的视线看去。对面，推销员卧室的窗帘拉开了。他俩清晰地看到，推销员妻子的床上什么都没有，被单没了，床垫也被扔在一边。只见推销员自己满头大汗，正在费劲地用绳子捆扎着一个大箱子……

夜里，昏暗的房间里，杰夫独自一人坐在轮椅上，紧张地盯着窗外发生的任何动静。外面的街道很安静，就像是故意禁止任何人的闯入似的，街道两旁的路灯光也是静谧的，照出的微弱的光投射在杰夫的脸上。对面公寓里所有的窗户都是黑黑的。突然，就在推销员的窗口发出了一点光亮，好像是一根火柴点着了，微光照射在推销员的身上，显示出他刚刚点燃了雪茄烟，正在使劲地抽着。火柴的光很快就熄灭了，被驱赶开的黑暗立即就围了上来。

这时候，杰夫旁边的电话响了。黑暗中，铃声显得格外刺耳，也给杰夫吓了一跳。

"你是哪位？"杰夫抓起话筒问了一句。

"是拉尔斯·索瓦尔德先生和太太，就是你说的二楼的信箱上写的。"电话那边传来莉莎细微的声音。

"公寓的门牌号是多少？"

"西第9街125号。"

"谢谢你，亲爱的。真是太好了。"杰夫在说话的同时，还不忘一直盯着对面的公寓。

"长官，不客气。还有什么任务？"莉莎在那边也开起了玩笑。

"先回家去。"杰夫也利索地说道。

"他现在在做什么呢？"

"灯没有开，但是我知道，他正坐在起居室里抽烟。"杰夫又看了一眼对面黑糊糊的窗口，继续说，"那个卧室，他还是没再进过。你回家吧，好好休息。再见，亲爱的。"

杰夫擦了一下脸上的汗，继而放下了话筒。对面公寓仍是漆黑一团，只有推销员嘴里的雪茄一闪一亮的，像鬼火一样。

又是一天。清晨的阳光透过窗户照射进来，整个屋子都被一层金黄铺盖住。首先出现的是斯特拉，她从厨房端着早点走出来，然后，环视了整个屋子，就看到杰夫正在那里全神贯注地打电话，她又朝对面推销员的房间瞅了几眼，并没有什么可以引起特别注意的。她叹了口气，又转身进了厨房。杰夫独自在那边打电话，但是目光仍会时不时地向对面徘徊。

"科耶尔，你必须亲自跑一趟……这事在电话里讲不清楚，你最好亲眼看一看。"

"杰夫，到底怎么了？"科耶尔在电话那头有点不耐烦地问道。科耶尔是警察局的侦探。

杰夫有点犹豫了，因为他不知道他所认为的事情到底是不是真实的，毕竟没有亲眼看到。他支吾道："或许，事情并不怎么重要，就是这里可能发生了一起谋杀案，只是可能而已。所以，还得请您亲自来看一下。"

"谋杀？是真的吗？"科耶尔听到"谋杀"两个字就立马紧张起来。

"是的，是谋杀。"杰夫非常肯定地回答。

"唉，到底怎么回事！"科耶尔叹了口气。

"或许，没有想象中的严重，科耶尔，我也只是想给你找点儿活干。"杰夫急忙解释说。

"是吗，那就谢了！"科耶尔的语气松懈了下来。

"我想，一个重要的案子对一个出色的侦探来说，肯定是非常乐意的。"

"可关键是，我现在不上班。"

"为什么？"

"今天我轮休。"

"但是，像我自己那些最喜欢的作品，大都是在周末休息时拍到的。"杰夫马上劝说道。

"好吧，我一会儿有时间过去看看。"科耶尔敷衍地说道。

"要是那样就太好了。你快点来吧，科耶尔。"杰夫挂了电话，才发现自己紧张得满脸都是汗水。他抬起头，突然发现斯特拉正站在旁边，满脸的不满和忧虑。杰夫不好意思地笑了笑，便一手抓起面包，一手端起咖啡，高兴地吃起来。斯特拉看到他这样，忙把餐巾递给他，让他慢点吃。杰夫一边吃着，一边说道："斯特拉，你人真是好，不仅照顾人无微不至，饭也做得这么好，我现在知道你丈夫为什么还爱着你了。"

"那位是警察吗？"斯特拉好像没有听到他刚才赞誉的话。

"你说什么？"杰夫愣了一下。

"就是刚才和你通话的那位。"

"只是一个朋友，一个脾气不很好的朋友。"

"你说他是怎么把他妻子剁成碎块的？"斯特拉还是直接切中主题，继续说，"我猜只有在浴缸里。因为在那里才能冲走所有的血迹。"

听到斯特拉说这些话，真是让杰夫惊讶，他把刚夹起的一块肉赶紧放下，端起咖啡喝了一口。斯特拉又回头看着对面推销员的卧室，窗前依旧放着那个捆扎得整整齐齐的皮箱。她又站起来，一边轻声地说着，一边朝厨房走去。

"他为什么不早点儿把这个皮箱搬出去，非要等里面的血水都渗出来吗？"

一听到斯特拉这么说，杰夫只好又把刚刚拿到嘴边的那块火腿重新放回到碟子上。他估计也没有了食欲，便把视线投向对面的公寓。身着芭蕾舞装的托索小姐，正往绳上晾几件洗好的内衣裤。只见她晾完衣服，便是一个踢腿，几个飞快的旋转动作，最后是一个漂亮的站立，她就已经在屋子当中了。一脸倦容的新郎从六楼的窗口慢慢探出头来，大口地呼吸着外面的新鲜空气。他的屋子一直都是拉着窗帘的。这时，就听见屋里传来新娘撒娇的喊声，新郎便又重新放下窗帘，有点不情愿地抽身回去……

杰夫看到这情景，真是想笑出来。突然，在他身后，斯特拉急促地喊道："杰夫，快看！快看！"

杰夫已经明白了她的意思，立即把视线移向推销员的那个房间。只见推销员径直走进卧室，后面还带着两个人，从穿着上看，像是两个行李搬运工。推销员对搬运工说着什么，便指了指窗前的皮箱。其中一个搬运工点点头，就把行李票递给了推销员。只见他在行李票上签上字，给了搬运工一份，自己留了一份，然后，搬运工开始往外面搬动皮箱。杰夫仔细地观察着，没有放过任何细节，他看着他们抬着皮箱，一步一步地走下楼梯。看他们的样子，就知道皮箱很重。

看到这里，杰夫突然想到了什么，非常着急地说："这下可遭了，箱子要搬走了。科耶尔怎么还不来……要知道是这样，我就不报警了。"

"我去拦住他们！"斯特拉开门就要往外冲，她的这股劲也让杰夫大吃一惊。不过，杰夫立即回过神来，阻止了斯特拉，让她别做蠢事。斯特拉想了一会儿，又说："但是，我起码可以下去看看那家运输公司的名字吧。"

"你说得对，好吧，快去，小心点。"杰夫同意了她说的。

斯特拉立即冲了出去。对面公寓的推销员手握电话，坐在房间里的沙发上，看他紧张的神色，不免让人怀疑。杰夫注视着他拨电话的手指，自己推断道："应该是长途电话……"推销员一边对着话筒急切地讲着什么，一边用另一只手拿过来一瓶酒，拔出塞子，给自己满满地倒了一杯。然后，推销员端起酒，一口喝完了。杰夫又看了看楼下，看那辆行李车已经准备开走了，而斯特拉才刚刚跑到楼下。只见斯特拉冲着开动的行李车一跺脚，失望地摇了摇头。杰夫看到这里也明白了，顿时就泄了气。

科耶尔终于来了，但是都已经快中午了。杰夫仰头望着他，看着他透过望远镜，细细地查看着推销员的屋子。科耶尔看了一会儿，放下望远镜，歪坐到沙发上，然后不慌不忙地问杰夫："你怎么判断对面发生谋杀案了呢？你一没有看见尸体，二又没有看见杀人场面。"

"难道他的举动你一点都不感到奇怪吗？"杰夫对侦探的怀疑感到不满，他非常肯定地说，"一个人三更半夜不睡觉，冒着大雨进进出出，而且他的妻子也突然消失了。还有那些锯条、刀子和那些可疑的行李。难道这些都正常吗？"

"当然，这些事确实有点怪异，但也不能肯定就是有人搞谋杀，什么样的可能性都存在，而谋杀案的可能性最小。"科耶尔解释道。

"科耶尔，难道你认为那个人是丢掉了工作，闲着没事，故弄玄虚来愚弄人的吗？"

科耶尔也没有完全被杰夫说服："但是，你看见哪个罪犯会敞开窗户、明目张胆地杀人，并且还不慌不忙地坐在沙发上抽烟？这种杀人方式也太愚蠢、太显眼了吧。"

两个人一直辩论着，但是谁也说服不了谁，杰夫忙催促道："警官大人，你应该尽快履行你的职责——去把他抓拿归案！"

科耶尔真是有点为难了，他认真地说："我说杰夫，你对杀人真是不懂。你知道吗，那些杀人犯在作案之前，都要精心策划，都要花费很多时间。甚至是傻子杀起人来都会非常狡猾，并不是你想象的那样简单，要破案最起码也要出动很多警察，还要绞尽脑汁，想方设法。几乎没有像推销员这样的人，闲着没事，杀死妻子，然后塞进皮箱，在光天化日之下把箱子处理掉……"

杰夫急忙插了一句："这就是他的聪明之处，我敢肯定！"

科耶尔没在意杰夫的话，继续说道："那些被他杀掉的人。还有一个地方说不通，就是推销员居然还能像没事人似的悠闲地吸烟。他应该极度恐慌才对呀！"

杰夫很不服气地说："那按照你的说法，我说的都是胡乱编造出来的了？"

"也不全是那样。你是看见了一些可疑的事情，但这些可疑都是可以解释的。"

"怎么解释？"

"比如说他的妻子外出旅游了。"

"可关键是，他老婆是个常年有病的病人，根本离不开别人的照顾！"

这一句让科耶尔无话可说，他不经意地看看手表说："杰夫，不好意思，我该走了。我看还是由我私下里做些调查，就不用向局里报告这件事了。你也不要到处乱说，弄得满城风雨、人心惶惶的，根本犯不上。"

杰夫冷淡地说："知道了，真是感谢。"

科耶尔估计也是怕真是一桩杀人案，所以又说："要不这样，我去查一查，看他老婆到底在不在屋里。"

"那你快去吧，警官。"杰夫立马又高兴地说道。

科耶尔戴上帽子，走到门前，把手搭在门把上，又回身关切地问：

"最近，你还头痛吗？"

"我在你来之前一直都是好好的。"

"哦，等你过一阵子，不再想入非非了，头痛症也就自然不见了。再见了。"科耶尔微微笑了笑，随手带上了门。有点失望的杰夫也无力地做了个告别的手势。当门关到一半的时候，科耶尔又推开门，探着头问杰夫："你那条腿是怎么回事？"

杰夫生气地说："横穿马路。"

科耶尔关心地问："在哪条路上？"

"印第安纳波利斯赛车场。"

科耶尔似乎并没有怀疑杰夫的话，随后又把门带上了。可是，科耶尔突然又把门推开，非常认真地问："赛车的时候出的事吗？"

"对，还阻塞了交通呢。"杰夫忍不住笑了起来。

科耶尔这次才意识到杰夫是在耍自己，他"砰"的一声关上门才真的离开了。杰夫等科耶尔一走，就立即转身朝外面看去。那只哈巴狗正在院子里摇晃着尾巴，在推销员的那片小花圃里转悠，爪子还不停地乱刨花圃里的泥土。就在这个时候，推销员出现了，他脸色苍白，匆忙地走到花圃旁，先蹲下来轻轻地拍拍那只狗，然后一下子把它推开。推销员这样的举动让杰夫疑惑不解。

在楼下转了一大圈，科耶尔又回到了杰夫的房间。他手里端着一杯威士忌，靠在沿墙的柜子旁。杰夫也调转轮椅看着他。

科耶尔开始说话了："那个房子推销员租了六个月，而现在才住了五个多月。"他一边说着，一边抿了一口酒，"他虽然喜欢喝酒，但总体算个本分的人，因为他几乎没有喝醉过。他的钱也都是正经工作得来的，买东西也从不赊账。他们夫妻和邻居们都不熟，尤其喜欢独来独往。"

"真是可惜了，不和邻居们往来。"

"他妻子基本上不出门……"

"那她现在呢?在冰箱里吗?"杰夫急切地反问道。

"她出去了,就在昨天早上。"科耶尔继续说道。

"什么时候?"

"大概六点的时候。"

"早上六点?这么巧?那会儿我正好打瞌睡了!"杰夫好奇地问。

科耶尔见杰夫这样,便有点落井下石地说:"睡着了?不会吧,那太不幸了!怎么样,是不是自己感觉有点难堪?他们夫妻就是在那个点离开房间的。"

"现在还没有。"杰夫回答说,他看着科耶尔目不转睛地盯着对面的托索小姐,便有意地问道,"你妻子好吗?"

"她很好。"科耶尔毫不在意地随口答道。

杰夫又回到原来的问题上:"他们早上六点离开,这是谁告诉你的?"

"离开哪儿?谁呀?"正注视着托索的科耶尔,一时没有反应过来杰夫的问话。

"推销员夫妇呀。你不是告诉我,他们早上六点离开了吗?"

"噢,这个呀,我是问大楼的管理员和另外几个房客知道的。他们告诉我,他们夫妇大早上就去火车站了。"

听到他这样说,杰夫似乎发现了,继续问道:"汤姆,你说,难道他们的行李上面明明白白地写着'去中央车站'几个字吗?否则的话,别人又是怎么知道的呢?"

"管理员说,是推销员从车站回来的时候告诉他的,说送他妻子到乡下住一段时间。"

"这个管理员是个见钱眼开的家伙。对了,他最近的银行账单你查过没有？"杰夫一步一步地追问。

"你的话什么意思？"

杰夫兴奋地说："这还不明白吗，管理员的话只不过是又重复了别人编造的谎言罢了，目的就是为了打消别人的疑虑，所以，他提供这种消息的用处就是瞒天过海。"

"好吧，杰夫。"科耶尔也有点生气了，他放下手中的杯子，继续说，"请允许我问你一个相同的问题，当然，我并不是故意让你难堪，你说，除了你之外，还有谁亲眼看见他的妻子被谋杀了？"

"这……你这是什么意思？难道你是来看我出丑的吗？不是想要破案吗？"杰夫一下子被噎住了。

"都想，如果可能的话。"科耶尔说完，笑了一笑。

"那现在最好的办法，就是去搜查他的房间，你一定能找到证明真相的证据。"

"可是，我目前还不能那样做。"科耶尔说完，表现出很无奈的样子，然后在屋里来回走着。

"当然不是现在去，而是等他出去了，不在屋子里的时候找机会进去。反正他也不知道有人进去过。"杰夫狡猾地说。

"不行，即使不在家，我也不会去。"科耶尔果断地拒绝了。

"为什么不能呢？难道你们警察局对他特别照顾吗？"杰夫气愤地问道。

"侦探不能随随便便闯入民宅，你不知道吗？你最好不要惹怒我。如果当场抓住我的话，他们十分钟之内就会取消我的侦探资格。"

杰夫立即反驳道："干吗非要让人抓住你呢？你想想看，如果没有任何证据证明他杀人，那就可以还他一个清白。如果你找到证据证明他是杀人犯，那你就立下一件大功，至于什么制度，他们也就不在乎了。"

"杰夫，事情不像你想得那么简单。首先，你必须有法官签发的搜查证，才能进入民宅搜查，别忘了这是法律。而且，那些法官们都是《人权法案》的忠实拥护者，做什么都要看证据的。"科耶尔耐心地劝杰夫。

"这有什么难的，那你就找证据给他们。"杰夫似乎并没有把证据看得多重要。

"可是，你让我怎么说呢，难道就像这样：'亲爱的法官大人，有一天晚上，我一位自称是业余侦探的朋友，在吃饱饭之后……'不过，他们不会等我说完，就会把厚厚的《纽约州刑法》重重地摔给我。"科耶尔也没有放弃对杰夫的劝说。

"科耶尔，你比我清楚，一过今天，就很难再找到证据了。"杰夫仍然苦口婆心地坚持说。

"这我明白，侦探最担心的就是这样的情况。"

"那还等什么，还不去搜查？非要等到杀人犯跑了？"杰夫一直追问科耶尔。

"我是来帮你的，不是来听你逼问的。你一连串地逼问，就像一个强硬的纳税人。好吧，我去查查他那天到底去没去火车站。真是受不了你，想当年我们一起战斗，还在同一架飞机里待了三年，真是难以想象。"科耶尔笑了一下，看了看手表，就要准备出发了。

"但是，目前最紧要的事就是赶紧去找那些行李，说不定他老婆就在里面呢。去火车站的事改天再说。"

这时，科耶尔伸手在口袋里摸了摸，像是想起了什么。他从口袋里掏出一张明信片在杰夫面前晃了晃。"我差点忘了这个，是昨天下午三点半从一个叫梅里兹维勒的地方寄出的一张明信片，是我在他的信箱里找到的。明信片上的那个地方距离这儿大概80英里，上面还有：'已平安抵达。病情好转。勿念。爱你的安娜。'"科耶尔念完，看着杰夫尴尬的表情，他自己也露出了几分窃喜。

杰夫支支吾吾地问："安娜……就是那个人的妻子吗？"

"对呀，就是那个推销员的太太。"科耶尔得意扬扬地说。杰夫还是有点不相信，只愣在那里，若有所思地用搔痒耙轻轻地敲打着那条裹着石膏的腿。科耶尔看已经达到了想要的效果，就微微一笑，继续说："还有要我帮忙的吗，杰夫？"

"帮我再找个侦探来，一定要称职的。"杰夫头也不回，语气平静地说。科耶尔也没有再说什么，还是笑了笑，戴上帽子走了。

时间仍在继续流淌着。傍晚时的阳光透过窗户，照射在杰夫房间的地面上。只见杰夫一个人坐在窗前，桌子上摆放着三明治、色拉和咖啡。他应该是在吃晚饭，但是他的视线和往常一样，仍是一直注视着对面的公寓。忽然，那个推销员再次出现了，手里提着一个大包袱，行色匆匆地向公寓走来。他很快就走进了自己的起居室，又走进卧室。几件衣服整整齐齐地摆放在他的床上。然后，他走到衣柜前，开始把里面的衣服都拿出来，全都放到床上。

杰夫感到肯定有事情要发生，他忙朝后退了退，拿起早就准备好的相机，用右腿支撑着，对准了对面推销员的房间。一会儿，杰夫又急忙放下相机，拿起电话快速地拨了个号。

"你好，是科耶尔太太吗？"

"是的。您是哪位？"

"杰夫，我是杰夫。汤姆在吗？我找他有急事。"

"他没在，杰夫。"

"他给你打过电话吗？"杰夫急切地问。

"没有，什么事这么急？"

"是很着急，苔丝。"

"那我一联系到他，就让他立刻和你联系，好不好？"苔丝似乎也紧张了起来。

"不用。今晚索瓦尔德就想逃了。你就告诉汤姆，让他尽快赶到我这儿来就行了。"

"谁是索尔瓦德？"苔丝听杰夫说话，真是有点摸不着头绪了。

"哦，汤姆他知道。"杰夫刚说完，好像又意识到了什么问题，就忙补充道，"苔丝，你放心，他是个男的。"

苔丝笑笑说："知道，杰夫，再见。"

杰夫一放下电话，又直接拿起相机。透过窗户，杰夫看见推销员从抽屉里取出一只手提包。然后，他犹豫了一下，便拿着这只手提包走进了起居室，直接坐到电话机旁开始拨号。杰夫也一直仔细地盯着推销员拨号的次数，他很自信地说："怎么又是长途电话。"

电话通了，推销员在一边对话的同时，一边从包里拿出几件珠宝首饰，大都是女人专用的东西。一会儿的工夫，通话就结束了，然后，他又把那些首饰放归原处。杰夫始终也猜不透他到底想干什么，只见他脸带笑容，看上去是对刚才的事情非常满意。

杰夫放下相机，试着调整一下自己的位置，看能不能听到对面房间里的声音。但是，作曲家那间屋子里突然传出一些喧闹的声音。原来作曲家正在忙于招待进来的客人，看着高声寒暄相互致意的女客人，以及兴高采烈互致问候的男客人，杰夫有点失望。作曲家赶紧奏出几个和弦，好像这就表示了对客人们的欢迎。杰夫没有继续看下去，他把视线又收回到推销员的屋子里，看见他拿着手提包走回了卧室，又开始折腾他刚扔到床上的衣服。

这时候，莉莎轻轻地推开门走进了杰夫的房间。她看到杰夫正目不转睛地盯着对面，所以也没有立即打断他，只是悄悄地关上门，走到他的身后，谨慎地和杰夫打了一个招呼："喂……"

估计是杰夫闻到了莉莎身上的香味，所以头也没回地问道："你今天抹了香水？"

"抹了一点……"

"快看那个推销员！他就要逃跑了！"杰夫没等莉莎说完就打断她说。

"是吗？但看他的样子，一点儿也不惊慌，根本不像要逃跑。"莉莎向外看了看，一边说着，一边放下手里的包，然后，慢慢脱去戴着的手套。此时的推销员正在自己的房间里若无其事地喝着酒。

"你没看到他扔在床上的乱七八糟的东西吗？肯定是他在准备逃跑用的东西。最重要的就是那个手提包，那可是以前他老婆经常挂在床头上的那个包。"杰夫紧张异常地说道。

"现在又怎么样？"

"刚刚被他从衣柜拿出来，这就说明它原本是被藏在里面的。你来之前，他就拿出包来，往里面放了一些他妻子的首饰之类的东西，然后就急急匆匆地打了个长途电话，好像在和其他人密谋什么。"杰夫把刚才看到的情形给莉莎叙述了一遍。

"那会不会是他妻子呢，这也说不定？"

"不会。"杰夫肯定地回答说，"以前，都是他老婆对他指指点点的，他从来没有主动问过他的妻子，或者是主动征求他妻子的意见。"杰夫说完，又摇了摇头。这时候，他们一起注意着对面发生的变化，看着推销员放下酒杯，关上门走出了自己的房间。

"他要去哪儿？"莉莎紧张地问。

"不清楚。"

"如果他不回来了怎么办？"

"应该不会，他还有很多东西在那儿呢。"

"我有点害怕，还是打开灯吧。"莉莎下意识地就去找屋子里的台灯。

"等一等。"杰夫连忙阻止了她。莉莎只好等待着，但是仍把手指放在台灯的开关上。而杰夫依旧专心地观察着对面发生的一切。黑黑的屋子，杰夫和莉莎都是静静的，谁也没有说话。过了一会儿，杰夫放下相机，开口说："他好像往右边走了，可以开灯了。"

"也不知道是怎么回事，我一整天总是魂不守舍的，无论做什么都专心不起来。"莉莎一边把屋里所有的灯都打开，一边对杰夫说话。

"在想那个推销员吗？"杰夫开玩笑地说。

"但主要是你，还有你的那个侦探朋友。又有什么新消息吗，在我走了之后？"

"没有。科耶尔去火车站了，说去查一下那个推销员的行踪。但是到现在还没有一点消息。"杰夫说着，摇了摇头。他看着莉莎正在走神儿，就问了一句："想什么呢你？"

"真是想不通。"

"有什么想不通的？"

莉莎盯着杰夫，顺着自己的思路说："就是那个手提包呀，他妻子以前非常喜爱那个手提包，还把它天天挂在床头，爱不释手。可是现在，他妻子不见了，却把心爱的包丢在家里。一个女人绝对不会做出这样的事……不可能。"莉莎说着，还看了一眼自己的包。

"这个问题只能这样解释，就是她去的那个地方，根本用不着手提包。或者，她根本就不知道自己要出远门。"杰夫认真地说。

"还有一个可疑的地方，就是那些首饰，一般情况下，女人不会允许她们心爱的首饰被胡乱地丢进包里，她们怕那些首饰变形、磨损。但是，这些疑问只能等那个推销员来解释了。"

"那会不会藏在丈夫的衣服里面呢？"杰夫问道。

"那也不会。除非得病去医院，否则，女人绝不会不随身携带着。我们女人在出门前总要化妆、佩戴首饰的。"莉莎非常肯定地说。

"这都是你们女人的秘密吧？"杰夫和莉莎开玩笑地说，然后，他把相机递给莉莎，让她放到架子上去。

莉莎一边去放相机，一边继续说："我们女人不会把最基本的装饰品都统统装进手提包里，然后被丈夫胡乱藏起来。这是不可能的。"

"你说得很对，亲爱的。我们现在就只能等着科耶尔去寻找答案了。"杰夫无可奈何地说。

"推销员夫妇昨天早晨六点出的门？这都是科耶尔告诉你的？"莉莎问道。

"他说是别人亲眼所见。"

"我敢肯定，那个女人绝不是他太太，我只要一句话就可以推翻科耶尔的话。"

"是吗？"

"女人，我最了解了。"莉莎自信地说。

"但是你怎么解释别人亲眼看见的呢？"杰夫奇怪地问。

"如果说他们确实看见了一个女人，但她绝对不是推销员的妻子。"

"你怎么知道？"杰夫微笑地盯着眼前的莉莎，向她伸出手，意思是要她过来。莉莎向杰夫走过来，把头轻轻地依偎在杰夫的胸前，让他温柔地亲吻着自己。

"我要是用这番话把你那位侦探朋友惹急了,你说他会变成什么样子?听你的意思,科耶尔好像不是一个称职的侦探。"莉莎笑着说。

"他现在已经算是很热心的了,你就不要再和他较真了。"他又吻了莉莎一下,继续说,"也奇怪了,科耶尔怎么也没有一个消息?"

"我们时间多着呢,我一晚上都陪着你,不用着急。"莉莎靠在杰夫怀里撒娇地说。

"什么?"

"今天晚上,我就住这儿了,所以有很多时间呀。"莉莎又给他解释了一遍。

"那是不是要先和房东说一声?"杰夫犹豫地问道。

"整个周末,我都没事,现在不用着急。"

"那太好了。但关键是我这里只有一张床,怎么睡我们两个人呀?"

"你要是这样的话,我明天也不走了。"莉莎吻了杰夫一下。

"可……你穿的睡衣……我这儿也没有。"杰夫还是有点犹豫地说。

"要学会只靠一个皮箱生活,这不是你教给我的吗?你看我这个包可比皮箱小得多。"莉莎好像早已看出了杰夫的心思,笑着从他怀里站起来,一边说话,一边打开了桌子旁边的旅行包。

"这是皮箱吗?"

"是啊。这包非常结实、方便,是微型的马克·克罗斯牌的过夜包。这就是专门为一个人设计的。"说着,她就从包里取出一件睡裙,但是它在包里的时候却被压缩得很小很小。

"看来你来的时候很慌张呀……还有拖鞋呀?"杰夫惊讶地问。

"我们可以来交换一下。"莉莎说着就穿上了刚掏出来的一双粉色的拖鞋,"就是你把你的床让给我睡,而我把我的答案都告诉你,你说怎么样?"莉莎调皮地笑了一下。

"好吧。"

这时候,对面公寓里作曲家的屋子里传来动听的钢琴声,他们好几个人都守在钢琴旁,静静地听着作曲家的新作品。莉莎听到后,立即放下手里的工作,惊喜地朝窗口走去。她赞叹道:"还是那首动人的曲子。如此美妙的音乐,他是怎么想到的呢?"

"从房东老婆那儿,一个月一次。"杰夫开玩笑地说。

"我要是也有这种灵感该多好!真是太美了。"莉莎真是入神了。

"亲爱的,你当然有,你的灵感就是制造麻烦。"杰夫故意和莉莎开玩笑。

"是吗?"

"那还用说。比如眼前就是呀,竟然反客为主,赖着不走了。"

"侦探文学,你还不够熟悉。进攻最重要的就是讲求'出其不意''攻其不备'。"莉莎向杰夫的地方靠近一些,继续说道,"还有就是,在侦探文学中,忠实的女友的职责就是把身临困境中的男友拯救出来。"莉莎一说完就笑了起来。

杰夫马上接着她的话说道:"那除此之外,这忠实的女友是不是还要阻止她的男友被富有热情的小姐俘获,或者是防止她的男友陷入诱人奔放的歌舞女郎设计的圈套里呀?"

"完全正确,这就是忠实女友的职责。"

"但是,他们为什么总是不能喜结连理,走到最后呢?"

"你还有完没完?真是一点都不浪漫。"莉莎假装生气地说,然后,她又回那个旅行包旁边,对杰夫说,"你等我一下,我去换件舒服点的衣服。"

"好的。"

莉莎轻快地向卧室走去，手里拿着刚从包里取出的衣服。她突然又回身问杰夫："煮点咖啡怎么样？"

"不错，来点白兰地就更好了。"

莉莎答应了一声，便哼着对面那首曲子的旋律进去了。这时候，杰夫看到那对新婚夫妇房间的窗帘打开了。估计新郎想出来呼吸一下外面的空气，他打开窗帘，享受地点起一支香烟。但是时间不长，新娘那撒娇的声音就从里面传了出来。新郎好像被吓了一跳，他让自己慢慢平静下来，扔掉还没有吸完的烟，转身就回到了屋里。杰夫看到新郎不情愿的表情就想笑。突然，身后有什么响动，杰夫忙扭过头，一看原来是科耶尔。杰夫真是高兴坏了，赶紧调转轮椅，兴奋地看着科耶尔。

科耶尔呆呆地站在那里，从口袋里掏出一支烟，整个表情显示出他已经很疲惫了。当他刚要点烟的时候，听到了里面房间发出的甜美的歌声。他回头看了一眼，又看到一件白色睡裙显眼地摆放在桌上。他还是没有说话，看了一眼杰夫，就点燃了香烟。科耶尔走到窗前，目光停留在作曲家的屋子里，深深地吐了一口烟。

这时候，那个房间还是一片黑暗。

过了一会儿，科耶尔转过身来问杰夫："你又有什么新发现吗？"

"我这里正好有一个新情况，我还担心你赶不来，不能抓住他呢。"杰夫忙回答道。

"快说……难道他想搬走了？"科耶尔也着急地说。

"我看见他一直都在收拾东西。"

莉莎正好端着一杯酒从厨房走了出来。科耶尔看见她也立刻住了口，开始上下打量莉莎。只见莉莎穿了一件极朴素的碎花连衣裙，显得十分干净利索。

"您就是杰夫的朋友科耶尔先生吧？给您来一杯吗？"莉莎见科耶尔一直盯着自己，便干脆走到他跟前，把酒递给他说。科耶尔便接过酒杯，笑了笑，以示还礼。

"汤姆，这位是莉莎·弗里蒙特小姐。"杰夫给科耶尔介绍道。

"很高兴见到你。"科耶尔拿着酒杯说了一声。

"我们认为那个推销员有问题。"莉莎肯定地说，说完后就递给杰夫一杯酒，转身又向厨房去了。

杰夫看科耶尔老是打量那件睡裙，便警告他说："汤姆，老实点。"刚说完电话就响了，杰夫抓起电话，问了一句，"你是哪位？"

"我找科耶尔先生。"一个男人的声音说道。

"你的电话？"杰夫一脸疑惑地看着科耶尔。

"什么事？我是科耶尔。好的，我知道了，再见。"

"杰夫，咖啡还要等会儿。你告诉他关于那些首饰的事了吗？"又端着一杯酒的莉莎走到房间来，冲着杰夫说道。

"什么首饰？"科耶尔奇怪地问。

"事情是这样的，我们发现他妻子的那些珠宝首饰都被他藏在卧室里自己的衣服中。"

"但关键的问题是，你怎么确定那就是他妻子的首饰呢？"科耶尔吐出一口烟，反问道。

科耶尔的反问好像让杰夫一下子无言以对了，莉莎看见杰夫的表情，连忙替他解围道："科耶尔先生，你想想，那些贵重的首饰可都放在他妻子最心爱的手提包里呀。你认为还有其他的结论吗？"

"什么意思？"

莉莎给了杰夫一个眼神，杰夫也很快就明白了她的意思，便对科耶尔说："那天和推销员一起出门的女人根本就不是他妻子。"

"你怎么知道？"科耶尔笑着看着莉莎说。

"这很容易理解，就是女人一般在出门的时候，贴身的首饰是绝对不会忘的。"莉莎立刻说道。

"说得对。"杰夫又补充了一句。但是，科耶尔熟视无睹的样子，好像这些都是不成立的线索。杰夫看着科耶尔的样子，立马就急了："我说汤姆，这些情况你到底是怎么想的？"

科耶尔笑了笑说："跟你说实话，我不是很感兴趣你的新情况。他是无辜的，就像其他人一样清白。"他说完，又瞥了一眼莉莎带来的旅行袋和睡衣。

"你的意思是说，对面发生的一切事情你都能给出合理的解释了？"杰夫有点急了。

"不能。谁都不能给出一个合理的解释，"他用手指着对面的公寓，表情严肃地说，"那是一个私人的隐秘世界，所做的事情也都是私人性质的，都是不能公开宣布的。难道你还不明白吗？"

"杀死自己的妻子也算是私人事情了？"莉莎随后就讽刺了科耶尔一句。

"没有那么多谋杀案的，别再胡乱琢磨了，不然你们都会钻进死胡同的。"

"但是，你怎么解释他屋子里的那些锯条和刀子呢？"杰夫反驳道。

"别说人家，难道你就没有刀子吗？"科耶尔也开始反问杰夫。

"但是……有倒是有……但是我的那些东西都放在车库里。"

"那要是按照你的思维逻辑，你用你那些锯条和刀子一共杀了多少人？"科耶尔逼问着已经结结巴巴的杰夫。

这个时候，莉莎又挺身而出了："但是你能对他妻子无故消失熟视无睹吗？还有那些首饰、行李，都没有一个合理的解释吗？"

"实话告诉你们吧，已经证实那个推销员去了火车站，他还买了一张票，把他妻子送上了去梅里兹维勒的火车。这个我都去火车站调查了，有很多人都知道。"科耶尔甩了一下手，又继续喝他的酒。

"他送走的那个女人很可能就不是他太太呀。还有那首饰……"莉莎还没有说完，就被科耶尔截住了。

"莉莎小姐，要明白，在现实生活中，女性的直觉至多也就是能使一种杂志畅销，而对于案情，凭着女人自己的直觉提供的线索，这还是一个神话故事。我自己就因为这种线索白白浪费了很多时间。"

"行了，汤姆，你又开始老调重弹了。我敢断定，那个皮箱，你根本就没有找到。"杰夫挥挥手说。

"你说的那个皮箱早就找到了，也就是我离开你这儿半小时之后的事。"科耶尔从容地说。

"皮箱里是什么，难道是一封羞辱我的信吗？"杰夫不满地说。

"这还用说吗，当然都是他太太洗得干干净净的衣服了，而且整理得也不像匆匆忙忙想要逃跑的杂乱样子。"科耶尔解释说。

"你到化验室化验那些衣服了吗？"莉莎问道。

"根本没有必要化验，我已经检查过了，一切手续都是合法的。"

"还有一个问题，就是他们为什么要带这么多东西呢，他们不是短期外出吗？"杰夫忙追问道。

"这个问题，女性心理专家应该知道吧。"科耶尔看了一眼莉莎。

"这就说明这个女人再也不可能回来了。"莉莎随口说了一句。

"但这丝毫没有涉及杀人灭口的问题呀。"科耶尔接着说道。

"我看事情没有那么简单，他为什么不告诉房东他妻子不回来了？这就证明，他一定心怀鬼胎。"杰夫激动地说。

"你把你的所有事都告诉房东了吗？"科耶尔看了一眼那条白色睡裙问。

"汤姆，说话小心点！我跟你说过的。"

"哦，忘了，我太疏忽了。当初我们一起打仗，要是我当时非常谨慎地驾驶那架侦察机，你就不会有机会拍下那张为你赢得荣誉、勋章、金钱以及工作的照片。"科耶尔又想起了当年的战争岁月。

"但是，我憎恨我所得到的那一切。"

"我们能不能换一个话题，共同回忆一下我们一起度过的那段令人难忘的战争年代，安安静静地坐下来，畅所欲言，然后再痛痛快快地喝上两杯，那不是更好吗？"科耶尔走到杰夫的身边说。

"那这个案子就这么轻易地结束了？"莉莎有点不服地说。

"这个案子本来就不成立，莉莎小姐，怎么样，我们还是喝酒吧？"科耶尔不厌其烦地解释说。但是，杰夫和莉莎都没有同意他的这个建议，都在保持沉默。"就算你们说的是真的，也应该放我回去休息一下吧，今天可是我休息的时间呀。"科耶尔说着，仰起脖子，喝干了杯里的酒，"杰夫，你如果还需要我查什么的话，就直接给我打电话吧。"他把杯子放在桌子上，看了看他们两个人，就要准备离开了。

"科耶尔，你等一等。谁是那个皮箱的收件人？"杰夫突然喊住了正要离开的科耶尔。

"安娜·索瓦尔德。"

"那我们就只有等着，看谁来取这个皮箱。"杰夫仍然没有放弃自己的想法。

科耶尔也突然想起了一件事，马上说道："哦，那个电话，你不会在意我把你的电话告诉其他人吧？"

"关键是给谁了。"杰夫心不在焉地说。

"是梅里兹维勒的警察。他们刚才在电话里通知我，说一个叫安娜·索瓦尔德的女人刚刚取走了那个箱子。"科耶尔刚说完，杰夫一下子就呆住了，简直不敢相信科耶尔的话，但却一句话也说不出来。"早点休息。"科耶尔说完，意味深长地笑了笑，拉开门走了。

正在杰夫和莉莎相对无言的时候，对面公寓传来了作曲家和客人们一阵欢快的歌声。而旁边屋里，是正在刻苦练功、累得满头大汗的托索小姐。对面还是原来的那样，好像根本没有发生任何变化，也没有人注意到推销员妻子的消失。莉莎小心谨慎地走到杰夫身后为他轻轻地按摩着双肩，她的视线停留在推销员的房间，一会儿，她突然叫道："快看！"

"什么？"杰夫被莉莎的喊声吓了一跳，急忙顺着她手指的方向看去。

原来，"芳心寂寞"小姐这次带了一个油头粉面的男人回来，让莉莎大吃了一惊。那个男人一到屋子里，就快速地四下环顾，然后径直走进起居室。"芳心寂寞"小姐双手紧紧地捂住胸口，独自站在厨房里，仿佛是受到惊吓而害怕的样子。一会儿，"芳心寂寞"小姐走进起居室，手里还拿了一瓶酒，只见她微笑着把瓶塞拔出来，给那个男的倒了一杯酒。男的亲吻了一下"芳心寂寞"小姐，然后接过了她递过来的酒杯。

"那个男的看起来很小。"杰夫自言自语道。

他们俩目不转睛地盯着对面，突然，"芳心寂寞"小姐被那男的一把抓住，并被推倒在一旁的沙发上。她赶紧挣扎起来，使劲把那个男的推开。"芳心寂寞"小姐先是冲到那个男的面前，没有顾得上整理自己凌乱的衣服，就狠狠地给了他一个耳光。男人立即被吓呆了，不知道如何是好。那男人听到"芳心寂寞"小姐愤怒的咒骂后，也非常生气地摔门离去了。之后,"芳心寂寞"小姐使劲关上门,看看桌子上还没有喝光的两杯酒,突然,好像很疲惫地倒在沙发上,不停地大哭起来。

他们两个互看了对方一眼,都感觉有些惭愧,因为他们看了本不应该看的事情。两人都沉默了一段时间,杰夫先说话了:"莉莎,你说,一个人透过相机或望远镜偷看别人的私人生活是不是不道德?像这件事,即使我发现了他杀人,但这纯属别人的私生活,我是否有权利横加干涉呢?也许,对面所发生的一切事情,都正如科耶尔所说的,都只是我们一相情愿地臆断推测。"

"'后窗道德学'这门课,我也没有研究过。"莉莎很无奈地说。

"他们也可以随意观察我,只要他们乐意。"杰夫像是在自我安慰。

"杰夫,一个人如果现在走进我们的房间,肯定会被吓一跳的!"莉莎故意用轻松的语气说话,像是为了调节一下屋子里的气氛。

"为什么?"

"因为我们俩现在就像是一对儿疯子呀!因为我们误会了那个推销员杀人而惭愧地拉长着脸,追悔莫及。或者,我们应该高兴才是,因为那个推销员的妻子,说不定正安好无恙地在外面度假呢。"莉莎说着,走到杰夫身旁,深深地亲吻了他一下,然后接着说,"'近邻胜似远亲'这句老话怎么没人说了?"

"社会不一样了。但我要从托索小姐开始,以身作则,倡导这种社会风尚。"杰夫笑着说。

"除非我搬到对面公寓,每天在窗前跳芭蕾舞,否则你是做不到的。"莉莎笑着站起来,走到窗前,慢慢放下窗帘,"好了,今晚的戏到此结束了。"她说完就走到桌旁,拿起旅行包,突然问了一句,"我这个包,你的侦探朋友没说是偷来的吧?"

"没有吧。"杰夫笑了笑说。莉莎也笑着拎着包，走进了里面的卧室。

晚上。莉莎洗完澡之后，穿上那件又薄又长几乎是半透明的白纱裙，在微弱的灯光下姗姗走来，宛如一个仙子一样。杰夫非常吃惊地看着楚楚动人的莉莎，只是呆呆地看着，半张着嘴巴，似乎是忘记了说话。莉莎看到杰夫这样的表情，不禁有点好笑，故意问道："你看什么呢？"

"哦……"杰夫好像忽然被惊醒一样。

莉莎微微撩起裙子，笑着说："这裙子怎么样？你喜欢吗？"

"当然喜欢了。"杰夫使劲地点点头。杰夫刚说完，窗外就响起一个女人的惊叫声，凄厉异常，紧接着就是一阵号啕的大哭声，似乎把整个黑夜都搅醒了，外面顿时乱作一团。杰夫和莉莎都是一惊，他们连忙转向窗户，拉开窗帘，向外望去。

对面的公寓里，西弗勒斯太太一边慌慌张张地往楼梯下跑，一边大声地哭喊着。她一脸迷茫的丈夫跟在后面，不知缘由地问道："什么情况？你到底怎么了？"

"我的……"西弗勒斯太太不停地啜泣着，用手指着外面的院子说。

西弗勒斯太太的哭声几乎惊动了公寓里的所有人，人们都一下子挤到窗前，或站在外面的阳台上，就连新搬过来的那对新婚夫妇也伸出头来张望。他们来回地张望和询问着，都想立刻知道，这到底是出什么事了。

"快看，那条狗！"就在这时候，作曲家指着下面的院子大声叫道。只见那只白天还活蹦乱跳的小哈巴狗，此时一动不动地躺在院子里，看情形那小狗已经死掉了。

一会儿的工夫，西弗勒斯太太就跑到院子里的花圃旁，伤心地抱起已经死掉的小狗，就像是抽泣自己的一个亲人似的："死了……死了……我的狗！"她丈夫焦急地搓着双手，不知所措地站在旁边，不知道应该如何安慰自己的妻子，或许他还没有看到过妻子这样悲痛。

这时，从公寓里又跑出来两个人，原来是赫林和"芳心寂寞"小姐，他们来到西弗勒斯太太的身边，不停地安慰着。"芳心寂寞"小姐仔细检查了一下死掉的小狗，突然惊叫道："它是掐死的，它是被人拧断了脖子！"

"畜生！谁害死的？这是谁干的？"西弗勒斯太太听到"芳心寂寞"小姐这样的诊断，怒不可止，一边放声大哭着，一边抬起头，巡视着楼上的每一个人，歇斯底里地大声喊道。楼上的人都是一头雾水，面面相觑，不知道应该如何回答。不过事已至此，西弗勒斯夫妇也只能先把小狗收拾了，回到了自己的房间。然后，西弗勒斯先生默默地从窗前把原来送小狗下楼的那个小篮子拉了上来。自始至终，杰夫和莉莎都一直看着，看到对面一切都平静了，才无奈地转过身来。

"莉莎，你也看出来了，就在刚才，科耶尔几乎已经把我说服了，我觉得我原先想的好像都是错误的。"杰夫看看神情黯然的莉莎，往后退了退说。

"那现在又有变化吗？"莉莎问道。

"你有没有注意到，刚才对面只有一个窗口没有动静！"杰夫说着就抓住莉莎的手，示意她往窗外看。莉莎也马上明白了杰夫的意思，急忙向推销员的窗口望去，只见他的窗口一片漆黑，似乎只有那么一点若隐若现的光线出现。

杰夫一直都在长焦距镜头后面注视着推销员的房间。此时，已经是第二天了，傍晚的阳光微弱地照射到对面的公寓上，使原本模糊的窗户变得异常清晰了。莉莎也一直坐在杰夫的对面，神情有点紧张。对面，那个推销员正在使劲擦拭着浴室四周的墙壁。

"盯了整整一天，什么收获都没有。"过了一会儿，杰夫放下相机，无精打采地说道。

"他在打扫房间吗？"莉莎问道。

"他在浴室里清洗墙壁。"杰夫有气无力地回答，好像一晚上都没有休息好似的。

"一定是出了什么问题，要么就是在清洗血迹，消灭证据。"斯特拉非常自信地说，她看了一眼身边的莉莎，继续说道，"在浴室里，他把他妻子害了，现在就想在逃亡之前处理掉留下的一些痕迹，肯定是这样的。"

"讲话小心点儿，斯特拉。"莉莎打断她说。

"他杀了人，难道还要说他好听的？"斯特拉不满地说了一句。

杰夫一个人想着，并没有在意她们两个说的。忽然，他推了推莉莎说："墙角架子上那个黄色的小盒子，你看见了吗？"

"最上面的那个是吗？"莉莎回答道。

"就是那个，快把它拿来，再拿一个观察镜给我。"他接过那个盒子，在里面随便乱翻着一些照片，"这都是我两个星期前拍的……我突然想起来……应该还有一些其他的东西……除了那个女人的大腿之外……在哪儿呢？"杰夫自言自语地说着。

"你到底在翻什么？"莉莎疑惑地问杰夫。

一会儿，他从盒子里翻出了一张照片，立马兴奋地说："终于找到了。如果我没有猜错的话，我就能解释它为什么突然死亡了。"

"你说谁？是推销员太太吗？"斯特拉疑问道。

"不是她，是那条小狗。或者说，我们可以解释那个推销员为什么要杀死那条狗了。给你这个，仔细盯着，一有什么发现立即告诉我。"杰夫说着把观察镜递给了莉莎。

莉莎听他这样说，也忙凑过去看，只见照片上清晰地显示出小狗、椅子、花圃等院子里的景物。她看了一会儿，感觉没有什么线索。她问杰夫："有什么发现吗？这不是下面那个院子吗？"

"你没有发现院子里推销员的那些花儿发生了什么变化吗？"杰夫问道。

"是那片花圃吗？那条小狗倒是经常去。"斯特拉好像也想起了什么。

"对，你再看院子里的那些花。再和照片上的比较一下，是不是有什么变化？尤其是那两棵黄色的百日草，有没有发现它们越长越矮了？"杰夫疑惑地说。

"底下一定埋着什么东西。"斯特拉马上说道。

"难道是推销员太太？"莉莎也惊讶地问了一声。

"墓地，你从来就没有去过吧？"斯特拉对莉莎说，"把尸体埋在一个只有巴掌大的花圃里，怎么可能……除非，把尸体头朝下插进去，要是那样的话，他屋子里的那些刀子、锯条不就没有用了？我猜，他肯定是把尸体分解了，然后再一块块地处理……"

斯特拉还没有说完，就被莉莎给打断了："别说了，斯特拉！"

"你们俩就别争执了！我看那些花是被人连根拔出后又重新栽回去的。"杰夫看见她们两个这样就赶紧制止道。

"刀和锯条也许就埋在那下面。"莉莎想了想说。

"或许是。"杰夫点了点头说。

"那还等什么，赶紧叫科耶尔呀！"斯特拉急忙说道。

"先不要打草惊蛇。我们可以等天黑之后先把花圃下面的东西挖出来。"莉莎说着看了杰夫一眼。

"不……不能去。你就不怕他拧断你的脖子！"杰夫吃惊地看着莉莎，继续说道，"另外，我们现在还不能打扰科耶尔，尤其是在找到推销员太太的尸体之前。现在最重要的事情，就是我们怎么样才能进入推销员的房间……"

杰夫正说着，斯特拉突然在他旁边着急地说："不好了，他要跑了！"

杰夫一听斯特拉这样说，马上抬头向窗外看去，只见对面的推销员正在收拾东西，并且胡乱地塞进一个大皮包里，显得非常慌张。杰夫看着也慌了，不知道如何是好。想了一会儿，他急忙说："快拿来笔、信纸和信封！"

莉莎和斯特拉两个人神情也很紧张，赶紧就去找杰夫需要的东西。杰夫拿到笔和纸之后，就快速地在信纸上写道："她到底去哪儿了？"然后，又在信封上写上"拉尔斯·索瓦尔德"几个字，写完后，他把信装好，递给了莉莎。

莉莎心领神会，几分钟之后，就到了对面公寓的下面。杰夫握着相机，神色紧张地盯着。斯特拉站在他旁边，看上去也是一样的紧张。对面，推销员依旧在屋子里忙碌着。而莉莎也来到了他的屋子外面，从门底下把那封信悄悄地塞了进去，然后转身，快速地跑了下去。看得出来，她也是非常害怕。

没过一会儿，推销员就发现了外间地板上的那信封，他过去捡起来，取出信纸，一看到上面的字，脸霎时就变白了，就好像是失血过多一样。他两眼无神地站在屋子当中，仿佛一时间不知道应该做点什么。突然，他回过神来，快步走到窗前，慌张地向外张望着。

杰夫一直注视着莉莎，自言自语地说："小心呀，莉莎，千万不能让他发现你！"等他看到莉莎跑进自己住的这幢大楼时，心里立马松了一口气。真是有惊无险！

"哦，上帝！真是不应该让她去冒险！"斯特拉一边说着，一边揉着胸口，好像也被刚才的一幕吓坏了，她看着杰夫也擦了一下脸上的汗，接着说道，"喝点什么吧？"

"当然可以。"杰夫说完，又举起相机说，"他真的要逃跑了。他想要往哪儿跑呢？"他一直紧盯着对面发生的一切，不想放过任何线索。这时候的推销员更是加紧收拾东西了，仿佛已经是惊弓之鸟了。

"让我也看一下，可以吗？"斯特拉拿着饮料走到杰夫身边说。

"可以。但是，你得告诉我你要看什么？"

斯特拉并没有立即回答杰夫，只是静静地透过镜头观察着，她看见对面的"芳心寂寞"小姐正把刚从抽屉里取出的药瓶里面的药片一粒一粒地倒在桌上。斯特拉看到这里，感觉有点奇怪。接着，"芳心寂寞"小姐从厨房里拿来一杯水，和那些药片一起都放在桌子上。斯特拉忙说："'芳心寂寞'小姐好像往桌子上倒了很多安眠药。"

"什么情况？你看清楚了吗？"

"不会错的，那种药片在我们医院里很常见。"

"那她不会超量服用吧？"

斯特拉继续盯着，这时，"芳心寂寞"小姐坐在桌旁，手里拿着一本《圣经》。

"不可能吧，她也许只是想睡得早点……"

这时候，莉莎满头大汗地跑了进来，站在屋子当中，一脸兴奋地说："怎么样，他看到信后什么反应？我没有被他发现吧？"

"他非常害怕，脸色苍白，就像自己的秘密被发现了一样。"斯特拉抢先说道。

"快看，杰夫，那个手提包！"莉莎走到窗前，站在杰夫身边，用手指着对面说。

对面，推销员又取出他妻子的那个鳄鱼皮手提包，不停地在里面翻找着什么东西。杰夫一边透过相机盯着，一边说："我今天看他打电话时，手里拿着三个戒指，一个是金圈，两个是嵌宝石的，他太太的结婚戒指说不定就在那个手提包里呢。"

莉莎马上说道："一个女人绝不会忘记戴结婚戒指的，是不是，斯特拉？你忘记过自己的结婚戒指吗？"莉莎说着，看了看斯特拉。

"那是不可能的，除非我的手指被剁下来。究竟那个花圃底下埋藏着什么？我们马上去看看吧。"斯特拉有点急不可耐地说。

"说得对。我现在也非常想看看他太太。"莉莎点了点头，表示赞同。

"你们先不要乱说。"杰夫有点担心地说。

"我们没有乱说，只是想看看下面有没有藏着铁锹？"斯特拉说。

"没有。"

"或许，就在那个地下室里。"斯特拉说完就要往外走。

"别忙，先等一下！"杰夫急忙叫住了斯特拉。

"如果你害怕受不了这刺激，杰夫，那你就闭上眼睛别看好了。"莉莎有点讽刺地对杰夫说。

"我害怕？我是怕你们俩被活活掐死，就像那条狗一样！"

"你猜那下面到底埋了什么东西，莉莎小姐？"斯特拉好像已经迫不及待了。

"我们先不能慌，不能自乱阵脚。"这时，杰夫放下相机，非常冷静地说，"心存侥幸地去冒险是很危险的。我们要想一个万全之策……莉莎，递给我那本电话簿。"

"做什么用呀？"莉莎一边把架子上的一本黄色电话簿递给杰夫，一边问道。

"我要引蛇出洞。"杰夫说完就开始快速地翻着那本电话簿。

"或许几分钟就够了。"斯特拉在一边说。

"争取15分钟都有可能……找到了，2-7099。"他说着就拿起电话，拨了刚才找到的那个号码。他一边盯着对面的推销员，一边等待着电话里的声音。这时，推销员屋子里的电话响了，响声不是很大，但是对于正在惶恐状态下的推销员，无疑还是吓了一跳。只见他站在电话机旁，犹豫不决，一直呆呆地注视着桌子上的电话。

这边的杰夫始终都在盯着他，还自言自语地说："别害怕，快接呀，索瓦尔德。你是不是在猜是谁打来的，会不会是你的那个让你不惜杀掉自己妻子的情妇打来的……快接呀！"

"你是哪位？"电话那边响起了推销员的声音。

"我的信收到了吗？"杰夫压低声音问道。电话里没有回音。"怎么样，收到没有？"杰夫又问了一次。

又是一阵沉默，接着，一个低沉无力的声音反问道："你是谁？"

"现在就到艾伯顿酒吧来，来了你就会知道我是谁。"

"你到底有什么事？"对面有点焦急地问。

"就是一点小事情——谈谈你妻子的财产如何处理。"

"什么……我……你是什么意思？"

"你就别再装了，我全知道了。快来，否则，警察马上就会找上你的。"杰夫威胁道。

"可是，可是我现在只有一百美元。"

"我在艾伯顿等你。这只是开始。"杰夫一说完就立马挂断了电话。只见对面的推销员缓慢地放下电话，愣了一会儿，然后戴上帽子，走出了房门。

"斯特拉，快，我们走！"莉莎忙招呼斯特拉。

"等他一回来，我就用手电筒给你们发信号。你们要时刻注意我窗口这边的动静。"杰夫叮嘱道。

莉莎和斯特拉没有说话，直接就跑向了门口。在夜色的笼罩下，外面的一切都呈现出昏暗的色调。杰夫一直观察着院子里的任何动静，希望她们能平安无事。莉莎和斯特拉已经到了楼下，一人拿着一把铁锹，悄悄地、迅速地来到那片花圃旁。莉莎站在一旁望风，斯特拉用力挖着花圃里的泥土。莉莎环顾四周，时不时地抬头往杰夫的窗前扫一眼。

杰夫这边也没有闲着，他拿起电话，拨了一个号码："喂……"

"你找谁？这是科耶尔的寓所。"一个陌生的声音。

"你是谁？我是科耶尔的朋友，杰弗里斯。"

"他们不在。我是他家的保姆。"

"他们什么时候能回来？"

"不清楚，他们可能去夜总会吃饭了。我只是临时过来看孩子的。"

"好的。如果联系到他们，就说一个叫杰弗里斯的人找他，有非常重要的事情。"杰夫一边说着话，一边还观察着外面院子里的动静。

"杰弗里斯先生，他知道你的电话吗？"

"当然知道。再见。"杰夫放下电话，就架起照相机，对准了对面的公寓。作曲家的屋子里总是挤满了人，他们兴奋地交谈着、欢笑着，好像从来都不关心外面的世界。"芳心寂寞"小姐依旧是孤身一人，旁边依然摆放着那些药片和一杯水，她好像正在一张纸上快速写着什么。

院子里，她们两个人还在忙碌着，只见斯特拉摇了摇头，又使劲挖了几下，便不再挖了，样子看上去很失望。杰夫看到，也好像明白了，也失望地叹了一口气。这时，莉莎突然跟斯特拉悄悄说了什么，还用手指了指对面楼上的房间。斯特拉的眼睛瞪得大大的，很吃惊的样子，看着莉莎要往楼上跑，就急忙扔掉铁锹，想拉住她。但是，莉莎已经下定了决心，用力甩开斯特拉的手，转身向推销员的房间跑去。斯特拉只能干着急，气呼呼地站在那里，最后无奈地朝杰夫这边的窗户看了看，随后跑了回来。

院子里发生的一切，都被杰夫看在眼里，他看到莉莎跑进楼里，心里一下就紧张了起来，再也无法安稳地坐在轮椅上。真是不应该让她去。

"别进去！莉莎，你想干什么？"杰夫用拳头猛砸了一下轮椅说。

对面的莉莎已经翻上了推销员房间的阳台，她小心地推了推门，没有推开，便撩起裙子从旁边的窗口爬了进去。也不知道莉莎是从哪里来的勇气。只见她谨慎地爬进去后，先是环顾了整个房间，然后就直接进了卧室。她站在卧室里，一眼就看见了床上的那个大皮包，她利索地拉开包，翻弄着里面的东西。那个手提包——莉莎拿着它向杰夫这边使劲地晃了晃。但是莉莎高兴得有点早了，因为她在里面什么都没有发现。她又转向旁边的那个梳妆台。

这时候，满头大汗的斯特拉回来了。她大口地喘着气说："杰夫……杰夫，莉莎让你一看见他回来，就立即往他屋子里打电话。"

"那现在我就打！"杰夫紧张地说。

"再给她两分钟……现在先别打。"斯特拉阻止了杰夫。莉莎正在全神贯注地翻找着梳妆台的抽屉，对外面的事情早已置之度外。

"快看'芳心寂寞'小姐！"斯特拉突然叫了一声。杰夫急忙看去，只见"芳心寂寞"小姐正抓起原来放在桌子上的药片和水杯，看样子像是要全部吃下去。在桌上台灯的底座下还压着一张写得密密麻麻的纸片。"快叫警察！"斯特拉又叫了一声。

杰夫这时候才回过神来，连忙拿起电话拨了一个号码："喂……赶快接警察局……"

正当"芳心寂寞"小姐要吃下那些药片时，一阵欢快的笑声和着节奏明快的吉他声一起从楼上传了出来，她专注地听着好像是从天堂传来的歌声，全身都静止了。她呆呆地听着，忘记了手里的药片，也忘记了刚才想要做的事情。突然，她泪流满面，爬在桌子上大哭了起来。

"多亏这声音呀，真是谢天谢地！"斯特拉突然松懈了下来。

杰夫突然意识到，他忘记看莉莎了。他赶紧把视线移向莉莎。当他看到推销员已经走上楼梯，来到门口，正在开门的时候，他真是倒吸了一口凉气。他呆坐在那里，完全不知所措，只是不由自主地叹了一句："天哪，莉莎！"

推销员打开门的第一反应就是感觉有人来过，他四下扫了一眼，疾步走向卧室。当他猛推开卧室房门的时候，就看见惊恐万状的莉莎正站在那儿。两个人目光对视，表情都是惊愕万分。

这时候，杰夫手里一直拿着的电话接通了："我是六分局的奥尔古德警官。"

杰夫一听是警官，立即说道："警官先生，快，快，在西九街125号，一名妇女正在被一名男子殴打。快来！"

"请问你是哪位？"

"杰弗里斯。"

"你的电话？"

"2-5598"

"好。我们马上赶到。"

对面，推销员已经把莉莎逼到了墙角，他突然扑向莉莎，使劲地揪住她。莉莎此时已是六神无主、语无伦次了。然后，莉莎被那个推销员狠狠地扇了一个巴掌，一下子滚到了旁边的沙发上。推销员转身看了一下床上被翻得乱七八糟的衣服，不由得怒火中烧，怒视着莉莎，好像在逼问她什么。莉莎挣扎着从口袋里掏出一把珠宝首饰，全部交给推销员。他查看了一下，放在一边，又恶狠狠地向莉莎伸出手，看莉莎摇头，他立马揪住莉莎，用力抽打起来。莉莎一边挣扎，一边恐惧地大声叫唤："快救救我，杰夫！"痛苦的声音，丝毫不亚于西弗勒斯太太的哭喊。

杰夫看着，心如刀割，痛苦地握紧拳头。斯特拉也惊恐地看着对面，浑身发抖。杰夫实在是不能忍受了，但是又没有什么办法，只能两眼无神地问斯特拉："怎么办？"

莉莎的哭喊声还在继续着，在黑色的天空中传得很远、很凄惨。突然，斯特拉大声地叫道："警察来了！警察来了！"

杰夫忙仔细看着对面，只见推销员的门外，有两个警察正在用力敲门。这时候，推销员的卧室里又亮了。怒气未消的索瓦尔德急匆匆地朝门口走去。莉莎也不顾伤痛，赶紧整理自己凌乱的头发和衣服，从沙发上爬了起来。接着，警察跟着推销员进了卧室，似乎在询问是什么情况。莉莎一看到警察，连忙跑到了他们身边。剩下的，就是推销员一个人在屋子里控诉了。

"莉莎怎么办？为什么不告发那个男人？"斯特拉说。

"莉莎很聪明。"

"聪明？警察马上就要抓她了！"斯特拉紧张地说。

"但是最起码，她可以逃离虎口了。"杰夫自我安慰道。

莉莎背对着窗口，好像在为自己辩解着。她将两手悄悄地放在身后，对着窗口不停地摇晃。杰夫看着莉莎的动作，突然惊喜地喊道："快看，那个戒指！"

原来，莉莎在回答警察询问的同时，一直在向杰夫示意自己左手无名指上的一枚戒指。但是，推销员似乎也注意到了莉莎的怪异举动，便很疑惑地盯着莉莎身后的双手。当他看到那只戒指的时候，也不禁吃了一惊，她为什么会注意那枚戒指呢？推销员顺着莉莎示意的方向，寻找着对面的目标……

"把灯关掉，快，往后退！他要发现我们了！"杰夫也注意到了推销员的眼神，他赶紧放下相机向后退。斯特拉听到之后，立即关掉了屋里的灯。一会儿，莉莎被那两个警察带着出来了，好像事情已经解决了。杰夫在黑黢黢的屋子里，不知道应该做点什么，只是来回转动着轮椅。

"他会一直待在屋里吗？"杰夫问斯特拉。

"肯定不会，除非他是个大傻瓜。"

"快把我的钱包从抽屉里拿来。"

"现在找钱做什么？"斯待拉一边摸索着找钱包一边问。

"从监狱里把莉莎保释出来呀……怎么才120美元。"杰夫借着微弱的月光数了数钱包里的所有钱。

"总共需要多少？"斯特拉问道。

"大概需要250美元保释一个初次盗窃的人。"

"不知道莉莎包里有多少钱。"斯特拉说着，就找到莉莎的手提包取出钱包。

"多少钱？"

"怎么才有50美分？"

"那也拿出来吧。"杰夫失望地说。

"我包里应该还有20美元。"斯特拉想了想，继续说，"我马上去，把钱都给我吧。"

"那上哪儿找剩下的钱呢？"

"这个不用担心，只要那些警察见到莉莎，肯定会主动捐款的。"斯特拉笑了笑说。

"那快去吧！"杰夫刚说完，电话就响了。杰夫立马抓起电话说了一句"等一等"，就扭头对斯特拉说："记得要快！"斯特拉应了一声就奔出了房门。这时候，杰夫才对着电话说："你好，我是杰弗里斯。"

"快点，又是什么事？"是科耶尔的声音。

"我有大发现，科耶尔！"杰夫有点激动地说。

"我说杰夫，不要再编造你那些妄想猜测的凶杀故事了，让我的休息时间都不能消停。有什么重大发现，让我回电话？"科耶尔不耐烦地说。

"这次你得帮帮我，莉莎现在正在监狱里，她被逮捕了！"

"哪个莉莎？就是你的那个莉莎吗？"科耶尔好奇地问。

"对，你见过的那个。她因为私自去了对面那个人的房间，但是碰巧他突然回来，撞个正着。我只好报了警，才使莉莎脱离险境。"杰夫给科耶尔解释事情的来龙去脉。

"哎呀，我不是和你说过……"

"我明白。但是，她已经找到了重要证据。"杰夫打断科耶尔说。

"什么证据？"

"就是那个消失的女人留下的结婚戒指！你说一个还活着的女人，怎么会扔下自己心爱的结婚戒指，你说是不是？"杰夫有点着急地说。

"应该不会。"科耶尔好像也在电话那边思考。

"应该是肯定不会，因为这是事实！就在昨晚，推销员还把那条经常在花圃里乱嗅乱刨的狗掐死了，因为他担心那条狗找出来他藏在花圃下面的东西！"

"就凭这个？说不定那里埋着老母猪的骨头呢。"

"他妻子是不是被他称作老母猪，我不知道。但是我知道那天晚上，他一直来回折腾的铁皮箱子里，不可能是他的值钱东西，因为那些值钱的都还在他的房间里呢。"杰夫越说越激动了。

"老母猪的骨头估计真在那里埋着呢。"科耶尔不屑地说。

"这说明，他在分批处理掉它们。对了，还有那些长途电话……就是他打出的电话。你说他为什么要在他妻子离开之后再打长途电话呢？为什么在他妻子到达目的地以后，还要给他寄明信片，报平安呢？这一切是不是太多余了？"

"莉莎现在被关在哪儿？"科耶尔也突然紧张了起来，语气严肃地问。

"在警察局六分局。我已让人去保释她了。"

"杰夫，我马上去查查，或许不用你出钱了。"

"快去吧，太好了。那家伙说不定正准备逃跑呢，因为他已经发现有人在监视他了。"

"我们一旦确定那是他太太的戒指，我们会马上拘留索瓦尔德的。杰夫，再见。"

"科耶尔，再见。"杰夫直到现在才稍微地松了一口气。他放下电话，又开始观察索瓦尔德的房间，里面没有开灯，什么都看不见。突然，电话又响了，这让杰夫愣了一下，会是谁呢，难道是莉莎她们？他拿起电话，也没有问对方到底是谁，就开口问道："喂，你怎么样？对面好像要逃跑了，屋子里黑糊糊的……喂……"

当电话那边一直没有声音的时候，杰夫才意识到事情有点不对。他猛地抬起头，赶紧看对面推销员的窗口，黑黑的窗户就像是一个人的眼睛，也在紧紧地盯着杰夫这边。杰夫想了一会儿，连忙转动轮椅，来到厨房。可是厨房所有的东西都被放在够不到的壁橱里，杰夫转了一圈，也没有找到可以防身的家伙。

正在杰夫焦急无助的时候，一阵轻微的脚步声在门外响了起来。杰夫那种不祥的预感更加强烈了，他无意识地抓紧桌子上的相机，好像此时能够防身的就只有这件东西了。这时，门被推开了，一个像幽灵一样的黑影出现在了杰夫的面前。杰夫不敢大声呼吸，只是用力地向轮椅里靠着，眼睛死死地盯着正向身边移动的黑影。

"你到底想干什么？"黑影的声音划破了屋子里的沉默，杰夫始终在角落里没敢出声，"刚才那个女人为什么不告发我？她应该是你的朋友吧？"

又是一阵沉默。黑影见杰夫一声不吭，就稍微提高了自己的声音："说话呀！你到底想干什么？要钱吗？可是我现在没有。"听得出来，说到后面，黑影已经有点急了。这时，杰夫已经完全镇静下来了，虽然还没有完全摆脱那种恐惧。

"那个戒指你能还给我吗？"走近的推销员又问道。

"没门！"杰夫好像是用尽了全身力气挤出了这两个字。

"你最好让她立即还给我！"推销员用命令的口气说。

"有点晚了，警察已经拿到戒指了。"

一听杰夫这样说，索瓦尔德立即就向杰夫扑了过去。杰夫坐在轮椅里，毫无招架之力，情急之下，只有举起手里的相机，一直猛按闪光灯。推销员看到闪光灯，眼前突然一片空白，不由自主地往后退了几步。

杰夫紧张地不停按着闪光灯，头还快速地往对面看着。终于，对面推销员的窗口亮起了灯光，屋子里立即出现了莉莎、斯特拉、科耶尔和几个警察的身影。此时，索瓦尔德企图用双手挡在眼前，遮住相机一直射出的强烈光线，他逐渐地逼近杰夫，马上就要走到杰夫的身边了。

"科耶尔！莉莎！"杰夫冲着对面大声呼救。

推销员一听杰夫的叫声，立即就扑了上去，一把打掉杰夫手中的相机，狠狠地掐住了他的脖子。杰夫拼命挣扎，想要推开索瓦尔德的攻击，但是他也只能用那条没有打石膏的腿使劲乱踢。

莉莎和科耶尔在对面也听到了杰夫的喊声，立即都向杰夫那边看去，一看到推销员和杰夫缠打在一起的情形，都是一惊，完全没有预料到会出现这样的意外状况。他们几个人立马都冲向了楼梯。索瓦尔德这边一直紧紧地掐着杰夫，不停地把他往窗户边拖，看样子是想把他从窗户里扔下去。

他们两个人的扭打和喊叫声也惊动了对面大楼里的人们。人们和上次一样都站在自己的窗口前和阳台上，看到半个身子已经挂在窗外的杰夫，杰夫一条腿打着石膏，所以只能咬紧牙，把全身力气用在手上，牢牢地把住窗沿。但是面对身材高大的推销员，他也只能勉强地维持着，等待科耶尔的救援。

科耶尔带着警察已经冲到了杰夫的楼下。科耶尔见情况紧急，随手就拔出了手枪，全神贯注地对着正在行凶的推销员。但现在是夜里，光线昏暗，并且两个人还交织在一起，科耶尔也不敢贸然开枪。就在科耶尔犹豫的时候，杰夫终于没有坚持住，大喊了一声"科耶尔"就重重地摔了下来。这时候，推销员也被两个破门而入的警察按住了。

"杰夫，杰夫，真对不起，我们还是来晚了一步。"科耶尔看着平躺在地上表情痛苦的杰夫，非常愧疚地说。

莉莎和斯特拉也拨开了人群，气喘吁吁地挤到杰夫的身边。莉莎看到面无血色的杰夫，先是怔了一下，然后就要扑过去抱他的头。斯特拉看她这样，立即阻止了她："先别碰他！莉莎，快拿我的急救包来，就在楼上！"

"亲爱的莉莎，你没有出什么事吧？"杰夫睁开眼睛，看到身边的莉莎，有气无力地笑着问道。

"我没事。你先别说话了。"莉莎伤心地说。

"好样的……你现在可以去找证据了吧？"杰夫又看着科耶尔说。

"当然，杰夫。"

"科耶尔！"一个警察从楼上的窗口伸出头叫道。

"怎么了？那家伙怎么样？"

"完好无损。他说要带我们到东河那边看看。"楼上的警察说。

"花圃底下的秘密他没有说？"

"全说了。他怕那条狗坏他事，就掐死了那条狗，然后把下面的东西挖出来，藏在了他屋中的一个盒子里。"

现在终于有了一个还算不错的结果，科耶尔点点头，看着斯特拉说："想不想和我们一起去看看？"

"不……尸体的任何一部分我都不想看。"斯特拉紧张地摇着头说。

当一切又回归到最初的平静，时间就显得尤为匆快。几天之后，对面公寓里的作曲家和"芳心寂寞"小姐坐在一起，好像在聊作曲家新创作的一张唱片。

"这可是首次发行，一定会引起很大的轰动。"作曲家异常兴奋地说。

"不错，非常动人的一首曲子。你或许不知道，它对我有着非同一般的意义。""芳心寂寞"小姐面带微笑地说。

另一边，托索小姐突然停止了跳舞，走去打开了房门。门外是个年轻的小伙子，一身崭新的军装，显得非常干练。

"哦，上帝，斯坦利！你参军之后竟然又长高了！"托索小姐惊喜地说。

"哦，我真是饿了，先别说了，厨房里有什么好吃的吗？"小伙子一边说着一边往屋子里走。

西弗勒斯太太从楼上阳台上把一只小狗放进小篮,先是非常喜欢地拍了拍它的小脑袋,然后把它缓缓地往楼下放。那肯定是她新买的小东西。

这时候,一阵激烈的争吵声突然从那对新婚夫妇的窗子里传出来。新娘非常愤怒地说:"要是早知道你没有工作了,我绝对不会嫁给你的!"

"亲爱的,不要生气……"这肯定是新郎哀求的声音。

杰夫的房间里似乎没有什么变化。莉莎斜靠在沙发上,正捧着一本书专注地看着。杰夫依然是躺在轮椅上正酣睡着。不过,稍微有点不同的,就是杰夫这次是两条腿都被裹上了白白的石膏,就像是两根僵硬的石柱,平放在轮椅上。莉莎穿着紧身的牛仔裤和轻便的运动鞋,比起以前的装束来,真像是变了一个人。她津津有味地读着手里的《喜马拉雅那边》,似乎并没有在意窗外响起的悠扬的歌声。

"莉莎,夏夜的星辰是你的双眸,清香的水仙是你的笑容,鸟儿的鸣叫是你的轻语,滚烫的流火是你的亲吻。你的抚摸让我心如潮水,你天使般的依偎,又让我如梦如痴地沉醉。真想永久沉睡,躺在你温柔的怀里,哦,莉莎……"